Laura Labas
Lady of the Wicked
Das Herz der Hexe

Laura Labas

DAS HERZ
DER HEXE

Mit einer Karte

PIPER

Entdecke die Welt der Piper Fantasy:
Piper Fantasy.de

Wenn Ihnen dieser Roman gefallen hat, schreiben Sie uns unter Nennung des Titels »Das Herz der Hexe« an *empfehlungen@piper.de*, und wir empfehlen Ihnen gerne vergleichbare Bücher.

Von Laura Labas liegen im Piper Verlag vor:
Lady of the Wicked. Das Herz der Hexe
Lady of the Wicked. Die Seele des Biests

Originalausgabe
ISBN 978-3-492-70641-4
© Piper Verlag GmbH, München 2021
Karte: Stephanie Gauger, Guter Punkt München
Satz: psb, Berlin
Gesetzt aus der Legacy Serif
Druck und Bindung: CPI Books GmbH, Leck
Printed in the EU

Für meine Heldin
Mama

Bis zum Mond und wieder zurück
so sehr liebe ich dich.

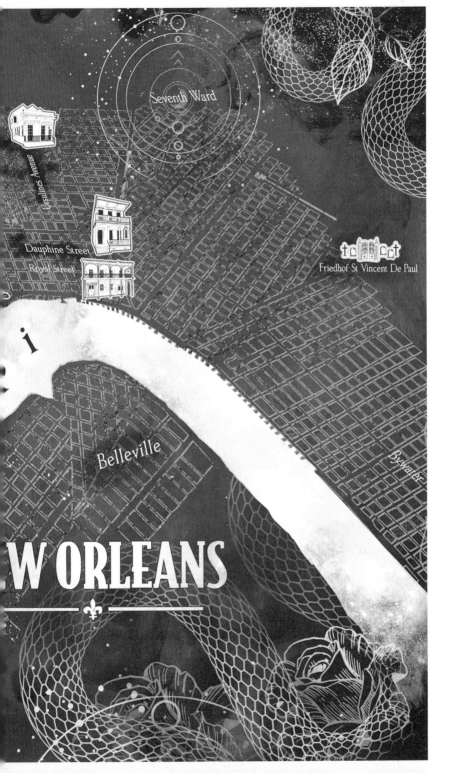

Töte dreizehn Hexen,
verbrenn auf einem Scheiterhaufen
und ertränk dich selbst im See der Sterne –
erst dann wirst du über die Wicked herrschen.

MYRRHE

Ruhe vor dem Sturm

I  DARCIA

Das Herz der Hexe pulsierte in meiner Hand.

Ich drückte zu.

Das Gefühl des menschlichen Organs an meiner Haut überwältigte mich. Übelkeit stieg in mir auf.

In dieser Sekunde wäre jedes Zeichen von Schwäche tödlich, deshalb atmete ich tief durch die Nase ein und hielt meinen Blick auf das Gesicht der Hexe gerichtet. Ihr Mund war weit aufgerissen, in ihren Augen spiegelte sich meine dunkle Maske wider, wirkte verzerrt und monsterhaft.

Ich lächelte.

»Du warst zur falschen Zeit am falschen Ort«, sagte ich, obwohl es gelogen war. Ich hatte sie wochenlang verfolgt, war tagsüber in ihre Wohnung geschlichen und hatte mich nachts auf die Lauer gelegt. Am Ende hatte es keinen Aspekt ihres Lebens gegeben, der mir unbekannt gewesen wäre. Kein Geheimnis, das ich nicht aufgedeckt hätte. Keinen Atemzug, der mir entgangen wäre.

Wochen vorher war mir die Hexe zufällig aufgefallen, als ich aus einem Café getreten war. Ein Blick über meinen Kaffeebecher hinweg in ihre glasigen Augen hatte ausgereicht. Er hatte mir gezeigt, dass sie Magie ausübte. Nachdem ich mich umgesehen hatte, bemerkte ich ein Pärchen, das sich lautstark stritt. Ein Lächeln zierte die dunklen Lippen der Hexe, als sich das Paar gegenseitig wüste Beschimpfungen an den Kopf warf, um dann getrennte Wege zu gehen. Die Hexe war eine Unruhestifterin, die sich in das Leben ahnungsloser Menschen einmischte.

Ich folgte ihr aus dem French Quarter von New Orleans hinaus in die Esplanade Avenue und meine Befürchtung bestätigte sich. Die Hexe gehörte einem der Zirkel an, der sich ausschließlich dunkler Magie bediente. Für sie bedeutete dies grenzenlose Macht – und für mich?

Für mich war sie damit zu meinem nächsten Opfer geworden.

Das Blut wärmte meine Hand.

Mit einem Ruck zog ich das Herz aus der Brust der Hexe. Ein letzter Schlag. Im nächsten Augenblick kippte der leblose Körper zur Seite und ich blickte in das gähnende Maul der mit Hyazinthen bewachsenen Gasse.

Ein weiteres Herz. Ein weiterer Schritt hin zu meinem Ziel.

Das schrille Lachen einer Frau riss mich aus meinen Gedanken und ich erkannte mit Schrecken, dass ich eingenickt war.

Stirnrunzelnd rief ich mir meine Situation in Erinnerung. Ich hockte zwischen einem dunkelblauen SUV und einer Rotzeder eingequetscht, um die dreizehnte und somit letzte Hexe, die ich für meinen Plan benötigte, zu beobachten. Unglückseligerweise war sie vor einer ganzen Weile in ihrem weiß getünchten Haus mit der heruntergekommenen Veranda verschwunden und ich hatte den Kampf gegen meine Müdigkeit verloren. Mit offenen Augen war ich in die Vergangenheit gesunken.

Als ich mich halb aufrichtete, um meine eingeschlafenen Glieder zu schütteln und zu strecken, hörte ich das Lachen erneut und ging sofort wieder in Deckung. Die Hexe, Jemma, war aus ihrem Haus getreten. Mit der einen Hand schloss sie die blaue Eingangstür ab, mit der anderen hielt sie sich ihr Telefon ans Ohr. Ihr Lachen erklang ein weiteres Mal, bevor mich die Gesprächsfetzen, die zu mir herüberwehten, darüber aufklärten, dass sich die Unterhaltung dem Ende zuneigte. Sie wünschte der anderen Person einen schönen Abend und legte auf.

Es kribbelte in meinen Fingern.

Ich folgte Jemma die hell erleuchtete Straße entlang, taumelte von Schatten zu Schatten, da sich meine Knie noch wacklig anfühlten, und suchte fieberhaft nach einem Grund, die Sache nicht jetzt schon zu beenden. Natürlich, ich hatte bei Weitem nicht so viel Zeit darauf verwendet, Jemma zu beobachten, wie bei den zwölf Hexen vor ihr, aber ich kannte mittlerweile ihren Alltag, wusste um ihre schwarze Magie und ahnte, dass sie abgesehen von ihren Zirkelhexen über keinerlei soziale Kontakte verfügte. Es könnte heute geschehen.

Ich könnte die erste Phase des Rituals mit ihrem Herzen abschließen.

Noch eine Nacht.

Mein Herz klopfte heftig, als Jemma in eine dunkle Straße einbog, die auf der einen Seite an fensterlose Hauswände grenzte und auf der anderen an das Ufer des Mississippis. Jemma fühlte sich sicher. Als zweiundvierzigjährige, mäßig talentierte Hexe *zu* sicher. Sie hatte ihr mausbraunes Haar mit einer rosa Schleife zurückgebunden, der einzige Farbtupfer, den sie sich erlaubte. Graue Stoffhose, grauer Mantel, graue Schuhe bildeten den Rest ihres Outfits. Nichts Auffälliges. Nichts, das sie als böswillige Hexe gebrandmarkt hätte. Trotzdem wusste ich, dass sich auf ihrer Haut mehrere Tattoos verbargen. Zirkelhexen neigten dazu, sich gegenseitig zu markieren, um ihre ewig andauernde Zugehörigkeit erkennbar zu machen.

Als ich mich am Anfang der Straße an die Mauer presste, fiel mein Blick auf meine eigenen tätowierten Hände. Ein großer Hirschkopf prangte auf meinem linken Handrücken und jeder einzelne meiner Finger war mit Runen, Symbolen der Elemente und bestimmten Zaubern übersät. Striche, Augen, Pfeile, Punkte und Kreise. Immerhin besaßen sie eine tiefere magische Bedeutung und schützten mich vor den meisten Flüchen, die Hexen und Waiżen, Hexen mit besonderer Affinität für Flüche, gegen mich verwenden würden.

Jemma stand dem Ufer zugewandt und blickte auf das ruhige Gewässer hinaus. Die Mondsichel schien hell auf uns herab, erleuchtete die nebelverhangene Nacht.

Ich ließ mich hinreißen.

Der Ort war noch weit genug von der St Charles Avenue entfernt, wo sich die meisten Hexen aus den Zirkeln herumtrieben, wenn sie nicht einen der achtzig Friedhöfe aufsuchten. Keine Menschenseele befand sich in unserer unmittelbaren Nähe.

Jetzt.

Ich umfasste einen der Flüche, der fein säuberlich verpackt in einem der handtellergroßen Jutebeutel an meinem Gürtel befestigt war. Flüche setzten sich aus mineralischen und pflanzlichen Bestandteilen zusammen, die in langwierigen Prozessen miteinander verbunden wurden. Diesen Fluch löste ich langsam von der Schlaufe. Als Hexia, Halbhexe, war ich nicht sonderlich begabt, was Flüche und Zauber anging. Meine Spezialität war eher das Brechen von ebenjenen Flüchen und das Heilen von körperlichen Beschwerden. Mit genügend Vorbereitungszeit konnte selbst ich jedoch einen Unbeweglichkeitsfluch herstellen. Das Buch einer dreihundert Jahre alten Voodoohexe hatte mir dabei bisher gute Dienste geleistet.

Ich trat einen Schritt vor und begab mich dadurch in Sichtweite der Hexe.

Nicht mehr Jemma.

Keine eigenständige Person.

Ich musste sie einzig und allein als bösartige Zirkelhexe sehen, um das zu tun, was getan werden musste.

Die Erinnerung der letzten zwölf Male holte mich ein. Blut. So viel Blut. Jedes Mal ein gellender Schrei und das Flehen, das es nie über die Lippen schaffte. Die Wärme der Herzen, das hektische Klopfen, als würde ich einen kleinen Vogel in meiner Hand halten. Grenzenlose Macht gefolgt von dem Geruch nasser Erde, freigesetzt durch alte Magie ...

»Wer ...?« Als sie meine Bewegung wahrgenommen hatte, drehte sie sich zu mir um. »Darcia? Was machst du hier?«

Überrascht hielt ich inne. Ich hatte nicht damit gerechnet, erkannt zu werden. Ein großer Fehler.

Du hast zu überstürzt gehandelt. Dir war nicht klar, dass sie von dir gehört, dich schon mal gesehen hat.

Es änderte nichts. Ich würde heute, *jetzt*, handeln müssen, sonst wäre all meine Vorbereitung für die Katz gewesen. Mein Griff um den Beutel wurde fester und ich konnte das Prickeln in seinem Inneren fühlen. Ein so starker Fluch wurde nach einer Weile ungeduldig, flehte darum, endlich freigelassen zu werden. Wie ein Tier, das man eingesperrt hatte.

Ich machte mich bereit, den Fluch auf die Pflastersteine zwischen uns zu werfen und die Sache damit endgültig in Gang zu setzen, als ich laute Schritte vernahm. Auch Jemma wurde von dem Geräusch abgelenkt und ihr Blick fiel auf jemanden, der sich hinter mir näherte.

Eilig steckte ich den sich kläglich windenden Fluch zurück an meinen Gürtel, um in keiner prekären Situation zu landen, in der ich ihn erklären müsste. Sekunden später tauchte Tieno aus der Nebelwand auf. Jeder seiner Schritte ließ den Grund erbeben, obwohl er für einen Waldtroll ziemlich jämmerlich geraten war.

»Tieno? Was machst du hier?«, rief ich entgeistert und das Herz rutschte mir in die Hose. Die Gelegenheit war vertan. Es war kein Hellseher nötig, um die kommenden Minuten vorherzusehen. Jemma hatte mich erkannt und wusste somit auch, dass Tieno mein Waldtroll war, auch wenn er sich unter dem Schleier eines grobschlächtigen, riesigen Mannes verbarg. Seine wahre Gestalt offenbarte er nur in geschlossenen Räumen und unter seinesgleichen. Gleich blieben jedoch seine schwarzen glatten Haare, die breiten Schultern und das zerfurchte Gesicht mit der platten Nase, die ihn aussehen ließ, als hätte er einen heftigen Schlag abbekommen. Seine langen Beine steckten in einer dunklen Hose, unter deren Saum Wildlederschuhe hervorlugten, die ich ihm alle drei Monate neu kaufen musste, weil er die Sohlen so schnell durchlief.

Der sanfte Riese würde nicht zulassen, dass ich in seinem Beisein eine Hexe schlachtete, und diese Hexe würde sich auf den Weg zu ihrem Zirkel machen, um ihren Schwestern von der seltsamen Begegnung mit der Fluchbrecherin und ihrem Troll zu berichten.

Dies wäre das Ende.

Jemma war ihrem sicheren Tod dank meines Freundes von der Schippe gesprungen.

Ich verfluchte ihn innerlich. Natürlich ohne Magie.

»Wila«, sagte Tieno.

Jemma nutzte die Gelegenheit, um die unbeleuchtete Gasse zu verlassen. Sie warf mir einen letzten argwöhnischen Blick über die Schulter hinweg zu.

Die Wut kochte in mir hoch, aber ich hielt sie im Zaum, da ich Tieno mein Leben verdankte. Er war mein Freund und kannte jedes meiner drei Geheimnisse.

Erstens, ich war eine von der Königsfamilie höchstpersönlich Verstoßene aus Babylon.

Zweitens, in meiner Anfangszeit in New Orleans hatte ich für Seda gearbeitet.

Drittens, ich hatte vor, die Herrin der Wicked zu werden.

»Was fällt dir ein, Tieno?«, murmelte ich mit zittriger Stimme. »Jemma wird ihren Hexen jetzt von mir erzählen und wenn sie demnächst verschwindet, wird jeder sofort an mich denken. Denn sie wissen, dass ich normalerweise einen großen Bogen um Zirkelhexen mache. Ich werde mir ein neues Opfer suchen müssen.«

»Wila«, wiederholte Tieno und hielt mir seine Pranken entgegen. Erst jetzt erkannte ich, dass sich etwas darin verbarg.

Es war eine Wila, die auf ein Tuch gebettet lag und deren Haut so weiß strahlte wie mein Bettlaken. Was mich jedoch schockierte, war ihr kurz geschorenes Haar.

Ich wusste nicht viel über das Volk der Wila. Sie waren weibliche Naturgeister, die ausschließlich in Gruppen lebten und mit dem Element Wasser verbunden waren. Sie galten als wunderschöne Mädchen mit durchsichtigen Körpern und langen Haaren. Der Verlust einer einzelnen Strähne bedeutete bereits ihren unmittelbaren Tod. Obwohl diese Wila offenbar mehr als eine Strähne verloren hatte, bewegte sich ihre durchscheinende Brust noch immer in einem gleichmäßigen, wenn auch langsamen Takt. Nicht tot.

»Sie ist so gut wie tot«, sagte ich trotzdem und stemmte die Hände in die Hüften. Ein kühler Wind wehte unter meinen bis zum Boden reichenden Hüftrock und ließ mich erzittern. Ich ließ die Arme sinken und spielte mit meinem Bauchnabelpiercing. Ein Schutzanhänger, den mir Seda geschenkt hatte.

»Wila.« Er klang wie eine kaputte Schallplatte. Selten brachte Tieno mehr als Zwei-Wort-Sätze zustande.

»Ich weiß, dass sie eine Wila ist«, erwiderte ich genervt. In meinem Kopf tobte ein Sturm, den ich eilig einzudämmen versuchte. Es war noch nicht vorbei. Ich würde ein neues Opfer finden und das Ritual beenden.

»Leben«, brummte Tieno und streckte mir die Wila erneut hin, unbeeindruckt von meinem zornigen Gesichtsausdruck.

Ich blickte seufzend gen Himmel und leckte mir ergeben über die Lippen.

»Wo hast du sie gefunden?«, erkundigte ich mich und deutete auf die Straßenmündung hinter ihm. Wir konnten uns genauso gut auf den Weg nach Hause machen.

»Esplanade«, brachte er nach mehreren kläglichen Versuchen hervor. Schützend presste er den zierlichen Körper der Wila in seine Armbeuge.

Es war nichts Neues, dass Tieno verwundete Geschöpfe zu mir brachte. Dies war jedoch das erste Mal, dass er sich um ein Schattenwesen sorgte. So nannte man alle nicht-menschlichen Wesen, die kein Hexenblut in sich trugen.

In der Esplanade Avenue hatten sich neben der kreolischen Oberklasse auch die Schwarzen Zirkel angesiedelt. Sie vollführten ihre Rituale in den riesigen Häusern oder schöpften Energien auf den unzähligen Friedhöfen. Das, was mit dieser Wila geschehen war, schrieb ich dieser Art von Magie zu.

Jemand hatte für ein Ritual das Haar eines Naturgeistes benötigt – und es sich genommen, ohne sich um die Konsequenzen zu scheren. Er oder sie hatte sich nicht mal die Mühe gemacht zu überprüfen, ob das Opfer gestorben war.

»Na komm, ich werde versuchen, sie wieder aufzupäppeln«, verkündete ich. »Ich kann dir nicht versprechen, dass sie es schaffen wird, Tieno.«

»Aufpäppeln«, wiederholte Tieno und sein Gang wurde federnder. Ein deutliches Zeichen dafür, dass er wieder guter Stimmung war.

Ich schüttelte den Kopf. Vermutlich hörte die Wila ohnehin auf, zu atmen, noch bevor wir die Dauphine Street erreichten, an der mein Haus stand. Ein Seitenblick in Richtung Tieno hielt mich davon ab, meine Bedenken erneut zu äußern. Der Waldtroll hatte ein zu weiches Herz.

Einer der Gründe, weshalb ich heute noch lebte.

II  VALENS

Ein Monster begegnete meinem Blick.

Die schwarze Kohlezeichnung war eine Monstrosität, direkt meiner linken Hand entsprungen. Auf Papier gebannt aus der Erinnerung. Aus meinem Spiegelbild. Aus …

Ich klappte das ledergebundene Skizzenbuch entschlossen zu und sah mich auf dem ruhigen Lafayette Cemetery um. Nichts anderes außer grauen Grabsteinen, vergessenen Grüften und Familienkrypten.

Mit einer entschiedenen Geste löschte ich die magische Flamme, die mir bis dahin Licht gespendet hatte, um an meinem Meisterwerk weiterzuarbeiten.

Wohl eher Monsterwerk, dachte ich zynisch. Ich sprang vom Grabstein, der mir als Plattform gedient hatte. Die Statue von St Helen sah mich anklagend an, aber ein schlechtes Gewissen konnte sie mir nicht machen. Das hatte meine eigene Skizze schon.

Denn dieses Monster … das war ich. Verflucht bis in alle Ewigkeit.

Eine Zeit lang war ich in dieser Form Nacht für Nacht durch Babylon gestreift und hatte Menschen verletzt, ohne mich am Tag darauf daran erinnern zu können. Die Schreie meiner Opfer verfolgten mich erst, als ich mein Exil angetreten und Babylon für New Orleans verlassen hatte.

Seit ich erkannt hatte, was ich war, gab es keinen Weg zurück in meine Blindheit, in meine Taubheit.

Du hast wieder Hoffnung, erinnerte mich eine Stimme, leise und mit Bedacht. Wie viele Jahre war ich schon auf der Suche nach der Waiża, die mich verflucht und damit mein Leben genommen hatte? Wie viele Wochen hatte ich damit verbracht, jemanden zu finden, der mir helfen konnte, ohne verraten zu müssen, wer ich war? Woher ich kam.

Seufzend schlug ich den kürzesten Weg ein, um den Friedhof zu verlassen. Ich würde noch das *Devil's Jaw* aufsuchen, um mir diese so wichtige Information bestätigen zu lassen. Eine Information, die ich vermutlich auch schon vor ein oder zwei Jahren hätte erlangen können, wenn ich nicht derart in Selbstmitleid versunken gewesen wäre.

Der Bruder der Königin – von seiner besten Freundin in die Verbannung geschickt, damit sie ihn nicht töten musste. Wie erbärmlich!

Als würde das tätowierte Herz wissen, dass es nicht mehr lange auf meiner Brust bliebe, brannte es. Ich rieb mit einer Hand darüber. Das Zeichen meines Fluchs. Wie naiv ich gewesen war! So hatte ich angenommen, dass dieses Zeichen der Fluch wäre und nicht etwas, was mich zusätzlich verhöhnen würde. Nein, mein Fluch war die Bestie unter der Haut.

Ein kühler Wind zog vom Mississippi auf, als ich mich am Ufer entlang bewegte, um das *Devil's Jaw* zu erreichen. Eine Spielhölle, die von meinem *Freund* Adnan Marjuri geführt wurde. Er war der Einzige in New Orleans, der wusste, dass ich verflucht war. Nach meiner wahren Identität hatte er mich nie gefragt, doch ich hegte den Verdacht, dass er wusste, dass Hills nicht mein richtiger Nachname war.

Er gehörte außerdem zu den wenigen, die mehrere Spione in Babylon besaßen, und für ihn wäre es ein Leichtes gewesen, eins und eins zusammenzuzählen, als bekannt geworden war, dass der Bruder der Königin für eine längere Reise verschwunden war. Eine fadenscheinige Ausrede, wenn es denn jemals eine gegeben hatte, die durch meine unmittelbare Erscheinung in New Orleans noch schwammiger geklungen hatte. Natürlich hatte ich mich anfangs bedeckt gehalten, aber mein Selbstmitleid hatte mich auf die Straße und schließlich ins *Devil's Jaw* getrieben. Ein Etablissement mit mehr als fünfhundert Kunden pro Nacht, die ihr Geld, ihren Besitz und manchmal auch ihre Familie verspielten. Letzteres hatte ich gewollt. Nichts war mir vergönnt gewesen. Daneben fanden hier die wichtigsten und geheimsten politischen Ereignisse der Schattenwelt von New Orleans statt.

Aus irgendeinem Grund hatte Adnan sich meiner angenommen und zwischen uns war eine Art Freundschaft erwachsen, der ich nie ganz traute. Allem voran, weil Adnan nichts tat, das ihm nicht in irgendeiner Weise diente, und ich war mir sicher, dass er Pläne für mich schmiedete, die ich nicht kennen wollte.

Es reichte mir, dass ich regelmäßig den Schergen meiner Schwester entkommen musste. Sie wusste um meinen Fluch und es war ihre Pflicht, mich auszuschalten. Auch drei Jahre nach meiner überstürzten Flucht suchte sie noch nach mir.

Ich betrat die Straße, an der sowohl das *Devil's Jaw* als auch das Bordell *Seaheart* lagen sowie diverse andere zwielichtige Geschäfte, in denen sich nahezu ausschließlich Mitglieder der Schattenwelt aufhielten. Menschen verirrten sich in den seltensten Fällen hierher und wenn sie von einem Haus ins nächste stolperten, dann weil sie bereits von der Existenz der Hexen und Schattengeschöpfe wussten.

Das ehemalige Rotlichtviertel in Storyville hatte sich zum Mittelpunkt der Schattenwelt gemausert, so war es keine Überraschung, dass sich das *Devil's Jaw* nicht in ein kleines Haus quetschen ließ. Die Spielhölle thronte auf zwei Plattformen über dem Mississippi. Ihre beiden Gebäudeteile, die jeweils vier Stockwerke umfassten, wurden durch überdachte Stege miteinander verbunden. Die Fassade wirkte kühl und elegant. Geschwungene Fensterrahmen, weißer Kalkstein, der im unteren Bereich von Algen und Moos angegriffen wurde. Adnan gab monatlich ein Vermögen aus, um diese Art von Instandhaltung zu gewährleisten.

Da ich keine goldene Eintrittskarte mehr benötigte, um das Gebäude zu betreten, ging ich den gaffenden Hexen und übernatürlichen Geschöpfen aus dem Weg und mied den Haupteingang. Im Inneren verlief sich die Masse an Leuten üblicherweise und verteilte sich auf verschiedene Räume.

Als ich von dem hölzernen Steg, der mit schwarzem Teppich ausgelegt war, durch einen offen stehenden Nebeneingang hineinging, wurde ich augenblicklich von einem breitschultrigen Mann begrüßt. Ich tippte auf Wald- oder Bergtroll. Er nickte mir zu.

»Raum der Runen«, antwortete er mir auf die unausgesprochene Frage. Jeder von Adnans Angestellten kannte mich, dafür hatte er gesorgt, da sie nicht alle eine lupenreine Reputation besaßen und das eine oder andere Mal ihre eigenen Kunden übers Ohr hauten. Adnan ließ sie gewähren, da er seinen Spaß daran fand.

»Danke«, murmelte ich, ging mit hoch erhobenem Haupt an ihm vorbei und versuchte, mir nicht anmerken zu lassen, wie unwohl ich mich fühlte. Natürlich, ich hatte Adnan viel zu verdanken, doch das *Devil's Jaw* beherbergte Erinnerungen, die ich am liebsten vergessen würde. Eine Zeit, die so schwarz und klebrig war, dass ich mich ihr unter allen Umständen entziehen wollte.

Außerdem hatte ich seit meiner Verbannung mein Bestes gegeben, mich wie jeder andere zu verhalten, um nicht aufzufallen. Nicht länger der privilegierte Prinz, sondern ein normaler Versager.

Der Korridor, den ich betreten hatte, unterschied sich nicht von den anderen. Es gab schwarze Teppiche, goldene Leuchter an den dunklen, mit Holz verkleideten Wänden und hohe, bemalte Decken. Hin und wieder, wenn ich eine weitere Tür passierte, drangen Stimmen oder andere menschliche, vielleicht auch unmenschliche Geräusche an meine Ohren. Jedes Mal bewegte ich mich schneller, da ich nicht das Bedürfnis verspürte, jemanden auf mich aufmerksam zu machen.

Der Raum der Runen war Adnans kleiner Thronsaal. Er genoss das Gefühl, auf seinem geschnitzten Stuhl mit dem purpurnen Kissen zu sitzen. Dort konnte er genüsslich auf diejenigen herabsehen, die gekommen waren, um ihn um einen Aufschub ihrer Schuldenrückzahlung zu bitten.

Auch jetzt saß er auf seinem Stuhl in dem Zimmer mit dem unechten Marmorboden und den schmalen Fenstern, die den Blick in die dunkle Nacht freigaben. Sein Falke, ein bösartiges Tier mit Federn in hundert verschiedenen Brauntönen, hatte sich wie stets auf seiner gepolsterten Schulter platziert und starrte jeden Gast in Grund und Boden. Eine feingliedrige Kette verband seinen Fuß mit Adnans Handgelenk. Jener trug wie so häufig einen Turban in einer kräftigen Farbe, dieses Mal war es Lila; Gold und Diamanten glänzten an etlichen Stelle seines Körpers, der in ein dunkelblaues Gewand gehüllt war. Seine teuren orientalischen Pantoffeln blitzten unter dem Saum hervor.

Adnan wandte sein Gesicht von dem armen Geschöpf, das vor seinem Thron kniete, zu mir. In seinen Augen glitzerte der Schalk und ich hätte beinahe aufgeseufzt. Er genoss dieses Schauspiel viel zu sehr.

»Ich erlasse dir deine Schulden«, sagte er bloß, weil er keine Lust hatte, sich weiter mit dem Mann zu befassen, der daraufhin in laute Danksagungen und Segnungen verfiel, die Adnan wie lästige Moskitos mit seiner freien Hand wegwischte. Dann rieb er sich über den schwarzen Vollbart, bevor er sich auf den Weg zu mir machte. Die rund zwei Dutzend Gäste wagten nicht, ihn anzusprechen, machten ihm Platz und taten so, als würden sie furchtbar wichtige Gespräche untereinander führen.

»Du wirkst aufgewühlt, alter Freund«, begrüßte mich der gefährlichste Mann in New Orleans. Oder Ghul. Denn ein Mann war er im wörtlichen Sinn nicht. Durch seine Adern floss das Blut einer der ältesten Ghulfamilien. Ich wusste nicht viel über sein Erbe, aber es war des Öfteren Gegenstand von

Gerüchten gewesen. Man erzählte sich, dass die Gesellschaft der Ghule seinen Einfluss nur widerwillig akzeptierte. Obwohl sie Leichen verspeisten und sich nicht zu schade waren, in verschiedene Gestalten zu schlüpfen, wenn es die Situation verlangte, galten sie als ausgesprochen stolzes Volk.

Ich beobachtete Adnan einen Moment, besah mir den Falken und den silbernen Sicheldolch an Adnans breitem, schmuckverziertem Gürtel, der locker um seine Mitte lag. Er hatte mir nie erzählt, was es mit dem Dolch auf sich hatte, und trug ihn stets bei sich. Im Gegensatz zu anderen Waffen erlaubte er niemandem, ihn zu berühren.

»Der Körper einer weiteren Zirkelhexe wurde angespült«, erklärte ich, während wir den Ausgang ansteuerten. »Sie muss schon seit einigen Wochen tot sein.«

»Lass mich raten ...«, Adnan legte seine freie Hand auf die Brust, »... ohne Herz?«

Ich nickte. »Die Anzahl schwarzmagischer Rituale scheint stetig zuzunehmen. Es kann nichts Gutes für uns in New Orleans bedeuten.«

»Interessiert es dich denn, was es für New Orleans bedeutet?«, erkundigte sich Adnan wachsam und warf mir einen eindeutigen Seitenblick zu. Er wusste, dass ich die Sichelstadt nicht als meine Heimat ansah. Das bedeutete allerdings nicht, dass ihr Schicksal mir gleichgültig war.

Wir schritten durch einen langen Korridor und erreichten schon bald die belebte Spielhölle. Der Saal, in dem sämtliche Kunden von einem Kartentisch und Glücksspiel zum nächsten taumelten. In einem immerwährenden Rausch geschaffen von Alkohol, illegalen Drogen und der unvermeidlichen Gier nach mehr. Nach dem größeren Gewinn. Nach dem ultimativen High.

Auch ich war einer von ihnen gewesen. Nun lenkten mich die schwarz-goldene Inneneinrichtung, die glitzernden Kronleuchter und leicht bekleideten Damen genauso wenig ab wie das Klirren von Münzen und Scharren der Plastikchips. Lediglich ein Kribbeln machte sich in meinen Fingerspitzen bemerkbar, das sich dennoch unterdrücken ließ. Ich durfte mich nicht von meinem Vorhaben abbringen lassen – Adnan nach dieser einen Information zu fragen, die mir mein Leben zurückgeben würde.

»Adnan«, sagte ich ernst, als wir eine der vielen Bars erreichten und sofort bedient wurden. Der Ghul bestellte für uns beide einen Scotch, den ich nicht anrührte. »Ich bin hier, weil mir ein Gerücht über eine Frau zu Ohren gekommen ist.«

»Du weißt, dass dies Sedas Geschäft ist. Das *Seaheart* ist bloß auf der anderen Straßenseite«, witzelte Adnan und stürzte seinen Scotch herunter. Der Falke auf seiner Schulter weitete für einen kurzen Moment seine Flügel, als würde er den Alkoholkonsum seines Herrn nicht gutheißen.

Ich überging seinen Kommentar. »Man munkelt, sie wäre die beste Fluchbrecherin der Stadt.«

»*Das* steht nicht zur Debatte«, bestätigte Adnan sofort und leerte auch meinen Scotch.

»Du weißt also, wen ich meine?« Überraschung ließ mich unvorsichtig werden. Ich beugte mich zu Adnan vor und wurde dafür sofort mit einem lauten Krächzen des Falken bestraft. Eilig zog ich mich zurück, behielt den Vogel aber misstrauisch im Auge.

»Darcia, Hexia und Fluchbrecherin«, antwortete Adnan nachdenklich und blickte sich in der gefüllten Halle um. Verschiedene Gerüche, nicht alle angenehm, drangen in meine Nase und mir wurde bewusst, wie schwül es hier drin war. Ich spürte die ersten Schweißtropfen auf meiner Stirn und wischte sie mit dem Handrücken fort.

»Adnan.« Musste ich ihm denn alles aus der Nase ziehen? Normalerweise machte er sich einen Spaß daraus, mir zu zeigen, wie unwissend ich und wie allwissend er war. Was war dieses Mal anders?

Fast beiläufig legte er eine Hand auf den silbernen Dolch, als sein Blick zu mir zurückkehrte.

»Seda liegt mir schon seit geraumer Zeit in den Ohren. Ihretwegen.« Er presste die Lippen zusammen, als würde er sich selbst davon abhalten, mir etwas mitzuteilen. Eine Sekunde später war der Moment verstrichen und der Gedanke für mich verloren. »Sie und Darcia sind miteinander befreundet und sie möchte, dass ich ihr mehr Kunden schicke. Aber wieso sollte ich wollen, dass meine Kunden frei von Flüchen sind?« Er breitete seinen Arm in einer allumfassenden Geste aus. »Es macht sie um vieles leichtsinniger. Das bedeutet gutes Geld für mich.«

»Ist das der Grund, weshalb du mir in all der Zeit nichts von ihr gesagt hast?«, zischte ich, meine Wut kaum im Zaum haltend. Ich konnte nicht glauben, dass er mir Darcias Existenz vorenthalten hatte, obwohl er wusste ...

»Ganz ruhig, alter Freund, ich ging von der Annahme aus, dass du die Waiża finden willst, die dich verflucht hat«, erklärte er sich, nur mäßig von meinem Zorn beeindruckt. Warum auch? Er hatte von mir nichts zu befürchten. Wir waren Freunde und auch wenn ich selbst ein Hexer war, so hatte ich ihm in seinem eigenen Reich nichts entgegenzusetzen. Wenn ich selbst ein Waiża wäre, sähe die Sache anders aus. Diese Art von Hexen konnte Körper- und keine Elementarmagie wirken. Waiżen waren dazu imstande, die grausigsten Flüche zu weben, versagten jedoch bei den einfachsten Zaubern einer vollwertigen Hexe. Trotzdem galten sie im Allgemeinen als mächtiger als Hexia, die umgangssprachlich »Halbhexen« genannt wurden. »Du willst wissen, wo sie wohnt?« Ich nickte. »Marko?«

Jemand trat hinter meinem Rücken hervor und ich wäre zusammengezuckt, wenn dies nicht bereits einige Male geschehen wäre. Adnans Schatten bewegten sich zu leise, zu unsichtbar. Obwohl ich wusste, dass seine Beschützer immer da waren, sah ich sie selten.

Marko war ein stämmiger Mexikaner, ob übernatürlich oder nicht, konnte ich auf einen Blick nicht sagen. Er hielt mir einen gefalteten Zettel hin, den ich zögerlich annahm. Auf ihm stand eine Adresse geschrieben.

»Woher wusstest du ...«

»... dass du danach fragen würdest? Keinen blassen Schimmer. Aber meine Schatten sind meinen Feinden nicht von Natur aus immer einen Schritt voraus«, war seine kryptische Antwort. Ich steckte die Notiz ein und wandte mich zum Gehen, als mich Adnan noch einmal zurückhielt. »Valens, eine Warnung. In den vier Jahren, seit sie hier lebt, hat sie nicht ein einziges Wort über ihre Vergangenheit verloren. Ganz gleich, wen ich fragte, niemand hat sie je zuvor gesehen oder von ihr gehört.«

»Es ist nicht ungewöhnlich, dass unsereins nach einer Verbannung aus der Schattenstadt seine Identität ändert.« Dies war sogar häufig der Fall.

»Bisher ist mir aber niemand gänzlich ohne Vergangenheit begegnet.«

Adnan, der Alleswisser, war bei ihr auf Granit gestoßen. Außergewöhnlich.

»Du interessierst dich also doch für sie.«

»Ich interessiere mich immer für potenzielle Verbündete. Oder Feinde.« Er stieß ein tiefes, theatralisches Seufzen aus. »Sei einfach vorsichtig. Wie ich hörte, ist sie nicht gut auf Vollhexer oder Männer im Allgemeinen zu sprechen.«

»Ich will nicht mit ihr sprechen«, erwiderte ich. »Es reicht, wenn sie den Fluch bricht.«

III  DARCIA

Mein Arbeitsraum befand sich im unteren Stockwerk meines Hauses, das an die Dauphine Street grenzte. Tagtäglich wurde die Straße von Touristen übervölkert, die Tausende Fotos von den bekannten französischen Balkonen schossen. Auch an meinem Haus gab es einen zugewucherten Balkon, dem ich im Gegensatz zur Dachterrasse kaum Beachtung schenkte. Warum sollte ich mich abends dorthin setzen und als Lebendmodell für ebenjene Touristen dienen? Nein, danke.

Manche würden mich vermutlich fragen, warum ich dann nicht wegzog oder mir von Anfang an eine andere Gegend ausgesucht hatte. Die Antwort darauf war einfach – auch ich liebte die Balkone, die verblichenen gelben und grünen Fensterläden und vor allem die Nähe zur Royal Street, an der viele Kunstgalerien, Antiquitätenshops und ausgezeichnete Restaurants lagen.

»Schür das Feuer«, wies ich Tieno an, nachdem ich die einfache Holztür aufgeschlossen hatte, an der der weiße Lack bereits abblätterte.

Wir traten nacheinander in den dunkel gehaltenen Raum ein. Für Fremde war es, als würden sie sich plötzlich wieder in Babylon oder einer der anderen Schattenstädte befinden, aus denen sie verbannt worden waren. Kein elektrisches Licht, keine moderne Einrichtung. Ich hätte es nicht zugegeben, aber auch ich fühlte mich hier heimischer als im restlichen New Orleans. Dies hier war mein eigens geschaffener Rückzugsort und ohne ihn hätte ich längst den Verstand verloren, weil ich Babylon und meine Familie so sehr vermisste.

Siebzehn Jahre hatte ich in meiner Heimat gelebt, bevor ich ins Exil geschickt worden war. Ich war ein einfaches Schulmädchen gewesen. Einfache Hoffnungen. Einfache Gedanken.

Bis ich jäh in diesen Albtraum gerissen worden war.

Ich trat an den massiven Holztisch. Er war an die linke Wand gerückt und mit einem fleckigen Segeltuch bedeckt sowie mit Utensilien aus Glas und Metall und verschiedensten Zutaten beladen. Von den Deckenbalken hingen ältere und frische Kräuterbündel, aus Wachs gezogene Kerzen, die ich für meine Stammkunden anfertigte, um sie vor weiteren Flüchen zu schützen, und getrocknete Blumen, die schon einige unangenehme Gerüche vertrieben hatten. Gerüche, die stets von meinen Patienten verursacht wurden. Ein Fluchbruch war nie angenehm und manchmal rundheraus abscheulich.

Während Tieno die Wila auf ein von mir eilig kreiertes Nest aus bunten Tüchern auf einem hohen Beistelltisch legte, suchte ich meine dunklen Medizinschränke nach Zutaten ab, die ich für die Tinktur benötigte. Gleich drei dieser massiven Möbelstücke standen an den weiß gekalkten, von Querbalken durchbrochenen Wänden und beherbergten die wertvollsten, grausamsten und hilfreichsten Kräuter, Tränke und Amulette sowie Phiolen mit farbenfrohen Flüssigkeiten, spitze Nadeln, Fäden, Zangen und anderes Werkzeug, das ich schon oft für kleinere Operationen benutzt hatte. In meinem Berufsfeld war es wichtig, auf alles vorbereitet zu sein.

Ich ging an einem Ochsenschädel vorbei, dessen gemahlene Knochen Schlaftränken die besondere Kraft verlieh, und fasste neben einen Käfig mit ausgestopften Raben, um ein Glas mit grob gehackter Wurzelrinde des Ibogastrauchs hervorzuholen. Ein paar Löffel davon gab ich in einen Granitmörser, der auf meinem langen Arbeitstisch stand. Bevor ich sie zerkleinerte, gab ich noch eine Prise Salmiak hinzu. Es würde der kleinen Wila hoffentlich helfen, wieder zu erwachen und gegen ihren Verlust anzukämpfen. Die Zutaten erhitzte ich mit einem grünlichen Pflanzenöl zusammen über dem Feuer. Nach kurzer Überlegung fügte ich Myrrhe-Essenz hinzu. Sie sollte für die nötige Reinwaschung von jeglichen Fluchüberresten sorgen. Außerdem half sie vielen Anwendern bei der Konzentration aufs Innere.

Im Fall der Wila hoffentlich auf die innere Heilung.

Wenn ich ehrlich war, wusste ich nicht, was ich da tat. Bei Menschen hielt ich mich ans Gleichgewicht der drei *Doshas*, aber übernatürliche Geschöpfe verhielten sich oft anders.

Der Erweckende Trank konnte genauso gut nichts in der Wila bewirken.

Als die Flüssigkeit zu zischen begann, nahm ich sie von der Feuerstelle und wartete ein paar Minuten, bis sie so weit abgekühlt war, dass ich sie in den Mund der Wila träufeln konnte. Tieno hielt ihn geöffnet, trotzdem rann ein Teil davon ihre Wangen hinab. Ich legte die Phiole beiseite und berührte ihre Stirn mit einem Finger. Eiskalt.

»Tut mir leid, Tieno«, sagte ich leise. Seine Schultern waren niedergeschlagen nach vorne gekrümmt. »Entweder kämpft sie weiter oder sie stirbt.«

»Kämpferin«, erwiderte Tieno sofort und sah mich voller Inbrunst an. »Wie du.«

Mein Herz sank.

Zu gut erinnerte ich mich an die Schmerzen, die gebrochenen Knochen und das Blut. Blut, das nicht nur meines gewesen war. Auch ich war ein gebrochenes Geschöpf gewesen, als mich Tieno gefunden hatte.

Er war derjenige, der mir ein neues Leben geschenkt hatte. Tieno, der Waldtroll, der damals zu meinem treuen Begleiter geworden war. Meinem engsten Vertrauten.

»Glaub ja nicht, ich hätte vergessen, dass du mir den Plan vermasselt hast«, fauchte ich, um den gefühlsduseligen Moment zu vertreiben.

»Hexen ... Herz«, presste er hervor und wandte sich wieder der bewusstlosen Wila zu.

»Ganz genau.« Ich hob einen Finger. »Deinetwegen waren die letzten Wochen für nichts und wieder nichts.«

Seufzend trat ich neben einen an die Wand genagelten Hexenbesen, der nichts weiter konnte, als unheimlich auszusehen, und betätigte einen geheimen Mechanismus. Dazu musste ich einen Metallhaken ein Mal nach links und zwei Mal nach rechts drehen, dann klickte das Schloss und ich konnte das alte Porträt einer untersetzten Dame nach vorne ziehen. Dahinter präsentierten sich mir fünf Regalbretter, auf denen dreizehn Einmachgläser standen. In zwölf von den mit durchsichtiger Flüssigkeit gefüllten Gläsern pochten rote Herzen. Die Leere des dreizehnten verhöhnte mich. Wütend schlug ich das Gemälde wieder an seinen Platz. Mir gefiel das Töten nicht, aber es war der einzige Weg, um mein Ziel zu erreichen.

»Wenn du die Wila nicht bei dir gehabt hättest«, begann ich, doch das Läuten der Türglocke unterbrach mich in meiner Schimpftirade. Ich drehte mich um und beobachtete das Eintreten eines jungen Mannes.

Obwohl ich ihn das erste Mal sah, wusste ich sofort, dass ihm Schwierigkeiten wie Gewitterwolken folgten. So jemand wie er verirrte sich normalerweise nicht in meinen Arbeitsraum. Er war vergleichsweise groß, hatte breite Schultern und schmale Hüften und wirkte sehr athletisch. Der grimmige Zug um seine Lippen ließ mich auf Kampfsportarten statt stupides Gewichtestemmen tippen. Seine Haut war bronzefarben und durch sie stachen seine meerblauen Augen deutlich aus seinem Gesicht hervor. Ein dunkler Bartschatten lag auf seiner unteren, kantigen Gesichtshälfte, während sein Haupthaar von einer verkehrt herum sitzenden Baseballcap verdeckt wurde. Er war leger gekleidet, nicht besonders teuer, aber auch nicht so, als würde ihn nicht interessieren, was er trug.

»Wir haben geschlossen«, sagte ich prompt, bevor er den Mund öffnen konnte.

Ich lehnte lieber einen zahlenden Kunden ab, als mich in dessen Schwierigkeiten wiederzufinden. Sein Blick war zu geschärft, während er über meine Einrichtung schweifte und sich schließlich auf mich fokussierte.

Ich kam mir in meinem schäbigen Rock und dem löchrigen Oberteil plötzlich armselig vor.

»Darf ich dich nicht mal um Hilfe bitten?« Seine Stimme war dunkel, rau, als würde er sie nicht oft benutzen. Sie verursachte mir einen nicht unangenehmen Schauder.

Ich hob eine Hand und deutete auf die sich schließende Tür. »Raus.«

»Ich …«, begann er, doch ich ließ ihn nicht ausreden, sondern sah Tieno an, der den Wink verstand.

Der Waldtroll löste sich von der Wila und baute sich zwischen dem Neuankömmling und mir auf. Selbst wenn dieser Fremde ein Hexer war, er würde nichts gegen den Troll ausrichten können. Sie waren immun gegen Zauber und Flüche jedweder Art.

»Sofort!«, setzte ich nach und Tieno drängte den Fremden mit seinen Pranken weiter zurück. Nach einem letzten düsteren Blick auf mich stolperte er endlich aus meinem Arbeitsraum.

Die Glocke läutete und Tieno verriegelte die Tür.

»Wütend?«, fragte Tieno.

Ich seufzte und rieb mir übers Gesicht. Aus irgendeinem Grund hatte der potenzielle Kunde sofort meine Alarmglocken ausgelöst. Ich hatte gelernt, auf mein Gefühl zu hören.

Was hatte er hier zu suchen gehabt? Mitten in der Nacht? Kannte er keinen Anstand?

»Bleib hier«, wies ich den Waldtroll an, ohne auf seine Frage einzugehen. Ich nahm meinen Blecheimer zur Hand, in dem ich eine Schaufel und eine Harke aufbewahrte, bevor ich meine Dachterrasse aufsuchte. Die Treppe war eng und heruntergekommen, da ich keine Zeit darauf verwandte, sie zu renovieren. Die Stufen knarzten unter meinem Gewicht und oben angekommen, trat ich durch eine Holztür, in die zwei schmale Fenster eingelassen waren.

Meine Dachterrasse wurde bloß vom schwachen Mondlicht erhellt, bis ich den Blecheimer neben die Tür gestellt und nacheinander die von dem hölzernen Gerüst hängenden Lampen entzündet hatte. Auch hier verzichtete ich auf Elektrizität.

Als ich einen tiefen Atemzug nahm und dadurch die Gerüche der angebauten Kräuter und Pflanzen aufsog, fühlte ich sofort, wie die Wut verpuffte und die Nervosität sank. Ich kehrte wieder zu mir selbst zurück.

Zu dem Selbst, das ich in New Orleans kreiert hatte, um zu überleben.

In der Mitte der kleinen, rechteckig angelegten Terrasse lagen mehrere Kissen und Tücher auf dem Betonboden. Um diesen Platz herum war alles mit Keramiktöpfen vollgestellt, sodass mir der Blick auf die Welt außerhalb meiner kleinen Oase versperrt wurde.

Fast konnte ich mir vorstellen, wieder zu Hause zu sein. In Babylon. Die Schattenstadt, die mit New Orleans verbunden war, aber in einer anderen Dimension existierte. Es gab insgesamt fünfundzwanzig Schattenstädte, die allesamt eine Stadt in der Menschenwelt als Bezugspunkt besaßen. Diese änderten sich manchmal mit der Zeit. So war Babylon einst tatsächlich mit dem antiken, menschlichen Babylon verbunden gewesen, bis jene Stadt zerstört worden war. Die Sphären verschoben sich und Babylon senkte seine Anker erst in andere Städte und dann schließlich in New Orleans. Der Schleier zwischen den Städten war hier so dünn, dass es kaum Magie brauchte, um von der einen in die andere zu springen. Vorausgesetzt, man war nicht aus einer von ihnen verbannt worden. Sobald ich Babylon betrat, würde man mich finden und einsperren. Verbannung wäre dann keine Möglichkeit mehr, nur noch lebenslange Gefangenschaft.

Das wollte ich unter allen Umständen vermeiden. Ich war zu Unrecht verbannt worden. Ich wollte es alle wissen lassen.

Ich setzte mich in den Schneidersitz, mit dem Gesicht gen Osten, und legte meine Hände auf den Knien ab. Ganz langsam atmete ich durch die Nase ein und durch den Mund wieder aus, bis sich die Ruhe wie ein Leichentuch über mich senkte. Ich musste nicht meine Augen schließen, um die Anderwelt zu sehen. Das Jenseits unserer Sippe. Mein Zufluchtsort.

»Es tut mir leid, Schwester«, wisperte ich, als ich ihren Schatten am Rande meines Sichtfeldes bemerkte. An diesem Ort besaß ich nicht genügend Macht, um sie vollständig erkennen zu können. Fixierte ich meinen Blick auf sie, verschwamm ihre Gestalt. Deshalb sah ich weiter eine Alraune an. »Ich war zu ungeduldig und ich verlor die Hexe. Verlor ihr Herz.«

»Es wird ein nächstes Mal geben«, hauchte meine Schwester Rienne wie der Wind in dieser unruhigen Nacht. »Ich werde warten.«

Ihre Stimme zu hören, ihre Nähe zu spüren, füllte meine Kraftreserven auf. Sie war der Anker, der mich am Leben hielt. Nicht im wörtlichen Sinn. Sie zu sehen, und sei es auch nur als Hauch, erinnerte mich an mein altes Leben. An die Normalität und unser Lachen, das durch das Haus schallte. An Mom und Dad, die uns mit Liebe überschütteten.

Wir alle waren unschuldig gewesen.

Wir alle litten unter der Last einer falschen Königin.

»Trotzdem, ich wünschte, ich hätte die erste Phase damit abschließen können.« Ich schüttelte den Kopf und unterdrückte die Tränen. Sehnsucht tränkte meine Worte, mein Herz, als ich daran dachte, wie viel Zeit ich verloren hatte. Zeit, die mir davonlief.

»Das wirst du, sobald unsere Götter sehen, dass du bereit bist, die Krone zu tragen«, beschwichtigte mich meine Schwester und ihre Silhouette flimmerte stärker als zuvor. Ich verlor die Verbindung.

»Ich verspreche, es wird bald geschehen«, presste ich noch hervor und ballte meine Hände zu Fäusten. »Ich werde die Herrin der Wicked werden. Koste es, was es wolle.«

IV  VALENS

Ich hielt eine Packung Tiefkühlerbsen an meine geschundene Wange gedrückt und beobachtete durch das einzige nicht getönte Fenster in meinem Loft den Sonnenaufgang. Noch immer fassungslos über das abweisende Verhalten der Hexia und ihres Waldtrolls war ich regelrecht zu mir nach Hause ins French Quarter geflüchtet. Als ich aus dem Arbeitsraum gestolpert war, war ich unelegant gegen den Türrahmen geknallt. Eine Schande als ehemaliger Teil der babylonischen Stadtwache.

»Verflucht«, murmelte ich und legte die Erbsen auf den Beistelltisch mit der Mosaikplatte. Ich saß auf dem Sofa und hielt die Beine angewinkelt. Seit einer halben Stunde hatte ich mich nicht von der Stelle gerührt.

In all den Jahren meiner Anwesenheit in New Orleans war mir noch nie jemand derart Unhöfliches aus der Gesellschaft der Schatten begegnet. Erst recht nicht, wenn es sein oder ihr Tagwerk war, anderen zu helfen.

Die schwere Metalltür wurde aufgezogen. Ich wandte bloß meinen Blick in die Richtung des Neuankömmlings, da es nur eine Person gab, die sich ungefragt Zugang zu meinem Loft verschaffte.

»Deine verfärbte Wange lässt darauf schließen, dass es nicht so gut gelaufen ist?« Adnan brauchte als Ghul kaum Schlaf, was ihn zu meinem beständigen Begleiter machte, wenn er nicht mit dem *Devil's Jaw* beschäftigt war.

Er durchquerte mit präzisen Bewegungen meine karg eingerichtete Wohnung, die mit einem breiten Doppelbett, einer Kommode, einem abgewetzten Ledersofa und einigen kleinen Tischen und Stühlen möbliert war. Die Wände bestanden aus kahlem Backstein, der Boden aus Beton. Allerdings hatte ich mir die Mühe gemacht und ihn mit ein paar Flohmarktteppichen verdeckt. Nackte Glühbirnen hingen in unterschiedlichen Höhen von der Decke.

»Du hättest mir ruhig von ihrem Waldtroll erzählen können«, entgegnete ich und deutete mit einem Nicken auf den Stuhl neben mir. Adnan strich mit einer Hand über die verstaubte Sitzfläche, bevor er sich in seinem kostbaren Gewand darauf niederließ. Der Falke begleitete ihn heute nicht. »Verdammt, war der riesig. Ich konnte mich nicht mal wirklich umsehen, geschweige denn ein Wort äußern, bevor sie mich rausgeschmissen hat!«

»Hm, ungewöhnlich«, kommentierte Adnan und schlug die Beine übereinander, sodass mich die Juwelen an seinen purpurnen Pantoffeln regelrecht blendeten. Einmal hatte ich versucht, mit ihm über seine Kleiderwahl zu sprechen, aber er hatte mich lediglich mit einem arroganten Augenbrauenhochziehen bedacht. Offensichtlich fand er meine Kleidung so schrecklich wie ich die seine.

»Was genau?« Ich berührte versuchsweise meine Wange, um die Größe der Schwellung einzuschätzen, und entschied, dass ich die Erbsen besser noch an sie gedrückt hielt.

Adnan schmunzelte. »Dass sie deinem guten Aussehen widerstehen kann natürlich.«

»Haha!« Ich verdrehte die Augen. »So leicht lasse ich mich nicht abwimmeln.«

»Sicher?« Adnan beugte sich vor, als die ersten Sonnenstrahlen mein Loft in goldenes Licht tauchten. Sein Turban saß so fest wie eh und je, sodass sein pechschwarzes Haar vor den Blicken anderer geschützt war. In meiner Gegenwart hatte er ihn schon oft abgenommen, aber er sah ihn als Zeichen des

Wohlstands an, weshalb er sich ohne niemals in die Öffentlichkeit begeben würde. »Sie hat ganz klar keine Lust, dir zu helfen.«

»Ich werde ihr keine Wahl lassen«, erwiderte ich bestimmt, legte die Erbsen zur Seite und stapfte in Richtung Bad.

»Weißt du, was?«, rief mir Adnan hinterher. »Ich denke, ich werde dich zu ihr begleiten. Heute Nacht war es im *Devil's Jaw* nicht sonderlich aufregend. Ich fühle das Bedürfnis nach einer Ablenkung.«

Wenn Adnan etwas »nicht sonderlich aufregend« fand, bedeutete dies, dass es Prügeleien und Diebstähle, jedoch keine Morde gegeben hatte. Er war eben immer noch ein Ghul, der gerne Leichen fraß.

Nachdem ich mich geduscht hatte, kehrte ich zu Adnan zurück, der von irgendwoher ein Frühstück gezaubert hatte. Wahrscheinlich war ihm sein Bodyguard Marko gefolgt. Ich bediente mich an dem frisch gepressten Orangensaft und nahm mir ein Croissant, bevor ich mit Adnan auf den Fersen die Feuertreppe nach unten stieg. Noch war es zu früh für die übliche Geschäftigkeit im French Quarter, aber es würde nicht mehr lange dauern, bis die Stühle der Cafés und Restaurants über den Asphalt kratzten und Köche mit ihren Chefs die Tagesmenüs durchsprachen.

Da Adnan Busse und öffentliche Verkehrsmittel jedweder Art verabscheute, legten wir die fast zwei Meilen zur Dauphine Street zu Fuß zurück. Die Zeit, die wir dadurch verloren, kam mir vielleicht zugute. Möglicherweise erwachte die Fluchbrecherin erst jetzt und ich müsste sie nicht aus dem Schlaf reißen. Auch wenn ich sie mir kaum schlafend vorstellen konnte. Sie hatte wie eine immer wachsame Furie auf mich gewirkt. Ich lächelte in mich hinein.

Eine Furie durfte sie sein, solange sie mich von meinem Fluch befreien konnte.

Die Chancen, dass sie mir helfen würde, standen jedoch denkbar schlecht. Nicht einmal nach der Art meines Fluchs hatte sie sich erkundigt. Es hätte ja schlimmer sein können und mir wären im Fall einer Katastrophe bloß wenige Stunden zum Leben geblieben. Was für ein Mensch, für eine Hexe, betrieb ein Geschäft, um anderen zu helfen, ohne eine Unze Empathie?

Unglücklicherweise musste ich eine Antwort auf die Frage finden, um weitermachen zu können. Es könnte ja durchaus sein, dass sie lediglich eine Schwindlerin war. Dann wäre es besser, meine Zeit nicht weiter mit ihr zu verschwenden und mich stattdessen auf die Suche nach einer *richtigen* Fluchbrecherin zu begeben.

Wir erreichten das Gebäude mit der abblätternden Farbe eines feurigen Sonnenuntergangs. Adnan begutachtete den zugewachsenen Vorgarten mit skeptischem Blick und besah sich dann den gusseisernen Zaun genauer, dem ich bei meinem letzten Besuch kaum Beachtung geschenkt hatte.

»Interessant«, murmelte Adnan und rieb sich über den Bart. »Viele Bannflüche hat sie nicht angebracht und keiner von ihnen ist sonderlich stark.«

»Warum sollte sie das überhaupt tun?« Ich sah von ihm zurück zur Fassade und hoch zum Schornstein, aus dem beständiger Rauch in die hereinbrechende Hitze des Tages quoll. Schon jetzt spürte ich die Schwüle, die im Verlauf der nächsten Stunden noch zunehmen würde.

»Schutz, alter Freund, Schutz.« Er hob die Schultern, wandte sich ab und winkte mir im Gehen noch einmal zu. »Viel Erfolg und mach dir nicht gleich in die Hose, wenn sie dich ansieht.«

Ich hielt ihn nicht zurück. Adnan tat immer das Überraschendste und erklärte sich nie. Eigentlich war ich ganz froh, dass ich die bevorstehende Blamage ohne ihn als Zeugen durchleben würde.

Noch einmal atmete ich tief durch, dann bewegte ich mich über den schmalen Kiesweg zur Eingangstür. Es war albern, dass ich mich schon beinahe fürchtete, der Hexia erneut gegenüberzutreten, aber ihre Unfreundlichkeit hatte im wahrsten Sinne des Wortes einen bleibenden Eindruck hinterlassen. Ich berührte kurz meine Wange und zuckte zusammen, als mich der Schmerz wieder überkam.

Wäre ich noch der Prinz von Babylon, wäre es Darcia, die sich fürchten müsste.

Wir befanden uns jedoch nicht in Babylon. Deshalb sollte ich wohl besser nach den Regeln spielen.

Um besonders höflich zu sein, benutzte ich den kupfernen Türklopfer. Bereits bei meinem ersten Besuch hatte ich keine Klingel entdeckt und das, was ich von dem Inneren gesehen hatte, sagte mir, dass sie es wie die meisten Verbannten handhabte. Elektrizität war Magie feindlich gesinnt. Oft zerstörte sie heikle Zaubersprüche und veränderte deren Resultat. Dies war einer der Gründe, warum es in den Schattenstädten keine Elektrizität gab. Der andere war der, dass wir dort keinen Strom benötigten. Alles war auf unsere Magie ausgerichtet, sodass selbst die Septi – Nicht-Magische, die in diesen Städten lebten – ohne Elektrizität zurechtkamen und nichts an Komfort vermissen mussten.

Als niemand auf mein Klopfen reagierte, drehte ich den Messingtürknauf und trat in den dämmrigen Arbeitsraum ein. Nur das niedrig brennende Feuer verriet die Anwesenheit mindestens einer Person irgendwo im Haus.

Es gab mehrere Tische, Regale und Stühle, alle Oberflächen waren mit medizinischen Objekten und Zutaten bedeckt. Ich musste mich unter einem Dutzend von der Decke baumelnden Kräuterbündel hindurchducken, um den Raum zu durchqueren.

Alles in allem erinnerte mich dieses Zimmer an zu Hause. Seltsam, dass nach all den Jahren ausgerechnet dieser Ort dieses Gefühl in mir weckte. Ich trat an einen hohen Tisch heran, auf dem mehrere Tücher lagen – und inmitten davon war eine blasse Wila gebettet. Sie stöhnte leise.

»Wer bist du und was machst du in meinem Haus?«

Oh-oh.

Langsam und mit erhobenen Händen drehte ich mich um.

Die Hexia, Darcia, stand mir mit einem Skalpell in der linken Hand gegenüber. In ihrer rechten hielt sie einen gelben Salmiak auf schwarzem Stein, der mir größere Sorgen als das Messer bereitete. Salmiaks wurden sowohl für die Heilung als auch für Flüche benutzt.

»Ich bin ein Kunde«, sagte ich möglichst ruhig. Mein Blick wanderte von ihren tätowierten Händen zu ihrem Bauchnabel, der zwischen dem dunkelgrünen Hüftrock und dem grauen Top hervorblitzte. Er war gepierct und ich war mir ziemlich sicher, dass der Anhänger zu ihrem Schutz diente. Trotz ihrer teilweise offenen, teilweise geflochtenen schwarzen Haare und dem leichten Rouge auf ihren Wangen kam sie mir nicht sonderlich eitel vor. Alles an ihr schien einem Zweck zu dienen. Die Beutel an ihrem Gürtel, die bestimmt Tinkturen und Kräuter enthielten, die magischen Runen auf ihren Händen, die vielen goldenen Ohrringe mit den Hexensymbolen für die Elemente und der Armreif um ihren Oberarm, der aus einfachem Holz geschnitzt zu sein schien. Vermutlich von einem gesegneten Stück. Einzig ihr Nasenring fiel aus der Reihe und besaß meines Wissens nach keine Magie verstärkenden oder schützenden Eigenschaften. »Du bist doch eine Fluchbrecherin, oder nicht?«

Die Wila hinter mir stöhnte erneut und Darcias Blick huschte sofort von mir zu ihr. Ein reizendes Runzeln erschien auf ihrer Stirn. Sie besaß einen dunklen, südländischen Teint, hatte wahrscheinlich Eltern aus dem spanischen Raum. Viele in New Orleans und Babylon hatten Vorfahren, die von dort stammten. »Was hast du getan?«

Sie ließ mir keine Zeit, mich zu erklären, sondern eilte an mir vorbei und legte beide Waffen weg, um sich um die Wila zu kümmern. Mit den Fingerspitzen berührte sie deren Stirn und Wangen, wartete darauf, dass sich der kleine Brustkorb hob und senkte. Währenddessen blieben ihre braunen Augen ausschließlich auf ihre Patientin gerichtet. Mich schien sie vergessen zu haben und ich spielte bereits mit dem Gedanken, sie auf irgendeine Weise auf mich aufmerksam zu machen, als sie erneut ihre Stimme erhob. Immer noch, ohne mich anzusehen.

»Du bist derjenige, den ich gestern rausgeworfen habe, oder?«

Ich wand mich innerlich. »In der Tat.«

Sie hob plötzlich ihren Kopf und ich erstarrte unter ihrem durchdringenden Blick. »Du hättest nicht zurückkommen sollen.«

Innerhalb eines Wimpernschlags hatte sie erneut nach dem Salmiak gegriffen und ihn auf mich geworfen. Sobald er auf meine Schulter traf, zerfiel er zu Staub, legte sich auf meinen Körper und hielt mich an Ort und Stelle gefesselt.

Hervorragend. Sie hatte meine Unachtsamkeit bestraft und mich erneut verflucht. *Fabelhafte Fluchbrecherin.*

V  DARCIA

Nicht umsonst machte ich einen großen Bogen um männliche Hexer. In der Regel waren sie eitel, selbstverliebt und kontrollsüchtig. Es gab niemanden, der gerne zugab, dass er in irgendeinem Bereich schlechter war als eine Hexia, eine Halbhexe. Dass ich nicht lache! Bisher hatte ich noch niemanden getroffen, der mir das Gegenteil bewiesen hätte, und dieses Exemplar würde nicht damit anfangen. Natürlich sah er unglaublich gut aus mit seinem charmanten Lächeln, der braunen Haut und den kühlen blauen Augen, aber ich las noch viel mehr in ihm als dies.

»Warum hast du das getan?«, fragte er entsetzt. Der Fluch des Salmiaks würde nur wenige Minuten andauern, was er nicht zu wissen brauchte. Außerdem konnte er froh sein, dass ich mich für den Salmiak und nicht für das Skalpell entschieden hatte. »Hast du es nicht zu deiner Arbeit gemacht, Leuten *zu helfen?*«

Ich verdrehe wegen der deutlichen Rüge die Augen.

»Helfen?«, zischte ich. »*Du* bist wie ein gemeiner Verbrecher in mein Zuhause eingedrungen. Zwei Mal, wenn ich noch hinzufügen darf. Und du redest von Hilfe?«

»Die Tür war offen!«, entgegnete er sichtlich genervt. Außerdem färbte Wut seine Stimme. Endlich zeigte er sein wahres Gesicht.

»Seit wann ist das eine Einladung?«

»Du betreibst ein Geschäft, Götter noch mal!« Ich konnte

ihm ansehen, wie er gegen den Fluch ankämpfte. Auf seiner Stirn erschienen mehrere Falten und Schweiß perlte von seinen Schläfen. »Ich bin nur ein Kunde. Wie jeder andere auch. Du hast nicht mal gefragt, was mir fehlen könnte. Was für eine Heilerin bist du überhaupt?«, redete er sich in Rage und es wäre amüsant gewesen, wenn ich nichts Besseres zu tun gehabt hätte, als mich um einen arroganten Mistkerl zu kümmern.

Ich näherte mich ihm, bis sich unsere Nasenspitzen fast berührt hätten, wenn er nicht einen Kopf größer gewesen wäre als ich. Stattdessen hob ich meinen Blick, während meine Hände über die Vorderseite seiner Jacke wanderten. Mit der Linken griff ich schließlich in die Innentasche.

»Wie jede andere auch? Auf einen Blick habe ich gesehen, dass du weder der Hexen-Unterschicht angehörst noch ein Schattengeschöpf bist«, entgegnete ich und zog mit einem Ruck das kleine Notizbuch heraus, dessen Umrisse sich auf dem Stoff der Jacke abgezeichnet hatten. »Deine Kleidung, wenn auch nicht sonderlich modern, ist zu neu. Du machst dir die Mühe, dich einzuparfümieren, und dein Kinn sieht frisch rasiert aus. Niemand aus meinem üblichen Kundenkreis gibt sich so selbstsicher wie du. Als würde dir die ganze Welt zu Füßen liegen. Wahrscheinlich wurde dir dies als Kind eingeimpft. Jetzt bist du zwar auf dich allein gestellt, doch der Blick auf das niedere Volk ist noch immer derselbe.«

Ich drehte mich um und schlug das Notizbuch auf.

»Tu es nicht«, warnte er mich. Oder war es eine Bitte? Ich wagte einen Blick über meine Schulter. Das, was ich in seinem Gesicht sah, erschütterte mich, denn mit allem hatte ich gerechnet. Wirklich, mit allem, aber nicht mit ... Scham. Es traf mich zu unvermittelt, sodass ich das Buch tatsächlich wieder zuklappte.

»Was ...«, begann ich, als die Wila erneut stöhnte und ich mich daran erinnerte, was mich eigentlich zurück in den Arbeitsraum gebracht hatte. Ich legte das Buch auf die Ecke eines vollgestellten Tisches und besah mir die Wila, die flatternd ihre Lider öffnete. »Das ist unmöglich.«

Ganz gleich, was ich Tieno gesagt hatte, die Wila hätte den Angriff nicht überleben sollen. Sie zog Leben aus dem Haar, das ihr genommen worden war.

Ich beeilte mich, ihr noch mehr von dem Erweckenden Trank einzuflößen, der ihr schließlich dabei half, wach zu bleiben. Als ob Tieno dies gespürt hätte, betrat er den Arbeitsraum. Er schenkte unserem Kunden einen beiläufigen Blick, bevor er sich neben mich stellte.

»Wo ... bin ich?«, wisperte die Wila mit ungewöhnlich tiefer Stimme.

»Bei mir zu Hause«, antwortete ich leise und versuchte mich an einem Lächeln. Tieno schüttelte den Kopf und ich gab auf. Es war besser, mich auf Worte zu beschränken. »Wie geht es dir? Weißt du, wer du bist? Kannst du dich daran erinnern, was geschehen ist?«

Die Wila blickte von mir zu Tieno und wieder zu mir. »M-mein Name ist Arnamentia. Ich bin ... ich ...« Ihre Unterlippe zitterte, aber sie riss sich sofort wieder zusammen. *Gut.* Es zeigte ihre Stärke. Sie würde sich nicht unterkriegen lassen. »Meine Schwestern, sie verstießen mich, nachdem ich ... ich brach die wichtigste Regel.«

»Du verliebtest dich in einen Menschen?«

Sie nickte. »Eines unserer Opfer. Wir wollten gemeinsam fliehen, doch wir wurden entdeckt. Sie veränderten mit ihrem Lied seine Erinnerungen und verbannten mich aus dem Kreis, sodass ich allein ... ich ...«

Wenn eine Wila aus dem Kreis der Schwestern ausgestoßen wurde, glich dies einem Todesurteil. Das Haar einer Wila besaß magische Eigenschaften und wurde für viel Geld auf dem Schwarzmarkt verkauft. Eine Schwesternschaft war nahezu unbesiegbar, aber eine einzelne Wila? Leichtes Geld.

»Wenige Tage danach hatte ich das Gefühl, verfolgt zu werden.« Sie schniefte und für einen Moment schimmerte ihr Körper, bevor er wieder normal durchscheinend wurde. Nicht ganz da, nicht ganz fort. »Dann griff mich jemand wie aus dem Nichts an und ... er brachte mich an einen dunklen Ort, wo er ... mein Haar ...« Entsetzen färbte ihre Stimme hell und mit ihren kleinen Händen umfasste sie zum ersten Mal ihren geschorenen Kopf. Danach konnte sie die Tränen nicht zurückhalten. »Ich lebe noch?«

»Überraschenderweise ja«, bestätigte ich und erntete ein Schnauben seitens des Kunden. Wahrscheinlich war ich ihm zu unsensibel, aber meiner Meinung nach brauchte Arnamentia harte Fakten und keine leeren Worte, die nach Honig schmeckten und letztlich Bauchschmerzen verursachten. »Hat dir dieser ... Unbekannte das Haar bloß abgeschnitten oder ...«

»Es war während eines Rituals.« Sie presste ihre vollen Lippen aufeinander, ihre violetten Augen schimmerten. »Grausam, dunkel, schmerzhaft.«

»Er wusste also, was er da tat, und wir können davon ausgehen, dass er das Haar für seine eigenen Zwecke nutzt und nicht verkaufen will. Zumindest nicht alles.«

»Das ist schlecht, oder?« Ich bemerkte aus dem Augenwinkel, dass der Kunde mittlerweile seine Schultern wieder bewegen konnte. Nicht mehr lange und der Fluch hätte ihn vollends verlassen.

»Niemand, der Wila-Haar stiehlt, hat Gutes im Sinn«, bestätigte ich.

»Stinkt«, kommentierte Tieno und deutete mit einer Handbewegung auf unseren Kunden.

Erstaunt hob ich die Augenbrauen. »Auf dir lastet ein schwerer Fluch.«

»Das kann er riechen?« Der Kunde blickte Tieno irritiert an.

»Nein, er mag nur dein Parfüm nicht.« Ich streckte den Zeigefinger aus und berührte damit sein Handgelenk, wodurch ihn der Rest des Salmiakfluchs verließ. Das Pentagramm auf dem mittleren Fingerknochen half mir dabei, meine klägliche Magie auf diese Weise zu konzentrieren.

»Danke«, nuschelte er und schüttelte seine Gliedmaßen aus, als hätte er sie seit Stunden nicht mehr bewegt. Dramatisch war er auch noch. *Na super!* »Wo wir beim Thema wären. Deshalb bin ich hier. Wegen des Fluchs, der auf mir ...«

»Dafür hab ich keine Zeit«, unterbrach ich ihn und wandte mich ab, um mich zu bewaffnen.

Ich hatte ein konkretes Ziel vor Augen. Ich musste herausfinden, wer dieser unbekannte schwarze Magier war und was er mit dem Haar der Wila vorhatte. Vielleicht, wenn ich großes Glück hatte, würde ich noch eine Strähne an dem Ort des Verbrechens finden. Sie war nicht unabdinglich für meine Zwecke, zur Herrin der Wicked zu werden, aber sie würde einiges erleichtern.

»Kannst du dich noch an den genauen Ort erinnern, wo du sie gefunden hast, Tieno?« Ich tauschte ein paar Beutel gegen eine kleine Ledertasche aus, in der ich Salmiakflüche und heilende Mittelchen in unterschiedlich großen Phiolen aufbewahrte. Zudem suchte ich in einem weiteren Regal nach meinen Skalpellen und einer Gomorrah-Kerze, die mich – einmal angezündet – für jeden Angreifer unsichtbar machte.

Tieno stampfte zu einer gerahmten alten Karte von New Orleans an der Wand und drückte einen seiner dicken Finger auf die Esplanade Avenue, Ecke N Rocheblave Street.

»Garten«, presste er hervor und wandte sich wieder der Wila zu. »Menti.« Ich brauchte einen Moment, ehe ich verstand, dass er ihr damit einen Kosenamen gab. Herrje!

»Du willst meinen Angreifer finden?«, fragte Arnamentia leise. »Was ist, wenn er dich überwältigt?«

»Wird er nicht«, erwiderte ich sofort.

»Bist du eine Art Rächerin für die Kleinen?«, meldete sich der Fremde zu Wort, dessen Anwesenheit ich ganz vergessen hatte.

Ich warf ihm einen verärgerten Blick zu und verzichtete darauf, ihm eine Antwort zu geben. Es war nicht wichtig, dass er verstand, wie heikel die Lage war.

Seit ich mich dazu entschieden hatte, das Ritual zu vollziehen, um die Herrin der Wicked zu werden, hatte ich auf die magischen Entwicklungen in New Orleans geachtet. Ich konnte es mir nicht leisten, dass mir jemand auf die Schliche kam oder – schlimmer noch – das Ritual selbst begann.

Bisher war ich hin und wieder auf Ausläufer schwarzer Magie gestoßen, aber es hatte sich stets um Zauber gehandelt, die mit politischer Macht und persönlicher Rache in Verbindung gebracht werden konnten. Das Haar einer Wila zu stehlen, deutete hingegen auf ein anderes Kaliber von Magie hin. Es zeigte nicht direkt auf das Ritual der Herrin der Wicked, aber wie auch ich könnte der oder die Fremde erkannt haben, wie viel leichter es mit dem Haar zu vollziehen wäre. Anders als ich besaß dieser Jemand leider keine Hemmungen, Unschuldige mit in den Abgrund zu ziehen.

»Pass auf sie auf«, wies ich Tieno an und trat durch die Tür, nur um von dem Kunden am Arm zurückgehalten zu werden. Es war nicht einmal ein aktiver Gedanke, als ich mich mit einer geübten Bewegung aus seinem Griff wand und ihm mit der anderen Hand einen gut sitzenden Faustschlag gegen seine ohnehin schon dunkel gefärbte Wange verpasste. »Fass mich nie wieder an!«

»Au«, rief er übertrieben laut aus. So fest hatte ich auch wieder nicht zugeschlagen. »Sorry, ich wollte ... du gehst jetzt nicht allein dorthin, oder?« Er rieb sich die wunde Stelle und machte es damit noch schlimmer.

»Ich brauche keinen Ritter in glänzender Rüstung, den ich am Ende noch selbst retten muss«, entgegnete ich und schritt eilig den Pfad zur Straße entlang.

»Ich bin kein Ritter«, murmelte er. »Aber ich werde dir folgen. Es verstößt gegen meine Prinzipien, eine Frau sich allein in Gefahr begeben zu lassen.«

»Was für eine Scheiße!« Ich blinzelte gegen die helle Morgensonne, die von den Fensterläden der gerade geöffneten Geschäfte reflektiert wurde. Natürlich würde ich diesem Fremden nicht erlauben, mich zu verfolgen, und spätestens, wenn ich die Esplanade Avenue erreicht hatte, würde ich ihn mithilfe der Kerze abschütteln.

»Mein Name ist übrigens Val«, stellte er sich vor. »Eigentlich Valens, na ja … der Name ist zu lang für meinen Geschmack und in New Orleans …«

»Redest du immer so viel?«, knurrte ich. Was wollte dieser Typ … Val? War sein Fluch so schwer, dass er mich nicht in Ruhe lassen konnte? Das erschien mir recht unwahrscheinlich. Seit ich mich dem Geschäft des Fluchbrechens gewidmet hatte, war mir kein tödlicher Fluch mehr untergekommen. Im Gegensatz zu den Schattenstädten war die Magie in den sogenannten Ankerstädten ebenjener nicht sonderlich stark. Natürlich konnte man noch immer viel Unheil anrichten, aber Flüche der schlimmsten Ordnung waren nicht im Standardprogramm enthalten.

Ich warf ihm einen neugierigen Seitenblick zu. Die einzige Möglichkeit, die ich noch sah, war, dass er nicht hier, sondern in Babylon verflucht worden war.

Kopfschüttelnd konzentrierte ich mich auf meinen Weg und überquerte die Dauphine Street an einer Kreuzung, um eine Abkürzung durch eine schmale, mit Efeu bewachsene Gasse zu nehmen.

»Ich rede viel?«, echote er und hielt inne, als würde er sich meinen Kommentar durch den Kopf gehen lassen. »Ich schätze, wenn man dein Schweigen gewohnt ist, fühlt es sich so an.«

Er ging mir so auf die Nerven. Da merkte man wieder einmal, dass gutes Aussehen nicht mit Charakter gleichzusetzen war. Wenn er nur schweigsam und zurückhaltend gewesen wäre, dann …

Ich hörte das Zischen, eine Sekunde bevor ich den Schmerz an meinem Oberschenkel spürte. Meine Knie knickten ein und ich sank gegen das Gemäuer zu meiner Linken.

»*Troi mois*«, rief jemand und ich wusste augenblicklich, wer mir aufgelauert hatte.

Die Wut über meine eigene Unaufmerksamkeit half mir dabei, gegen den Schmerz anzukämpfen.

Dreifach verfluchter Mondgott.

VI

DARCIA

Es schmerzte höllisch.

Auch wenn ich erkannt hatte, warum ich getroffen worden war, so machte es den Schmerz nicht erträglicher.

Der Bruder meines letzten Klienten im *Seaheart* hatte mir damit eine weitere Warnung als Zeichen seiner nahenden Blutrache geschickt.

Warmes Blut sickerte durch den weichen Stoff meines Rocks und färbte meine Hände, die ich auf die Wunde gepresst hielt, rot.

»O Götter, wer war das?« Mein Kunde ... *Val* sah sich aufmerksam um, seine Hände leuchteten golden, als würde er jeden Moment zwei Feuerbälle loslassen. Camin war längst über alle Berge. Er hatte getan, wofür er gekommen war. Mich daran erinnert, dass in drei Monaten unser Kampf auf Leben und Tod stattfinden würde. Da er und sein Bruder der Hexengemeinde von New Orleans angehörten, beugte er sich den Regeln, sodass er mich erst drei Jahre und drei Monate nach dem Mord zum Duell herausfordern durfte. Was er nicht wusste, war, dass ich beabsichtigte, in drei Monaten schon die Herrin der Wicked zu sein.

Dann wäre eine Konfrontation mit ihm kaum noch der Rede wert. Doch heute ... heute war ich schwach und klein und kläglich und je näher wir dem Ende der Frist kamen, desto grausamer wurden seine Warnungen.

Es stand in dem *Grauen Buch der Hexen* geschrieben, unser

diesweltlicher Kodex, dass beide Kontrahenten nicht vor dem Kampf getötet werden durften. Nicht eindeutig war, inwieweit sie unverletzt gelassen werden mussten. Ein Aspekt, den Camin erkannt hatte.

Troi mois. Drei Monate.

»Er ist fort«, beschwichtigte ich Val.

Ich fummelte mit einer blutigen Hand an meiner Ledertasche herum, um mir einen Druckverband anzulegen, als Val sich neben mich kniete. Die flammenden Hände wieder normal und dunkel. Er schob meine eigenen Hände erstaunlich sanft fort und öffnete die Tasche mit geübten Bewegungen. Die Gaze sowie eine blutstillende Tinktur, die ich aus Schafgarbe und Johanniskraut gewonnen hatte, zog er hervor und legte beides auf den Boden.

Ich atmete tief durch. Schmerz beherrschte mich nicht. Ich beherrschte den Schmerz.

Es war nicht das erste Mal, dass ich körperliche Qualen erlebte. Dies war kein Vergleich zu dem, was ich bereits durchgestanden hatte.

Angenehm war es dennoch nicht, von einem Pfeil durchbohrt zu werden.

»Pass auf«, zischte ich, als Val meinen Oberschenkel abtastete. »Hol ihn einfach raus.«

Er sah mich überrascht an. »Du könntest verbluten.«

Genervt hob ich meine rechte Hand und deutete mit dem Zeigefinger der anderen auf meinen Handrücken. »Siehst du das Symbol?« Es war ein Konstrukt aus mehreren schwarzen Strichen. »Das ist die Rune für Gesundheit und Vitalität. Sie wird ein Verbluten verhindern.«

»Ich kenne die Runen«, murmelte er, bevor sich seine Hand um den Pfeilschaft schloss. Er zog seine schwarzen Augenbrauen zusammen und ich steckte mir ein Stück Stoff zwischen die Zähne. »Bereit?«

»Bereit.« Ich presste die Lippen um den Stoff zusammen und schrie hinein, als die gläserne Pfeilspitze ein weiteres Mal durch meine Haut brach. Die Schwärze knabberte an meinem Blickfeld. Es war meinem eisernen Willen zu verdanken, dass ich nicht an Ort und Stelle das Bewusstsein verlor.

Wir konnten ohnehin von Glück reden, dass uns bisher noch niemand entdeckt hatte, da wollte ich unser Schicksal nicht mit einer Ohnmacht herausfordern.

Ich spuckte den Stofffetzen aus.

Ohne um Erlaubnis zu bitten, schob Val meinen Rock nach oben, um mir den Druckverband anzulegen. Ich biss wieder die Zähne zusammen. Dieses Mal nicht vor Schmerz, sondern vor Entrüstung. Allerdings erkannte ich, dass er mir nur helfen wollte, und ich akzeptierte seine flinken Finger, die die Gaze mehrmals um meinen tätowierten Oberschenkel wickelten. Der Pfeil war in das Antlitz einer Eule gesunken und um den Schutz und die Weisheit des Tieres aufrechtzuerhalten, würde ich das Tattoo zeitnah erneuern müssen. Was für ein Ärgernis!

»Also, wer hat es auf dich abgesehen?«, fragte Val, nachdem er den Verband befestigt hatte.

Mit dem Tuch wischte ich mir das Blut von den Händen. Er tat es mir nach, als ich es ihm weiterreichte.

»Ich habe seinen Bruder getötet. Er will Rache«, fasste ich die unglückselige Tatsache zusammen. »In drei Monaten wird er mich zu einem Kampf herausfordern.«

»In New Orleans wird Blutrache praktiziert?«, rief er aus, während er mir beim Aufstehen half. Ich würde mich schwach auf den Beinen fühlen, bis meine Gesundheitsrune wirkte, wodurch nur noch das Pochen der Wunde und der blutdurchtränkte Stoff zurückbleiben würden.

»In all ihren wundervollen und unterschiedlichen Facetten.« Testweise verlagerte ich mein Gewicht von einem Bein aufs andere, bis ich beinahe keinen Unterschied mehr spürte. »Du kannst jetzt gehen.«

»Ist das dein Ernst?« Er baute sich vor mir auf. »Ich helfe dir und als Dank willst du mich noch immer loswerden?«

»Du hast mir einen Verband angelegt, mehr nicht«, murmelte ich. »Tu nicht so, als wärst du mein Lebensretter.«

»Ich begleite dich«, beharrte er und blickte mich herausfordernd an. Noch immer trug er die dunkelrote Baseballcap auf seinem Kopf, aber zum ersten Mal wirkte er nicht lächerlich, sondern gefährlich. Der Schirm tauchte sein Gesicht in dunkle Schatten. »Auch wenn ich nicht glaube, dass du dich in einem Zustand befindest, um auf Hexenjagd zu gehen.«

»Es ist der beste Moment.« Ich befeuchtete meine Lippen. »Der schwarze Hexer hat den Ort des Verbrechens wahrscheinlich längst verlassen. Aber niemand geht fort, ohne Spuren zu hinterlassen.«

Val sah mich an. »Wie du meinst. Ladys first.«

»Ich meinte das ernst. Du kannst gehen.«

»Nein.«

Er presste die Lippen zusammen. Ich würde ihm nicht einmal mehr davonlaufen können und die Gomorrah-Kerze war damit wertlos geworden. Sie konnte ihn nur dann täuschen, wenn ich mich nicht in Sichtweite befand.

Wütend auf mich selbst humpelte ich an ihm vorbei. Val holte augenblicklich auf, um mich mit einem Arm zu stützen.

»Ich hoffe, das ist in Ordnung«, sagte er noch und ich beschloss, dass dies der einzige Grund war, weshalb ich seine Hilfe zuließ. Normalerweise ertrug ich die Berührung von Fremden nicht. Es war kein Schmerz, der dadurch ausgelöst wurde, eher ein Unwohlsein, das aus meiner Zeit im *Seaheart* herrührte. Eine Episode meines Lebens, die ich vergessen wollte.

Da der Tag mittlerweile in voller Blüte erstrahlte und Einwohner und Touristen aus ihren aufgeheizten Gebäuden auf die Straßen lockte, mussten wir uns mit engen Gassen und trostlosen Hinterhöfen zufriedengeben. Sie verlängerten unseren Weg, aber dadurch sah uns niemand schief an wegen des getrockneten Bluts auf meinem dunklen Rock. Nach einer halben Stunde erreichten wir schließlich die Kreuzung, auf die Tieno gezeigt hatte.

Dort standen sich zwei Gebäude einander gegenüber, von einer Straße getrennt. Bei dem einen handelte es sich um ein Haus aus Backstein, das mit Graffiti verschandelt worden war. Der Rasen davor war gestutzt und es gab zudem einen Busch hinter einem Zaun, der ebenfalls zurechtgeschnitten war. Das Gebäude war eindeutig bewohnt.

Schwer atmend ließ ich meinen Blick auf die andere Straßenseite wandern, während ich mich noch immer von Val stützen ließ.

Das andere Haus war einstöckig und aus Holz. Es wirkte heruntergekommen, die graue Farbe der Fassade an den meisten Stellen verschimmelt, abgeblättert oder von Moos überzogen. Der Vorgarten war überwuchert und vermittelte nicht den Eindruck, als würde sich jemand darum kümmern. Auch die Fenster des Hauses starrten uns wie leere schwarze Höhlen an.

»Hier ist es«, verkündete ich und löste mich aus Vals Griff, um mir den Vorgarten näher anzusehen. »Tieno muss sie hier irgendwo gefunden haben.«

»Die Blumen sind hier platt getreten«, verkündete Val und deutete auf eine Stelle direkt vor sich.

Ich eilte an seine Seite. Er hatte recht. Das waren eindeutig Tienos Fußspuren im Beet zwischen Weißdorn und Schwertlilien. Mein Blick schweifte zurück zum Haus. Ich wusste, was zu tun war.

»O nein«, rief Val und umfasste meinen Unterarm, den er sofort wieder losließ, als er meinen Blick spürte. »Du willst doch nicht einbrechen, oder?«

»Wenn ich richtigliege, ist die Vordertür nicht mal versperrt«, beschwichtigte ich den Feigling. Das einzig Gute waren seine erstklassigen Fähigkeiten beim Verbinden von Wunden.

Wir schritten einmal um das Haus herum und besahen uns unter großer Vorsicht die Eingangstür, die hinter einem Fliegengitter sichtbar war. Val zog das Gitter auf, sodass ich mit der Rune des Verrats an meinem kleinen Finger erspüren konnte, ob uns beim Eintreten ein Fluch erwartete. Ich spürte nichts, nicht mal ein Kribbeln, als ich den Türknauf umfasste, ihn drehte und die Tür nach innen aufstieß.

Staub wurde aufgewirbelt, als wir den dämmrigen Flur betraten.

Sofort nahm ich den Geruch von Weihrauch wahr, der sich mit der abgestandenen Luft vermischte. Bevor sich mir die Möglichkeit bot, ein Fenster aufzureißen, bemerkte ich die Wachsspur zu meinen Füßen. Die verpestete Luft war vergessen und ich folgte den beigen Tropfen ins angrenzende Wohnzimmer, das ich durch seine Größe als dieses ausmachte. Es gab keinerlei Mobiliar, die Wände waren kahl und der Holzfußboden an einigen Stellen aufgebrochen. Ein Bannkreis, gezogen mit weißer Kreide, vergessene Kerzen und eine Messingschüssel, in der eindeutig etwas gebrannt hatte, fanden sich in der Mitte. Abgesehen davon ... nichts. Zu viel nichts.

Irritiert kniete ich mich trotz der Verletzung neben den Kreis. Ich strich mit einer Fingerkuppe über die Kreide, berührte eine nicht ganz abgebrannte Kerze und roch schließlich an der Schüssel. Kein Duft, kein anderes Überbleibsel, außer schwarze Brandspuren.

»Was ist?«, erkundigte sich Val. »Du hast einen merkwürdigen Ausdruck im Gesicht.«

»Ein Profi ist am Werk«, antwortete ich leise, biss mir unruhig auf die Unterlippe und sah mich noch einmal um. »Er wusste genau, was er zurücklassen konnte, ohne wirklich Spuren zu hinterlassen. Als würde er mich an der Nase herumführen.«

»Aber er konnte wohl kaum wissen, dass Tieno die Wila finden würde«, gab Val zu bedenken.

Ich erhob mich und verzog das Gesicht, als sich die Wunde an meinem Oberschenkel spannte. Meine Rune war nunmehr schwach auf meinem Finger erkennbar, weshalb der Rest in normaler Geschwindigkeit heilen müsste.

»Vielleicht nicht«, stimmte ich zu, als mich das Knarzen einer Diele zusammenfahren ließ.

Val und ich blickten gleichzeitig zur Tür. Unser Angreifer kam jedoch nicht aus dieser Richtung.

Der Ghul fiel mit unnatürlich aufgerissenem Maul, in dem vier Reihen spitzer Zähne blitzten, von der Decke direkt zwischen uns. Er brüllte etwas Unverständliches und stürzte sich zunächst auf Val, der sich sofort in Kampfstellung begab. Seine Hände glühten, doch ihm blieb keine Zeit, die Flammenkugeln wachsen zu lassen. Der in Fetzen gekleidete Ghul kümmerte sich nicht um die Warnung und begrub Val unter sich.

Sie rollten schwerfällig über den Boden. Der Ghul mit dem Verlangen, seine Zähne in Vals Gesicht zu senken, und Val mit den Händen auf Stirn und Kinn des Fremden, um ebenjenes zu verhindern.

Sie boten einen beinahe lustigen Anblick und ich spielte mit dem Gedanken, mich umzudrehen und zu gehen. Damit wäre ich Val ganz sicher los.

Mich überkam allerdings ein Anflug von Mitleid.

Ich griff nach einem Säckchen und öffnete es. Währenddessen stieß Val ein tiefes Brüllen aus. Sie rollten erneut über den Boden, Val über dem Ghul. Er holte aus und ...

Überrascht hielt ich in meiner Bewegung inne.

»Hast du ihn getötet?«, fragte ich entsetzt.

»Er wollte *mich* töten!«, rief er keuchend aus und brachte eilig Abstand zwischen sich und den leblosen Ghul, dessen Maul nun geschlossen war. Blut tränkte seine zerrissene Weste. Erst jetzt bemerkte ich den Dolch, der aus seinem Bauch hervorragte. »Verflucht!«

Stirnrunzelnd sah ich wieder Val an, der sich krümmte, als würde er die gleichen körperlichen Schmerzen erleiden wie der Ghul Momente zuvor. Ich trat unwillentlich an seine Seite, als eine Tür aufgestoßen wurde und laute Schritte erklangen. Einen Wimpernschlag später fanden wir uns von einer ganzen Gemeinschaft von Ghulen umzingelt.

»Verfluchte Voodoohexenpisse«, knurrte ich, denn ich wusste augenblicklich, was dies zu bedeuten hatte.

Einer der Ghule löste sich von der Formation, während uns die anderen weiterhin mit ernsten Blicken musterten. Sie hatten sich noch nicht in ihre monströse Gestalt verwandelt, was ich als gutes Zeichen verstand.

Derjenige, den ich durch das Abzeichen an seiner Lederjacke als Anführer ausmachte, beugte sich zu dem Toten herab, um dessen Augen zu schließen. Außerdem flüsterte er Wörter in einer Sprache, die ich nur bruchstückhaft verstand. Ghulisch zu lernen gehörte nicht zu meinen Lieblingsaktivitäten. Die Sprache war mir zu abgehackt und klackernd und reizte mich deshalb kaum.

Der Anführer richtete sich auf, sodass die achtzackige Sonne glänzte, als würde sie tatsächlich das karge Licht im Raum reflektieren. Sein Blick huschte von mir zu Val, der das Geschehen ebenfalls mit düsterer Miene beobachtete. Auch wenn er nicht wusste, was hier passierte, so musste er ahnen, dass es nichts Gutes bedeutete.

»Wer hat meinen General auf dem Gewissen?«, fragte der Anführer mit ruhiger Stimme.

Ich trat einen Schritt auf ihn zu. Sofort wurde der Kreis enger um uns gezogen und ich stöhnte auf. Sie waren wirklich paranoid.

»General?«, echote ich giftig. »Er hat sich nicht als solcher verhalten. Wer seid ihr überhaupt? Das hier ist nicht das Gebiet von Adnan Marjuri.«

»Adnan«, wiederholte der Anführer mit genauso viel Ekel wie ich zuvor. »Nein, das hier ist mein Herrschaftsbereich. Darf ich mich vorstellen? Garb Judan. Und ihr habt meinen General Helios getötet.«

»Nicht grundlos, das sei dir versichert«, mischte sich Val ein, der genug davon hatte, lediglich herumzustehen und das Gespräch zwischen mir und dem Ghul schweigend zu verfolgen. »Er hat uns wie aus dem Nichts angegriffen.«

»Das ist schwer vorstellbar.« Judan vollführte eine Handbewegung, die die Lächerlichkeit dieser Aussage unterstreichen sollte. Zudem erschien ein Lächeln auf seinen Lippen, mit dem er deutlich machte, was er von uns hielt.

Wut kochte in mir hoch.

»Läuft euer General immer in diesen Lumpen herum?«, warf ich ein, da ich spürte, dass hier etwas faul war. Eindeutig. Meine Hand auf den toten Ghul gerichtet. »Wir sind einem dunklen Hexer auf der Spur gewesen, der an diesem Ort einer Wila das Haar geraubt hat. Was hatte Helios hier zu suchen und wieso hat er uns angegriffen?«

»Und wie kommt es, dass ihr so schnell hier gewesen seid?«, fügte Val hinzu.

Judans Lächeln schwand und seine grünen Augen verengten sich. Er wirkte plötzlich um einiges gefährlicher als noch zuvor und die achtzig Jahre, die er sehr wahrscheinlich zählte, machten ihn zu einem tödlichen Gegner. Ghule alterten nicht in der gleichen Weise wie Menschen und wenn sie wie vierzig aussahen, waren sie oftmals doppelt so alt und befanden sich damit kräftemäßig in ihrer Blütezeit.

»Die Umstände sind irrelevant.« Damit zerdrückte er jedwede verbliebene Hoffnung wie eine Blüte in seiner Hand. »Ich fordere die mir zustehende Blutrache, da Helios keine Verwandten mehr besaß. Bei Sonnenaufgang des nächsten Tages werden wir den Kampf auf Leben und Tod führen. Auf dem Lafayette Cemetery.«

»Was ...?«, rief Val.

»Moment mal.« Ich hob eine Hand. »Ich habe deinen General nicht getötet. Das war einzig und allein er. Valens.«

Judan zuckte mit den Schultern. Die Spannung hatte ihn verlassen. Die Herausforderung war ausgesprochen und konnte nicht mehr zurückgenommen werden. »Wir sehen uns bei Sonnenaufgang, Valens.« Er stand schlagartig vor Val, packte seinen Arm und schob den Ärmel hoch. Seine Handfläche hielt er auf dessen Haut gedrückt und der Geruch von verbranntem Fleisch drang an meine Nase.

Val war markiert worden.

Als würde mein eigenes Symbol der Blutrache die Nähe eines Bruders spüren, schmerzte mein linkes Schulterblatt. Camin hatte mich wenige Tage nach dem Tod seines Bruders erwischt und markiert. Im Gegensatz zu den Hexern müssen die Ghule keine drei Jahre und drei Monate auf ihre Rache warten.

»Genieß deinen allerletzten Tag, Hexer«, verabschiedete sich Judan und verließ das Haus, während seine Leute die Leiche des Generals trugen.

Val blickte fassungslos das Zeichen der Ghule an, das auf seinem Unterarm prangte. Rote angeschwollene Linien.

»Was zum ...?«

Plötzlich zogen Spinnweben meine Aufmerksamkeit auf sich. Sie bewegten sich an einer Ecke des Türrahmens im Wind, der durch das Austreten der Ghule verursacht wurde. Aufgeregt und mit schnell klopfendem Herzen streckte ich eine Hand aus und umfasste einen Faden, der sich von den anderen unterschied. Anstatt weiß und klebrig war er golden und glatt.

Eine einzige, übrig gebliebene Strähne der Wila.

»Viel Glück«, wünschte ich Val über meine Schulter hinweg und steckte eilig die Strähne ein.

»Das war's?« Er besaß tatsächlich die Dreistigkeit, vorwurfsvoll zu klingen. Als wäre ich ihm irgendetwas schuldig!

Wütend drehte ich mich zu ihm um. »Es war deine Entscheidung, mich zu begleiten. Jetzt musst du mit den Konsequenzen leben.«

VII

DARCIA

Ich biss die Zähne zusammen, als ich meine Wunde desinfizierte und neu verband. Obwohl meine Magie das Schlimmste geheilt hatte, überließ ich lieber nichts dem Zufall, wenn es um meine Gesundheit ging. Mein Blick wanderte von meinem entblößten Oberschenkel zu dem mannshohen Spiegel an meinem Kleiderschrank. Ich saß halb bekleidet auf der Kante meines weiß-goldenen Bettes, das wie der Rest meines Schlafzimmers an den alten französischen Stil erinnerte. Meine Augen brannten und unter ihnen lagen dunkle Schatten, die mich daran erinnerten, dass ich seit einer geraumen Weile schon nicht mehr geschlafen hatte.

Nicht, dass es sonderlich erholsam war, von einem Albtraum in den nächsten zu fallen. Immer auf der Suche nach dem Licht, einer Zuflucht, meiner Rettung.

Nachdem ich den Verband befestigt hatte, erhob ich mich und stieg aus der restlichen Kleidung. Sie fiel zu einem kleinen Haufen neben meinen Füßen zusammen, um dessen Entsorgung ich mich später kümmern würde. Zunächst trat ich an das Waschbecken im ans Schlafzimmer angrenzenden Bad und begann, mir das Blut und den Schmutz von der Haut zu schrubben.

Diese Tätigkeit war so ermüdend, dass meine Gedanken weiterwanderten. Sie reisten zu einem gut aussehenden Hexer, der den morgigen Tag schon nicht mehr erleben würde. Ich machte mir keine Illusionen, dass er den Kampf gegen einen Ghul gewinnen könnte.

Da es gegen das Gesetz verstieß, würde er keine Magie nutzen können, und allein seine Fäuste würden nicht ausreichen. Er wirkte zwar trainiert und fit, aber Ghule besaßen messerscharfe Zähne und konnten verhornte Krallen ein- und ausfahren, was ihnen in einem Kampf half.

Warum war mir Valens gefolgt? Wenn ich allein gewesen wäre, hätte ich mich des Ghuls entledigen können, ohne ihn zu töten.

Das einzig Gute, das bei unserem Besuch herumgekommen war, schien das Haar der Wila zu sein. Ein Teil von mir hegte die Befürchtung, dass es sich dabei um keinen Zufall handelte. Der fremde Hexer wirkte zu berechnend und mächtig, um so etwas Wertvolles zurückzulassen. Dennoch hatte ich das Haar in einem Glas konserviert und neben meine Herzen gestellt. Eine Erinnerung. Ein Versprechen. Und eine Warnung, dass ich vorsichtiger sein sollte.

Genauso wenig hielt ich jedoch das plötzliche Auftauchen der Ghule für willkürliches Pech. Hatte der Hexer geplant, dass *ich* den Ghul töten und damit selbst sterben würde? Aber woher hätte er von meinem Wunsch wissen sollen, den Ort des Verbrechens zu sehen? Die einzige Möglichkeit wäre die, sicherzustellen, dass Tieno die Wila fand und zu mir brachte.

Ich wurde wahrscheinlich nur paranoid.

Seufzend legte ich den nassen Waschlappen neben das Becken und begann, mich sorgsam zu schminken. Rouge auf den Wangen, Kohle um meine Augen und nachgestrichene gebogene Brauen. Nach und nach verschwand ich hinter einer Maske aus Berechnung und Kälte.

Die bunten Fäden in meinen teilweise geflochtenen Haaren rührte ich nicht an, aber mit einer Bürste fuhr ich durch die offenen Strähnen, damit sie seidenweich über meine nackten Schultern fielen.

Ich blickte an meinem Körper hinab.

Manchmal erkannte ich mich selbst nicht, sah die Tätowierungen, die an unzähligen Stellen meine Haut zierten, berührte die Narben aus einer Zeit des ständigen Kampfes und fuhr die Linien nach, die mich als Frau definierten. Volle Brüste, ein flacher Bauch und Hüften, die in lange Beine übergingen. Beine, die von vielen Männern auseinandergedrückt worden waren, um sich in mir zu vergraben. Um zu vergessen.

Dabei hatten sie nicht bemerkt, dass ich selbst vergaß. Oder sie hatten sich nichts daraus gemacht. Waren bloß auf der Suche nach einem Körper gewesen. Nicht nach dem, was sich darin befand.

»Ci?«, hörte ich Tieno aus dem Flur rufen, als hätte er den Strudel meiner Gedanken bemerkt. »Ci-a?«

»Ich komme«, sagte ich mit erstickter Stimme und wankte in mein Schlafzimmer zurück. Eilig zog ich mir Unterwäsche, Top und Rock an. Mein Kleidungsstil änderte sich nie, doch dieses Mal legte ich dazu die Kette meiner Schwester an. Ein schwarzes Lederband, von dem eine gepresste, in Glas eingefasste Blüte baumelte. Eine Myrte. Weiß und rein, als wäre sie erst gestern gepflückt worden.

Tieno wartete im Flur auf mich. Auf seiner Schulter saß Menti, die noch blass wirkte. Mit einer kleinen Hand hielt sie sich an Tienos Kragen fest. Seit meinem Aufbruch hatte ich sie nicht mehr gesehen, da ich bei meiner Rückkehr den Hintereingang benutzt hatte, um Tieno keine Sorgen zu bereiten. Ein Blick in sein Gesicht verriet mir jedoch, dass er das Blut gerochen hatte.

»Okay?«, fragte er und streckte eine Hand nach mir aus, die ich ganz kurz drückte. »Seda.«

Stirnrunzelnd schritt ich an ihm vorbei nach unten in den Arbeitsraum, in dem ich sofort eine mit Wasser gefüllte Schüssel ansteuerte. Tatsächlich hatte mir die Besitzerin des *Seaheart* eine Nachricht hinterlassen. Drei Wasserrosen waren auf der Oberfläche erschienen. Sobald ich sie mit meinen Fingerspitzen berührte, lösten sie sich auf.

»Mach dich bereit, wir besuchen unser altes Zuhause«, verkündete ich.

Drei Rosen bedeuteten ein verletztes Mädchen.

Ich schnallte mir den Gürtel mit den wichtigsten Zutaten und Utensilien um, bevor wir zu dritt das Haus verließen. Mit einer Bewegung meiner linken Hand versiegelte ich die Tür. Es würde keinen fähigen Hexer aufhalten, aber das war auch nicht meine Absicht. Lediglich normalen Menschen sollte der Einlass verwehrt bleiben. Jeder andere sollte der Meinung sein, dass ich nichts zu verbergen hatte.

Erst recht keine zwölf Hexenherzen.

»Du hättest sie nicht mitnehmen sollen«, ermahnte ich Tieno, als wir vor dem *Seaheart* standen und auf Einlass warteten.

»Ich wollte nicht allein sein«, meldete sich Menti zu Wort.

»Hervorragend«, murmelte ich. Ich hätte damit rechnen sollen, dass sie sich ihrem Retter verbunden fühlen und sich nicht mehr von ihm trennen wollen würde. Nun hatte ich den Salat und eine Wila, die jederzeit mein Geheimnis entdecken könnte. »Sie steht unter deiner Verantwortung, Tieno.«

»Tieno«, bestätigte er und nickte ernst. In seinen kleinen Knopfaugen glitzerte der Schalk. Beinahe hätte ich laut aufgelacht. Dieser Halunke wusste ganz genau, wie er mich manipulieren konnte.

Schließlich wurden die hellblauen Flügeltüren geöffnet und wir traten in das reich verzierte Innere, das mich tatsächlich auch noch Jahre später erschaudern ließ. Wie immer herrschte reger Betrieb, auch wenn erst Mittag war. Kunden, die ihre körperlichen Begierden befriedigen wollten, gab es schließlich zu jeder Tageszeit.

Es bereitete mir großes Unbehagen, an den goldenen Leuchtern vorbeizuschreiten, einen Blick in die Salons zu erhaschen und bekannten Gesichtern zu begegnen. Schweiß perlte mir von der Stirn, aber ich wischte sie entschieden trocken.

Ganz egal, wie unwohl ich mich fühlte, ich würde mich nicht von meiner jüngsten Vergangenheit beherrschen lassen. Nein. Dafür wurde ich bereits von einer älteren viel schlimmeren Erinnerung regiert.

»Hier entlang, Herrin«, wies mich ein junges Mädchen an, das die Kleidung einer Bediensteten trug. Immerhin hielt sich Seda nach wie vor an eine gewisse Altersgrenze. »Der Troll soll draußen warten.«

»Selbstverständlich.« Ich wandte mich zu Tieno um. »Wir treffen uns in einer halben Stunde am Eingang.«

Er neigte ehrerbietig den Kopf, wie er es hier immer tat, um jedem zu zeigen, dass ich Respekt verdiente. Manchmal fragte ich mich, wie viel er wirklich von mir sah. Von mir kannte.

Ich wartete, bis er in den nächsten Korridor gebogen war, bevor ich in das Zimmer trat, dessen Tür mir die Bedienstete geöffnet hatte.

Seda war in eine eisblaue Robe gekleidet und wartete mitten im Raum stehend. Wie Wasser legte sich das Gewand um ihre Kurven und enthüllte mehr, als es verbarg. Abgesehen davon trug sie eine Krone aus gefrorenen Algen, die ein Geschenk von Adnan Marjuri gewesen war.

»Darcia«, begrüßte mich die Meerjungfrau und streckte mir ihre schlanken Arme entgegen. Ich begegnete ihrem Lächeln mit meinem eigenen und ließ mehr Wärme als üblich hineinfließen. Ganz gleich, was für Erinnerungen ich mit diesem Ort verband, Seda hatte mir geholfen, als ich dem Tode nahe gewesen war. Es war nicht meine Schuld, dass sie die Herrin eines Bordells war statt Besitzerin eines Buchladens.

»Du hast gerufen, hier bin ich.«

Seda war eine wunderschöne Frau. Wenn man ihr nicht zu nahe kam. Unter meinen Händen konnte ich jetzt die Knochen an ihrem schmalen Rücken spüren, sah sie unter ihrer blassen Haut hervorstechen und musste den Drang unterdrücken, vor ihr zurückzuschrecken. Eine der vielen sichtbaren Auswirkungen, sich in ihrer menschlichen Form fortzubewegen. Erst wenige Male hatte ich sie in ihrem Element, dem Wasser, gesehen und mir war erlaubt worden, ihre prachtvolle Schwanzflosse mit Schuppen in Hunderten Blautönen zu bewundern. Ihr langes weißblondes Haar fiel in sanften Wellen bis zu ihrer knochigen Hüfte. Es fühlte sich weich und seltsam feucht an, als ich versehentlich darüber strich. Wir lösten uns voneinander, damit ich in ihre Augen sehen konnte, die mich sogleich an die Farben ihrer Flosse erinnerten.

»Dafür danke ich dir. Mein Mädchen braucht deine Hilfe.« Sie deutete mit einer Hand auf das breite Doppelbett hinter sich und trat gleichzeitig einen Schritt zur Seite, um mich vorbeizulassen.

Das Mädchen musste zu den Neueren gehören, da ich sie noch nicht gesehen hatte. Dies erleichterte es mir, mich professionell und distanziert zu geben. Sie würde mich nur als Fluchbrecherin und nicht als Hure kennen.

Ihre Haut wirkte fahl und kränklich. Der Teil, der nicht von dem Seidennachthemd und der Decke verhüllt wurde, offenbarte rote und blaue Furunkeln, die vermutlich ihren gesamten Körper übersäten. Ein Fluch, für den es wenig Magie benötigte und der deshalb so beliebt war.

»Du hättest sie zu mir bringen sollen«, beschwerte ich mich bei Seda. Natürlich würde ich ihr auch hier helfen können, aber in meinem Arbeitsraum wäre es schneller gegangen. Dort besaß ich eine Tinktur, die das Leiden der Frau in wenigen Minuten beendet hätte.

»Du weißt, dass ich das nicht tun kann«, erwiderte Seda. Aus dem Augenwinkel nahm ich wahr, wie sie sich in Richtung der verhüllten Fenster bewegte. »Ein fremder Blick auf sie und ich kann das Bordell dichtmachen.«

»Wie fürsorglich von dir«, murmelte ich und öffnete meine Tasche, um mit der Zubereitung der Tinktur zu beginnen. Immerhin hatte ich alle Zutaten mitgenommen.

Seda stand plötzlich neben mir und umfasste mit einer Hand meinen Hals. Ich wagte kaum, zu schlucken, als ich ihre spitzen Fingernägel an meiner Haut spürte. Etwas mehr Druck und sie würden sich durch sie hindurchbohren, direkt in meine Hauptschlagader.

»Das ist es. Fürsorglich«, bestätigte sie mit besonderer Kälte in der Stimme. »Alles, was ich tue, ist für meine Mädchen, Darcia, oder hast du das schon vergessen? Wenn ich das Bordell schließen muss, landen wir alle auf der Straße. Ohne Heim, ohne Essen. Verwundbar.«

Ich wartete, bis sich ihr Griff lockerte und ich ihren Geruch nach Meer und Sonnenschein einatmen konnte.

Dann schnaubte ich verächtlich.

»Glaub nicht für eine Sekunde, dass ich dir das abkaufe, Seda«, fauchte ich und drehte mich abrupt um. Ihre Hand fiel herab. Es hätte auch anders ausgehen können, aber noch brauchte sie mich. Außerdem ...

Sie lachte laut auf. »Manchmal vergesse ich, wie amüsant du bist.«

»Stets zu Diensten.« Ich kniete mich hin und begann damit, das Gesteinsöl, das aus Schiefer destilliert wurde, in ein flaches Gefäß zu träufeln. Gemischt mit Kokosnussöl, Lanolin und Emulsan würde es schon bald eine Salbe werden, die den Furunkeln den Garaus machte.

»Werden Narben zurückbleiben?«, fragte mich das Mädchen, das nicht viel älter sein konnte als ich. Wie lange sie wohl schon hier arbeitete? Wusste sie bereits, dass die Stimmen der Männer sie bis ans Ende ihrer Tage verfolgen würden? Oder waren es für sie nicht die Stimmen, sondern die Berührungen? Gesichter?

»Bei jedem normalen Heiler ja«, sagte ich langsam und stellte die Schale beiseite. »Durch meine Magie, die ich beim Erhitzen im Lavendelwasser einfließen lasse, wird deine Haut jedoch so rein sein wie zuvor.«

Damit endete unser Gespräch und auch Seda ließ mich in Ruhe arbeiten. Ich war froh, dass sie mir ein paar Minuten gab, um mich zu sammeln. Gleichzeitig verfluchte ich sie für ihre ungebrochene Aufmerksamkeit, wenn es um mich ging. Schon immer hatte ich einen Platz in ihrem Herzen besessen. Dort hielt sie mich gefangen. Ganz gleich, was ich tat, sie lockerte niemals die Ketten und ich sehnte mich weiterhin nach der Illusion unserer Freundschaft.

Während sich das Öl mit dem Lavendelwasser verband, schloss ich die Augen und ließ einen winzigen Teil meiner kümmerlichen Magie hineingleiten. Nach einer Viertelstunde war es vorbei und das Gemisch bereit.

Die Salbe war dickflüssig und schwarz, verströmte einen teerartigen Geruch und aus Erfahrung wusste ich, dass sie leicht abfärbte, weshalb ich mir Handschuhe überzog und das Mädchen bat, aufzustehen und sich zu entkleiden. Seda überließ es allein mir, die betroffenen Stellen mit der Creme zu bedecken, was eine halbe Ewigkeit dauerte.

»Warum hat er dich verflucht?«, fragte ich leise, als ich die ersten eingecremten Furunkel abklebte, damit sich das Mädchen später anziehen konnte, ohne seine Kleidung zu ruinieren.

»Er war der Meinung, dass er noch zehn Minuten von seiner Zeit übrig hätte«, sagte sie ebenso leise, als würde sie nicht wollen, dass Seda das Zittern in ihrer Stimme vernahm.

Wut über diese Ungerechtigkeit setzte sich in mir fest und zeigte die Zähne. Ein Raubtier, das mich oft in Schwierigkeiten brachte sowie manches Mal rettete.

»Ich hoffe, er wurde ausreichend bestraft«, presste ich hervor und befestigte das letzte Pflaster auf der goldenen Haut. Das Mädchen war wirklich schön, von ihrem kurzen schwarzen Haar über ihre hohen Wangenknochen und ihren vollen dunklen Lippen bis zu ihren perfekten Kurven.

»Ich habe ihm Geld gegeben und ihn ins *Devil's Jaw* geschickt«, antwortete Seda aus der hinteren Ecke des Zimmers.

»Gut.« Man sollte meinen, dass es keine Bestrafung wäre, doch obwohl sich Seda und Adnan nicht sonderlich gut leiden konnten, arbeiteten sie in vielen Bereichen zusammen. Wenn der Kunde Adnan Marjuris Laden betrat und mit dem Geld bezahlte, das Seda markiert hatte, würde Adnan nicht zulassen, dass er das Lokal unversehrt verließ. Es gab immer freie Positionen in seiner Spielhölle. Positionen, die von niemandem angenommen werden wollten. Rollen, die in Verstümmelung und oft im Tod endeten.

»Bist du fertig?«, erkundigte sich die Meerjungfrau und betrachtete mich aus ihren Augen, die an unendliche Meere erinnerten.

Ich nickte und suchte meine Sachen zusammen. »In einer Stunde kannst du die Pflaster entfernen und dich duschen. Deine Haut wird sich empfindlich anfühlen, doch im Laufe des Tages wird das vergehen.«

»Komm mit mir«, bat Seda und hielt mir einen Arm hin, an dem ich mich einhakte. Ich verzog das Gesicht, als ein Stechen meinen Oberschenkel durchfuhr. Die Wunde hatte ich verdrängt, genauso wie meinen Begleiter. Val.

Wir verließen das Privatzimmer und traten in den dämmrigen Korridor, wo sofort mehrere Stimmen zu vernehmen waren. Sie wurden lauter und leiser, bewegten sich von uns weg und näherten sich uns. Dieses alte Haus hatte mir schon oft Kopfzerbrechen bereitet. Auch wenn ich fast ein Jahr in ihm gelebt hatte, so hatte ich ihm das Geheimnis seiner Akustik nie entlocken können. Manches Mal hörte ich das Flüstern am anderen Ende und viel zu oft sah ich die Bewegungen der Münder von Menschen im selben Raum, ohne ihre Stimmen zu vernehmen. Seda hatte bloß gelacht, als ich ihr davon erzählt hatte.

Schweigend erreichten wir die große Küche, in der reger Betrieb herrschte. Sowohl die Mädchen als auch die Kunden mussten stets gut versorgt sein. Die Köchin war eine Frau in mittleren Jahren. Sie bewegte sich sicher und zielstrebig, griff nach Töpfen, Löffeln und Messern, als wüsste sie genau, wo sie sich befänden.

Wäre ich ohne Seda eingetreten, hätte sie mich mit einer Umarmung begrüßt, doch sie wagte es nicht, ihre Zuneigung vor ihrer Chefin zu zeigen. So stellte sie uns lediglich ungefragt ein Tablett hin und entfernte sich dann wieder von uns und dem kleinen Tisch an einem der vier länglichen Fenster.

Ich nahm mir ein Beignet – ein Stück Schmalzgebäck mit Puderzucker überzogen – und wartete darauf, dass Seda zu sprechen begann. Normalerweise hätte sie mich längst rausgeworfen oder mir erlaubt, das Weite zu suchen.

Heute hingegen nippte sie an ihrem Karamellkaffee und sah mich dann erneut durchdringend an, als würde sie mein Innerstes nicht erkennen. Dabei fiel es ihr sonst immer so leicht.

Als Meerjungfrau besaß sie die besondere Gabe, die Seele eines jeden Lebewesens zu sehen. Seit sie mehr Zeit in ihrer Menschenform verbrachte, verlor sie jedoch einen Teil ihrer Kräfte, bis sie diese wieder im Wasser auffüllte.

»Ich habe gehört, du wurdest angegriffen«, brach sie schließlich das Schweigen. Das Klirren von Geschirr und das Klappern von Töpfen verhinderte, dass uns irgendjemand belauschen konnte. »Zwei Mal.«

»Überrascht dich das?« Ich legte den Beignet zurück auf den Teller und lehnte mich in meinem Stuhl zurück.

»Das tut es tatsächlich.« Sie zwirbelte eine Strähne ihres langen Haares. »Du hast dich bereits eine ganze Weile aus allen Schwierigkeiten herausgehalten. Ich war der Meinung, dass du dich zur Ruhe gesetzt und hier eingelebt hast.«

»Zur Ruhe gesetzt?«, echote ich ungläubig. »Wie alt bin ich? Dreiundneunzig? Seda, es war Camin und er wollte mich erneut warnen. Der andere war ein Ghul, der wohl seinen Verstand verloren hat. Was weiß ich. Ein Hexer hat ihn getötet und ich bin aus dem Schneider.«

»Valens Hills«, murmelte Seda laut genug, damit ich sie verstehen konnte. Ich verengte die Augen und sie nahm dies als Anlass, fortzufahren. »Ein Vertrauter Adnans. Ich habe Informationen über ihn eingeholt, um in Erfahrung zu bringen, ob ich etwas von ihm zu befürchten habe.«

Manchmal vergaß ich, dass Seda mit ihrem *Seaheart* ein Geschäft betrieb und dadurch zu einer ernst zu nehmenden Größe in der Sichelstadt herangewachsen war. Dadurch war es unter anderem zu ihrer Aufgabe geworden, ihre Konkurrenz und ihre Verbündeten im Blick zu behalten, um früh genug zu erkennen, wenn sich ihr jemand in den Weg stellte oder Anstalten machte, ihre Macht zu stehlen.

»Und?«

»Nun, er hat ein paar Jahre lang von sich reden gemacht, als er Nacht für Nacht in Prügeleien geriet und nicht mal Adnan noch amüsiert darüber war«, antwortete Seda betont langsam. Sie wusste, dass ich diese Information mehr wollte als vieles andere, auch wenn weder sie noch ich ahnten, warum. »Vor einem Jahr wurde es still um ihn. Ich nehme an, er hat seine Verbannung aus einer der Schattenstädte überwunden und lebt jetzt ein anständiges Leben. So anständig eines an Adnans Seite sein kann, schätze ich.«

Ja, Val hatte einen höflichen Eindruck auf mich gemacht, abgesehen von seinem unerlaubten Eindringen in meinen Arbeitsraum natürlich, und er hatte mir helfen wollen. Ich sah jedoch deutlich, dass er es nicht aus der Güte seines Herzens getan hatte. Nein. Für ihn war es ein Weg gewesen, um mich zum Zuhören zu bringen.

Er war mir egal. Sein Fluch war mir egal.

»Ich habe gehört, dass er zur Blutrache herausgefordert worden ist«, sagte Seda mit übertriebener Süße in der Stimme. »Gehst du hin?«

»Es gibt keinen Grund.« Ich zuckte mit den Schultern und nahm anschließend einen weiteren Bissen vom Beignet, um meine Gleichgültigkeit zu unterstreichen. »Er hat sich sein eigenes Grab geschaufelt.«

»Komm schon, Darcia.« Seda schürzte beleidigt die Lippen. »Du weißt, wie sehr ich es liebe, gutes Blutvergießen zu beobachten. Außerdem hat mich Adnan eingeladen und ich ertrage ihn nicht allein.«

»Du wirst wohl kaum allein sein«, grummelte ich, wusste allerdings, dass ich bereits verloren hatte. »Ich muss jetzt gehen.«

»Ich begleite dich zur Tür.«

Im Foyer trafen wir auf Tieno, der neben drei anderen Trollen stand und stolz Menti präsentierte, als wäre sie sein neues Haustier. Ich verdrehte die Augen, als sie den Trollen zuwinkte und sich sogar verneigte. Tienos Brust schwoll vor Stolz an.

»Wir gehen«, befahl ich ihnen und deutete auf die Tür. Sie verabschiedeten sich eilig, was mir verriet, dass Tieno meinen wütenden Blick erkannt und verstanden hatte. Er würde mir heute so wenig Probleme wie möglich bereiten, um mich nicht weiter zu reizen.

»Bis morgen früh.« Ich wandte mich zum Gehen, als Sedas spindeldürre Finger meinen Unterarm umfassten.

»Denk immer daran, wer deine Freunde sind, Darcia.« Sie ließ mich los und ich stolperte zur Tür hinaus.

Wie könnte ich das jemals vergessen?

VIII

VALENS

Darcia Bonnet besaß nicht einen Funken Anstand. Ihretwegen musste ich mich duellieren, was ich für jeden unschuldigen Menschen getan hätte. Auch für sie, wenn sie mir wenigstens gedankt hätte. Doch mit verdammenden Worten hatte sie mich den Hunden zum Fraß vorgeworfen.

Ich ballte die Hände zu Fäusten, nur um sie im nächsten Moment wieder zu öffnen. Es war unabdinglich, dem Monster in mir keine Nahrung zu geben, und Wut hatte sich als besonders nährreiches Element erwiesen.

Die Grenzen in mir verwischten und ich verlor die Kontrolle, wenn ich wütend wurde.

Etwas Ähnliches war mit mir in Babylon geschehen, sobald ich die Augen geschlossen hatte. Nacht für Nacht hatte ich mich in das Biest verwandelt und Menschen verletzt. Es war ein Wunder, dass niemand dabei umgekommen war. Dass ich ... nicht zu einem Mörder geworden war.

Hier in New Orleans hatte ich durch Adnan eine Hexia gefunden, die einen Zauber gewirkt hatte, der das Biest während des Schlafes fernhielt. Dazu durfte ich den Beutel mit den Kräutern um meinen Hals niemals ablegen.

Ich hatte mittlerweile mein Loft in der Ursulines Avenue erreicht und wusch mir den Schmutz des Ghuls und Darcias Blut von den Händen. Danach stützte ich mich auf dem Beckenrand ab und betrachtete den Abfluss, als wäre dies das Spannendste auf der Welt. Ein Seufzen verließ meine Lippen.

Ein verfluchtes Duell! Als befänden wir uns im Mittelalter. In Babylon und allen anderen Schattenstädten waren Duelle seit mehreren Jahrhunderten schon abgeschafft. Wie konnte Darcia so tun, als wäre dies das Normalste der Welt? Bloß weil sie seit drei Jahren darauf wartete, dass sie von dem Bruder eines Fremden getötet werden könnte? So wie ich?

Wahrscheinlich war es sogar verboten, sich seiner Magie zu bedienen. Am besten sollte ich meine Siebensachen packen und aus der Stadt fliehen.

Abrupt griff ich nach dem Handtuch, knüllte es zusammen und warf es in die Ecke. Aufgebracht rieb ich mir mit der Hand über den kurz geschorenen Schädel.

Natürlich würde ich New Orleans und damit Babylon nicht verlassen können. Noch hatte ich die Hoffnung auf ein gutes Ende nicht aufgegeben. Auf eine Wiedervereinigung mit meiner Mutter, mit meinen Nichten und meiner besten Freundin...

Es gab nur eine Möglichkeit, heil aus dieser Sache herauszukommen, auch wenn ich mir geschworen hatte, niemals diesen Weg zu beschreiten. Wenn ich den morgigen Tag überleben wollte, blieb mir nichts anderes übrig.

Eine halbe Stunde später stand ich in Adnans privatem Salon im *Devil's Jaw*. Es schien, als hätte er mich erwartet, da auf dem niedrigen Tisch eine Platte mit meinem Lieblingsgericht platziert worden war. *Pompano en papillote*, Makrelen in Pergamentpapier gebacken. Der Duft ließ meinen Magen knurren und ich wartete nicht darauf, dass Adnan mir erlaubte, zuzulangen.

Der Inhaber der Spielhölle trat mit seinem Falken auf der Schulter ein und lächelte breit, als er sah, dass ich mich bereits an der Köstlichkeit bedient hatte.

»Schön, dass dir der Appetit noch nicht vergangen ist«, sagte er mit einem seltsamen Unterton und ich brauchte einen Moment, ehe ich verstand.

»Du hast davon gehört?«, murmelte ich und wischte mir mit einer Serviette über den Mund.

»Jeder hat davon gehört.« Er schüttelte ungläubig den Kopf, als er sich mir gegenüber auf dem geblümten Sofa niederließ. »Ich habe dich vor Darcia gewarnt, falls du dich daran erinnerst.«

»Als würde mich dein Grinsen nun weiterbringen«, grummelte ich, als mir ein Gedanke kam. »Wusstest du auch, dass sie selbst von einer Blutrache verfolgt wird? Seit drei Jahren?«

Adnans Brauen zogen sich zusammen und sein Falke legte den Kopf schief, als würde auch er in seinen Erinnerungen kramen. »Da klingelt was. Ich glaube, sie tötete eigenhändig einen ihrer Klienten.«

»Klienten?« Ich konnte nicht sagen, wieso, doch das Wort brachte ich nicht unbedingt mit ihrer Arbeit als Heilerin in Verbindung.

»Alter Freund, sie gehörte dem *Seaheart*. War eines von Sedas Mädchen. Bloß ein paar Monate, aber soweit ich weiß, war sie ohnegleichen...«

Diese Art von Wahrheit hatte ich nicht erwartet. Die Art, die erschütterte. Die Rätsel aufbrach und das Licht verrückte. Es schlossen sich Schatten zusammen, gleichzeitig wirkte Darcias Verhalten nicht länger grundlos.

»Soweit du weißt?« Ich verengte die Augen, traute seiner lockeren Aussage nicht.

»Eifersüchtig?«, erwiderte Adnan und bediente sich an dem Tee, den ich bisher ignoriert hatte. Ich zog Kaffee diesem orientalischen Zeug vor, das manchmal schärfer war als eine rote Chilischote. Glücklicherweise erwartete Adnan keine Antwort, die ich ihm nicht einmal unter Androhung der Todesstrafe hätte geben können, und redete weiter. »Unglücklicherweise bin ich nie in ihren Genuss gekommen. In meinen Augen war sie damals zu jung für diese Rolle, aber Seda war verzweifelt. Ihr Etablissement stand kurz vor dem Bankrott.«

»Und mit Darcias Hilfe bekam sie die Kurve?«

»Sozusagen.« Adnan stutzte, die Hand mit der zierlichen Tasse auf halber Höhe haltend. »Jetzt, da ich darüber nachdenke, erinnere ich mich, dass Seda Darcia nicht einmal für den Mord bestrafte. Normalerweise hätte sie einem ihrer Mädchen so etwas nie durchgehen lassen. Stattdessen löste sie den Vertrag auf und das war's.«

»Vielleicht dachte sie, Darcia wäre durch die Blutrache schon genug gestraft?«, schlug ich vor. Ich konnte mir nicht vorstellen, dass Seda Darcia mit Schlimmerem hätte drohen können.

»Möglich.« Adnan nahm einen Schluck und stellte die Tasse dann zurück auf die glänzend weiße Untertasse, bevor er mich mit einem strahlenden Lächeln bedachte. »Du bist sicher nicht hier, um dich weiter über dieses widerspenstige Biest zu unterhalten, oder?«

Ich zuckte unmerklich zusammen. Wenn Adnan wüsste, wer *wirklich* ein Biest war ...

»Tatsächlich hatte ich die Hoffnung, dass du mir bei meiner eigenen Blutrache helfen könntest.« Ich kratzte mir verlegen am Hinterkopf. Das Essen lag mir plötzlich schwer im Magen und ich musste schlucken, um es unten zu behalten. Wie sehr ich es verabscheute, jemanden um Hilfe zu bitten. Ich war der Prinz von Babylon, einst anerkannter Krieger und Teil der Stadtwache. Nichts davon besaß hier in New Orleans noch eine Bedeutung.

»Weil es sich bei deinem Herausforderer um einen Ghul handelt oder weil ich dein Freund bin?«

Ich bemühte mich, nicht die Augen zu verdrehen. Es wäre auch zu schön gewesen, wenn Adnan einmal etwas getan hätte, ohne zunächst meine Hilflosigkeit ausgiebig zu genießen.

»Beides«, gab ich zu und beugte mich weiter vor, ohne den Falken eines Blickes zu würdigen. Adnan würde schon nicht zulassen, dass er mir die Augen auskratzte. »Noch hat mir niemand die Spielregeln eines solchen Duells erklärt. Aber ich glaube nicht, dass mich der Ghul-Anführer herausgefordert hätte, wenn der Hauch einer Chance bestehen würde, dass er verlieren könnte.«

»Gut beobachtet, mein Freund.« Er fuhr sich mit einer Hand über den Rand seines türkisfarbenen Turbans, der zu seinen mit Strasssteinen besetzten Pantoffeln passte. »Euer Duell endet in dem Tod des einen oder des anderen. Es darf keine Magie verwendet und es dürfen keine Waffen genutzt werden. Ausgeschlossen davon sind Objekte, die ihr während des Kampfes selbst erlangt. Allerdings darf sich niemand einmischen, sonst wird dieser mit dem Tode bestraft.«

»O Götter, ich werde sterben«, nuschelte ich in meine Hände hinein. »Findest du das nicht auch übertrieben?«

»Du hast einen der Unseren auf dem Gewissen. Gleiches mit Gleichem, Valens«, erinnerte mich Adnan mit überraschend ernster Stimme, als würde er wirklich dahinterstehen. Er, auf den die Gemeinschaft der Ghule mit einem Stirnrunzeln hinabsah, weil er ein derartiges Geschäft führte. Er, der sich nie um Traditionen oder archaisches Gedankengut geschert hatte. Dann lächelte er breit und ein Teil meiner Anspannung verpuffte. »Du hast mir noch nicht berichtet, was genau geschehen ist. Ich nehme an, dass ich Judans Protokoll keinen Glauben schenken darf?«

»Wahrscheinlich ließ er unerwähnt, dass wir zuerst von seinem sogenannten *General* angegriffen worden sind und dieser aussah, als wäre er verrückt geworden? In Lumpen gekleidet und mit keinem Funken Verstand mehr in ihm«, sagte ich und spürte erneut die heranrollende Wut. »Uns ... *Mir* blieb gar keine andere Wahl. Und plötzlich tauchte Judan mit seinen Leuten auf, als hätten sie auf uns gewartet.«

»Durchaus sehr kurios das Ganze«, stimmte mir Adnan zu, was mich sehr erleichterte. »Auch ich habe meine Bedenken und Befürchtungen, weshalb ich den Rat um eine Sitzung gebeten habe. Wir haben uns darauf geeinigt, dass die Ereignisse weiterer Untersuchungen bedürfen, allerdings ...«

»Lass mich raten«, unterbrach ich ihn mit einem genervten Handwedeln. »Judan ist nicht bereit, auf seine Blutrache zu verzichten?«

Adnan nickte und mein Magen krampfte sich erneut schmerzhaft zusammen. »Dennoch ist es mir gelungen, ihn davon zu überzeugen, dich am Leben zu lassen. Ich wage sogar, zu behaupten, dass du nun eine kleine Chance hast, das Duell mit einem Sieg zu beenden.«

»Was hast du getan?«, fragte ich misstrauisch.

»Ihr werdet nicht mehr so lange kämpfen, bis einer von euch beiden dem anderen den Todesstoß versetzt«, verkündete Adnan und grinste selbstzufrieden, »sondern bis einer von euch k. o. geschlagen wurde.«

Ich atmete tief durch die Nase ein und wieder durch den Mund aus. Die Schnur, die sich unsichtbar um meinen Hals zugezogen hatte, verschwand.

»Du hast mir das Leben gerettet«, raunte ich, ohne ihn anzusehen. Zu groß war die Scham, dass ich seine Hilfe überhaupt benötigt hatte.

»Nicht ganz so schnell, Valens«, gebot er meiner Erleichterung Einhalt. »Wir haben dies als Regel festgesetzt, doch Judan ist ein linker Fuchs. Wenn du ihm die Chance gibst, dich zu erledigen und es wie einen Unfall aussehen zu lassen, wird er sie nutzen. Du musst dir eine Strategie zurechtlegen.«

Ich überlegte einen Moment, ließ mir seine Worte durch den Kopf gehen. »Entweder lasse ich mich sehr früh im Duell schlagen, damit das Schauspiel nach wenigen Minuten vorbei und die Chance vertan ist, oder ich riskiere es, richtig zu kämpfen, in der Hoffnung, tatsächlich zu gewinnen – und gleichzeitig mit dem Risiko zu sterben.«

»So sieht es aus.« Adnan erhob sich und strich sein besticktes Gewand glatt. Der Falke lockerte seine Flügel. »Bis zu dem Duell kannst du hierbleiben. Ich werde dich morgen früh zum Friedhof begleiten.«

»Immerhin ein freundliches Gesicht, das ich kurz vor meinem Tod betrachten kann.« Ich stand ebenfalls auf. »Danke, Adnan. Ich weiß, dass es nicht einfach gewesen sein kann, dich deiner Familie zu stellen.«

Er winkte ab. »Papperlapapp. Es war schon eine gewisse Genugtuung, ihre offenen Münder zu sehen, als ich mich für einen Hexer eingesetzt habe. Sie hatten wirklich gedacht, dass ich in ihren Augen nicht noch tiefer sinken könnte.«

Auch wenn seine Worte von einem Lächeln begleitet wurden, so sah ich den Schmerz in seinen Augen aufblitzen. Ganz kurz, ganz unscheinbar und doch vorhanden. Ich stand tief in Adnans Schuld.

Je näher die Stunde des Duells rückte, desto nervöser wurde ich. Nichts vermochte mich abzulenken. Nicht einmal die Spieltische in der roten Halle oder die leicht bekleideten Damen, die Adnan vom *Seaheart* eingeladen hatte und die seine Kunden mit Alkohol versorgen sollten.

Es erleichterte mich, dass es in dem Kampf nicht mehr um Leben und Tod ging. Gleichzeitig wollte ich aber nicht mehr verlieren.

Während meiner Zeit als Stadtwache war ich stets der Beste gewesen und auch vorher hatte ich als Prinz jedes Duell für mich entscheiden können. Nun sollte ich einfach so den Kopf einziehen?

Nachdem ich ein paar Stunden unruhig geschlafen hatte, wurde ich von einer Bediensteten geweckt und wenig später stieg ich in die schwarze Limousine, die Adnan und mich zum Lafayette Cemetery bringen würde. Draußen graute schon der Morgen. Bald würden die ersten Strahlen die feuchte Erde küssen und den Beginn des Duells verkünden.

»Du siehst nervös aus«, sagte Adnan amüsiert und nippte an einem Glas Champagner, als würden wir uns zu einer Geburtstagsfeier und nicht zu einem Schlachtfeld begeben. *Meinem* Schlachtfeld.

»So ungern ich es auch zugebe, meine Ehre möchte ich nicht verlieren.« Ich rieb mir die Schläfen. Die Anspannung hatte sich in meinem Kopf zu einem Gewitter zusammengezogen und drohte, mich zu übermannen. »Und ehrlich gesagt weiß ich immer noch nicht, wie ich in diese Sache geraten bin. Drei Jahre lebe ich schon hier und nie habe ich mich darum geschert, ob ich mich in Schwierigkeiten begebe oder nicht. Kaum dass ich mein Leben wieder unter Kontrolle habe, passiert mir so was.«

»Du hättest dich eben an meinen Rat halten und dich von der Fluchbrecherin fernhalten sollen«, wiederholte Adnan zum wahrscheinlich tausendsten Mal.

»Manchmal weiß ich nicht, warum ich mit dir befreundet bin«, entgegnete ich und krempelte meine Ärmel hoch. Ich trug ein schwarzes Sweatshirt und bequeme Jeans, die schon sehr bald mit meinem Blut getränkt sein würden.

»Ich bin eben unwiderstehlich.« Adnan grinste.

Ich blieb ihm eine Antwort schuldig. Es ging nicht nur darum, nicht mein Gesicht zu verlieren, sondern auch, mein Geheimnis zu bewahren. Sollte ich die Beherrschung verlieren, würde jeder sehen, was ich wirklich war. Welche Bestie in mir wohnte und wie sie jeden Moment darauf lauerte, aus mir herauszubrechen. Wenn dies tatsächlich geschah, wenn die Schaulustigen dem Monster von Angesicht zu Angesicht gegenüberstanden, würde ihnen nicht mehr viel Zeit bleiben zu fliehen.

Womöglich würde ich jeden von ihnen zerfetzen und in einem Berg aus Leichen wieder zu mir selbst finden. Blutbesudelt und mit den noch warmen Gedärmen der Unschuldigen in meinen Händen.

Erst als ich dieses grausame Bild in all seinen Facetten vor mir sah, bemerkte ich, dass ich unwillkürlich die Augen geschlossen hatte. Wollte ich mich selbst quälen? Oder ermahnte mich mein Unterbewusstsein dadurch noch einmal, ja nicht die Kontrolle zu verlieren?

Der Lafayette Cemetery war eine quadratisch angelegte Ruhestätte mit Familiengruften und Krypten, von denen eine imposanter als die andere war. Wir hielten vor dem Eingang an der Sixth Street, stiegen nacheinander aus und traten in den heranbrechenden Morgen.

Ich atmete tief durch die Nase ein und versuchte, mir die verschiedenen Aromen der Stadt vermischt mit dem Duft der gewaltigen Bäume und der Süße des Todes einzuprägen. Wer wusste schon, ob mein Riechorgan nach dem Kampf noch intakt wäre?

Adnan hielt sich mit weiteren Kommentaren zurück, als wir uns mit seiner Entourage an Bodyguards auf den Weg zur Hauptkreuzung des Friedhofs machten. Schon von Weitem erkannte ich kleine Festzelte und Essstände, die in Windeseile hochgezogen worden waren. Gelächter drang an meine Ohren sowie lautes Stimmengewirr und sanfte Streichmusik.

»Jemand hat einen Bannkreis gezogen?«, fragte ich und drehte mich einmal irritiert im Kreis. Keine Polizei kam herbeigeeilt, niemand rannte aus den umliegenden Häusern und beschwerte sich über die Ruhestörung.

»Kannst du ihn nicht spüren?«

Ich konzentrierte mich einen Moment und tatsächlich, ich nahm ganz leichte Wellen wahr, die über meine Haut schwappten. Kein besonders starker Zauber, um ungebetene menschliche Besucher fernzuhalten. Ähnlich wie um ... Darcias Haus.

Nein, an sie wollte ich jetzt nicht denken.

»Sie machen wirklich ein Fest daraus«, murmelte ich schließlich und blieb ein paar Meter vor dem Kreis stehen, den jemand mit Kohle auf den Asphalt gezeichnet hatte. Dort drinnen würde der Kampf stattfinden.

»Für uns ist es wie ein Feiertag.« Adnan gluckste und deutete mit einer Handbewegung auf die sich amüsierenden Ghule, Kobolde, Werwölfe, Hexen und Hexia. Vielleicht waren auch Meerjungfrauen und Elfen dort. Nicht alle zeigten ihre Wesensmerkmale, auch wenn dies durch den Bannkreis ein sicherer Ort vor Entdeckung war. Dies nutzten die meisten Geschöpfe aus, um den Schleier, den sie normalerweise über sich trugen, fallenzulassen. Eine Art erleichtertes, kollektives Ausatmen.

»Wann sonst ergibt sich für unsereins die Gelegenheit, uns derart zu versammeln?«

»Das macht die Sache nicht besser, Adnan.« Der Duft von Speck und einer Gewürzmischung, die mir an jedem anderen Tag das Wasser im Mund zusammenlaufen ließ, drang an meine Nase und ich drehte mich zu dem Essensstand links von mir um.

»Adnan«, rief die viel zu schlanke blonde Frau aus, die plötzlich vor mir aufgetaucht war.

Blinzelnd versuchte ich, meinen Blick zu fokussieren, und erkannte endlich, dass es sich bei der Person um Seda handelte. Ein paarmal hatte ich sie aus der Ferne gesehen, doch Worte hatten wir bisher nicht gewechselt.

Ich fühlte mich gleichzeitig von ihr angezogen und abgestoßen. Ihr weißgoldenes Haar, das sich weich und lang bis zu ihren schmalen Hüften wellte, lockte mich, die fast durchscheinende Haut, die sich über ihre zarten Knochen spannte, erweckte eine Urangst in mir. Angst, sie zu verletzen. Angst, von ihr verletzt zu werden. Meine Nackenhaare stellten sich auf.

»Begib dich ruhig ins Zelt dort drüben, Valens, ich unterhalte mich noch ein Weilchen mit meiner geschätzten Nachbarin«, sagte Adnan, ohne den Blick von Seda zu nehmen, die ebenfalls nur Augen für ihn hatte. Man könnte meinen, dass sie ein verliebtes Pärchen wären, doch ich wusste es besser.

Adnan liebte nichts mehr, als sie zu provozieren. Sie um ihr hart verdientes Geld zu bringen und ihre Mädchen abzuwerben. Gleichzeitig lockte sie seine Kunden fort, verbreitete absurde Gerüchte und vereitelte wichtige Geschäfte, indem sie Spione in seinen Haushalt schleuste.

Wenn sie sich begegneten, verhielten sie sich immer zivilisiert und höflich. In ihren Herzen brodelte es allerdings.

Vielleicht waren sie ja doch ein verliebtes Pärchen. Eben auf... andere Art.

Ich steuerte das einzige weiße Zelt auf dem Platz an, auf das Adnan gedeutet hatte. Die Nacht hatte sich mittlerweile verflüchtigt, sodass die Fackeln kaum noch vonnöten waren. Dennoch machte sich niemand die Mühe, sie zu löschen, und als ich ins Innere des Zelts trat, war ich froh um die Gaslaterne, die ebenfalls noch leuchtete.

Es gab einen Tisch samt Stuhl sowie ein Becken, das mit Wasser gefüllt und auf einer Kommode platziert worden war. Daneben stand eine leicht bekleidete Ghulin, die ich an dem weißen Ring um ihre Pupillen erkannte, und sah mich abwartend an.

»Ähm, hallo«, begrüßte ich sie unsicher. Sie trug lediglich ein Kleid aus einem ähnlich seidigen Stoff, wie ihn Seda bevorzugte. Er legte sich um ihre großzügigen Kurven, sodass ich nicht wusste, wohin ich sehen sollte, ohne sie in Verlegenheit zu bringen. Oder mich. »Ich dachte, ich bin hier richtig.«

»Bist du auch«, sagte sie schließlich. »Ich werde dich auf den Kampf vorbereiten. Es ist wichtig, sich an das Ritual zu halten.«

»Okay«, erwiderte ich vorsichtig. »Und was muss ich tun?«

»Zieh Pullover und Schuhe aus«, antwortete sie und wandte sich der Kommode zu, aus deren Schubladen sie mehrere kleine Keramiktöpfchen holte. »Ich muss dir die Runen des Kampfes, des Schutzes und des Todes aufzeichnen.«

»Des Todes?«, wiederholte ich wenig begeistert.

»Judan wird diese auch tragen. Dadurch werden die Regeln der Blutrache eingehalten«, erklärte sie, während ich meine Schuhe und Socken auszog. Es fühlte sich seltsam an, mich vor ihr zu entkleiden, und ich hoffte, dass Adnan vor dem Kampf noch vorbeisehen würde, damit ich ihn nach der Richtigkeit fragen konnte.

Nachdem ich das Sweatshirt über meinen Kopf gezogen hatte, richtete ich den Beutel mit den Kräutern um meinen Hals und wartete darauf, dass die Ghulin meine tätowierten Flügel auf dem Rücken oder das Herz des Fluches auf meiner Brust kommentierte. Stattdessen widmete sie sich sofort der Aufgabe, mit dem Pinsel und der goldenen Farbe die verschiedenen Runen mit langen Schnörkeln auf meinem Bauch zu zeichnen. Es kitzelte, aber ich gab mir Mühe, nicht zusammenzuzucken, während ich auf ihren blonden Schopf hinuntersah.

Die goldene Farbe auf meiner dunklen Haut leuchtete so hell wie der Sonnenaufgang, der den Beginn meines Kampfes verkünden würde. Sie trocknete schnell und verwischte nicht, als ich versehentlich mit meinem Handrücken darüberstrich.

Die Ghulin arbeitete sich bis zu meinem linken Arm vor, ohne ein weiteres Wort zu verlieren. Meine Nervosität verhinderte, dass ich ihr eine Frage zum Prozedere stellen konnte. Ich war unfähig, ihr eine Souveränität vorzuspielen, von der sie ihren Freunden berichten könnte. Nein, wahrscheinlicher war, dass sie sich hinter meinem Rücken über meine zittrige Stimme lustig machen würde. Wenn sie nur wüsste, wovor ich mich am meisten fürchtete.

Vor Tod, Blut und dem Geschrei meiner Opfer.

Die Plane des Zelts flatterte geräuschvoll und jemand trat ein. Ich drehte mich zum Eingang um, in der Erwartung, Adnan zu sehen, doch ich wurde überrascht.

Ausgerechnet Darcia stolzierte herein.

Sie trug eine finstere Miene zur Schau, als hätte *sie* allen Grund, wütend zu sein.

Zornig presste ich die Lippen zusammen.

»Was zur Hölle tust du hier?«

IX

VALENS

Natürlich antwortete sie mir nicht. Ich sah mich suchend um und wollte nach meinem Sweatshirt greifen, als sie mich durch ihre Stimme innehalten ließ.

»Ich bitte dich«, stöhnte sie. »Als ob ich vorher noch nie einen halb nackten Mann gesehen hätte.«

Die Ghulin blickte ratlos von Darcia zu mir. Ich konnte es ihr nicht verübeln, auch in meinem Kopf schwirrten einige Fragezeichen.

»Es geht eher um mich als um dich«, murmelte ich, dennoch zögerte ich, mir den Pulli überzuziehen. Würde dies die ganze Arbeit der Ghulin zunichtemachen?

Neugierig beugte Darcia sich mir entgegen, als würde sie in dem schwachen Lichtschein jede Bewegung meiner Mimik erkennen wollen. Unangenehm berührt drehte ich mich weg und ließ das Oberteil dabei zurück auf den Stuhl gleiten.

»Bedeutet das, dich hat noch nie eine Frau nackt gesehen?«

Entsetzt wirbelte ich herum. »Das ist ... nicht der Punkt.« Dieses Gespräch wurde mit jeder Sekunde fürchterlicher. »Was willst du hier?«

Sie legte den Kopf schief, sodass eine geflochtene Strähne ihres Haares über ihre Schulter fiel. Mein Magen zog sich bei dem Anblick zusammen, da ich den plötzlichen Impuls verspürte, sie zu berühren, denn sosehr ich dies auch bestreiten würde – Darcia strahlte eine einzigartige Schönheit aus.

Schade, dass sie an ihrer grässlichen Persönlichkeit verschwendet war.

»Du kannst gehen«, wies sie die Ghulin an, anstatt mir zu antworten. Sie hob ihren Arm und deutete auf den Ausgang. Durch die entschlossene Bewegung rasselten ihre unzähligen Armbänder und Münzen.

»Die Vorbereitung ist noch nicht abgeschlossen«, erwiderte die Ghulin kleinlaut und deutete auf den Tiegel Farbe in ihrer linken und den Pinsel in ihrer rechten Hand.

»Keine Sorge, das übernehme ich.« Blitzschnell hatte Darcia die Ghulin um beides erleichtert und sie verscheucht, ohne dass ich einen Einwand hätte erheben können.

Schließlich waren wir allein und sie positionierte sich vor mir, um mit der Zeichnung der Runen fortzufahren. Ich fragte mich, woher sie dies beherrschte. Gehörte dies zur Ausbildung, die eine Fluchbrecherin durchlaufen musste?

»Ich kenne die Runen besser als jeder andere in dieser Stadt«, sagte sie, als hätte sie meine Gedanken gelesen. Eine unheimliche Vorstellung.

»Darcia«, stieß ich warnend hervor und umfasste ihr Handgelenk, als sie die erste Rune auf meinen Arm malen wollte. Ich konnte nicht sagen, wen meine Reaktion mehr verblüffte.

Normalerweise war ich umgänglich und geduldig, aber Darcia hatte etwas an sich, das mich auf die Palme brachte. Vielleicht war es ihre lässige Art, nichts ernst zu nehmen und mich wie den letzten Dreck zu behandeln, um dann im nächsten Moment bei mir aufzutauchen.

Sie verdrehte die Augen, entzog mir jedoch nicht ihre Hand, die sich warm und weich anfühlte. Trotz der Armbänder konnte ich ihre Haut spüren.

»Seda hat mich davon überzeugt, dass es amüsant sein könnte, dem Duell beizuwohnen. Zufrieden?« Sie stieß ein tiefes Seufzen aus und wartete darauf, von mir losgelassen zu werden.

Ihre Antwort hätte ich erwarten sollen. Trotzdem ärgerte

sie mich und ich zog Darcia näher an mich heran, sodass sich unsere Nasenspitzen fast berührten, als ich mich zu ihr herunterbeugte. Dieses Mal wollte ich jede Regung in ihrem Gesicht lesen.

Beinahe angewidert zog sie ihre Nase kraus und ihre Brauen schoben sich irritiert zusammen. Trotzdem wehrte sie sich nicht, obwohl sie sich jederzeit problemlos aus meinem Griff hätte befreien können.

»Mein sehr wahrscheinlicher Tod ist Grund zum Vergnügen?«, knurrte ich wohl wissend, dass Adnan mein Leben bereits gerettet hatte. Doch Darcia hatte sehr vermutlich noch nicht davon gehört. »Wie charmant von dir.«

»Man hat mich schon schlimmer bezeichnet.« Sie zuckte mit einer Schulter.

»Hure?«, schlug ich eiskalt vor, um zu sehen, wie sie reagierte. Um sie endlich aus der Reserve zu locken, aber mein Plan schlug fehl. Das Feuer in ihr erlosch und sie entzog sich mir endlich. Leider.

Leere blieb zurück.

»Schlimmer auch als das.« Sie tunkte den Pinsel erneut in die Farbe. »Du weißt Bescheid.«

»Adnan hat es mir erzählt.« Das schlechte Gewissen pirschte sich heran. Erst jetzt wurde mir klar, wie unhöflich ich gewesen war. Natürlich hatte mir Darcia bisher nicht sonderlich viel Wärme entgegengebracht, aber das entschuldigte nicht mein Verhalten. So war ich nicht erzogen worden. Mein Vater würde sich im Grab umdrehen und meine Mutter ... an sie konnte ich nicht denken. Nicht jetzt. Niemals.

»Du bist mit dieser Ratte befreundet?« Mit großen Augen sah sie mich an. Ein vorwurfsvoller Blick, den ich nicht recht verstand.

»So, wie du mit deiner ehemaligen Bordellmutter befreundet bist.« So viel zum Thema schlechtes Gewissen.

»Du bist ein Arschloch.« Sie presste Pinsel und Tiegel gegen meine Brust, ohne dem tätowierten Herzen auch nur die leiseste Beachtung zu schenken. »Hier, kümmere dich selbst darum. Ich weiß nicht mal, warum ich hergekommen bin.«

Jetzt reicht's.

Ich packte sie an beiden Handgelenken, bevor sie sich von mir abwenden konnte. Farbe und Pinsel fielen zu Boden, als ich Darcia gegen die Kommode schob, damit sie mir nicht mehr ausweichen konnte. Unser Atem vermischte sich und ihre Wärme legte sich über meine, während sich ihre Brust unter dem scheußlichen, fleckigen Top hektisch hob und senkte.

Gut. Sie hatte sich daran erinnert, dass ich nicht irgendein dahergelaufener Mensch, sondern ein Hexer war.

Ich presste ihre Hände gegen meine Brust, wartete auf Widerstand, der nicht kam, und atmete dann tief durch, bevor ich meinen Blick in ihren fallen ließ. Bodenlose Tiefe und ein dunkler Schmerz, der ihr Innerstes zerfraß. Eilig zog ich mich zurück. Das stand mir nicht zu. Ihre Gedanken gehörten nicht mir. Dennoch war ich unfähig, sie auch körperlich loszulassen, so wie ich es auf seelischer Ebene getan hatte.

»Du bist hier, weil du weißt, dass ich dein Leben gerettet habe«, sagte ich leise und wartete auf ihre schnippische Erwiderung.

»Unsinn«, kam es lahm von ihr. »Du wolltest mich begleiten. Ich kenne dich nicht einmal.«

Sie öffnete ihre Hände und legte sie flach auf meine Haut, als würde sie sich jeden Moment von mir abstoßen wollen. Eilig sprach ich weiter.

»Ich bin Valens Hills, schön, dich zu treffen.« Ich grinste und als ein Lächeln an ihrem Mundwinkel zupfte, hatte ich das Gefühl zu schweben. Auf einer Welle des Triumphes zu gleiten. Mir war scheinbar etwas Unmögliches gelungen. Darcia ein Lächeln zu entlocken.

»Das ist dumm«, murmelte sie, klang aber nicht sonderlich überzeugend.

»Komm schon.« Ich umfasste ihre Handgelenke nun mit einer Hand, damit ich mit der anderen ebenjene Strähne berühren und hinter ihr Ohr streichen konnte. Mein Herz klopfte heftig. Sie müsste das Schlagen unter ihren Händen deutlich spüren können, aber ihre braunen Augen waren allein auf mein Gesicht gerichtet.

»Darcia«, wisperte sie. »Mein Name ist Darcia.«

»Kein Nachname?« Ich lächelte schief, was offensichtlich das Falsche gewesen war, denn sie stieß mich endlich von sich und näherte sich rückwärts dem Ausgang.

»Immer willst du mehr, hm?«, stieß sie vorwurfsvoll aus, klang wütender, als es die Situation rechtfertigte.

Ich erkannte, dass der Moment des Friedens vorbei war. Sie würde mir nicht mehr enthüllen und ich ... ich sollte mich besser auf meinen Kampf konzentrieren.

»Was ist mit den Runen?«

Sie blickte sehnsüchtig zum Ausgang, doch entgegen meiner Erwartungen flüchtete sie nicht. Mit einem entschiedenen Nicken klaubte sie Pinsel und Tiegel vom Boden und beendete das Kunstwerk auf meinem Körper mit geübten Bewegungen. Ihr Kinn war leicht nach vorne gereckt. Eine steile Falte zwischen ihren Brauen zeugte von ihrer Konzentration.

Nach wenigen Minuten erklärte sie ihre Arbeit für beendet und floh regelrecht aus dem Zelt, ohne dass ich ihr danken konnte. Ohne dass sie mir viel Glück wünschte.

Adnan holte mich wenig später ab und führte mich in die Mitte des schwarzen Kohlekreises. Der kühle Wind bereitete mir eine Gänsehaut, aber noch viel mehr der Anblick meines Kontrahenten. Judan war eindeutig muskulöser, als er mit Kleidung ausgesehen hatte. Er stand am inneren Rand des Kreises und knackte mit seinen Knöcheln, allein um die Zuschauer zu unterhalten. Mir schenkte er keinerlei Beachtung.

»Denk daran, du kannst dich sofort k. o. schlagen lassen«, erinnerte mich Adnan ein letztes Mal und schubste mich dann in den Kreis. Wie ein unbeholfener Junge kämpfte ich um mein Gleichgewicht. Jäh wurde die Flamme in mir, die meine Magie war, gelöscht. Der Kreis verhinderte, dass ich mich ihrer würde bedienen können. Ich war tatsächlich ganz allein auf meine körperlichen Fähigkeiten angewiesen.

Seit meiner Wiederauferstehung nach meinem Absturz hatte ich zwar täglich trainiert und war fit und stark, jedoch nur für menschliche Verhältnisse. Ghule waren da ein ganz anderes Kaliber.

»An diesem Morgen versammeln wir uns zu Ehren des gefallenen Generals Louis Helios«, verkündete Adnan Marjuri höchstpersönlich. Der Falke stieg in die Lüfte und umkreiste das Spektakel. »Garb Judan rief zur Blutrache auf und forderte damit Hexer Valens Hills zu dem ehrenvollen Duell auf. Möge der Bessere gewinnen.«

Aus dem Augenwinkel nahm ich wahr, wie mein ghulischer Freund die Arme hob und rasch wieder fallen ließ, dann berührten die ersten Sonnenstrahlen den geweihten Boden. Ich konzentrierte mich allein auf meinen Gegner, dessen Gesichtszüge sich verkrampften, um sich dann zu verändern.

Der Mund verbreiterte sich, wurde zu einem klaffenden Maul mit messerscharfen Zähnen. Seine Augen mit den weiß umrandeten Pupillen färbten sich schwarz, als wäre in seinem Inneren Tinte ausgekippt. Nur die Krallen an den Händen ließ er eingefahren, was bedeutete, dass er mich als leichtes Opfer ansah.

Ich wartete nicht darauf, dass er sich umentschied, sondern stürzte mit erhobenen Fäusten auf ihn zu.

Er wich mir wie erwartet aus und drehte sich nach links, wankte gefährlich. Ich rammte meine Faust gegen seine Rippen und spürte bloß harte Muskeln. Er bellte ein lautes Lachen, das in meinen Ohren widerhallte und mich verhöhnte.

Ein paar Schritte nahm ich Abstand, doch er folgte mir, setzte einen Schlag nach dem anderen, traf meine Schulter, meine Rippen und streifte meine Wange, ehe ich mir eine kleine Atempause verschaffen konnte. Er folgte mir wie ein Raubtier an der Kreislinie entlang.

Die Zuschauer verschwammen vor meinen Augen. Ich sah

allein die Kohlespur und hörte meinen eigenen schweren Atem. Mit nackten Sohlen balancierte ich am Rand der Vernichtung.

Ich musste mir unbedingt eine andere Strategie zurechtlegen, sonst würde das hier peinlich schnell zu Ende gehen. Ein Wunder, dass ich mir überhaupt Hoffnungen gemacht hatte.

»Komm her, Junge, lass es uns zu Ende bringen«, brummte Judan, seine Stimme durch die langen Zähne und das breite Maul seltsam verzerrt. Er winkte mich zu sich heran. »Mir ist ein leichtes Duell versprochen worden, aber mit dir komme ich auch zurecht. Also los!«

»Von wem?«, presste ich hervor, kurzzeitig von meiner Angst befreit.

»Einem Freund«, erwiderte er bloß lachend. »Na komm!«

Ich würde hier nicht ewig ausharren können.

Mein Blick streifte über die Menge, bis ich unter den Anwesenden Darcia ausmachte.

Sie wirkte angespannt und sah so aus, als würde sie jeden Moment meinen Tod erwarten. Und vermutlich tat sie dies auch. Schließlich wusste sie nichts von den geänderten Regeln.

»Junge«, ertönte Judans Stimme ungeduldig und riss mich wieder ins Hier und Jetzt.

Ich ballte meine Hände erneut zu Fäusten, spannte meinen Körper und fand das Kribbeln des Fluches unter meiner Haut. Anders als erwartet, brach das Monster nicht aus.

Vielleicht hinderte der Bannkreis die Magie, dennoch konnte ich von der Kraft der Bestie schöpfen und ich preschte nach vorn.

Judan blinzelte bloß überrascht, dann hatte ich ihn auch bereits erreicht. Ich täuschte einen Angriff mit meiner rechten Faust an, um ihm darauf bei seinem Rückzug meinen Ellbogen in die Magengrube und mein Knie in die Weichteile zu rammen. Er krümmte sich für einen kurzen Moment. Ich nutzte dies aus, indem ich meine Faust gegen seine Nase schlug. Ein lautes Knirschen verriet das Brechen seines Knochens. Blut floss in Strömen aus der Nase.

Eilig zog ich mich zurück, um dem instinktiven Schnappen seines Mauls zu entgehen.

Dadurch, dass ich den Rückzug angetreten hatte, wurde es schwieriger, wieder in die Offensive zu gehen. Erneut wurde mir bewusst, wie sehr ich meine Ausbildung hatte schleifen lassen.

Judan bemerkte meine Unaufmerksamkeit und bestrafte mich mit einem Kinnhaken, der sich gewaschen hatte. Rücklings fiel ich zu Boden und blinzelte heftig gegen die schwarzen Punkte an.

Ich könnte mich k. o. stellen. Dann wäre der Albtraum vorbei und ich könnte weiter mein erbärmliches Leben führen. Etwas hielt mich zurück. Meine Ehre? Mein Stolz? Die Bestie in meinem Inneren?

Die Zähne zusammenbeißend rappelte ich mich auf. Ich wankte gefährlich, hob instinktiv die Hände ... und bekam sogleich einen weiteren Schlag versetzt. Dieser katapultierte mich erfolgreich in die Mitte des Kreises. Sand wurde bei meinem Aufprall aufgewirbelt und legte sich mir auf Augen und Zunge. Die Welt drehte sich und alles wurde schwarz.

X

DARCIA

Ich war mir sicher, er würde sterben.

Blutend lag er im Sand und regte sich nicht, während Judan über ihm aufragte, als würde er ihn jeden Moment zerfleischen. Das konnte ich mir nicht ansehen. Ich musste etwas tun. Mit klopfendem Herzen näherte ich mich der Herzrune an meinem linken Daumen.

Sie würde das Herz des Ghuls für einen kurzen Moment aussetzen lassen und Val die Chance geben, aufzustehen. Den provisorisch gezogenen Bannkreis würde ich mit einem anderen Fluch umgehen können.

Bevor ich jedoch eine der beiden Runen berühren konnte, rückte jemand ganz nah zu mir auf. Ich spürte seinen Atem in meinem Nacken.

Irritiert blickte ich in das amüsierte Gesicht von Adnan Marjuri.

»Was willst du?«, presste ich hervor, hektisch zum Kreis blickend. Ich holte tief Luft, um von meiner Wut nicht übermannt zu werden.

Adnan und ich standen in keiner guten Verbindung zueinander.

Judan ließ sich Zeit, als würde er es genießen, Val zu seinen Füßen liegen zu sehen.

»Er wird sterben. Ich dachte, er ist dein Freund!« Kurz hielt ich inne. »Oder wirst du mit ihm genauso umgehen wie mit mir?«

»Das wird er nicht.« Adnan lächelte leicht und überging damit meine Frage. »Hat er es dir nicht erzählt? Die Regeln wurden geändert.«

»Was?« Fassungslos starrte ich den Mann an, den ich an einigen Tagen hasste und an besseren akzeptierte. Mein Blick fiel auf den Sicheldolch an seiner Hüfte und dieses Objekt brachte mich wieder in die Wirklichkeit. »Mistkerl«, zischte ich, ohne genau zu wissen, welchen der beiden Männer ich damit meinte.

Ich stürmte durch die Menge davon. Meine Wangen erhitzten sich vor Scham, dass ich meine Gefühle derart offenbart hatte. Dabei wusste ich nicht einmal, wieso es mir so wichtig gewesen war, Val *nicht* sterben zu sehen. Wer war er schon? Bis vor ein paar Tagen hatte ich nicht einmal von seiner Existenz gewusst und dann schlich er sich wie ein Parasit in mein Leben ein.

Konnte es sein, dass ich lediglich so reagierte, weil ich tatsächlich noch ein Gewissen besaß? Fühlte ich mich schlecht, weil Val mir eingeredet hatte, dass wirklich ein Teil der Schuld auf meinen Schultern lastete?

Lächerlich.

Die Rufe der Zuschauer ausblendend und ohne einen Blick zurückzuwerfen verließ ich den Friedhof. Ich sollte mich ganz meiner Arbeit widmen. Val würde ich aus meinem Leben streichen.

Es traf sich gut, dass bereits einige Kunden auf mich warteten, als ich in mein trautes Heim zurückkehrte.

Tieno hatte ihnen Formulare gegeben, die sie mit den nötigen Informationen zu ihren Flüchen und Gebrechen ausfüllen sollten.

Da ich kein Wartezimmer besaß und ich so viele Leute auch nicht in meinem Haus sehen wollte, hatten Tieno und ich mehrere Stühle in den Vorgarten gestellt. Das Wetter in New Orleans war beständig und mit dem Schatten der großen Dattelpalme gaben sich die meisten zufrieden damit, hier zu warten.

Es saßen insgesamt vier Kunden draußen. Zwei Frauen mittleren Alters, ein junger Mann mit dicken Warzen im Gesicht und ein Kobold, der eine Zeitung in seinen feingliedrigen, langen Fingern hielt. Sie alle blickten auf, als ich an ihnen vorbeistürmte und meinen Arbeitsraum betrat. Ich verlor keine Zeit mit unnützen Freundlichkeiten und höflichen Floskeln, die am Ende des Tages nichts bedeuteten.

Ich hätte Val auch nicht mit Freundlichkeit davon abhalten können, mir zu folgen … und dieser Mistkerl besaß dann noch die Dreistigkeit, mir zu verschweigen, dass die Regeln geändert worden waren. Wenn es denn stimmte, was der Ghul von sich gegeben hatte. So ganz traute ich ihm nicht. Dennoch … wahrscheinlich hatte sich Val innerlich ins Fäustchen gelacht, als er meine Sorge bemerkt hatte.

»Sorge! Dass ich nicht lache«, zischte ich und schmiss meinen Beutel auf einen Blätterhaufen mitten auf den Tisch.

Tieno hatte bereits das Feuer geschürt, sodass die Hitze sich im Arbeitsraum staute. Ich berührte mit einem Finger die Rune der Wahrnehmung auf der Innenseite meines linken Handgelenks. Ein Halbkreis, an dessen Rundung ein geschlossener Kreis mit einem Punkt in der Mitte baumelte. Diese Rune besaß viele verschiedene Anwendungen und musste gezielt auf den Wunsch angewendet werden. Sekunden später leuchtete sie auf und die Hitze fühlte sich nicht mehr stickig und heiß an, sondern kühl und angenehm. An der Temperatur des Raumes hatte sich nichts geändert, aber an meiner Wahrnehmung derer.

»Wo ist Menti?«, fragte ich Tieno, während ich mir die Hände in der Keramikschüssel wusch, die der Troll mehrmals täglich neu auffüllte. Er war der perfekte Assistent und mein bester Freund, der sich bei mir offensichtlich langweilte. Warum sonst bestand er darauf, die Wila zu behalten?

»Ich bin hier«, meldete sich der kleine Naturgeist zu Wort und winkte mir von einem Regalbrett aus zu, das definitiv neu sortiert worden war. Anstatt meiner Bücher und Kerzen standen nun ein Miniaturbett, ein Teelicht als Lichtquelle und eine Streichholzschachtel als Tisch darauf. Tieno hatte sogar einen Vorhang angebracht, den die Wila nun mit einer zierlichen Hand zurückschob. »Ich dachte mir, ich könnte hier ein paar Tage bleiben? Nur so lange, bis ich mich wieder besser fühle und weiß, wo ich hin soll?«

Ich blickte mit gerunzelter Stirn von ihr zu Tieno und wieder zurück, als der Troll mich lediglich mit großen Augen und eingesunkenen Schultern ansah. Das war nicht das erste Mal, dass er mich bat, einen seiner Streuner zu behalten. Dieses Mal konnte er allerdings selbst reden.

Menti wirkte noch immer blass um die Nase und das lag nicht an ihrer durchscheinenden Haut. Das weiße Kleid, das ihr zweifellos Tieno besorgt hatte, war viel zu groß für ihre schmalen, knochigen Schultern und durch das unordentlich geschorene Haar wirkte sie noch immer kränklich. Zu kränklich, um sie rauszuwerfen.

Ich stieß ein tiefes Seufzen aus.

»In Ordnung. Solange du mir nicht im Weg bist«, gab ich nach und ohrfeigte mich innerlich selbst für meine Schwäche. Tieno kam bei mir scheinbar mit allem davon.

Der Waldtroll eilte zum Regal und schlug in Mentis dargebotene Handfläche ein.

Natürlich nutzte er lediglich die Kuppe seines kleinen Fingers. Er wollte sie schließlich nicht unter sich begraben.

»Holst du bitte unseren ersten Patienten rein, Tieno? Wenn du damit fertig bist, dich zu freuen natürlich.«

»Verändert«, sagte Tieno, als er meine Seite erreichte und mir mit dem Zeigefinger über das Schlüsselbein strich. »Nicht böse.«

»Die Patienten, Tieno«, herrschte ich ihn an, wütend, dass er es wagte, mein Verhalten derart zu analysieren.

Nichts wusste er.

Böse oder gut, was bedeutete das schon?

Wenige Sekunden später kehrte Tieno mit meiner ersten

Kundin zurück. Ihr Haar war schwarz, mit grauen Strähnen durchzogen und zu einem dicken Zopf geflochten, der über ihrer rechten Schulter lag. Sie besaß hohe Wangenknochen und einen strengen Blick in ihren dunklen Augen, der ihrem Gegenuber sofort mitteilte, dass sie nicht zu Späßen aufgelegt war. Ihre Haut glänzte in einem dunkleren Ton als Vals, weshalb ich das schwarze Tattoo auf ihrer anderen entblößten Schulter fast übersehen hätte. Eine Spinne, deren Beine sich über ihr Schlüsselbein und vermutlich auch ihr Schulterblatt erstreckten. Das Zeichen des Septum-Zirkels in New Orleans.

Stirnrunzelnd betrachtete ich sie noch einmal genauer – von ihren braunen Römersandalen über ihr gelbes Kleid mit dem weiten Rock bis zu ihrer dicken goldenen Gliederkette und den dazu passenden Ohrringen.

»Was macht eine Septa in meinem Arbeitsraum?«, fragte ich, nachdem ich auch durch ihr Äußeres nicht schlauer geworden war. Kein körperliches Anzeichen eines Fluches, was mich ohnehin verwundert hätte. Schließlich konnten Septi nicht verflucht werden.

Septi wurden oft auch Kinder der Schattenstädte genannt. Sie waren in einer dieser geboren und stammten aus magischen Familien, doch sie selbst konnten keine Magie wirken, keinen Zauber weben und weder verflucht noch gesegnet werden.

»Bist du immer so unhöflich?«, schnaubte sie und wandte sich von mir ab, um sich das stickige Zimmer anzusehen. Menti kicherte leise. »Mein Name ist Babet. Ich bin Eulalies rechte Hand. Sie ist natürlich die ...«

»... Oberste des Septum-Zirkels, jaja«, unterbrach ich sie und stemmte die Hände in die Hüften, wartete, bis sie ihre Aufmerksamkeit von dem chirurgischen Besteck ab- und mir wieder zuwandte. »Was machst du hier, Babet? Zufälligerweise bin ich ausschließlich für Flüche zuständig und da du eine Septa bist, sagt mir das, dass du nicht aus diesem Grund hier bist.«

Sie legte den Kopf schief. »So respektlos«, murmelte sie. »Du irrst dich.«

»In welchem Punkt?« Ich blickte Tieno an, der mit den Schultern zuckte, bevor Babet mir das Formular hinhielt, das sie zuvor ausgefüllt hatte.

Zögerlich nahm ich das Blatt an mich und überflog den Inhalt. Dann las ich ihn noch einmal. Und noch einmal.

»Ich weiß, was du denkst«, sagte Babet, nachdem ihre Geduld aufgebraucht war. »Doch glaub mir, das ist die Wahrheit.«

»Unmöglich«, presste ich hervor und wedelte aufgebracht mit dem Zettel hin und her. »Eine Septa kann nicht verflucht werden. Du bildest es dir bestimmt ein. Und wer soll dieser Hexer überhaupt gewesen sein? *Eine dunkle Gestalt?* Dass ich nicht lache! Vielleicht solltet ihr in eurem Zirkel weniger Kräuter rauchen und euch mehr um euer richtiges, *magie-freies* Leben kümmern!«

»Hör mir zu, du Göre«, fauchte Babet und drohte mir mit einem Finger. »In jener Nacht vor zwei Wochen bin ich nichts ahnend nach Hause gegangen. Ich bin auf denselben Straßen gewandelt wie in den letzten fünfzehn Jahren auch und plötzlich ist jegliches Licht verschluckt, jegliche Wärme aufgesaugt worden. Ich hörte nichts mehr außer meiner eigenen Atmung und meinem laut klopfenden Herzen, sodass ich glaubte, gestorben zu sein. In die Anderwelt abgedriftet, ohne es bemerkt zu haben. Doch dann tauchte der Hexer auf. Ich sah bloß seinen schwarzen Umhang und die langgliedrigen Hände, die sich um meinen Kopf legten. Er murmelte Worte, die ich nie zuvor gehört hatte, und im nächsten Moment verschwanden er und die Schatten und die Kälte.« Sie holte tief Luft und ließ den zittrigen Finger sinken. »Er verfluchte mich. Das weiß ich.«

Ich presste für einen Augenblick die Lippen zusammen, um mir einen beleidigenden Kommentar zu verkneifen. »Wenn es so wäre, und ich sage nicht, dass ich dir glaube, wie äußert sich der Fluch? Du warst sehr vage in deiner Beschreibung… *das Zittern?*«

Babet erblasste und jegliche Kraft schien ihren Körper zu verlassen. Tieno reagierte schneller als ich und führte sie an einem Arm zu einem der hölzernen Stühle. Keiner von ihnen war gepolstert, um meine Patienten ja nicht dazu zu animieren, länger als nötig hierzubleiben.

»Hin und wieder geschieht es, dass alles zu zittern beginnt. Jedes Möbelstück, jedes Glas und jeder Teller.« Sie legte die Finger ihrer linken Hand auf ihre Lippen. »Es zittert und zittert und verschwimmt und ich kann nichts tun, falle immer tiefer in die Dunkelheit hinab. Und es zittert und ...«

Seufzend rieb ich mir die Augen. »Babet, es tut mir leid, aber du solltest dich von einem richtigen Arzt untersuchen lassen.«

»Glaubst du, das habe ich nicht schon getan?«, zischte sie. »Du dummes Mädchen.«

»Wenn du damit weitermachst, mich zu beleidigen, kannst du sofort wieder verschwinden.« Ich reckte das Kinn und wartete, bis sie den Blick abwandte.

»Schön.« Sie strich über ein winziges Stück freier Tischplatte und erhob sich dann. »Wie du willst. Wenn du mir nicht glaubst, dann ist das so. Trotzdem warne ich dich, Fluchbrecherin, das ist erst der Anfang.«

»Ich weiß nicht, was du meinst.«

Ein wissendes Lächeln erschien auf ihren Lippen, als sie mit dem beringten Finger auf meine Glaskugel zeigte, die ich hinter einem Stapel Kräuterkundebücher vergessen hatte.

»Wann hast du das letzte Mal einen Blick in den Nebel gewagt?«, fragte sie, anstatt mir eine richtige Antwort zu geben.

»Ist eine Weile her«, gab ich zu. Der Nebel war ein Ort, der meiner Meinung nach mehr Fragen aufwarf, als er Antworten gab. Ein Orakel der Hexen und Hexer sozusagen.

»Sieh hin, Fluchbrecherin, dann weißt du, dass ich mir nicht einbilde, verflucht zu sein.«

Meine Geduld neigte sich rasant dem Ende zu. »Ich war großzügig genug, dich anzuhören, Babet, und das, obwohl mich Eulalie mit Verachtung straft. Aber dir zu glauben, würde gegen alle Prinzipien und Gesetze unserer Welt sprechen. Was sage ich da? Es würde unsere Welt aus den Angeln heben. Es ist *unmöglich.*«

Babet senkte den Blick. »Auf Wiedersehen, Darcia Bonnet.«

Ein Kreis, der endlich sein Ende findet. So fühlte ich mich im Inneren, als ich einen der babylonischen Zirkel aus meinem Versteck auf dem Baum beobachtete. Die lange Reise näherte sich ihrem grandiosen Höhepunkt. Eine Reise, die sich mit jedem neuen Herzen wiederholt hatte. Aber nur noch ein Mal …

Ich saß auf einem schweren Ast und blickte zu der Gruppe bestehend aus dreizehn Frauen und Männern hinab, die dem Mondgott huldigten. Der Schutzgott Babylons. Jede Stadt besaß einen oder mehrere und obwohl die meisten Hexer und Hexen aus den Schattenstädten verbannt worden waren, gaben sie oft ihren Glauben an die Hexgötter nicht auf. Im Gegenteil, sie rechtfertigten dadurch die Nutzung schwarzer Magie. So auch dieser Zirkel, aus dem mein nächstes Opfer stammen würde.

Die Nacht hatte eingesetzt und das Summen der Hexen stieg in den wolkenlosen Himmel hinauf, vermischte sich mit dem Rauch des Feuers und dem Duft der dicken Kräuterkerzen, die sie auf Grabsteinen und Krypten abgestellt hatten. Den Baum, auf dem ich saß, hatte ich mir vor einer Weile schon als Versteck ausgesucht, als ich den Zirkel wegen anderer Dinge ausspioniert hatte. Es war immer wichtig, zu wissen, was die eigenen Feinde taten.

Heute wollte ich bestimmen, wer die böseste Kreatur war. Die Bestie, deren Herz das dreizehnte und somit letzte in meiner Sammlung sein würde.

Ich versuchte, nicht daran zu denken, dass ich diese Person früher oder später dafür töten müsste. Jetzt galt es erst einmal, das Opfer auszuwählen. Dann folgte der nächste Schritt und der nächste und …

Der Gesang verklang und die Oberste des Zirkels überkreuzte ihre Arme vor ihrem Oberkörper, sodass die Handflächen auf ihren Schultern lagen. Das Zeichen ihrer Stellung.

In mir ruhen die Macht, das Wissen und die Herzen meiner Hexen, echoten ihre Worte in meinem Inneren. So oft hatte ich sie bereits von anderen Obersten aus anderen Zirkeln gehört, doch bis jetzt war mir die tieferliegende Bedeutung für mein Vorhaben nie bewusst geworden.

In der Anführerin lag tatsächlich die Macht aller anderen Zirkelhexen. Sie war deshalb die mächtigste und somit war auch ihr Herz das mächtigste und würde bei meinem Ritual zur Herrin der Wicked das beste Ergebnis erzielen.

Für jeden klängen diese Gedanken vermutlich kalt und berechnend und das waren sie auch. Ich hegte sie jedoch, weil ich meine Gefühle tief in mir vergraben hatte, als ich den Friedhof betreten hatte. Anders würde ich meiner Schwester und mir selbst nicht helfen können. Zu weit hatte ich mich bereits vorgewagt. Zu tief war ich gesunken. Zu hoch geflogen.

»Meine Schwestern, meine Brüder, ich heiße euch unter dem Mond des Sin willkommen«, begrüßte die Oberste ihre Zirkelmitglieder und ließ die Flammen der Kerzen auflodern, als würde sie ihre Macht beweisen müssen. Dabei war diese Zurschaustellung in meinen Augen recht dürftig. Die Auferstehung von Toten hätte mir vermutlich mehr Respekt eingeflößt. Nur so als Vorschlag.

In dieser Nacht wurden aber keinerlei dunkle Zauber gewirkt. Ich musste mich mit den Geschichten der Hexen und Hexer langweilen, die davon handelten, wie sie den Mondgott in ihrem Alltag verehrten. Genervt verdrehte ich hin und wieder die Augen, wenn es zu absurd wurde. Ich meine, wer kniete sich denn mitten auf die Straße, um einem der Götter zu huldigen, weil er auf einer Verpackung für Klebesterne einen Mond gesehen hatte? Verrückt.

Nach einer Stunde löste sich die Gruppe endlich auf und ich konnte von dem ungemütlichen Baum herunterklettern. Das nächste Mal musste ich unbedingt daran danken, wie sehr mein Hintern schmerzte, damit ich mir ein besseres Versteck suchte.

Die Oberste, Roja, war als Letzte verschwunden, sodass es nicht schwer war, ihre Spur zu verfolgen und ihr in einigem Abstand nachzuschleichen.

Wenn ich mit meiner Vermutung richtiglag – und das tat ich meistens –, war sie so steinreich wie alle anderen Zirkelobersten und lebte in einer der Villen an der Esplanade Avenue. Das Zuhause der kreolischen und magischen Oberschicht.

Roja steuerte ein weiß getünchtes Haus mit hellblauen Stuckleisten und einem gepflegten Vorgarten mit Zaun an. Die Metalltür öffnete sich mit einer Handbewegung, um lautlos hinter ihr wieder ins Schloss zu fallen. Als Nächstes trat die Hexe durch die beeindruckende Haustür. Das Licht wurde sogleich in mehreren Zimmern betätigt, sodass ein Teil des Vorgartens beleuchtet wurde und es mir erleichterte, die verschiedenen Bannkreise auszumachen. Viele von ihnen spürte ich, von einigen anderen sah ich die Anker in Form von Kräuterbeuteln und Amethysten, die zur Hälfte in der Erde steckten. Sie alle zeigten mir deutlich, dass ich Roja nicht unterschätzen durfte.

Mit ihrem Herz würde mir die wichtigste Zutat gegeben werden und vor allem die mächtigste. Gleichzeitig stellte dies auch meine bisher schwierigste Aufgabe dar.

Ich würde mir etwas überlegen müssen, um in ihre Nähe zu kommen, ohne Aufmerksamkeit zu erregen.

Ich senkte das Kinn und lächelte in mich hinein, als ich die Kapuze meines Umhangs überwarf und mich von der Villa abwandte. Es war zwar schwerer für eine Halbhexe, wie ich eine war, Teil eines Zirkels zu werden, aber nicht unmöglich. Dies wäre mein Weg, um in Rojas Nähe zu gelangen, ohne ihre Alarmglocken auszulösen. Sie würde zu meiner Mentorin werden.

Schon bald würde das dreizehnte Herz das meine sein.

XI

VALENS

Ich lag auf dem Boden, Sand in meinem Mund und eine brennende Platzwunde auf meiner Stirn. Die Bestie in mir erwachte plötzlich zum Leben, als wäre der Bannzauber um uns herum geschwächt worden. Sie brüllte ihre Wut heraus, kämpfte gegen die Gitterstäbe an, die ich in sorgsamer Kleinarbeit errichtet hatte.

Panik vermischte sich mit meinem eigenen Zorn. Ich durfte nicht loslassen. Nicht jetzt, da sich so viele Leute in meiner unmittelbaren Nähe befanden.

Mein Körper erzitterte, einzelne Knochen brachen entzwei, um sich neu anzuordnen. Der Schmerz, so bekannt er mir auch war, blendete mich.

Ich würde verlieren. Entweder den Kampf gegen Judan oder gegen den Fluch.

Mit den Händen stützte ich mich auf dem Boden auf. Lange Reißzähne wuchsen aus meinem Mund, mit denen ich jedem problemlos die Kehle durchbeißen könnte.

Ein tiefes Grollen erfüllte meine Brust und schob sich aus mir heraus. Der verlockende Geruch von Blut benebelte meine Sinne.

Jagen.

Zerfleischen.

Töten.

Die Bestie war ...

Ein Schlag traf mich am Hinterkopf. Helles Licht und ich verlor das Bewusstsein.

Mein Kopf fühlte sich an, als wäre er in der Mitte von einem Beil zerteilt worden. Unglaubliche Schmerzen, die mich recht bald daran erinnerten, dass ich mich in einem Kampf gegen Judan und gegen mich selbst befunden hatte.

Angst biss sich in meinem Verstand fest. Was, wenn die Bestie über mich hereingebrochen war und jemanden verletzt hatte? Ich musste meinen Mut sammeln, um meine Lider zu öffnen und mich der Wirklichkeit zu stellen. So erleichternd und einfach Lügengebilde auch waren, sie würden mir nicht helfen und auch niemand anderem, der Hilfe gebrauchen könnte.

Überraschenderweise befand ich mich in meinem eigenen Loft. In meinem Bett. Die Sonne strahlte gedämpft durch die getönten Scheiben und offenbarte mir eine leere Wohnung. Niemand war hier. Aber ich wusste ganz genau, wem ich es zu verdanken hatte, hier aufzuwachen.

Wieder einmal stand ich in Adnans Schuld.

Seufzend rollte ich mich auf die Seite und bemerkte sofort meinen Fehler. Übelkeit stieg in mir auf.

Ich blinzelte und konzentrierte mich auf meine Atmung, bis mir nicht mehr akut schlecht war, dann erhob ich mich mit langsamen Bewegungen und setzte mich auf die Bettkante. Das Gesicht in meine Händen vergraben, entließ ich einen zittrigen Atem.

Ich wollte stark sein und mutig und all das, doch die Furcht davor, noch mehr Menschen zu verletzen, versetzte mich in eine Schockstarre. Es war, als wäre ich gelähmt und könnte nichts anderes, als in das blendende Licht zu starren.

»Er ist endlich erwacht!«, verkündete eine weibliche Stimme.

Irritiert blickte ich auf und sah Seda und Adnan, die sich durch die Eingangstür Zugang zu meiner Wohnung verschafften. Sie wirkten ausgeruht und gut gelaunt, auch wenn ich wie immer zwischen ihnen eine seltsame Spannung wahrnahm.

»Was ist passiert?« Ich erhob mich und wankte zu meinem

kleinen Badezimmer, um mir Wasser ins Gesicht zu spritzen. Ich musste erst mal richtig wach werden.

Ein Blick in den angelaufenen Spiegel zeigte mir, dass sich jemand um meine Platzwunde gekümmert hatte. Sie war genäht worden und wurde von einem Pflaster verdeckt, das ich schnell wieder festklebte. Der Rest meines Gesichts und meine Rippen waren allerdings immer noch von blauen und grünen Flecken übersät. Die aufgemalten Symbole waren verschmiert und kaum noch erkennbar.

»Du wurdest niedergeschlagen und hast somit verloren«, antwortete Adnan mit einem süffisanten Lächeln. Er stellte sich in den Durchgang zum Bad und beobachtete mich aufmerksam. »Als du nicht wach wurdest, haben wir dich zurück in deine Wohnung gebracht.«

»Was wahrscheinlich in deinem Sinne war«, fügte Seda an. Ihre Stimme klang weiter weg, als würde sie sich im hinteren Teil des Lofts befinden – meiner Küche. »Die Feierlichkeiten sind ausgeartet und Judan war unausstehlich. Dass jemand wie er Anführer eines Herrschaftsbereichs der Ghule sein kann, ist mir ein Rätsel.«

»Heißt das, meine Position ist dir kein Rätsel, Liebling?«, erkundigte sich Adnan, ohne den Blick von mir zu wenden.

Stirnrunzelnd schlug ich ihm die Tür vor der Nase zu und stieg unter die Dusche. »Ganz und gar nicht«, war das Einzige, das ich von Sedas Antwort mitbekam, bevor das Wasserrauschen alles andere übertönte.

Es war seltsam, Seda und Adnan an der Küchentheke sitzen zu sehen, als ich frisch geduscht und angezogen aus dem Badezimmer kam. Ich rubbelte mir die kurzen Haare trocken und warf ihnen misstrauische Blicke zu.

»Gibt es etwas, womit ich euch helfen kann?«, fragte ich, legte das Handtuch weg und startete meine Kaffeemaschine.

»Ein Dankeschön wäre angebracht.« Adnan wedelte mit der Hand und verzog sein Gesicht zu einer selbstgefälligen Grimasse. Sein Turban saß ein Stück zu tief auf seiner Stirn, was mich mehr irritierte als seine rechthaberische Aussage. Normalerweise war an ihm stets alles perfekt. Nichts fiel aus dem Rahmen.

Ich sah Seda an, die mich gefährlich lächelnd betrachtete. Meine Nackenhaare stellten sich auf.

»Danke«, presste ich hervor, nachdem ich mich wieder zur Kaffeemaschine gewandt hatte, um auf mein heiß ersehntes Getränk zu warten.

»Damit gibst du dich zufrieden, Adnan?« Seda stieß ein glockenhelles Lachen aus. »Kein Wunder, dass Darcia ihn nicht leiden kann.«

Aus unerklärlichen Gründen setzte mein Herz kurzzeitig aus. »Darcia?«, fragte ich über meine Schulter hinweg, ohne zu wissen, was genau ich fragte.

»Die Fluchbrecherin, der du den ganzen Schlamassel zu verdanken hast. Schon vergessen?«, antwortete Adnan, mich ganz gezielt missverstehend.

»Hat sie zugesehen?« Ich versuchte, möglichst beiläufig zu klingen, und drehte mich mit dem Kaffeebecher in der Hand wieder zu meinen Gästen um.

»Sie ertrug es nicht, wie schlecht du gekämpft hast«, sagte Seda, ohne dass ich bestimmen konnte, ob sie es ernst meinte.

»Na, na, na«, ermahnte Adnan sie und umfasste ihren zierlichen Unterarm. Seine warm-braune Haut bildete einen starken Kontrast zu ihrer weißen. »Wir wollen den Jungen doch nicht belügen, oder?«

»Willst du mir tatsächlich unterstellen, dass ich lüge?« Sie entzog ihm betont langsam den Arm und erhob sich von dem Hocker, sodass ihr seidenes Kleid um ihre Füße wehte.

»Natürlich nicht, Liebling.« Seine Augen blitzten. »Das würde ich niemals wagen. Trotzdem musst du mir recht geben, wenn ich sage, dass Darcia den Schauplatz von Valens' Schande erst verließ, als sie glaubte, er würde sterben.«

Seda ließ sich dies einen Moment durch den Kopf gehen, dann zuckte sie mit den Schultern. »Offensichtlich war sie peinlich berührt.«

»Sie wollte eingreifen«, erwiderte Adnan, dessen Grinsen breiter wurde und der die aufsteigende Wut in Seda sichtlich genoss. »Sie wollte sein Leben retten.«

»Nun, das ist bloß Spekulation«, unterbrach sie ihn mit harscher Stimme, die in meinen Ohren schmerzte. »Jedenfalls scheint es dir ja besser zu gehen, Hexer. Vergiss nicht wieder so schnell, dass du das nächste Mal auf Darcia hören solltest. Sie kennt sich in dieser Welt besser aus als du.«

Damit wirbelte sie aus meiner Wohnung und als Adnan ihr folgen wollte, hielt ich ihn mit einem Räuspern zurück.

»Ich brauche etwas von dir.« Fragend hob er beide Augenbrauen. »Ich kann dir nichts dazu sagen, außer dass ich weiter in deiner Schuld stehen werde.«

»Daran würde sich auch nichts ändern, wenn ich deine Bitte ablehnen würde«, gab er zurück.

»Nein.«

Seine Mundwinkel zuckten, ehe sich seine Schultern senkten. »Was benötigst du?«

Darcia war ein Mysterium. Sosehr ich auch versuchte, sie zu verstehen, es gelang mir nicht.

Entgegen meines protestierenden Verstandes hatte ich sie erneut aufgesucht, um sie ein letztes Mal um Hilfe zu bitten.

An diesem Nachmittag stand die Tür zu ihrem Arbeitsraum sperrangelweit auf und ich vernahm verschiedene Stimmen aus dem Inneren. Da ich aus meinen Fehlern gelernt hatte und nicht stören wollte, lehnte ich mich neben die Tür an die Wand und lauschte. Sie hatte schließlich nichts gegen *Lauschen* gesagt.

»… nicht mehr von dem Engelwurz und der Fluch dürfte in ein paar Tagen abklingen«, sagte die Hexia. »Halte dich von Gewässern fern, da du durch deinen Geruch Froschwesen anziehst und sie sich an deiner Haut festsaugen.«

»Danke, Fluchbrecherin«, antwortete ein älterer Herr, der Sekunden später neben mir aus dem Haus kam. Er war so gebrechlich, dass sich sein Rücken krümmte und er mithilfe eines Stockes gehen musste. Ihm folgte ein kurioser Geruch nach Algen und abgestandenem Wasser. Ich fragte mich, wer jemand Harmloses wie ihn verfluchte.

»Das war der letzte Patient, Tieno?«, hörte ich Darcia ihren Troll fragen und erinnerte mich an den Grund meines Herkommens. Meine Hand ballte sich unwillkürlich um den Salmiak mit durchscheinender Oberfläche und einer komplizierten Rune. Sie war eingeritzt worden, während der Stein in kochende Schafgarbe getaucht gewesen war.

Dieses Mal würde ich kein Nein akzeptieren. Darcia war meine letzte Chance, nach Babylon zurückzukehren. Geheilt und endlich wieder mit einer Zukunft.

»Du«, rief sie bei meinem Anblick aus, geradezu entsetzt. Als ob sie tatsächlich erwartet hätte, mich nie wiederzusehen.

»Lass uns bitte allein«, sagte ich in Richtung des Waldtrolls, der mich neugierig musterte. Ich versuchte, mir meine Nervosität nicht anmerken zu lassen. Durch meine Gehirnerschütterung war ich nicht in der Verfassung, mich gegen einen Troll zu wehren, der gegen die meisten Flüche eines Hexers oder einer Hexe immun wäre. Schließlich zuckte er mit den Schultern, nahm etwas von dem Regal und stapfte an mir vorbei.

Ich schloss mit einer Handbewegung die Tür hinter ihm.

All dies geschah, ohne dass Darcia auch nur ein Mal die Stimme zum Protest erhob.

Das hier durfte ich nicht vermasseln.

Ich bedachte sie mit einem langen Blick, während ich mich ihr näherte. Sie stand in der Mitte des Raumes, die Hände an den Seiten zu Fäusten geballt. Ihr Bauchnabelpiercing sowie der Ring an ihrer Nase glänzten im Licht der Kerzen. Das Haar trug sie hochgesteckt, einzelne Strähnen waren dem Zopf längst entflohen und umrahmten ihr ovales Gesicht. Ihre Lippen öffneten sich leicht, als würde sie sich bereit machen, mich mit einer Tirade an Beschimpfungen zu bedenken, doch ich kam ihr zuvor.

»Ich weiß, du willst mich hier nicht und du kannst mich auch nicht leiden. Aus unerklärlichen Gründen, wenn ich hinzufügen darf.« Kopfüber stürzte ich mich in die Rede, die ich halbwegs auf dem Weg hierher vorbereitet hatte. Alles nur Ablenkung, um ihr nahe genug zu kommen. »Schließlich hast du mir von Anfang an keine Chance gegeben. Ich bin verzweifelt, Darcia. Ich *brauche* deine Hilfe. Es macht keinen Unterschied, ob ich ein Hexer bin oder nicht. Du bist meine letzte Hoffnung.«

Sie schloss ihren Mund, blinzelte einmal und senkte ihre Schultern.

»Du bist wirklich hartnäckig, was?« Sie ließ sich auf einen Hocker sinken und nahm damit die entspannteste Position ein, die sie je in meiner Anwesenheit gezeigt hatte. Währenddessen zogen ihre Finger beinahe unwillkürlich die Umrisse einer Aderpresse nach. Ein metallenes Gewinde mit einem dunkelroten Gummizug. Daneben lag mein Skizzenbuch, das ich ganz vergessen hatte. Es lenkte mich kurzzeitig so ab, dass ich vergaß, was ich hier eigentlich tat.

Eilig nahm ich es an mich.

»Ich habe es nicht aufgeschlagen«, sagte sie und beobachtete mich dabei, wie ich es in meine hintere Hosentasche steckte.

»Wie wäre es mit einer Abmachung«, stieß ich hervor, ohne auf ihre Versicherung einzugehen. Ich hob mit einer Hand meine Baseballcap kurz an und kratzte mich am Hinterkopf. »Du hörst mich an und wirst versuchen, mich von meinem Fluch zu befreien oder mir anderweitig zu helfen, um dieses Ziel zu erreichen. Als Gegenleistung, wenn du nicht mein Geld haben willst, helfe ich dir bei einer anderen Sache. Egal was.«

»Ich ...«, begann sie, bevor ihr Blick einen distanzierten Ausdruck annahm. Dann sah sie auf die Aderpresse hinab und runzelte die Stirn. »Das kann ich nicht tun.«

»Bitte«, flehte ich und erkannte doch an der Dunkelheit in ihren Augen, dass sie sich entschieden hatte.

Ohne sie zu alarmieren, trat ich vorsichtig einen weiteren Schritt vor. Sie suchte nach einem Weg, um ihre Abweisung in neue Worte zu verpacken, die mir genauso wenig helfen würden. Wut stieg in mir auf, die ich nicht von mir kannte.

Nervös leckte ich mir über die Lippen und verstärkte den Griff um den Salmiak.

»Ich habe keine Zeit, mich deinem Fluch zu widmen, Val«, sagte sie und sah zu mir auf. »Es gibt Dinge, die ich tun muss und die wichtiger sind. Ich kann dir eine andere Fluchbrecherin empfehlen, wenn du ...«

»Wir wissen beide, dass du die beste und vermutlich einzige bist, die mir helfen kann«, unterbrach ich sie harsch.

»Es tut mir leid«, raunte sie und wirkte beinahe ehrlich.

Ich fiel nicht darauf herein. Ich zog den Salmiak in einer fließenden Bewegung aus meiner Hosentasche und zielte damit auf ihren Hals ab. Sie reagierte schneller, als ich erwartet hatte, und hob ihren Arm, um mich abzuwehren. Dabei berührte sie den Stein, was den Fluch ebenso freigab.

Eine Aura der Macht rollte über uns hinweg. Darcia sprang auf und warf den Hocker zu Boden. Ich entfernte mich sicherheitshalber mehrere Schritte von ihr und spürte, wie der Salmiak unter meinen Fingern zu Staub zerfiel.

»Was hast du getan?«, schrie sie außer sich. Suchend strich sie über ihren Körper, ehe sie sich dem Messingspiegel zuwandte und ihr unverändertes Aussehen überprüfte.

Nun, nicht gänzlich unverändert. An der Stelle ihres Armes, an der sie den Salmiak gestreift hatte, leuchtete nun die Rune auf, die sich zuvor auf dem Stein befunden hatte.

»Die Mächtige Bannung eines Gefangenen«, benannte sie das Symbol atemlos und voller Entsetzen. »Du verfluchter Mistkerl! Das wirst du mir büßen!«

Mit mörderischer Präzision drehte sie sich zu mir um. Ich spürte, wie sie die klägliche Magie in sich zu sammeln versuchte, und machte mich bereit, mich gegen einen Angriff zu verteidigen, als es ans schmutzige Fenster klopfte.

Es war das Einzige, das uns beide in diesem Moment hätte innehalten lassen können, da es so unerwartet gekommen war.

»Beweg dich keinen Millimeter«, warnte sie mich und hob einen Finger in meine Richtung, ehe sie zum Fenster schritt.

Da die Scheibe so dreckig und von außen mit Efeu verhangen war, konnte ich von meiner Position aus nicht erkennen, wer dahinter stand. Darcia öffnete den Haken und schob das Fenster hoch. Ich drehte mich leicht, um einen besseren Blick zu erhaschen, und sah einen vergilbten Brief auf der steinernen Fensterbank liegen. Keine Spur von demjenigen, der geklopft hatte.

Stirnrunzelnd hielt die Hexia eine Hand über das Papier, vermutlich, um sich zu vergewissern, dass ihm kein Fluch anhaftete. Zufrieden grunzte sie, dann nahm sie den Brief an sich und schloss das Fenster.

»Was steht drin?«, fragte ich nun weit weniger nervös, da der schwierige Teil meines Plans geschafft war.

»Beim Mondgott«, flüsterte sie. Ihre Stimme zitterte, was mich augenblicklich in Alarmbereitschaft versetzte.

Vorsichtig trat ich an sie heran. Es war allein ihrem Entsetzen zu verdanken, dass sie mir nicht ihren Ellbogen in die Seite stieß.

Über ihre Schulter las ich den in geschwungener Schrift verfassten Brief. Schwarze Schnörkel auf hellem Untergrund.

Liebste Darcia,

triff mich heute Abend um 8 Uhr in Maries Zimmer.
Ich kenne dein Geheimnis.
Falls dich deine Neugier nicht dazu bringt,
so nimm dies als Warnung.
Die Hexenkommissare würden sich freuen,
von dir zu erfahren.

J.

»Wer ist J? Und was meint er mit deinem Geheimnis?«, fragte ich neugierig.

Sie zerknüllte den Brief vor meinen Augen und sah mich wütend an.

»DU!«, knurrte sie. »Warum hast du das getan?«

Verwirrt tat ich einen Schritt zurück. »Das habe nicht ich geschrieben.«

»Natürlich nicht!«, fauchte sie und warf den Brief ins prasselnde Feuer. »Ich meinte die Rune! Wieso ...«

»Ich habe dir bereits gesagt, dass du meine letzte Chance bist«, gab ich bemüht ruhig zurück. »Da ich geahnt habe, dass du deine Meinung nicht ändern wirst, habe ich mir was anderes einfallen lassen.«

»Ich kann sie kontern«, erwiderte sie und blickte von ihrem Unterarm zu mir.

»Aber es wird dich Stunden kosten«, gab ich zurück, nicht geneigt, nachzugeben. So würde sich vielleicht nicht der Prinz von Babylon verhalten, aber hier in New Orleans war ich nicht mehr der Mann mit bodenlosem Ehrgefühl in seinen Adern. Ich wollte mein Leben wiederhaben und Darcia würde es mir geben. »Stunden, die du damit verbringen könntest, dir meinen Fluch genauer anzusehen.«

Sie schnaubte. »Auf keinen Fall. Ich lasse mich nicht erpressen.« Damit begann sie, ein Ende des großen Tisches frei zu räumen und darauf hektisch Utensilien und Zutaten zusammenzustellen. »Dann wirst du eben in meiner Nähe bleiben müssen, bis ich sie aufgelöst habe.«

»Und was ist mit dem dubiosen Treffen, zu dem du geladen worden bist? Maries Zimmer, wo soll das überhaupt sein?« Betont gelassen setzte ich mich auf einen Hocker und lehnte mich mit einem Arm zurück auf den zweiten Tisch.

Es war köstlich, ihr dabei zuzusehen, wie sie ihre Wut zu unterdrücken versuchte. Die Rune war vielleicht nicht die eleganteste Variante gewesen, sie dazu zu bewegen, mir zu helfen, aber mir war keine andere Wahl mehr geblieben. Außerdem war sie am schnellsten und einfachsten von Adnan zu beschaffen gewesen. Solange die Rune auf ihrer Haut glänzte, würde sie sich nicht mehr als hundert Meter von mir wegbewegen können, ohne von grausamen Schmerzen heimgesucht zu werden. Da ich der Verfluchende war, konnte ich sie wieder auflösen, was ich natürlich nicht vorhatte. Es wunderte mich nicht, dass Darcia noch einen weiteren Weg kannte, um sie zu brechen, da mir Adnan bereits davon erzählt hatte. Damit ihr dies gelang, müsste sie jedoch einen Trank brauen, der einen ganzen Tag vor sich hin köcheln müsste. Ich nahm an, sie bereitete diesen gerade vor.

»Das geht dich nicht das Geringste an«, presste sie hervor und ließ ihre Frustration an einem Ginseng aus. Sie hackte die Wurzel zu kleinen Würfeln, die sie anschließend in den Zinnkessel warf.

»Also wirst du nicht hingehen und riskieren, dass dieser … J dein Geheimnis ausplaudert?«

Ich war so damit beschäftigt, mich auf der Gewinnerseite zu sonnen, dass ich ihr Herannahen zu spät registrierte. Sie drückte mir die Klinge des Messers fest an die Kehle.

»Ich sollte dich töten. Hier und jetzt«, zischte sie. »Dann wäre ich dich los und …«

»Davon würde ich dir abraten«, erklang Adnans Stimme, noch während er in den aufgeheizten Raum schritt. Mit einem einzigen Blick hatte er uns erfasst.

Darcia rührte sich keinen Millimeter und auch ich hielt still, um sie nicht weiter zu provozieren.

Adnans Falke plusterte sich auf, blieb aber auf der Schulter seines Herrn sitzen.

»Was machst du hier?« Darcias Atmung wurde hektischer, was ich mir nicht erklären konnte.

»Ich gebe zu, ich habe lange gebraucht, aber als ich herausfand, bei wem Val die Rune einsetzen wollte, ahnte ich, dass er meine Hilfe benötigen würde.« Er bewegte eine Hand. »Offensichtlich komme ich gerade rechtzeitig.«

»Raus.« Darcias Körper erzitterte vor unterdrücktem Zorn, wie ich ihn bei ihr meinetwegen noch nicht erlebt hatte. Sie wusste ganz genau, wer sich in ihr Haus gewagt hatte. »Sofort.«

»Nur zu gerne.« Ein gepresstes Lächeln erschien auf Adnans Gesicht. »Sobald du mir versprichst, meinem Freund nichts anzutun.«

Als hätte sie vergessen, dass es mich gab, wandte sie sich mir zu. Schmeichelhaft.

»Das geht dich nichts an, Ghul.«

»Ich kann es mir hier gemütlich machen …«

Ihre Kiefer mahlten. Eine Sekunde verging, dann senkte sie endlich die Hand mit dem Messer.

»Fein. Ihm wird nichts geschehen.« Überrascht blinzelte ich. Ich hatte nicht damit gerechnet, dass sie sich so schnell breitschlagen ließ. »Und jetzt geh.«

Adnan zögerte, als würde er ihr Versprechen abwägen. Dann nickte er. »Ich erwarte ihn morgen heil in seinem Loft.«

»Verpiss dich!«

Nachdem er den Raum verlassen hatte, löste sich die unterschwellige Spannung vollständig auf. Selbst Darcias Zorn auf mich schien verpufft und sie legte das Messer vorsichtig auf den Tisch zurück. Ihr Kopf war gesenkt, wodurch ich ihre Miene nicht erkennen konnte.

Mitleid breitete sich in mir aus, auch wenn ich kaum die Zerrissenheit in ihr nachvollziehen konnte. Ohne ihre Geschichte, ohne ihre Verbindung zu Adnan zu kennen.

»In Ordnung«, sagte sie schließlich, ohne mich anzusehen. »Ich helfe dir, unter … einer Bedingung.«

»Ich bin ganz Ohr.« Mit den Fingerspitzen rieb ich über meine Kehle, die glücklicherweise noch unversehrt war.

»Du wirst die Rune auflösen. Sofort.« Sie drehte sich zu mir um.

»Kann ich nicht«, entgegnete ich prompt und hob beide Hände, als sich ihr Blick verdüsterte. »Du weißt genauso wie ich, dass sie erst nach einem Tag und einer Nacht von mir aufgelöst werden kann. Das werde ich jedoch tun, wenn du mir dein Wort gibst, mir zu helfen.«

Hin- und hergerissen leckte sie sich über die Lippen. »Dann wirst du mich heute Abend zu dem Treffen begleiten müssen. Ich kann nicht riskieren, dass ...« Sie stockte. Vermutlich wollte sie mir nicht zeigen, wie tief sie in der Scheiße steckte.

»Abgemacht. Ich werde kein Wort darüber verlieren. Ehrenwort.« Seufzend machte sie sich wieder daran, die Wurzel zu zerkleinern. »Ich sagte doch, ich löse den Fluch morgen auf.«

»Ich weiß, aber das heißt nicht, dass ich dir vertraue.«

WEINRAUTE

Auf neuen Pfaden

XII

RUTH

Vor einer Stunde war Ruth zu ihrer Königin gerufen worden. Seitdem wartete sie vor dem Audienzsaal im Schloss der babylonischen Königsfamilie Mariquise und knetete aufgeregt ihre Hände.

Sie hatte nicht den blassesten Schimmer, warum sie herzitiert worden war.

Nun, vielleicht besaß sie doch eine klitzekleine Ahnung. Schließlich war es ihre Schuld, dass der Bruder der Königin vor drei Jahren aus der Stadt hatte fliehen können. *Sie* hatte entdeckt, welche Bestie in ihm lauerte. *Sie* hatte ihm einen Vorsprung gelassen, bevor sie ihrem Hauptmann von ihrer Entdeckung berichtet hatte.

Es gab keinen Zweifel, dass sie Valens hätte festhalten können, wenn sie es denn versucht hätte.

Aber er war ihr bester Freund ... gewesen und sosehr ihr auch während ihrer Ausbildung als Stadtwache die Wichtigkeit von Pflicht eingebläut worden war, sie hatte ihn nicht verraten können. Nicht gänzlich. Erst nachdem er sich aus dem Staub gemacht hatte, hatte sie sich ihrem Hauptmann anvertraut. Denn dieses Geheimnis hätte sie nicht verschweigen können. Im schlimmsten Fall wäre sie aus dem Dienst entlassen worden und niemand wäre da gewesen, um sich um ihre Familie zu kümmern ...

Und was würde geschehen, wenn nun herausgekommen war, dass sie gezögert hatte?

Als sie Schritte vernahm, erhob sie sich abrupt von dem Stuhl, der vor dem Saal für die Wartenden positioniert worden war. Mit straff gespannten Muskeln blickte sie nach vorn und wartete geduldig, bis Hauptmann Ludus in ihr Sichtfeld trat. Er sah sie schweigend von oben bis unten an, dann klopfte er sich mit der Handkante gegen das Herz. Das Zeichen, dass sie sich rühren durfte. In der nächsten Sekunde ahmte sie die Geste nach.

»Überpünktlich wie immer«, kommentierte Ludus und neigte respektvoll den Kopf.

»Hauptmann, darf ich fragen, wieso ich herzitiert worden bin?«, überging sie seine Aussage, die sie nicht das erste Mal gehört hatte.

»Ich kann dir nicht mehr verraten, als dass du aufgrund deiner bewiesenen Loyalität auserwählt wurdest«, antwortete er ihr, bevor er eine Hand hinter seinen Rücken legte und mit der anderen auf den Korridor deutete. »Ich begleite dich ein Stück.«

»Begleiten?«, wiederholte sie irritiert und sah von ihm zurück zu den geschlossenen Flügeltüren des Saales. »Die Nachricht hat besagt, ich solle hier warten.«

»Das hast du getan«, bestätigte Ludus und schmunzelte. Schon immer hatte er in allem eine Komik gesehen, die ihr und Val verborgen geblieben war. Nichtsdestotrotz war Ludus ihr bester Lehrer und Ausbilder gewesen. Ohne ihn hätte sie niemals die Möglichkeit erhalten, den Posten als Wache auszufüllen. Ihm verdankte sie das Überleben ihrer Geschwister, weshalb sie ihm vertrauensvoll folgte. »Was gibt es Neues, Gapour?«

»Nichts, Hauptmann.« Sie leckte sich über die trockenen Lippen. »Ich mache meine Arbeit und ich helfe meiner Familie. Alles beim Alten.«

»Das freut mich zu hören.« Er zwinkerte ihr zu, wodurch die Fältchen um seine braunen Augen noch deutlicher hervortraten. Sein graues Haar hatte er kurz geschoren und an seinem Körper befand sich kein Gramm Fett, weshalb sie manchmal vergaß, dass er bereits fünfzig Jahre zählte.

Sie hatten das Ende des Korridors erreicht und bogen nun in den Teil des königlichen Hauses ein, den Ruth von Patrouillen kannte, die sie als Teil ihrer Ausbildung auch hier hatte absolvieren müssen. Nach wenigen Metern trafen sie auf eine Tür, die in den Hinterhof führte. Die Sonne blendete sie für einen kurzen Moment und sie brauchte diesen, um die schwarze Kutsche ohne Emblem zu erkennen, die auf jemanden wartete.

Die ebenfalls schwarzen Stuten wieherten leise, strahlten abgesehen davon aber die Ruhe von gut trainierten Pferden aus. Auch wenn Ruth nicht verstand, wieso, würde sie Königin Ciahra scheinbar nicht im Königshaus, sondern an einem anderen Ort treffen.

Ungewöhnlich, da es eines größeren Aufwands bedurfte, wenn die Königin die Sicherheit ihres Zuhauses verließ. Sicherheitsvorkehrungen mussten getroffen werden, Wege überprüft und Hintergründe von Menschen in der Nähe aufgedeckt werden.

»Ich bin leider dazu angehalten worden, dir die Augen zu verbinden, Gapour«, verkündete Ludus, an den ein Diener in dunkelblauer Uniform herangetreten war. Er reichte dem Hauptmann ein schwarzes Seidentuch, das er, mit dem Blick fest auf Ruth gerichtet, annahm.

»Ich habe doch nichts zu befürchten, oder?«, fragte sie besorgt, als ihr Mentor hinter sie trat und ihr die Augen verband.

Ludus antwortete nicht, sodass die Sorge sich in ihr einnisten konnte. Sie setzte sich, ehe die Fahrt losging. Allein und unsicher lehnte sie sich in die Polsterung zurück, legte die Hände in ihrem Schoß zusammen und sagte sich im Inneren immer wieder, dass schon alles gut werden würde. Ludus würde sie nicht unwissend mit einer Bestrafung konfrontieren, oder?

Er hatte ihre Loyalität gelobt. Das hätte er nicht getan, wenn sie etwas Schlimmes erwarten würde.

Außerhalb der Schattenstädte gab es nichts anderes als weite Ebenen, Meere und Gebirge, die so gefährlich waren, dass sich niemand freiwillig in ihre Nähe begab. Zwischen den Städten war Magie unzuverlässig, gleichzeitig lebten dort gefährliche Schattengeschöpfe, die nach Menschenfleisch gierten. Nur Verzweifelte begaben sich aus dem Schutz der Stadtmauern – und offensichtlich auch Ruth und ihr Kutscher. Natürlich hatte sie sich nicht gegen den Befehl widersetzt und die Augenbinde abgenommen, trotzdem erkannte sie an dem veränderten Ruckeln, dass sie nicht mehr länger auf gepflasterten Straßen, sondern auf gestampften Wegen fuhren.

Niemand bei Verstand würde die Stadt verlassen und es war auch gar nicht notwendig. Wenn man eine der anderen Städte besuchen wollte, gab es Portale, die dies ermöglichten. Die Regierung riet dringend davon ab, die Stadt und ihren Schutz zu verlassen, auch wenn niemand gezwungen wurde zu bleiben. Landwirte berichteten oftmals von so unheimlichen Geschehnissen, dass sich jeder damit einverstanden erklärte, daheim zu bleiben. Hatte es vor Kurzem nicht sogar einen Toten gegeben?

»Du bist kein kleines Kind«, sagte sich Ruth. »Du bist eine Stadtwache und dazu noch sehr gut in deinem Job.«

Die Fahrt zog sich noch eine ganze Weile, bis die Kutsche endlich zum Halten kam und die Tür zu Ruths Kabine geöffnet wurde. Jemand räusperte sich.

»Ihr dürft die Augenbinde abnehmen, Wache Gapour«, erklang die weibliche Stimme und sie gehorchte augenblicklich.

Blinzelnd erkannte sie eine Frau, die kaum älter als sie war und die Kleidung einer königlichen Wissenschaftlerin trug. Sie stand vor der offenen Tür und wartete darauf, dass Ruth ausstieg.

»Wo ...?«, begann sie, bevor sie sich draußen umsah und erkannte, dass sie sich von Felsen umgeben befand. Die Luft wehte frisch um sie herum, hinter der Kutsche ging es tief bergab und sie entdeckte in weiter Ferne das Gefängnis von

Babylon, um das sich zarter Nebel schloss. Sie hatten sich noch höher begeben? In noch gefährlicheres Gebiet? Wieso?

»Hier entlang«, sagte die Fremde und deutete auf eine in den Stein gehauene Türöffnung, die Ruth übersehen hatte. »Mein Name ist Zuna. Ich arbeite für das Königshaus.«

»Bist du eine Hexe?«, erkundigte sich Ruth, als Zuna an die graue Steintür klopfte und diese wenige Momente später geöffnet wurde. Wärme hüllte sie ein, sobald sie in den engen Korridor traten. Eine Wache schloss die Tür hinter ihnen. Gaslampen erhellten den kargen Flur aus weißem Stein.

»Meine Uniform irritiert dich?«, entgegnete Zuna, während sie scheinbar ohne Eile nebeneinanderher schlenderten. Sie trug einen weißen Kittel und eine blaue Jacke darunter, wie sie von Hexen im Dienst des Königshauses getragen wurden.

»Ich bin noch nie einer königlichen Wissenschaftlerin begegnet«, gab Ruth zu. »Natürlich habe ich bereits von euch gehört, aber mir war nicht klar, dass ihr auch im Abgeschiedenen arbeitet.«

»Wir arbeiten an jedem Ort, den unsere Königliche Hoheit für uns auswählt«, antwortete Zuna automatisch. »Und nein, ich bin eine Waiża, aber es gibt auch Hexen und Hexia unter uns. Alles, was gebraucht werden könnte.«

»Gebraucht? Wofür?«

Sie hatten das Ende des Korridors erreicht und Zuna klopfte ein weiteres Mal an eine unscheinbare Tür, die mit einem lauten Klicken geöffnet wurde. Dahinter offenbarte sich eine geschäftige Zentrale, in der mehrere Schreibtische samt Stühlen und Tafeln aufgestellt worden waren. Rund ein Dutzend Personen arbeitete an Projekten, Texten und Magie, die wie Spannung in der Luft knisterte. Ruth selbst war lediglich eine Septa, konnte Magie also nur spüren.

Es gab drei Ausgänge, abgesehen von demjenigen, durch den sie gekommen waren, zudem erlaubte ihnen eine riesige Glaswand auf der rechten Seite den Blick in den weitreichenden Komplex des unterirdischen Gebäudes. Der w-förmige Aufbau erinnerte an ein Gefängnis – drei parallel laufende Flure, von denen mehrere Zellen abgingen, in die sie jedoch von hier nicht blicken konnte, und einen verbindenden Korridor am unteren Ende.

Ihr Magen zog sich zusammen, als sie eine unangenehme Ahnung beschlich.

»Willkommen in der Zuchtstelle für Monster und Bestien der Schatten«, verkündete Zuna mit deutlichem Stolz in der Stimme. Ruth konnte diesen nicht begreifen. Nichts lag ihr ferner, als stolz auf etwas zu sein, das in der jüngsten Vergangenheit Babylons so viel Blut gekostet hatte. Glücklicherweise erkannte die Wissenschaftlerin Ruths Mangel an Begeisterung nicht als das, was es wirklich war. »Ich weiß, beeindruckend, nicht wahr? Komm, wir führen dich herum. Matt?«

Sie winkte einen klein geratenen, korpulenten Mann heran, der ungefähr im gleichen Alter wie Ruth sein musste. Auf seiner zierlichen Nase, die nicht so ganz zum Rest seines massigen Gesichts passen wollte, balancierte er eine schwarze Hornbrille. Rastalocken türmten sich auf seinem Schädel und die Spitzen fielen ihm in die Stirn, wo sie in verschiedenfarbigen Perlen endeten. Das Weiß seines Kittels stand in starkem Kontrast zu seiner dunkelbraunen Haut, die an den Armen mit Flecken übersät war, als würde er sich ständig irgendwo stoßen. Hastig rollte er die Ärmel herab. Wahrscheinlich war ihm Ruths Starren aufgefallen und sie blickte ihm eilig wieder ins Gesicht, das einen Teil seiner Freundlichkeit eingebüßt hatte. Ob es an ihrem neugierigen Blick lag oder an seinem eigenen Unbehagen, vermochte sie nicht zu sagen.

»Hallo«, begrüßte er sie und nickte noch mal wie zur Bekräftigung seiner Worte.

»Freut mich, dich kennenzulernen.« Ruth streckte ihm die Hand hin, selbst von ihrer Geste überrascht. Sie konnte nicht sagen, was sie dazu brachte, ihm derart formlos zu begegnen. Vielleicht lag es an seiner unsicheren Art, anders als Zuna, die kompetent und von sich überzeugt auftrat. Etwas, mit dem

Ruth in diesem Moment der Enthüllung nur schwer zurechtkam.

»Gleichfalls.« Matt erwiderte ihren Händedruck, wobei sie seine trockene, kalte Haut spürte. Dann zog er sich eilig wieder in sich selbst zurück.

»Hier entlang«, sagte Zuna, die immer noch nichts von Ruths widerstreitenden Gefühlen bemerkt zu haben schien, und führte sie durch einen der Ausgänge, der sich als Fahrstuhl offenbarte. Sie drückte auf einen schwarzen, mit Gold umrandeten Knopf, der mit einer Minus Eins beziffert war, und setzte damit den Mechanismus in Gang. Eilig zogen sie die beiden bronzenen Gitter nacheinander zu und warteten dann darauf, dass der Seilzug sie ins untere Geschoss brachte. Durch das Königshaus war Ruth mit Fahrstühlen dieser Art vertraut, das bedeutete allerdings nicht, dass sie das Gefühl der momentanen Schwerelosigkeit auch mochte. Sie würde stets Treppen bevorzugen.

Stumm blickte sie zur schwarzen Decke und wartete, bis der Fahrstuhl Sekunden später mit einem Ruckeln zum Stehen kam.

Matt öffnete das innere Gitter und atmete bereits nach dieser kurzen Tätigkeit heftig ein und aus. Das äußere Gitter wurde von einer Wache aufgezogen, die eine ähnliche Uniform wie Ruth trug. Als Zusatz zu dem goldenen Wappen Babylons, das auf ihrer Brust prangte und einen Adler zeigte, wies die des Wachmanns zwei gekreuzte Schwerter darunter auf. Ruth wusste nicht, was sie bedeuteten.

Er neigte ehrerbietig den Kopf, bevor er sich erneut neben den Fahrstuhl positionierte und ins Leere starrte. An seinem Gürtel hingen ein Schwert, eine Peitsche und ein länglicher Stab, um den Draht oder etwas Ähnliches gewunden war.

Wie es schien, würde sie noch viel mehr über die Zuchtstelle für Monster und Bestien der Schatten erfahren, als ihr lieb war.

»Wir befinden uns jetzt auf der Etage unserer Bestien, die wir bisher mit großem Erfolg züchten konnten«, begann Zuna mit ihrer Einführung und wartete einen Augenblick, bis sich Ruth ihr anschloss. Matt folgte einen Schritt hinter ihnen. Der Flur wirkte von hier unten plötzlich größer und beängstigender als noch von der Aussichtsplattform, die sie mit einem Blick nach oben gerade so erkennen konnte. Eilig sah sie wieder nach vorne, da sie sich schon dem ersten abgehenden Gang näherten. Wenn sie sich nicht irrte, zweigten von diesem die Zellen ab, in die sie von ihrer vorigen Position aus nicht hatte blicken können. »Wache Gapour, bei dem, was du im Folgenden sehen wirst, handelt es sich um klassifizierte Informationen. Du wirst zunächst schockiert sein, doch du solltest ruhig bleiben und einen Blick wagen. Das, was wir hier erreicht haben, liegt fernab sämtlicher vorher gehegten Vorstellungen und Erwartungen.«

»Es ist wirklich unglaublich«, stimmte Matt zu und bevor Ruth auch nur den Hauch einer Chance hatte, die Worte zu verarbeiten, bogen sie in den ersten Zellentrakt ein.

Es war, als würde sie auf ein Schlachtfeld geworfen werden, auf dem nur noch der Tod zu finden war.

Die Luft fühlte sich trockener und kühler an, keine Gefühle, ihre Sinne abgestumpft. Obwohl sich nichts an dem gelben Licht der Gaslampen oder dem Weiß der Wände geändert hatte, fühlte sich Ruth so, als hätte sie den ersten Schritt in ihr Verderben getan.

Von Nahem erkannte sie, dass die Wände nicht so weiß waren, wie sie gedacht hatte. Tiefe Kratzer zogen sich darüber und waren mit Dreck und Blut gefüllt, als hätte sich ein Monster mit seinen Krallen darin festgesetzt. Zu gut konnte sie sich das qualvolle Schreien eines verwundeten Tieres vorstellen. Wie es gegen seinen Willen weiter und tiefer gezogen wurde.

Es verlangte ihr alles ab, nicht die Hände auf ihre Ohren zu pressen, um das Brüllen auszuschließen, das ihrem Inneren entstammte.

Hinter der ersten Tür saß eine Kreuzung aus einer Meerjungfrau und einem Tintenfisch. Das Gesicht und die Schultern der Kreatur waren menschlich, anstatt Armen besaß sie Tentakeln und ihr Torso war so geschuppt wie ihr Fischschwanz, der trocken auf dem kalten Boden lag. Die Bestie hatte ihr Gesicht abgewandt, sodass Ruth nur ihr schwarzes langes Haar erkennen konnte, das scheinbar feucht bis zur Mitte ihrer Schwanzflosse reichte. Es schimmerte wie die Tentakel grün im flackernden Licht.

»Was …?«, entwich es Ruth, bevor sie sich daran erinnerte, keine Gefühle zu zeigen. Glücklicherweise war Zuna auch dieses Mal zu sehr von ihrer eigenen Faszination eingenommen, um Ruths Abneigung zu bemerken. Matt hingegen warf ihr einen ganz eigentümlichen Blick zu.

»Eine Meerta. Eine erfolgreiche Kreuzung einer Meerjungfrau und eines Tentakelwesens«, erklärte sie Ruth und legte liebevoll eine Hand ans Glas, das die Meerta von ihnen trennte. Obwohl Ruth nichts spüren konnte, glaubte sie, dass das Glas mit Bannzaubern verstärkt war, um einen Ausbruch zu verhindern.

Ihr Herz krampfte sich beim Anblick der Meerta zusammen und es wurde im weiteren Verlauf der Führung schwerer, sich ihr Entsetzen nicht anmerken zu lassen. Es gab zwar nur noch eine weitere unnatürliche Kreuzung aus einer Wila und einem Kobold, was unvorstellbar grässlich aussah, doch auch die anderen gefangenen Bestien und Monster wirkten frisch ihren Albträumen entsprungen. Hin und wieder übernahm Matt Erklärungen, während Zuna in ihrer Rolle als Mutter aller Geschöpfe aufging.

Ruth verabscheute sie.

Aber noch mehr verabscheute sie sich selbst, weil sie die Lügen des Königshauses geglaubt hatte. Vor so vielen Jahren, als eine Horde Schattenwesen über Babylon hereingebrochen war und Tod und Verderben hinterlassen hatte.

Schließlich erreichten sie das Ende des Gefängniskomplexes und fuhren mit einem anderen Fahrstuhl wieder nach oben. Ruths Gedanken blieben zurück, als würden sie für immer an diesem schrecklichen Ort kleben bleiben. Keines der Wesen hatte aggressiv oder wirklich lebhaft gewirkt, als wären sie alle betäubt worden.

Dieses Mal hielten sie im dritten Stockwerk, das sich essenziell von den anderen beiden unterschied. Der Korridor wirkte durch den roten Teppich und die vertäfelten Wände düster. Selbst die Leuchter spendeten nicht genügend Licht, um die Schatten zu vertreiben.

Zuna und Matt schwiegen, wofür Ruth dankbar war. Sie konnte nicht einmal innerlich einen verständlichen Satz formulieren, wie sollte sie es beim *Reden* können?

Der Korridor war leer bis auf eine Wachfrau, die neben der hölzernen Tür mit der Aufschrift »Direktor Albertson« Stellung bezogen hatte. Sie begrüßte Ruth mit der Handkante gegen ihre Brust und Ruth tat es ihr instinktiv nach.

Zuna zog die Tür auf und bat Ruth einzutreten, die umstandslos gehorchte.

Sie öffnete den Mund, um Direktor Albertson zu begrüßen, als sie mitten im Arbeitszimmer vor Überraschung innehielt.

Hinter dem Schreibtisch saß niemand Geringerer als ihr Freund und Vertrauter Gerald. Druide und königlicher Seher Babylons.

»Hallo, Ruth, schön, dass du endlich da bist«. Er lächelte sie so herzlich an, als hätten sie sich zu einem Kaffee verabredet.

»Gerald?«

XIII

DARCIA

Um halb acht machten wir uns auf den Weg zum Lafitte Guest House, da sich dort Maries Zimmer befand. Der Raum 21 galt unter dem Touristenvolk als von ihrem Geist heimgesucht. Angeblich war sie dem Gelbfieber erlegen und wurde seitdem von Gästen in Spiegeln entdeckt, wenn man nicht gerade ihr Husten vernahm. Auch sollte sie Gespräche mit kleinen Kindern führen, deren Blick oftmals weniger verschleiert war als der ihrer Eltern.

In den Stunden nach Vals Auftauchen hatte ich mich mit dem Brauen des Tranks beschäftigt, der mich schon morgen von der Rune befreien würde. Sollte sich der Hexer nicht an sein Versprechen halten. Als er sich einmal entschuldigt hatte, um zur Toilette zu gehen, hatte ich versucht, ihn zurückzulassen, doch kaum war ich an der Straße angekommen, setzten solch gewaltige Schmerzen ein, dass ich umkehren musste. Es war, als würde mein gesamter Körper in Flammen stehen. Ich wäre definitiv nicht fähig gewesen, weiter als bis zur nächsten Straßenkreuzung zu kommen.

So gab ich mich widerwillig geschlagen, da mir Adnan deutlich gemacht hatte, dass Vals Tod nicht zur Diskussion stand. Ich hasste den Ghul, aber ich unterschätzte ihn nicht. Er würde mich bezahlen lassen, sollte seinem Hexer auch nur ein Haar gekrümmt werden.

Val war klug genug, kein weiteres Wort zu verlieren, und zuckte sogar nicht zurück, als ich ihn mit einer Deckungsrune bedachte, die uns beiden zusätzlichen Schutz geben würde. Ich hatte nicht die geringste Ahnung, wer dieser J war und woher er mein Geheimnis kannte, aber ich würde es verflucht noch mal herausfinden.

Nicht jetzt, nicht so kurz vor meinem Ziel, würde ich mich ausspielen lassen.

Wir überquerten im Eilschritt erst die Elysian Fields Avenue und schließlich die Esplanade Avenue, die mich auf den Gedanken brachte, dass es sich bei J möglicherweise um den gewissenlosen Hexer handelte, der Menti das Haar geschoren und mir eine Strähne zurückgelassen hatte. Aber hatte auch er etwas mit dem plötzlichen Auftauchen der Ghule zu tun?

Nervös überprüfte ich vor dem weißen, frei stehenden Haus mit den dunkelblauen Fensterläden und schwarzen Balkonen meine Tattoos und die Flüche, die ich an meinem Gürtel trug.

Die Sonne ging unter und tauchte unsere Umgebung in weiches Licht, das die Schatten länger werden ließ. Val und ich sahen uns um, während Tieno die Gegend erkundete. Mein Trollfreund würde das Hotel nur im Notfall betreten, sollte ich nach ihm rufen. Für den Moment waren Val und ich auf uns allein gestellt.

Da das Hotel für Gäste geöffnet war, schritten wir durch die Vordertür hinein und steuerten den weißen Tresen an, hinter dem ein junges Mädchen mit schwarzer Brille saß. Ihr quietschgelbes Haar hatte sie zu einem zotteligen Dutt aufgesteckt und mit kunterbunten Klammern geschmückt, die beinahe von ihren spitzen blauen Fingernägeln ablenkten.

»Kann ich Ihnen weiterhelfen?«, fragte sie automatisch, ohne von ihrem Computerbildschirm aufzusehen.

»Ich würde gerne Maries Zimmer buchen«, sagte ich leise, mit den Fingerkuppen auf der Theke trommelnd. »Zimmer 21.«

Sie verdrehte die Augen. Natürlich wusste sie, von welchem Raum die Rede war.

»Sorry, ist bereits reserviert«, murmelte sie.

»Oh.« Vor den Kopf gestoßen, fehlte mir eine passende Erwiderung. Val dachte für uns beide mit, wofür ich ihm insgeheim dankbar war.

»Natürlich«, sagte er. »*Wir* haben das Zimmer reserviert. Auf den Namen Darcia...«

»Bonnet«, fügte ich an und zwang mich zu einem Lächeln, als die Rezeptionistin endlich aufblickte. Misstrauisch beäugte sie erst mich, dann Val.

»Ausweis?«

Ich zeigte ihr meinen gefälschten Ausweis, den viele Verbannte von der Hexenregierung gestellt bekamen. Da ich mir jedoch nie die Mühe gemacht hatte, mich registrieren zu lassen, hatte ich mir eigenhändig ein Dokument besorgen müssen.

Während die junge Frau die Daten abglich, verlor ich mich in dem Anblick des gemütlichen Inneren des Hotels. Weiß getünchte Wände wechselten sich mit roten Backsteinwänden ab und den Boden zierten große Kacheln. Eine hölzerne Treppe führte in den ersten Stock, das Mobiliar mutete nostalgisch an und verschiedene Ölgemälde in protzigen Bilderrahmen rundeten das Bild ab.

»Lass mich dich erinnern, dass du dich aus eigenem Antrieb in Gefahr begibst«, sagte ich, nachdem ich den goldenen Schlüssel mit der weißen Schnur bekommen hatte. Val folgte mir die knarzenden Treppenstufen nach oben. Niemand kam uns entgegen. »Gesetzt den Fall, du findest dich erneut in einem Duell wieder, ist es allein deine Schuld.«

»Das wird schon nicht passieren.« Val winkte ab, als hätte er keine Sorgen. Dabei ahnte ich bereits von den Abgründen, die in ihm lauerten. Nicht nur hatte er auf einen Fluch zurückgegriffen, er hatte auch Adnan belogen. Oder ihm zumindest die ganze Wahrheit vorenthalten und das tat man nur im äußersten Notfall.

Vielleicht hätte ich ihn doch nicht rundheraus ablehnen sollen.

Vor Maries Zimmer hielt ich inne. Der Korridor lag leer im gelben Schein der Schirmlampen da, als ich eine zittrige

Hand aufs glatte Holz der Tür legte und die Augen schloss. Ich suchte nach versteckten Flüchen oder Zaubern, die sich beim Eintreten über mich legen würden, wurde aber nicht fündig. Die Berührung hinterließ ein kribbelndes Gefühl in meinen Fingern, was aber kein direkter Hinweis auf Magie war.

»Du wartest hier«, befahl ich Val, als ich den Schlüssel ins Schloss steckte.

»Wenn du Hilfe brauchst, schrei«, gab er zurück und lehnte sich lässig gegen die Wand.

Tief durchatmend öffnete ich die Tür und betrat den gemütlich eingerichteten Raum, der allein vom Licht der untergehenden Sonne erhellt wurde. Ich schritt über den flauschigen Teppich und berührte die Tiffany-Lampe auf einem Beistelltisch. Der Geruch von gebrannten Mandeln drang in meine Nase, erzählte von einem Gast, der …

»Du bist gekommen«, sagte der Fremde, ohne sich mir zu erkennen zu geben.

Ich drehte mich um die eigene Achse und bewegte mich an dem dunklen Himmelbett vorbei, betrachtete die glatt gestrichene Bettwäsche und den darüber hängenden Kronleuchter.

»Wer bist du?«, fragte ich ins Leere hinein.

»Ein Freund.« Die Luft flimmerte und ich konnte die Umrisse einer hochgewachsenen Gestalt ausmachen, die … eine alte Pestmaske trug. Schwarz glänzend, mit großen Augenhöhlen und einem langen, spitz zulaufenden Schnabel. »Wenn du mich lässt.«

»Lebst du noch?«, ertönte hinter mir Vals gelangweilte Stimme. Die Gestalt des Fremden verschwand und ein unterschwelliges Summen wuchs an.

»Nein!«

Eine Falle.

Ich hatte auf laute, verletzende Flüche geachtet und meine Aufregung hatte mich in meiner Konzentration gestört. Dadurch hatte ich den Zauber nicht wahrgenommen, der nicht auf Eindringlinge abzielte, sondern auf das Haus, das Zimmer selbst.

Val wurde von einem Windstoß nach vorne geschleudert, die Tür knallte ins Schloss, die Fensterläden fielen zu und hüllten uns in undurchdringliche Dunkelheit.

»Was zur ...?«, begann Val, schluckte aber jeden weiteren unsinnigen Kommentar herunter. Nur Sekunden später tanzte eine Flamme in seiner Handfläche, sodass ich den Weg bis zum nächsten Fenster problemlos finden konnte. Ich rüttelte an der Scheibe und rief laut um Hilfe, aber nichts bewegte sich und niemand hörte mich.

Wenn das hier ein Fluch war, dann würde ich ihn brechen können. Ich musste nur nachdenken.

Konzentriert presste ich die Hände an meine Schläfen, als die Wände erzitterten und sich die Schatten zu einem Körper formten. Nicht ganz menschlich, nicht ganz animalisch.

Das Brüllen, das das Wesen ausstieß, war aber durchaus echt.

Es stürzte auf mich zu und ich berührte instinktiv meine Schutzrune. Val tauchte schlagartig vor mir auf und stellte sich dem Schattenwesen entgegen. Seine Flammen schossen empor und hüllten seinen Gegner ein, ohne ihm zu schaden. Die Kreatur erkannte dies im selben Atemzug und preschte durch die goldenen Flammen hindurch.

Val bekam ihre Arme zu fassen und hielt die Krallen fern von seinem Körper, der plötzlich unnatürlich erzitterte. Selbst in dem unsteten Licht des Feuers, das sich an den Vorhängen nährte, erkannte ich die Veränderung in Val.

Ihm gelang es, die Schatten zurückzudrängen, bis er vornüberfiel und mit den Händen und Knien auf dem Boden aufkam.

Sein Blick huschte zu mir. Ich sah in seine blauen Augen, die sich nun tiefschwarz färbten. Erschrocken wich ich zurück.

»Es tut mir ...«, presste Val noch hervor, bevor die Flammen um seine Fäuste erloschen und er einen durchdringenden

Schrei ausstieß. Sein Körper bog sich nach hinten, als die ersten Knochen unter einer unsichtbaren Gewalt brachen.

Vals Hemd zerriss, das Leder seiner Schuhe sprengte auf, als seine Füße in die Länge wuchsen. Seine Beine wurden dürr und die Haut seines ganzen Körpers papierartig und schwarz. Das Maul wuchs in die Länge und offenbarte mehrere Reihen nadelförmiger Zähne – dünn und spitz, bevor aus seinem skelettartigen Oberkörper zwei abartige Flügel wuchsen. Ledrig und rau endeten sie in verhornten Spitzen. Val stieß ein ohrenbetäubendes Kreischen aus und ich zuckte zusammen.

Das hier war nicht mehr Val.

Es war sein Fluch.

In ihm schlummerte eine Bestie, die ans Licht gekommen war, um ihren Hunger zu stillen.

XIV

DARCIA

Seit ich in New Orleans lebte, hatte es kaum einen Tag gegeben, an dem ich zweifelte. In Babylon war es anders gewesen. Oft hatte ich mich verunsichern lassen, hatte gefürchtet, mich selbst und meine Familie in einen Abgrund zu stürzen, der den Tod bedeuten konnte.

In New Orleans war ich einsam und allein, aber meine Überzeugung hielt mich an der Oberfläche und ich kämpfte mich näher ans Ufer. Hier gab es keinen Ort für Zweifel. Ich handelte und ich gewann.

Und auch jetzt wandte ich mich von Vals Fluchgestalt ab, um mir einen Weg aus diesem verfluchten Zimmer zu suchen. In der Hoffnung, Monster würde sich gegen Monster wenden und mich vergessen.

Ich ballte die Fäuste, dann lief ich zur Tür. Das Feuer breitete sich aus, zerstörte Vorhänge und Decken.

In einem meiner Beutel befand sich eine schmierige gelbliche Paste, die unter anderem aus Froschlaich bestand und die ich eilig auf den Rändern der Tür verteilte. Mit weißer Kreide zog ich anschließend mehrere Linien, Kreise und Pfeile und ließ Magie in die Rune fließen.

Nichts rührte sich.

»Nein, nein, nein!«

Das Brüllen wurde lauter und ich wurde an der Schulter zurückgerissen. Ein Schrei löste sich, als ich mit dem Hinterkopf gegen den Bettpfosten stieß. Vals drohende Gestalt ragte über mir auf und zog knurrend seine Lefzen zurück. Die Schattengestalt war nirgends zu sehen, war von ihm in die Flucht getrieben worden.

Mein Herz setzte aus.

Ich durfte nicht sterben. Nicht ohne Rienne gerettet zu haben.

Ohne den Blickkontakt zu unterbrechen, berührte ich die mächtigste Rune, die ich an meinem Körper trug. Den Hirschkopf auf meinem linken Handrücken.

Eine Sekunde verging, zwei, drei – dann endlich löste sich die schwarze Tinte von meiner Haut, wirbelte in einem kleinen Tornado hinauf und setzte sich zu einer Schattengestalt zusammen, die über Val hinausragte.

Der Hirsch aus Schatten und Wind war so hoch wie die Decke und doppelt so breit wie Vals Biest. Ich gab ihm den lautlosen Befehl, Val anzugreifen und ihn in einen Kampf zu verwickeln. Nutzte den Moment, um durchzuatmen und die Verletzung an meinem Hinterkopf zu begutachten.

Ich würde sie überleben. Vorausgesetzt, ich fand einen Weg aus diesem Zimmer.

Die beiden Monster krachten wie zwei Felsen gegeneinander und zerschmetterten dabei die Glasvitrine und ein paar Regale.

Val packte das Geweih des Hirschs und versuchte, ihn damit von sich zu stoßen, aber ich gab meiner Bestie noch mehr von meiner Kraft. In der nächsten Sekunde verlor Vals knochiger Körper das Gleichgewicht und er wurde vom Hirsch gegen die Wand geschleudert, wo er eine riesige Einbuchtung hinterließ. Steine lösten sich und bröckelten von der Decke. Ich musste husten, was meine Konzentration für einen Moment zerstörte und Val die Möglichkeit gab, zurückzuschlagen.

Er riss meinem Hirsch die Flanke auf. Da dieser jedoch nicht aus Fleisch und Blut bestand, nähten die Schatten die Wunde sofort wieder zusammen.

Auf der Suche nach einem Ausweg klopfte ich mit den Händen die Wände ab, immer ein Auge auf die Monster hinter mir.

»Lass mich raus!«, rief ich ins Leere. An den Hexer gerichtet, der mich in diese missliche Lage gebracht hatte. Warum hatte er mich in die Falle gelockt, wenn er den Hexenkommissaren einfach von meinem Vorgehen hätte berichten können, um mir zu schaden?

Plötzlich erzitterten die Wände, als hätten sie mein Flehen bemerkt und würden mich deshalb verhöhnen wollen. Sie setzten sich in Bewegung und kamen auf uns zu; drohten, uns bei lebendigem Leib zu zerquetschen.

Panik breitete sich in mir aus und mein hilfloses Klopfen und verzweifeltes Rufen wurde drängender. Tränen, von denen ich geglaubt hatte, sie nie wieder weinen zu können, rannen mein Gesicht hinab. Der Rauch verdichtete sich und die Hitze des Feuers nahm zu.

»Rienne«, wisperte ich voller Furcht, sie für immer verloren zu haben. Hinter mir krachte es und ich wandte mich eilig zur Seite, um in Deckung zu gehen.

Ein letztes Mal füllte ich den Hirsch mit meiner Macht und legte meinen ganzen Willen in seinen nächsten Angriff. Er rammte Val mit seinem Geweih und stieß ihn gegen eine Kommode. Als Val über den Boden schlitterte, galoppierte mein Hirsch hinterher und schlug mit seinem Vorderhuf gegen Vals schutzlosen Kopf.

Blut rann seine Schläfe hinab und er regte sich nicht mehr.

Ich atmete ein und wieder aus. Mein Hirsch löste sich auf und es blieb nichts außer dem übermächtigen Geruch von Schwefel zurück. Im nächsten Moment verwandelte sich Val in seine menschliche Form zurück. Stöhnend ertrug er das Knacken und Biegen seiner Knochen, das Reißen und Zusammennähen seiner Muskeln und Haut, bis er entblößt zwischen den Steinen liegend zurückblieb.

Mein Blick fiel kurz auf seinen tätowierten Rücken und mir wurde urplötzlich klar, was es mit den Engelsflügeln auf sich hatte.

Ein Traum, etwas anderes zu sein als die Bestie in ihm.

Die Erkenntnis nistete sich gerade noch in meinem Verstand ein, bevor das Heraufbeschwören der Schattenbestie seinen Tribut forderte und ich in die Knie ging. Ein weiterer Nachteil, wenn man lediglich eine Hexia mit limitierten Kraftreserven war.

Die Wände rollten auf uns zu und ich fragte mich, warum uns niemand aus dem Gasthaus zu Hilfe eilte. Fühlten und hörten und sahen sie denn nicht, was vor sich ging?

Natürlich nicht. Sie waren einfache Menschen, die sich von einem Verschleierungszauber täuschen ließen.

Ich krabbelte auf Val zu und rüttelte ihn, bis seine Lider flatterten, doch er erwachte nicht. Das sollte mein Leben gewesen sein? Nur mit Schmerz gefüllt und ohne Hoffnung auf Vergeltung?

»Rienne«, flüsterte ich erneut, als ein sanftes Schimmern meine Aufmerksamkeit auf sich zog. Die Wände befanden sich nur noch einen Meter von uns entfernt und zwischen uns erschien jäh Rienne. Ich konnte sie nicht recht ausmachen, aber das sanfte Lächeln hätte ich überall wiedererkannt. Die übrigen Flammen erloschen in einem mächtigen Windstoß.

»Kämpfe«, sagte sie, bevor sich der Boden unter meinen Füßen in Luft auflöste. Val und ich fielen in die Tiefe.

XV  RUTH

»Du bist Direktor Albertson?«, setzte Ruth nach und deutete mit dem Finger auf das Schild an der Tür, bevor diese von Zuna geschlossen wurde.

»Schmeichle mir doch nicht so.« Gerald lachte und strich sich sein schulterlanges, blendend weißes Haar zurück. Die blauen Augen unter den dunklen Brauen leuchteten so klar wie Eis. Wie immer trug er ein weißes Gewand, aber ohne den Lorbeerkranz auf seinem Haupt – das Zeichen des königlichen Sehers. »Ich bin bloß zu früh dran. So wie du. Sag, wie hat dir die Führung gefallen?«

Ruth blickte über ihre Schulter, um noch einmal zu prüfen, ob auch wirklich niemand anderes im Raum war.

»Du hast von all dem hier gewusst?« Sie wartete vergeblich auf eine Regung seinerseits. »Die Hexia hat damals die Wahrheit gesagt.«

Vor vier Jahren hatte die junge Hexia das königliche Haus angeklagt, einen geheimen Ort zu besitzen, an dem es Bestien züchtete. Jene Bestien, die damals die Stadt überfallen hatten. Niemand schenkte ihr Glauben, so abwegig war der Gedanke, doch Ruth war damals zufälligerweise in den Hängenden Gärten gewesen, als sie ihre Anklage herausgeschrien hatte.

Gerald schürzte die Lippen und erhob sich von dem Stuhl, um den Schreibtisch zu umrunden. Seine Nähe irritierte sie wie immer. Es war nicht deshalb, weil er nicht ursprünglich aus Babylon, sondern aus Vikim stammte, sondern weil sie das Gefühl hatte, er würde bis in ihr Innerstes blicken können, wenn sie ihm erlaubte, näher zu kommen. Als Druide lagen seine Fähigkeiten allerdings hauptsächlich im hellseherischen Bereich, weshalb er dem Königshaus überhaupt erst nützlich wurde. Mit zwölf Jahren war Gerald in ihre Schattenstadt gekommen, soweit Ruth wusste, da er in Vikim für den Posten des nächsten Sehers übergangen worden war. Sein Onkel hatte dies nicht hingenommen und war mit dem babylonischen Königshaus übereingekommen, Gerald ausbilden zu lassen.

Schnell mauserte er sich zum besten Zögling des ehemaligen Sehers und übernahm mit sechzehn Jahren seine Position. Geralds Arroganz hatte seitdem von Tag zu Tag zugenommen, aber dies hatten Ruth und Val stets ignorieren können. Denn das, was ihn zu einem guten Freund machte, waren seine Loyalität und seine Ehrlichkeit.

Beides fand in einigen Dingen schnell Grenzen, besonders wenn sie in Konflikt mit der Krone standen.

»Wir haben versucht, den Verlust, den die Hexia mit dem Tod ihrer Schwester erlitten hat, zu kompensieren, doch sie wollte lieber Unruhe stiften.« Mit der Hüfte lehnte er sich an den Tisch.

Wütend über seine lässige Antwort richtete sich Ruth auf und ballte die Hände zu Fäusten.

»Und ihr habt sie als Strafe von ihrer Familie getrennt und aus Babylon verbannt, obwohl sie nichts weiter getan hat, als die Wahrheit zu sagen?«, zischte Ruth aufgebracht. Warum sie das Schicksal der jungen Hexia derart mitnahm, wusste sie nicht genau. Es war Jahre her, dass sie das letzte Mal an das Mädchen gedacht hatte. Die Enttäuschung und die Wut, die sich an jenem Tag in ihrem Gesicht widergespiegelt hatten, hatten sich auch in Ruth festgesetzt.

»Solche Entscheidungen sind niemals einfach, Wache Gapour«, erklang die volltönende Stimme Ciahras, Königin von Babylon.

Ruth fuhr zusammen, bevor sie sich zu ihrer Herrscherin

umdrehte, die nicht einen Tag älter als fünfundzwanzig aussah, obwohl sie die dreißig bereits überschritten hatte. Ihr Teint erinnerte Ruth an makellose Bronze und ihre Gesichtsform wirkte so symmetrisch, als hätte ein Bildhauer ihr Antlitz aus Stein gemeißelt. Sie hatte fast vergessen, wie schön ihre Königin war und wie stark sie Ruth an Val erinnerte.

Heute trug die Königin keine ihrer weiten Roben, sondern hatte sich für eine braune Lederhose und ein weißes Hemd entschieden, das durch eine enge Weste ihre kurvige Figur betonte. An den Fingern und ihrem Hals glänzten goldene Kostbarkeiten, von deren Anblick allein Ruth schwindelte. Sie wollte sich den Reichtum an dieser Frau nicht einmal ausmalen. Auf ihrem geglätteten schwarzen Haar saß ein zierliches Diadem, das keineswegs ihre richtige Krone war. Von Val wusste Ruth, dass jene mehrere Pfunde schwer war und deshalb nur zu wichtigen Zeremonien aus der Schatzkammer hervorgeholt wurde.

Hinter Ciahra standen ihr Verlobter, Herzog Magnus, und ein hochgewachsener Mann, der so drahtig wirkte wie Gerald. Dies musste Direktor Albertson sein, wie sie an seiner grauen Uniform und dem Abzeichen erkannte.

»Wache Gapour, stimmt Ihr mir nicht zu?« An ihrer Stimme erkannte Ruth, dass sie diese Frage nicht das erste Mal stellte.

Beschämt senkte sie den Blick, dann erinnerte sie sich wieder an ihre Wut und was deren Ursache gewesen war.

»Warum bin ich hier, Eure Majestät?«, zwang sie sich, trotz der Hitze in ihren Wangen zu fragen.

Ciahra schritt gemächlich an ihr vorbei ans Fenster, das allein durch ein Landschaftsbild den Eindruck vermittelte, als würden sie sich nicht in einem Berg, sondern auf einem graßbewachsenen Hügel befinden. In einer fließenden Bewegung drehte sie sich zu ihren Zuhörern um, die sie alle gebannt mit ihren Blicken verfolgten.

»Nach dem katastrophalen Ausbruch haben wir viele Jahre gebraucht, um eine Bestandsaufnahme zu machen«, begann Ciahra. Gerald setzte sich endgültig auf die Schreibtischkante und schob dadurch ein Tintenfass und einen Stapel Dokumente zur Seite, was der Direktor mit einem leisen Schnauben kommentierte. Geralds Mundwinkel zuckten; abgesehen davon ließ er sich sein Vergnügen, andere bis an die Grenzen ihrer Selbstbeherrschung zu treiben, nicht anmerken.

»Wir mussten herausfinden, welche Bestien und Monster es geschafft hatten, zu fliehen und diese galt es einzufangen«, fuhr Ciahra fort, ihr Blick war in weite Ferne gerichtet. Damals hatte sie noch nicht lange auf dem Thron gesessen. Es konnte keine leichte Aufgabe für sie gewesen sein, Frieden zu schaffen. »Viele Jagdpartien später und wir konnten alle ruhigstellen oder erneut einfangen. Nun, alle, bis auf drei.«

Nachdem Ciahra mit diesen unheilvollen Worten geendet hatte, trat der Direktor einen Schritt vor.

»Eines von diesen drei Wesen ist vergleichsweise harmlos«, sagte er mit kratziger Stimme. Sein Schnurrbart erzitterte, als er weitersprach. »Wir glauben, dass es sich noch in Babylon aufhält. Es liebt seine Gewohnheiten. Die anderen beiden sind... gefährlicher. Wir können von Glück sagen, dass sie sich bisher von allen Schattenstädten ferngehalten haben... bis gestern. In einer unserer Tropfsteinhöhlen gab es einen tödlichen Unfall. Eine Bestie griff einen der Sammler an. Er hatte keine Chance.«

»Ihr denkt nicht, dass es eine andere Bestie aus den schwarzen Landen ist?« Die Gegenden zwischen den Schattenstädten, das Niemandsland.

»Wir sind uns sehr sicher.« Der Direktor rieb sich über den Schnäuzer.

»Warum?« Irgendetwas an seiner Art ließ sie aufhorchen und nachhaken.

»Weil diese Monstren ausgestorben waren, bis wir ihnen neues Leben einhauchten«, gestand er schließlich und setzte einen Schwall Atem nach, als hätte er diesen tief in sich gehalten.

Ruth bemerkte Ciahras kurzes Augenverdrehen, als würde sie das schlechte Gewissen des Direktors aufregen.

»All diese ...« Ruth biss sich auf die Lippe, um nicht das Wort Grausamkeiten in den Mund zu nehmen. Sie konnte es sich nicht leisten, die Königin gegen sich aufzubringen. Niemand in Babylon konnte das. »All dies erklärt noch immer nicht, warum ich hier bin. Nichts davon habe ich geahnt und ich glaube auch nicht, dass ich dafür qualifiziert bin, hier als Wache zu arbeiten.« Allein bei dem Gedanken rollte ein unangenehmer Schauer über sie hinweg. Tag für Tag in diesem Berg eingeschlossen zu sein, würde sie wahnsinnig machen.

»Nein, Eure Fähigkeiten sind zu wertvoll, um sie hier zu verschwenden.« Ciahra nickte und legte die Hände zusammen, als wäre sie die Ruhe selbst. »Wir haben vollstes Vertrauen in Euch gesetzt, dass Ihr gemeinsam mit Seher Gerald und einer Handvoll ausgebildeter Jäger und Fährtenleser die drei letzten Schattengeschöpfe einfangt. Lebendig oder tot spielt keine Rolle. Wir müssen jedoch verhindern, dass sie uns oder – schlimmer noch – jemanden aus den anderen Schattenstädten angreifen. Niemand darf von unserer Zuchtstelle erfahren. Sie ist unsere Versicherung, uns im schlimmsten Fall gegen einen Angriff zu verteidigen.«

»Angriff?«, wiederholte Ruth stirnrunzelnd, die nicht mal den ersten Teil der Aussage begriffen hatte. *Sie* sollte die Bestien finden und zurückbringen? Was zur ...?

»Trotz des königlichen Rates, in dem Botschafter aus jeder Stadt sitzen, sind unsere Beziehungen nicht so freundschaftlich, wie wir es nach außen tragen, Wache Gapour«, rügte die Königin sie und schürzte für einen Moment die rot geschminkten Lippen. »Ich verstehe, dass Ihr Euch nicht allzu sehr mit der Politik Eurer Stadt beschäftigt, das bedeutet allerdings nicht, dass es Euch weiterhin erlaubt ist, Euch blind und taub zu geben. Ich übertrage Euch eine essenzielle Rolle, Wache Gapour, enttäuscht mich nicht.«

»Keine Sorge, Ruth, ich werde dich begleiten«, meldete sich Gerald endlich zu Wort und lächelte verschmitzt. »Als Seher kann ich eine Verbindung zu den Bestien herstellen, auch wenn diese nicht immer einwandfrei ist. Gemeinsam finden wir sie und bringen sie zurück. Ganz einfach.«

Königin Ciahra wirkte kurzzeitig so, als wolle sie ihm widersprechen, entschied sich dann jedoch dagegen und nickte stattdessen. »So sei es. Direktor Albertson wird Euch die Akten zu den Bestien geben, damit Ihr bestens vorbereitet seid, wenn es morgen losgeht. Heute Abend seid Ihr zu meinem Abendmahl eingeladen. Verspätet Euch nicht.«

Mit diesen Worten hakte sie sich bei ihrem Verlobten ein und rauschte aus dem Arbeitszimmer, das sich aufgrund ihrer Abwesenheit plötzlich viel größer anfühlte. Ruth hatte überhaupt nicht bemerkt, wie schwer ihr das Atmen gefallen war, bis das Gewicht von ihrer Brust fiel.

Direktor Albertson ließ die Tür, die er zuvor hastig für seine Königin aufgezogen hatte, geöffnet und stapfte an seinen Schreibtisch, um ebenjene geheimnisvolle Akte hervorzuziehen und sie Ruth zu reichen.

»Wie gesagt, wir haben es mit drei Wesen zu tun«, erklärte er, während sie die braune Mappe öffnete und die ersten Skizzen von unheimlichen Geschöpfen samt Erläuterungen zu Gesicht bekam. Sie erschauerte. »Der Chupacabra ist die Bestie, die für euch vermutlich am leichtesten zu finden und überwältigen sein wird. Seine Opfer sind meist von tierischer Natur, es sei denn, er fühlt sich bedroht.«

»Er sieht scheußlich aus«, rief Gerald, der über ihre Schulter einen Blick auf die Skizzen erhascht hatte. Er merkte nicht, dass sich bei dem Anblick der Kreatur ihr Herz zusammenzog. Denn so scheußlich diese auch aussah, sie erinnerte sie ein wenig an Vals verfluchte Form.

Ein Mal hatte sie ihn derart gesehen und ihre Angst hatte sie vollkommen beherrscht. Doch jetzt, da Gerald seinen Ekel kundtat, dachte sie zum ersten Mal darüber nach, wie es für Val sein musste, diese Gestalt in seinem Inneren zu tragen. Sich selbst zu verabscheuen.

Gerald wusste, dass sein bester Freund verflucht war. Aber da

Ruth nie sonderlich ausschweifend geworden war, wenn es um sein wahres Aussehen gegangen war, stellte er sich vermutlich nicht mal ansatzweise vor, *wie* Vals Monster wirklich aussah.

»Er riecht auch nicht sonderlich angenehm«, sprach der Direktor weiter, überraschenderweise auf Geralds Kommentar eingehend. Wahrscheinlich fühlte er sich in seiner Abneigung gegenüber seinen eigens geschaffenen Bestien nicht mehr allein. »Seine Art starb schon vor einem Jahrhundert aus, doch unseren Wissenschaftlern gelang es, ihm eine zweite Chance aufs Leben zu geben.«

Um es direkt wieder zu zerstören, dachte Ruth bitter.

»Wie ihr sehen könnt, ist er aufgrund seiner Erscheinung leicht zu erkennen. Ihr solltet euch aber vor den Stacheln an seinem Rücken in Acht nehmen, da sie giftig sein könnten.« Der Direktor rieb sich verlegen die Wange. »Wir sind uns nicht ganz sicher, da der Ausbruch zu einem Zeitpunkt kam, an dem wir mit den Untersuchungen gerade erst begonnen hatten.«

Ruth besah sich noch einmal den Chupacabra, der an einen nackten Kojoten erinnerte. Eine Reihe spitzer Nadeln zog sich auf seiner Wirbelsäule entlang bis zu großen roten Augen und einem Maul mit langer, herausragender Zunge.

»Und ihn finden wir in Babylon?« Wie sollte sich so etwas dort versteckt halten? In den vier Jahren hätte ihn jemand zu Gesicht bekommen müssen.

»Nur des Nachts verlässt er sein Versteck und auch bloß dann, wenn er hungrig ist«, antwortete Albertson, der seine Verlegenheit wie einen alten Mantel abgelegt hatte. Jetzt war er wieder voll und ganz in seinem Element und hielt sich an Fakten und Fallbeschreibungen. »Wir haben mehrere Berichte darüber erhalten, dass vermehrt Ziegen und Schafe mit aufgerissenen Kehlen gefunden wurden. Noch glauben die Leute, dass es sich bei dem Raubtier um einen Wolf handelt, aber wir können die Farce nicht mehr lange aufrechterhalten. In der Akte findet ihr die Orte mit den häufigsten Überfällen. Dort solltet ihr mit eurer Suche beginnen.«

»Was ist mit den anderen beiden Bestien?«, erkundigte sich Ruth, die nichts weiter darüber in der Akte fand.

»Ich stelle die Informationen noch zusammen und werde sie euch direkt morgen zukommen lassen.« Er erschauerte. »Wir sollten diese Monster besser früher als später niederstrecken.«

»Oder einfangen, nicht wahr?«, konnte sich Ruth nicht verkneifen zu fragen.

»Natürlich.« Der Direktor lachte beinahe ertappt. »Wenn ihr mich entschuldigen würdet, ich habe meine Arbeit heute lange genug vernachlässigt.«

»Wir sehen uns«, verabschiedete sich Gerald und deutete Ruth mit einer Hand, dass sie vorgehen sollte. Nacheinander verließen sie den Arbeitsraum und schritten den Korridor entlang zurück zum Fahrstuhl, an dem Zuna und Matt auf sie warteten.

»Wir wollten Euch hinausbegleiten«, erklärte sie als Antwort auf Ruths fragenden Blick und öffnete anschließend die bronzenen Gitter, um sie einzulassen. Ruth erkannte sofort, dass mehr dahintersteckte, und sie sollte recht behalten.

Sobald sie sich zu viert in den engen Fahrstuhl gedrängt hatten, kam Zuna zur Sache.

»Ich kenne Direktor Albertson und ich bin davon überzeugt, dass er nur das Beste im Sinn hat«, begann sie und blickte Ruth durchdringend an. »Doch ihr *müsst* versuchen, die Bestien lebend einzufangen. Sie wissen nicht, was sie tun und … es würde uns Jahrzehnte zurückwerfen, wenn wir lediglich ihre Kadaver zurückbekämen.«

»Was Zuna eigentlich sagen will«, kam ihr Matt mit einem Seufzen zu Hilfe, »ist, dass wir es zu schätzen wüssten, wenn Ihr Euch bemühen würdet, das Wesen hinter jeder der Bestien zu erkennen.«

»Was meinst du damit?« Ruth blickte Gerald an, aber dieser wirkte ebenso verwirrt wie sie.

»Sie sind bloß unschuldige Tiere, die das tun, was ihre Instinkte ihnen sagen«, antwortete Matt leise und wurde dadurch beinahe von dem *Ping* des magisch betriebenen Fahrstuhls übertönt. Sie hatten ihre Etage erreicht. »Behaltet dies im Hinterkopf, bevor ihr sie einfach so tötet.«

Die Gitter wurden von einer Wache nacheinander aufgezogen und Gerald und Ruth traten aus dem engen Raum, in dem Zuna und Matt mit ernsten Mienen zurückblieben. Ruth wusste nicht, was sie von den beiden halten sollte, aber gerade hatte sie genug andere Dinge, um die sie sich Sorgen machen musste.

Allem voran, ihren neuen Job.

XVI
VALENS

Ich erwachte im freien Fall und wurde von einem Aufprall ins Wasser begrüßt, der mir die Luft aus der Lunge drückte. In Sekundenschnelle versuchte mein Verstand, das Vergangene zu begreifen und zu sortieren.

Ein Raum, ein Schattenmonster und ich, der sich wandelte.

Instinktiv ergriff ich Darcias Hand. Ich hatte sie sofort gespürt. Wir wurden vom Gewässer nach unten gezogen und die Strömung riss uns in eine unbestimmte Richtung.

Darcias Hand entglitt meiner. Ich schluckte einen Schwall Wasser. Prustete.

Mit dem Ellbogen stieß ich gegen Stein, drehte mich und verlor Darcia vollkommen. Ich wurde hin und her geschleudert, als wäre ich der Willkür des Gottes des Meeres und der Jagd, Ninurta, ausgesetzt.

Ich kreierte einen Feuerball, dem selbst das wirbelnde Wasser um mich herum nichts anhaben konnte, dann blickte ich mich in der Strömung um. Erst hilflos, ängstlich, bis ich etwas Schwarzes in der nicht mehr ganz so undurchdringlichen Finsternis wahrnahm. Ich überlegte nicht lange, spannte meinen gesamten Körper an und stieß mich von einer scharfkantigen Wand ab, die mir die Sohlen aufriss. Ich glitt durch das Wasser und bekam Darcias Rock zu fassen.

Mit allerletzter Kraft zog ich sie zu mir, presste ihren leblosen Körper an meinen und hüllte uns mit meiner Magie ein.

Wertvolle Sekunden vergingen, dann spürte ich die Wärme um mich herum und ich konnte meinen ersten tiefen Atemzug nach einer gefühlten Ewigkeit tun.

Darcia hingegen regte sich nicht in meiner erschaffenen Blase.

Entschlossen kämpfte ich nicht mehr gegen die Strömung an, sondern schwamm mit ihr, bis wir wenige Augenblicke später mit einem kleinen Wasserfall in die Wildnis herausgespült wurden.

Prustend kam ich an die Oberfläche. Ich erkannte mit einem Blick, dass wir uns in einem kleinen See befanden. In dem Gewässer schwammen bestimmt Alligatoren und anderes Getier, weshalb ich Darcia eilig ans Ufer zog.

Über uns spannte sich ein dunkler, wolkenloser Himmel.

Die Frage danach, wie wir mitten in den Bayous gelandet waren, drängte ich in den Hintergrund. Zumindest hoffte ich, dass es sich hierbei um die Sumpflandschaft handelte, die New Orleans umgab.

Während ich Darcia aufs Gras zog, erlaubte ich mir nicht, darüber nachzudenken, dass sie nicht atmete und was dies bedeutete.

Erst nachdem ich sie auf den Rücken gelegt hatte, gab ich meiner Angst Raum, um meine Magie zu steigern. Ich kniete mich neben sie, begann mit der Reanimation und ließ gleichzeitig meine Elementarmagie in ihren Körper fließen, auch wenn ich nie vollständig in Heilmagie ausgebildet worden war. Hauptmann Ludus hatte jedoch darauf bestanden, dass wir uns im Notfall zu helfen wussten, und wenn dies kein Notfall war, dann wusste ich auch nicht ...

Ich machte eine Herz-Lungen-Massage und unterbrach sie nur, um meine Lippen auf ihre zu legen und Sauerstoff in ihren Körper zu pressen. Die Magie knisterte zwischen uns und verstärkte den Effekt ihrer Heilung. Augenblicke später verkrampfte sie, rollte sich dann auf die Seite und spuckte Wasser.

Erleichterung durchflutete mich. Ich ließ mich nach hinten

auf den Boden fallen und stieß ein Dankgebet an den babylonischen Schutzgott Sin aus.

Jetzt bemerkte ich allerdings, dass ich nicht einen Fetzen Stoff am Leib trug, und bedeckte mich mit meinen Händen.

»Heilige Scheiße«, keuchte Darcia, nachdem sie sich wieder aufsetzen konnte. Sie blickte von ihren tätowierten Händen zu mir, ohne sich an meiner Nacktheit zu stören. Dankbarkeit und Schock vermischten sich in ihren aufgerissenen Augen. »Du hast mir das Leben gerettet. Dieses Mal wirklich.«

»Gern geschehen.« Ich beschloss im Sinne meines Seelenfriedens, nicht darauf zu bestehen, sie auch zwei Mal zuvor schon gerettet zu haben. Man sollte mir nicht nachsagen, dass ich kleinlich war.

Darcia schluckte und wirkte, als würde sie für irgendetwas ihren Mut zusammennehmen.

Ich beobachtete sie neugierig und wartete. Schließlich richtete sie sich auf und krabbelte in dem Schmutz und Dreck zu mir. Sie war mir so nah, dass ich die goldenen Flecken in ihren dunklen Augen erkennen konnte, und plötzlich war ich es, der schluckte.

Sie legte ihre klammen Hände an meine Wangen und sah mich durchdringend an. Ich bekam eine Gänsehaut, weil ihr Blick so intensiv und allumfassend war. Auf diese Weise hatte mich noch nie jemand angesehen.

»Valens Hills, ich stehe in deiner Schuld«, sagte sie leise. »Ohne dich wäre ich nicht imstande dazu gewesen, ein altes Versprechen einzulösen. Du weißt gar nicht, wie wichtig ...« Sie stockte, leckte sich über die Lippen und mein Herz machte einen Satz. »Also gebe ich dir als Zeichen meiner Schuld die Gabenrune.«

Sie blickte hinab und zeichnete mit ihrem Finger ein X über mein Schlüsselbein, das für einen Moment wie Feuer brannte und ein rotes Mal hinterließ.

Nun waren wir für immer verbunden, auch wenn ich die Auswirkungen dessen noch nicht begreifen konnte.

XVII  RUTH

Am liebsten hätte Ruth Geralds Angebot, sie nach Hause zu begleiten, abgelehnt. Ihre Gedanken rasten in einem Strom durch sie hindurch, ohne einen Sinn zu ergeben. Die Eindrücke der letzten Stunde prasselten auf sie nieder und sie war unfähig, sie zu fassen. Bestien, Geheimorganisationen, tiefvergrabene Wahrheiten, die niemals das Licht der Welt erblicken sollten ...

»Was ist, wenn sie mir den Job nur angeboten hat, weil sie denkt, ich wüsste, wo sich ihr Bruder aufhält?«, sprach sie einen Gedanken aus, der ihr zusätzlich ein mulmiges Gefühl gab.

»Weißt du es denn?«, erkundigte sich Gerald, als wäre er die Ruhe selbst. Er hatte sich so dicht wie möglich neben sie gesetzt und die Vorhänge der ruckelnden Kutsche zugezogen. Einen Teil des Weges hatten sie schweigend hinter sich gebracht, doch jetzt fühlte sie sich bereit, sich Gerald mitzuteilen. Er kannte sich in der Welt der Politik und Intrigen schließlich besser aus als sie und seit Valens nicht mehr an ihrer Seite war, um ihr zu helfen ... da hatte sie gelernt, Gerald zu vertrauen.

»Natürlich nicht!«, zischte sie mit aufgeregt pochendem Herzen. »Das wäre Hochverrat!«

Gerald zuckte mit den Achseln. »Dann hast du nichts zu befürchten.«

»Trotzdem ...« Es fühlte sich nicht richtig an. Als würde Königin Ciahra sie als Investition in die Zukunft sehen, nur nicht in dem Maße, das sie ihr zugesagt hatte. »Können wir nicht die Vorhänge öffnen? Es ist heiß ...«

»Du meinst, *ich* bin heiß«, stellte Gerald fest und grinste. Einen Moment später wurde er wieder ernst. »Sorry, aber es ist besser, wenn uns niemand sieht, bevor wir nicht die Stadt erreicht haben.«

Damit war die Sache gegessen. In der Befehlskette stand Gerald noch immer weit über ihr und auch wenn er dies ihr gegenüber sehr selten ausspielte, so vergaß sie es niemals.

Ruth wohnte im Südviertel der Stadt. Es gab schlimmere Gegenden, um zu leben, doch man war nicht weit von der Armut entfernt. Ihr Elternhaus schraubte sich in die Höhe und breitete sich ebenfalls wie ein Geschwür auf den Seiten aus. Einst hatten sie einen riesigen Garten besessen, aber je mehr Geschwister Ruth bekam, desto wertvoller wurde der Platz, und mittlerweile gab es nur noch vorne ein kleines Stück Sandfläche, auf dem die Kleinen spielten.

Die meisten Häuser waren traditionell aus Lehm errichtet worden, wiesen mit Schilf gedeckte Dächer auf und zeigten zur Straßenseite keine Fenster, um die Hitze auszusperren. Mehrere dieser Lehmhäuser schlossen sich auf der Rückseite zu einem kleinen Hof zusammen, wo es durch ein paar gepflanzte Dattelpalmen am kühlsten war. Hier wurde gekocht, gelacht und miteinander gesungen.

Im Südviertel wurde diese Eintönigkeit allerdings durch ein paar moderne Gebäude, wie das ihrer Familie, durchbrochen. Land, das frei geworden und auf dem hohe Häuser aus wertvollem Holz und Stein erbaut worden waren.

Ihre Kutsche ruckelte über das teilweise aufgeplatzte Bitumen der Straße, ehe sie vor der winkligen Gasse hielt, an die ihr Zuhause grenzte.

Da es noch kein Mittagessen gegeben hatte, tollten Frio und Madsen, vier und sechs Jahre alt, im Sand herum und brüllten sich gegenseitig verschiedene Befehle zu. Anscheinend stellten sie sich heute wieder vor, Teil der Stadtwache zu sein – wie ihre große Schwester. Sie waren so in ihr Spiel vertieft, dass sie die Kutsche nicht bemerkten.

Gerald blickte an ihr vorbei durch das Fenster, als Ruths Mutter das Haus verließ, um die beiden Jungs reinzuholen. Ihr Bauch wölbte sich unter dem hellblauen Kleid mit der weißen Spitze. Die Uniform, die sie normalerweise nur bei ihrer Arbeit als Näherin trug. Wahrscheinlich war heute viel zu tun gewesen, sonst hätte sie Zeit gefunden, die Kleidung zu wechseln, um nicht Gefahr zu laufen, sie zu beschmutzen. Schließlich besaß sie nur eine.

»Sie ist *schon wieder* schwanger?«, rief Gerald aus und blickte sie entgeistert an.

»Lass gut sein«, murmelte Ruth.

»Ruthie, sie nutzen dich aus. Haben sie noch nie etwas von Verhütung gehört?«

Es schien ihr, als würden sie bei jeder Schwangerschaft ihrer Mutter das gleiche Gespräch führen. Sie war es so satt.

»Ich teile mein Gehalt gerne, Gerald«, sagte sie ruhig. »Im Gegensatz zu dir liebe ich meine Familie.«

»Ich liebe meinen Onkel auch«, entgegnete er mit einem Lächeln. Manchmal glaubte sie, er nahm nichts ernst. »Trotzdem gebe ich ihm nicht mein ganzes Gehalt. Du bist einundzwanzig, Ruthie, du solltest dein eigenes Leben führen.«

»Das tue ich. Und nenn mich nicht Ruthie.« Sie rieb sich die Stirn. »Ich geh jetzt besser.«

»Ich komme mit«, sagte er prompt, doch sie schüttelte den Kopf. »*Ruthie.*«

»Mutter wird dich bloß nach ihrem Schicksal fragen. Ich weiß, wie ungern du deine Gabe für so etwas einsetzt.«

»Ihrem?«

»Es werden Zwillinge.« Sie seufzte.

»Ich bin durchaus fähig, Nein zu sagen.« Abwartend sah er sie an und als sie nickte, stieg er als Erster aus.

Gemeinsam betraten sie das vollgestellte, gemütliche Innere des Hauses. Sofort wurden sie von ihren sieben Geschwistern belagert und Ruths Mutter kümmerte sich um ihr leibliches Wohl. Gerald verwandelte sich vom unnahbaren Seher zu einem sechsjährigen Spielgefährten ihrer Geschwister und verschwand in einem der Kinderzimmer.

Wenn Ruth ehrlich war, hatte sie nicht den blassesten Schimmer, warum Gerald sich noch mit ihr abgab, ihre Familie freiwillig ertrug. Ruth selbst hatte gar keine andere Wahl, schließlich liebte sie jedes einzelne Mitglied der Familie und würde sie um nichts auf der Welt eintauschen, dennoch konnte sie nicht behaupten, dass sie genauso empfinden würde, wenn sie nicht mit ihnen aufgewachsen wäre.

Lag es vielleicht an Geralds Einsamkeit? Er war erst mit zwölf Jahren von Vikim nach Babylon gekommen. Zusammen mit seinem Onkel Dorum, der ein ehrgeiziger Mann war und seinen Neffen nach dem Tod der Eltern aufgenommen hatte, hatten sie die Herrscherfamilie Mariquise um Asyl gebeten. Obwohl Gerald während der Ausbildung zum königlichen Seher gegen sieben Konkurrenten hatte antreten müssen, allesamt älter, gewann er den Posten vier Jahre später, stach jeden einzelnen aus und sicherte sich seinen Platz.

Ruth lernte ihn damals durch Val kennen, der gemeinsam mit ihr die Ausbildung zur Stadtwache begonnen hatte. Sie waren zu einem unzertrennlichen Dreiergespann zusammengewachsen. Womöglich war Ruth für Gerald tatsächlich so etwas wie Familie und das bedeutete, ihre Geschwister gehörten dazu …

Ein verwirrendes Gedankenkarussell, das ihre Mutter, Tara, glücklicherweise beendete, als sie ihr einen Stapel Holzbretter reichte. Ruth lächelte sie an, worauf Tara ihr liebevoll die Wange streichelte. Ein Blick über ihre Schulter zeigte Ruth das dampfende, mit Datteln gefüllte Brot und das Kichererbsenpüree, das zum Niederknien war, wie Gerald nicht müßig wurde zu betonen.

»Du bist früher zurück als sonst«, sagte ihre Mutter.

»Die Königin hat mich zum Abendmahl eingeladen«, erklärte sich Ruth, ohne wirklich zu lügen.

»Oh, was für eine Ehre. Wie schön!« Tara lief voran nach draußen in den Hof und wandte sich dem Tonofen zu, der auch von ihren beiden Nachbarsfamilien genutzt wurde. Sie mussten noch in der Schule und bei der Arbeit sein, da die Türen zu ihren deutlich kleineren Häusern geschlossen waren.

Taras glattes schwarzes Haar bewegte sich leicht im Wind. Das und die mandelförmigen Augen waren die zwei Dinge, die sie all ihren Kindern vererbt hatte. Abgesehen davon sprossen alle wie ihr Vater in die Höhe und auch seine hellbraune Augenfarbe sowie die bleiche Haut hatten sie von ihm geerbt.

»Anflug!«, rief Vika und stürzte sich mit Frio auf Geralds Rücken, der bäuchlings auf dem Boden lag und sich vor Lachen krümmte. Seine weiße Robe wies bereits die ersten Flecken auf, doch er kümmerte sich nicht im Geringsten darum.

»Gerald, Schätzchen.« Einzig Ruths Mutter konnte den Seher und Druiden mit *Schätzchen* ansprechen, ohne sich eine Strafe einzuhandeln. »Wärst du vielleicht so freundlich, einen Blick in das Schicksal meiner Babys zu werfen?«

Ruth verdrehte die Augen. Das war ihr Zeichen, um zu verschwinden. Sie wollte nichts über ihre Zukunft oder die ihrer Geschwister erfahren. Das war eine Sache, die Tara und sie völlig unterschiedlich betrachteten. Die Mutter verstand die Tochter nicht und umgekehrt.

Seufzend legte sie die Holzbretter auf den Arbeitstisch, verließ den Hinterhof, ging zurück in Richtung Haus und stieg die knarzende Treppe zum Dachgeschoss hinauf, das sie in ihr Reich verwandelt hatte.

Da sie einen Großteil ihres Gehalts an ihre Familie weiterreichte, blieb ihr nicht genügend eigenes Kapital, um auszuziehen. Es reichte dennoch aus, um ihr Zimmer zu verschönern.

Um die alte Tür zu verdecken, hatte sie auf der Zimmerseite einen dunkelgrauen Vorhang angebracht, der an großen Messingschlaufen hing. Als sie eintrat, drang die Sonne durch die drei kleinen Fenster an den beiden gegenüberliegenden Seiten herein und tauchte die hölzerne Einrichtung in warmes Licht.

Unter der einen Schräge stand ihr breites Bett mit geschwungenen Schnitzereien auf dem Rahmen, unter der anderen hatte sie ihren Schreibtisch positioniert, den sie nur nutzte, wenn sie in ihr Tagebuch schrieb. Etwas, was sie schon sehr lange nicht mehr getan hatte. Seit Valens Babylon verlassen hatte, um genau zu sein.

Sie schnürte ihre schwarzen Arbeitsstiefel auf und zog sie von ihren Füßen, damit sie den weichen Teppich spüren konnte. Er bedeckte den Großteil des Bodens und verlieh dem Raum durch seine orangene Farbe eine warme Atmosphäre. Oft legte sie sich auf ihn, um ihren Gedanken nachzuhängen. Ihr Blick schweifte dabei über ihre alte, aber charmante Möbelsammlung und schließlich streifte er stets die Wand, die mit Valens Skizzen zugeklebt war. Jede einzelne davon hatte er ihr geschenkt und keine hatte sie jemals zerstört. Manchmal hatte er Felder und Wiesen gemalt, dann wieder fremde Hexen während eines Zaubers oder Ruth und Val selbst an ihrem Lieblingsort zwischen Tempel und Stadtmauer.

Auch jetzt stand sie vor diesem Bild und berührte mit den Fingerspitzen Vals Gesicht. Ohne seine Skizzen hätte sie wahrscheinlich längst vergessen, wie er aussah.

»Du solltest ihn vergessen, Ruth«, sagte Gerald, der lautlos eingetreten war.

Sie wirbelte herum, in Erwartung eines anklagenden Blickes, doch der Druide sah sie überhaupt nicht an. Stattdessen blickte er auf den Siegelring in seiner Hand hinab, den er von ihrem Schreibtisch geklaubt haben musste. Er gehörte Val und er hatte ihn Ruth zur Aufbewahrung gegeben, bevor er geflohen war.

»Er ist mein Freund«, sagte Ruth entschieden und entriss ihm den Ring.

Was sie nicht sagte, war, dass er auch Geralds Freund gewesen war.

»*Ich* bin dein Freund.« Sie blinzelte, im ersten Moment verwirrt, da seine Aussage ihren Gedanken ähnelte. Nur nicht ganz.

»Was willst du damit sagen?« Sie legte den Ring zurück und blickte Gerald abwartend an. Sein weißes Haar hatte er zu einem Knoten an seinem Hinterkopf zusammengesteckt, sodass sein Gesichtsausdruck harscher und ernster wirkte.

Er hob ganz langsam eine Hand und berührte damit erst ihren Unterarm, dann ihre Schulter und hielt schließlich ihre Wange fest. Ruth war von dieser intimen Geste so überrascht, dass sie erstarrte. Unfähig, überhaupt einen klaren Gedanken zu formen, sah sie ihn bloß an. Seine blauen Augen, die geschwungenen Brauen und die vollen Lippen, die sich ihren gefährlich näherten. Sie konnte seinen Atem bereits auf ihrer Haut spüren…

»Wenn du mir nur etwas mehr Aufmerksamkeit schenken würdest, könnten wir mehr sein«, flüsterte er an ihre Lippen und brach damit den Bann, den er wie ein Hexer um sie gewoben hatte.

»Das solltest du nicht sagen«, flüsterte sie.

»Warum nicht?«

»Weil ich dir glauben könnte«, gestand sie. »Und das will ich nicht. Ich will nicht eine weitere deiner Liebschaften sein, Gerald.«

Sie trat einen Schritt zurück und er ließ seine Hand fallen.

»Für mich gibt es nur dich.« Enttäuschung flackerte über seine Züge, bevor er sich ihr verschloss.

»Es existiert ein Unterschied zwischen Worten und Taten.« Sie lächelte traurig. »Ich weiß nicht, wer der wahre Gerald ist.«

»Ich bin es«, sagte Gerald prompt, obwohl sie fest damit gerechnet hatte, dass er das Gespräch hier beenden würde.

All die Geschichten, die sie jeden Tag aufs Neue über ihn und seine Frauen und manchmal auch Männer aufschnappte, hatten sie gelehrt, Abstand zu wahren. »Noch nie habe ich bei einer Frau gelegen, Ruth.«

»Jetzt weiß ich, dass du lügst«, murmelte sie und wischte die Zweifel beiseite. Sie musste sich selbst beschützen. »Auf Wiedersehen, Gerald.«

Er wich zurück, als hätte sie ihn geschlagen. »Wie du willst, aber ich hole dich heute Abend ab.«

»Das wird nicht nötig sein.« Verstand er nicht, wie sehr es sie schmerzte, wenn er derart mit ihr spielte?

»Ruth ...«, begann er, als er plötzlich in eine Art Schockstarre verfiel. Das Weiß seiner Augen färbte sich pechschwarz, über seinen Brauen erschienen jeweils drei schwarze Punkte. Zwischen ihnen zeichneten sich drei senkrechte Striche ab, deren mittlerer bis zu seinem Haaransatz reichte. Der letzte Strich zog sich von seiner Unterlippe bis unter sein Kinn. Obwohl Ruth sie noch nie zuvor gesehen hatte, wusste sie, dass es sich dabei um die Symbole des Sehers handelte.

Sie erschienen nur, wenn unmittelbar eine Vision bevorstand.

»Gerald?«, flüsterte Ruth unsicher und umfasste seinen Arm, da er gefährlich wankte. Er nahm sie nicht wahr, starrte durch seine schwarzen Augen auf etwas, das sie nicht sehen konnte.

Die Vision dauerte nicht länger als eine halbe Minute. Gerald atmete tief ein, sodass seine Nasenflügel bebten, und stolperte zurück, als wäre er gestoßen worden. Nach und nach kam er zu sich, blinzelte und sah sich suchend um, bis sein Blick auf Ruth landete.

»Alles in Ordnung?«, erkundigte sie sich unsicher. »Was hast du gesehen?«

»Babylon in Flammen«, raunte er heiser. »Ich muss zur Königin. Wir sehen uns heute Abend!«

Er nahm ihre Hand von seinem Arm und führte sie an seine Lippen, wo er einen Kuss auf ihre Knöchel hauchte. In der nächsten Sekunde wandte er sich ab und verschwand in aller Eile aus ihrem Zimmer, um ihrer Königin Bericht zu erstatten.

Babylon in Flammen.

Das konnte nichts Gutes bedeuten und auch wenn sie nicht gesehen hatte, was Gerald gezeigt worden war, so konnte sie nicht das Gefühl abschütteln, dass die Bestien etwas mit dem lauernden Unheil zu tun haben könnten. Sie betete inständig, dass sie falschlag.

XVIII

DARCIA

»Was machen wir jetzt?«, fragte Valens, während ich mich noch von meiner Nahtoderfahrung erholte. Ich hatte ihm mein Top gegeben, um sich untenrum zumindest ein wenig bedecken zu können, und stand nur noch in BH und Rock da. »Mein Handy ist weg.«

Ich blickte mich um, erkannte, dass wir uns an der Blind Lagoon befanden, da ich schon öfter hier gewesen war. Um uns herum gab es klapprige Bäume, zugewachsene Sümpfe und bunte Sträucher. Wir würden vermutlich von einer giftigen Schlange gebissen werden, aber letztlich mussten wir uns auf den Weg zu einer Straße machen.

Irgendwie hatte uns Rienne aus der Anderwelt helfen können, obwohl ich noch nie von dieser Art von Eingreifen eines Geistes gehört hatte. Mein Herz erwärmte sich bei dem Gedanken daran, wie sehr sie auch für mich auf der anderen Seite kämpfte. Alles nur, damit wir bald wieder vereint wären.

»Wir kontaktieren eine Bekannte«, sagte ich schließlich und griff nach einem dünnen Seil, das drei Knoten aufwies. Ich hatte es mir vor meiner Abreise wohlweislich um den Fußknöchel gebunden und zog die Schleife nun auf.

»Wie?«

»Schweige und beobachte«, wies ich ihn an und ließ das Seil ins Wasser fallen. Im ersten Moment geschah nichts, selbst die Oberfläche kräuselte sich nicht, als wäre sie von keinem

Gegenstand durchdrungen worden. Dann erschienen die groben Umrisse einer verhüllten Gestalt.

»Wir brauchen deine Hilfe«, sagte ich prompt.

»Aye.« Sie gackerte erst amüsiert und schwieg anschließend für ein paar Sekunden. »Bewegt euch eine halbe Meile in nordöstlicher Richtung. Wenn ihr den Pfad mit dem blauen Boden erreicht, seid ihr am Ziel. Wartet dort.«

Ihr Antlitz verschwand und sie ließ Val und mich verwirrt zurück. Seufzend rieb ich mir über die nackten Arme.

»Du hast sie gehört«, murmelte ich und erhob mich. »Wir sollten uns besser beeilen.«

»Ich kann nicht glauben, was geschehen ist.«

»Geht das ohne Schuhe?«, fragte ich, ohne auf seinen Kommentar einzugehen. Ich war so verwirrt und ratlos. Außerdem nagte Furcht an mir, dass es dort draußen jemanden gab, der mir auch in Zukunft gefährlich werden könnte.

»Dafür gibt es Magie.« Ich warf einen Blick über meine Schulter. »Ich kann meine Sohlen eine Weile schützen, aber nicht mehr lange. Bin ziemlich ausgelaugt.«

»Eine halbe Meile weit?«

»Eine halbe Meile weit«, bestätigte er und wir setzten unseren Weg schweigend durch die Bayous fort. Er das Top vor sein Geschlecht haltend und ich darum bemüht, nicht zu lachen.

An keinem anderen Tag würde ich mich freiwillig durch die dschungelartige Landschaft kämpfen. Man musste sich sowohl vor giftigen Pflanzen als auch vor Alligatoren und giftigen Schlangen in Acht nehmen. Hinter jedem mit Kletterpflanzen und Pilzen bewachsenen Baumstamm könnte eine neue Gefahr auf uns lauern.

Glücklicherweise besaß Val noch genügend Kraft, um uns mit einer winzigen Flamme den Weg zu weisen.

Eine Viertelstunde später erreichten wir den Pfad, von dem uns mein Kontakt erzählt hatte. Er war breiter als gedacht, glich einer Straße, auf der blau-grauer Kies verschüttet worden war. Die kleinen Steine glänzten im Schein der Miniflamme und des Mondes. Der Pfad verschwand in beide Richtungen hinter langen Kurven, sodass wir nicht erkennen konnten, wohin er führte.

Wir setzten uns auf einen gefällten Baum und warteten. Das Schweigen dehnte sich, bis es endgültig brach.

»Wie lange bist du schon verflucht?«

Er stöhnte auf und vergrub das Gesicht kurzzeitig in den Händen. »Machen wir das wirklich *jetzt*?«

»Hast du einen dringenden Termin, den du wahrnehmen musst?«, erwiderte ich voller Spott. Da nervte er mich tagelang, ihn endlich anzuhören, und jetzt, da ich es wollte, hatte er auch daran wieder etwas auszusetzen? Männer!

»Schön, wie du willst.« Er fuhr sich mit einer Hand durchs kurz geschorene Haar. »In Babylon war ich Teil der Stadtwache«, begann er leise und recht widerstrebend. Musste er denn aus allem ein Drama machen? »Ich war gut in dem, was ich tat, und daraus resultierte eine gewisse Arroganz, die letztlich mein fataler Fehler wurde. Seit Längerem verfolgten wir schon die Spur einer Waiża. Den Gerüchten zufolge plante sie, die Tore Babylons für jeden Verbannten zu öffnen. Ohne Ausnahme. Ohne Regeln und Überprüfungen. Ein paar Monate prahlte sie damit vor jedem, der nicht rechtzeitig floh. Wirklich Sorgen machte sich Hauptmann Ludus aber erst, als wir nichts mehr von ihr oder über sie hörten.«

»Warum?«

»Solange sie prahlte, war sie beschäftigt«, erklärte er und gestikulierte mit seiner freien Hand. »In der Stille liegt die Gefahr – wenn sie so in ihre Experimente vertieft sind, dass sie ihre sozialen Kontakte vernachlässigen und alles um sich herum vergessen, sollte man sich vor den einstmaligen Prahlern in Acht nehmen.«

»Mutig von euch, erst zu warten, bis sie still wurde«, gab ich zu bedenken, da ich zwangsläufig an meine eigene Situation zurückerinnert wurde. Mich hatte man aus Babylon verbannt, sobald ich den Mund geöffnet hatte. Zu prekär war die Lage gewesen, zu unsicher der Stand der Königsfamilie nach dem Massaker.

»Wir warteten nicht, aber unsere Suche wurde zweifellos intensiver«, bestätigte er und leckte sich nachdenklich die Lippen. »Ich denke, meine gesamte Einheit hat sie nicht ernst genommen. Wir kannten sie durch andere Einsätze, schätzten sie als schrullige Alte ein. Das war wohl der zweite große Fehler. Eines Abends, ich befand mich auf dem Weg nach Hause, da passte mich einer meiner Informanten ab und gab mir die Adresse ihrer neuen Behausung. Er sagte mir, dass er sie erst gestern gesehen hatte und sie sich ganz entgegen ihres sonstigen Wesens in aller Eile fortbewegt hatte. Ich nahm dies als Zeichen für das nahende Erreichen ihres Ziels. Mir blieb keine Zeit, Verstärkung zu holen, also schickte ich meinen Informanten zu Hauptmann Ludus, während ich mich zu ihrer Behausung aufmachte. Hier kommt meine Arroganz ins Spiel. Ich bin in dem Glauben erzogen worden, ganz oben zu stehen. Ein mächtiger Hexer, dem eine Waiża nichts entgegensetzen kann. Natürlich sollte ich eines Besseren belehrt werden …«

Ein Funke Mitleid regte sich in mir, auch wenn ich es Val gegenüber niemals zugeben würde. Eher würde ich mich von einem Elefanten niedertrampeln lassen. Oder mir einen Arm abschlagen.

»Was geschah dann?«

»Ich betrat das klapprige Haus im Osten der Stadt und überwältigte sie mitten in einem Ritual mit meiner Macht, doch eigentlich …« Er stockte und schüttelte den Kopf, wie um sich von klebrigen Spinnweben zu befreien. »Eigentlich war sie es, die mich überwältigte. Ohne es zu wissen, war ich in eine Falle getapt und sie schnappte zu, als ich meine Magie einsetzte. Ganz so wie vorhin.

Die Waiża rappelte sich wieder auf und kramte ihre Siebensachen zusammen, weil sie meine Kameraden fürchtete. Ich hatte zwar ihr Ritual unterbrochen, aber so schnell würde sie nicht aufgeben, meinte sie. Sie versprach mir, dass sie die Tore öffnen würde. Koste es, was es wolle. Als ich sie auslachte, verfluchte sie mich. Ich verlor das Bewusstsein und kam erst Stunden später wieder zu mir. Keiner meiner Männer war an meiner Seite, da die Waiża das Haus vor ihren Blicken geschützt hatte, wie ich später erfahren sollte. Zunächst wusste ich nicht mehr, was geschehen war, und fand das Herztattoo auf meiner Brust. Meine Uniform war an der Stelle angekokelt. Die Manifestation eines besonders schwerwiegenden Fluchs. Ich dachte nicht ... Ich hätte mir die Bedeutung dessen nicht einmal ausmalen können. Wochenlang erlag ich der Überzeugung, die Blackouts wären der Fluch und nicht ... Niemals hätte ich auch nur in Erwägung gezogen, dass ich das Monster war, das Babylon des Nachts heimsuchte und sich auf Unschuldige stürzte.«

»Wie hast du es herausgefunden?«, flüsterte ich.

»Die Erinnerungsfetzen kehrten zurück. Der Geschmack von Blut, Schreie ... Selbst ich konnte irgendwann nicht mehr die Augen vor der Wahrheit verschließen.« Seine Stimme nahm einen gequälten Klang an. »Ich suchte härter als jemals zuvor nach der Waiża, doch sie war wie vom Erdboden verschluckt. Und eines Nachts, während eines Streits mit meiner besten Freundin Ruth, verwandelte ich mich in die Bestie, von der wir uns geschworen hatten, sie zu vernichten. Ruth floh und wartete, bis ich wieder zu mir selbst zurückkehrte, dann drängte sie mich zur Flucht. Weg von meinem Zuhause, aus Babylon, da sie mich sonst hätte melden müssen. Jetzt bin ich hier.«

»Kein Wunder, dass du Adnan so magst. Immerhin kümmert er sich darum, ob du lebst oder stirbst«, grummelte ich.

»Ich nehme es ihr nicht übel.« Er streckte seine Beine aus. »Sie tat, was sie tun musste. Jedenfalls, nach einer ganzen Weile des Selbstmitleids und der Selbstverachtung bin ich nun wieder auf der Suche nach der Waiża, weil ich glaube, dass sie Babylon in jener Nacht verlassen hat. Gleichzeitig suche ich nach jemandem, der stark genug ist, meinen Fluch zu brechen. Je nachdem, was früher eintritt.«

»Also nach mir«, fasste ich zusammen.

»Ganz genau.«

Seufzend legte ich den Kopf in den Nacken. »Ich habe dir noch nicht die Rune verziehen, Val«, sagte ich. »Aber ich halte mich an mein Wort, auch wenn ... es schwer werden wird. Dein Fluch ist stark. Der stärkste, der mir bisher untergekommen ist.«

»Das habe ich befürchtet.«

Scheinwerfer blendeten uns, bis neben uns das dazugehörige Wohnmobil zum Halten kam und ich die quietschgelbe Lackierung erkennen konnte.

Die Tür zur Fahrerseite wurde aufgestoßen und enthüllte eine zierliche Person, die unter etwa dreißig Lagen Kleidung verschwand. Hayala, die hundertjährige Meerhexe und mein Kontakt für Notfälle.

»Da seid ihr ja!«, krächzte sie und winkte uns zu. »Na, kommt schon rein oder wollt ihr hier Wurzeln schlagen?«

Val und ich warfen uns einen kurzen Blick zu, dann löschte er seine Flamme und wir stiegen nacheinander auf der anderen Seite ein.

»Wie schön, dich wohlauf zu sehen, Hayala«, begrüßte ich die Meerhexe, die heute goldenen Lippenstift und blauen Lidschatten trug – ergänzt durch pinkes Rouge auf ihren Wangen. Das graue Haar hatte sie auf verworrene Weise hochtoupiert, sodass man ihre goldenen Kreolen erkennen konnte.

»Gleichfalls, Darci«, gackerte sie. »Und was für ein Früchtchen ist das neben dir? Hast ihn wohl schon vernascht.«

Sie setzte das Wohnmobil in Gang und fuhr ruckelnd über den Pfad, während ich Val eine Decke reichte, die im Fußraum gelegen hatte.

Das Lenkrad war halb so groß wie Hayala, sodass ich befürchtete, sie würde den Halt verlieren.

»Ich bin Valens, freut mich, dich kennenzulernen«, stellte sich Val wie ein braver Nachbarsjunge vor. »Danke, dass du uns hier mitten im Nirgendwo abholst.«

»Darci fragt, Hayala gehorcht«, grunzte die Meerhexe.

Das erste Mal war ich ihr vor zwei Jahren begegnet. Sie hatte meine Hilfe als Fluchbrecherin in Anspruch genommen. Ein Froschwesen hatte ihr ins Bein gebissen, als sie seine Horde mit einem Flammenwerfer von ihrem Garten hatte verscheuchen wollen.

Wenn sich Hayala etwas in den Kopf setzte, machte sie keine halben Sachen.

»Ich dachte, du kannst mich nicht leiden?« Sie war nicht glücklich mit der stinkenden Heilsalbe gewesen und hatte eine Schimpftirade nach der anderen losgelassen.

»Papperlapapp.« Hayala winkte ab. »Ich kann alle nützlichen Personen leiden.«

»Inwiefern ist sie dir nützlich, wenn du es bist, die mitten in der Nacht losfahren muss, um sie abzuholen?«, erkundigte sich Val.

»Das Früchtchen kann denken«, rief Hayala aus und riss abrupt das Lenkrad herum, als wäre die Kurve wie aus dem Nichts aufgetaucht. Unwillkürlich hielt ich mich an Val fest, der Gentleman genug war, mir keinen überheblichen Blick zuzuwerfen. »Was für eine Verschwendung!«

Eine Antwort blieb Hayala ihm schuldig, doch sowohl er als auch ich waren zu erschöpft, um die Hilfe der Meerhexe weiterhin infrage zu stellen.

Wir brauchten eine Stunde zurück zu meinem Haus, da Hayala gleich mehrere Umwege einschlug. Sie erklärte sich nicht und plapperte die ganze Zeit von ihrem Garten und ihrem Neffen, der der Prinz vom Hohen Haus am Hügel des Grauen Felsen war. Was auch immer das zu bedeuten hatte ...

Als sie ihr Wohnmobil vor meinem Haus parkte, wandte sie sich uns zu. Ich drängte Val mit einer eiligen Handbewegung, auszusteigen, aber er rührte sich nicht.

»Der Pfad, den du beschreitest, gefällt mir nicht, Mädchen«, sagte die Meerhexe so ernst wie nie zuvor. »Schlage einen anderen ein.«

»Was …?« Ich konnte Vals Stirnrunzeln geradezu vor mir sehen, aber ich blickte ihn nicht an.

»Wenn ihr wieder Hilfe braucht, … du weißt schon«, war alles, was sie noch dazu sagte, dann drückte sie fest auf die Hupe.

Val und ich zuckten gleichzeitig zusammen, ehe wir aus dem Wagen kletterten.

Sobald ich die Tür zur Beifahrerseite zugestoßen hatte, fuhr Hayala mit quietschenden Reifen davon. Ich blickte dem Gefährt einen Moment hinterher, dann wurde mein Blick von der offen stehenden Tür zu meinem Zuhause angezogen.

»Komm mit«, bat ich Val, als ich den Geruch von Algen und Meerwasser wahrnahm. »Ich denke, jemand wartet auf uns.«

Ich riss mich zusammen und verbannte jeden freundlichen Gedanken aus meinem Verstand. Die auf uns wartende Konfrontation würde mir jedes Fünkchen Berechnung abverlangen. Wie es das immer tat.

Die Anzahl von Sedas Besuchen konnte ich an einer Hand abzählen. Sie wagte sich selten in meinen Arbeitsraum, in mein Zuhause. Vielleicht lag es an den vielen magischen Fallen, möglicherweise an meiner Verbundenheit mit dem Element Erde, das sich in jeder Tinktur, jeder gezogenen Kerze und jedem Werkzeug widerspiegelte. Oder sie wollte mich lediglich dafür bestrafen, dass ich ihr Etablissement für *das* hier verlassen hatte. Da sie den wahren Grund nicht kannte, sah sie lediglich mein Leben als Fluchbrecherin und im Vergleich zu dem einer Hure unter ihrer Herrschaft erschien ihr dieses wenig ansprechend.

Sie stand mitten im Raum und war in eine seidene dunkelgrüne Robe gehüllt, die ihre knochigen Schultern freiließ. Die Hände hatte sie ineinandergelegt und war darauf bedacht, lediglich den Boden zu berühren. Nichts anderes, was ihr kostbares Kleid oder ihre reine Haut beschmutzen könnte.

»Ihr seid wohlauf, wie ich sehe.« Seda hob eine dünne Augenbraue und fixierte mich mit ihren wasserblauen Augen.

»Adnan klang, als würde er nicht damit rechnen, euch beide lebend wiederzusehen. Wie so oft beweist er seinen Hang zum Theatralischen.«

»Warum bist du hier?« Ich war erschöpft und verwirrt und fühlte mich nicht in der Lage, ein Wortduell mit ihr auszufechten.

»Adnan hat mich geschickt.« Sie hob eine Schulter. »Ich war ihm etwas schuldig. Aber euch geht es gut und das bedeutet, ich kann gehen.«

»Ich glaube dir nicht«, sagte ich mit Bedacht.

»Ach nein?« Sie lachte mich aus.

»Du bist hier, weil du wissen willst, was ich tue«, gab ich ungerührt zurück. Im Inneren schrumpften mein Herz und mein Mut. Trotz unserer Freundschaft war Seda gefährlich. Ich reizte sie jedoch, weil ich ihre Unehrlichkeit und ihre Überwachung satthatte.

»Und wenn es so wäre?«

»Ich gehöre dir nicht mehr, Seda«, wisperte ich. »Lass mich gehen.«

Ihr Lachen bekam eine grelle Note. Langsam trat sie neben mich und hielt lange genug inne, um mir eine letzte Nachricht zu überbringen.

»Du wirst immer mir gehören.«

Seda rauschte an uns vorbei und zur Tür hinaus.

Ich barg das Gesicht kurz in den Händen.

»Versteh mich nicht falsch, Val, aber ich habe in den letzten Stunden genug von dir gehabt.« Ich wandte mich ihm zu. »Kannst du bitte hier unten bleiben und die Rune auflösen, sobald das möglich ist?«

»Natürlich.« Sein linker Mundwinkel zog sich nach oben, dann sein rechter zu einem strahlenden Lächeln. Es gefiel mir nicht. »Darf ich mich solange ungestört auf dem Stuhl ausruhen?«

»Es gibt sogar einen Sessel, den du benutzen darfst«, nuschelte ich.

Er nickte. »Ich werde später gehen, um mir was ... anzuziehen. Schick deinen Waldtroll zu mir, wenn du bereit bist, dich mit mir zu treffen.« Er salutierte spielerisch, als wäre er in den letzten Stunden nicht gemeinsam mit mir durch die Hölle gegangen, und begann, die Stoffe und Gegenstände von dem Sessel zu räumen, den ich ihm gezeigt hatte.

Zweifelnd ob des eingeschlagenen Pfads wandte ich mich ab und stieg die Treppe hinauf.

XIX

DARCIA

An meinen Körper ließ ich ausschließlich meine eigene Tattoonadel. In New Orleans konnte man schnell Gefahr laufen, von seinem Tätowierer verflucht zu werden. Man schenkte ihm das Vertrauen und gleichzeitig erhielt er die Gelegenheit, ein Muster, eine Rune, ein Symbol in die Haut zu stechen, mit der er Macht über einen erhielt.

Nein, danke.

Ich war nicht die großartigste Künstlerin, doch meine Tattoos erfüllten ihren Zweck. So wie der Hirschkopf, der mich vor Val beschützt hatte.

Ich saß in meinem Arbeitsraum auf einem Hocker. Neben mir war der Werktisch, auf dem ich meine Utensilien ausgebreitet hatte, die ich zum Tätowieren brauchte. Das Rezept für die Tinte und den Zauber hatte ich in dem Buch der alten Voodoohexe gefunden und ich musste sagen, dass mich die Anwendung mehr beeindruckt hatte als angenommen. Vieles aus dem Buch war dramatischer Firlefanz, aber einiges besaß durchaus Substanz.

Ich begutachtete noch einmal die aufgeklebte Vorlage auf meinem Handrücken, dann erhob ich mich, um nach der Tinte zu sehen, die ich vor Stunden zum Abkühlen auf die Fensterbank gestellt hatte. Sie hatte mittlerweile eine lila Farbe angenommen und würde sich schwarz färben, sobald ich sie unter meine Haut stach.

Vor mich hin grübelnd füllte ich die Tinte um und setzte

mich wieder, um mit der unangenehmen Prozedur zu beginnen.

Wie versprochen hatte Val die Verbindung zwischen uns gelöst und war anschließend zu seinem Loft zurückgekehrt. Ich hatte mich in meinem Bett herumgewälzt, weil mich die Aufregung nicht loslassen wollte. Jeden Moment befürchtete ich, von dem fremden Hexer überfallen zu werden oder das Klopfen an der Tür zu vernehmen, das die Hexenkommissare ankündigte.

Eine weitere Nachricht blieb aus und niemand besuchte mich.

Ehe ich mich wieder ins Arbeitszimmer begab, verbrachte ich den Morgen danach auf meiner Terrasse und sprach mit Rienne, dankte ihr für ihre Hilfe und erneuerte mein Versprechen an sie.

»Ich weiß, dass du etwas verheimlichst«, wisperte ein dünnes Stimmchen. Menti saß auf einem Miniaturstuhl im Regal.

»Ach ja?«, murmelte ich betont desinteressiert und begann mit der ersten Linie.

»Es ist etwas Schlimmes«, erklärte die Wila, als würde sie mich belehren müssen.

»Warum gehst du dann nicht einfach?«, wollte ich wissen. Meine Geduld mit ihr war am Ende. Ich hatte ihr Leben gerettet, aber sie schenkte allein Tieno ihre Dankbarkeit und begegnete mir mit Argwohn.

»Du weißt, dass ich das nicht kann.« In ihrer piepsigen Stimme schwang ein vorwurfsvoller Unterton mit. Wenn ich mich nicht auf mein Tattoo hätte konzentrieren müssen, hätte ich die Augen verdreht.

Menti schwebte von ihrem Regal und setzte sich neben die Nadeln, um mich besser ansehen zu können. Die Farbe in ihrem durchscheinenden Gesicht wirkte gesünder, leichte Röte überzog ihre Wangen und ihre Augen leuchteten wachsam. Meines Wissens nach war sie geheilt – auch ohne langes Haar.

»Tu ich nicht«, widersprach ich und widmete mich der

nächsten Kopflinie des Hirschs. Meine Hand zitterte für einen Moment, als ich den Schmerz wegatmen musste, und ich harrte aus. »Niemand will dich länger. Dein Haar wird nicht mehr nachwachsen. Du bist wertlos.«

»Das weißt du nicht.« Unwillkürlich legte sie eine Hand auf ihren geschorenen Kopf und die andere presste sie sich an ihren Bauch, als wäre ihr übel.

»Doch.«

»Warum bist du so gemein?«

Aus dem Augenwinkel sah ich, wie ihre Unterlippe zitterte, aber die Reaktion verfehlte die Wirkung, die sie wohl bei normalen Menschen auslösen würde. Mein Herz war erkaltet und ich wollte es so.

»Bin ich nicht.« Ich seufzte tief und zog eine geschwungene Linie für das Geweih nach. »Ich sage dir nur die Wahrheit. Irgendjemand muss es ja tun. Es wäre gemein, dir ...«

»Ich verstehe nicht, warum er dich liebt«, sagte Menti plötzlich und stemmte die Hände in die Hüften. Sie hatte es damit zumindest geschafft, mich von meiner Arbeit aufsehen zu lassen.

»Wer?« Verwirrt zog ich die Stirn kraus.

»Tieno natürlich.« Sie wedelte mit ihren Händen in meine Richtung. »Du bist unausstehlich.«

»Gerade deshalb ja.« Ich lachte, weil es sie so auf die Palme brachte. Sie plusterte ihre Wangen auf, dann sprach ich weiter: »Einst hatte ich eine Schwester.«

Menti hielt in der Bewegung inne, sich über den Kopf zu streichen. »Wie hieß sie?«

»Rienne.« Allein der Name brachte mich zum Lächeln. »Wir besuchten in Babylon die gleiche Schule. Als wir eines Tages von dort nach Hause gingen, schien alles wie immer und doch war es das nicht. Aus dem Nichts tauchten plötzlich riesige Monster auf, attackierten Frauen und Männer, stellten sich auch uns in den Weg.

Wir liefen davon, suchten Schutz in einem alten Gemäuer

und harrten dort aus, während unsere Welt zerstört wurde. Noch heute höre ich die Schreie, die von Tod und Verzweiflung kündeten. Als die Sonne unterging, wurde es still und wir einigten uns darauf, dass die Luft rein war. Das war sie natürlich nicht. Rienne...« Meine Hand zitterte und ich musste in meiner Arbeit innehalten. »Sie opferte sich für mich, damit zumindest ich zu meinen Eltern zurückkehren konnte. Ich schulde ihr mein Leben und ich schulde Tieno mein Leben. Auch ich weiß nicht, was ich tat, um ihre Opfer zu verdienen.«

Menti sah mich lange an, bevor sie in ihrem wallenden Kleid wortlos vom Tisch schwebte und sich in ihr Zimmer zurückzog.

Das, was ich Menti nicht gesagt hatte, war, dass Rienne der Grund für all das hier war. Für mein Zuhause in New Orleans. Für meine Arbeit als Fluchbrecherin. Für mein erkaltetes Herz.

Unmittelbar nach ihrem Tod suchte ich nach Antworten und fand sie schließlich durch einen unbekannten Helfer. Er spielte mir die nötigen Informationen zu und setzte somit alles Weitere in Gang. Hätte mich die Königin nicht aus Babylon verbannt, hätte ich nie den allerletzten Schritt gewagt, der Rienne zurückholen und Königin Ciahras Tod bedeuten würde.

Vielleicht war ich eine Mörderin, aber ich war eine Mörderin mit Liebe im Herzen, das erst wieder schlagen würde, wenn ich meine Eltern mit Rienne vereint hätte. Ich hasse mich selbst für jedes Leben, das ich nahm.

Doch wer würde seine Seele nicht opfern, um das Liebste zurückzuholen?

Nachdem ich das Tattoo beendet und noch einige Kräutersalben für meine Kunden hergestellt hatte, verließ ich das Haus. Ich wollte mich auf das konzentrieren, was mich Rienne näherbringen würde.

Doch die Art, wie meine Verbindung zu Tieno zustande gekommen war, verfolgte mich auf dem Weg zu meinem Ziel.

Monatelang hatte ich im *Seaheart* meinen Kunden jeden Wunsch von ihren Lippen abgelesen und war immer tiefer gefallen, um nicht nachdenken zu müssen. Eines Nachts besuchte mich Camins Bruder Filip. Ein Hexer mit einem Alkoholproblem. Normalerweise erlaubte Seda keinem ihrer Kunden, betrunken das Etablissement zu betreten, aber die Zeiten waren schlecht gewesen und auch wenn es in den letzten Wochen besser ausgesehen hatte, herrschte noch immer der Glaube vor, dass jeder Kunde zählte.

Und als mich Filip in dieser Nacht mit seinen schmutzigen Fingern berührte, seinen alkoholisierten Atem verbreitete, da zerbrach etwas in mir. Plötzlich ertrug ich es nicht länger, wehrte mich gegen ihn und versuchte, mich aus seiner Umklammerung zu befreien.

Natürlich hatte ich ihm, einem Hexer, nichts entgegenzusetzen. Damals war ich noch unerfahren gewesen, besaß weder Runen noch magische Symbole, und so war ich ihm ausgeliefert gewesen. Er quälte mich, verhöhnte mich und erniedrigte mich, bis ich mich nach dem Tod sehnte.

Niemand hörte uns, da er den Raum mit einem Bannzauber belegt hatte. Ich war allein, lag gebrochen und blutend auf dem mir so verhassten Holzfußboden und zählte die einzelnen Striche der Maserung, während er weitermachte. Immer weiter. Der Schmerz war der Anker, der mich in der Wirklichkeit hielt. Ich hasste ihn und hieß ihn gleichzeitig willkommen. Ich wollte nicht verschwinden. Nicht im Nichts versinken.

Irgendwann später wurde die Tür aufgestoßen und Tieno stand im Türrahmen. Der leicht dümmliche Waldtroll, dem ich jeden Tag Lakritz vom Supermarkt mitnahm. Seine riesige Statur beeindruckte Filip sofort, der endlich von mir abließ. Er versuchte noch, sich rauszureden, mich zur Schuldigen zu machen, aber Tieno hörte nicht zu. Von einem Moment auf den nächsten hatte er sich auf den Hexer gestürzt. Er schlug ihm so fest ins Gesicht, dass sein Genick brach und er tot war, noch bevor er auf dem Boden aufschlug.

Mit offenen Augen landete er neben mir, blickte mich anklagend an. Triumph und Hass wallten in mir auf, dann setzte die bittere Erkenntnis ein.

»Tieno«, wisperte ich. Das Entsetzen raubte mir die Stimme und die Gedanken rasten in meinem Verstand, kämpften mit meinem schmerzenden Körper um die Vorherrschaft. Stöhnend richtete ich mich auf. »Du musst gehen, Tieno. Wenn jemand sieht, dass du …«

Ich brach in Tränen aus. Während Filips grausamer Folter hatte ich nicht eine einzige verloren, doch die Vorstellung von Tieno, der hingerichtet wurde, weil er mir geholfen hatte, wirbelte meine Gefühle auf. Denn in New Orleans herrschte das ungerechte Gesetz, dass kein Schattengeschöpf, zu denen auch Waldtrolle zählten, ungeschoren mit dem Mord an jemandem aus der Gesellschaft der Hexen davonkam.

»Gib mir deinen Dolch«, bat ich ihn voller Hektik und streckte ihm meine Hand entgegen. Tieno zögerte kurz, dann reichte er mir den einfachen Dolch, den man nicht würde zurückverfolgen können. »Und jetzt geh, wenn du mir und dir helfen willst!«

»Tieno«, sagte er leise.

»Bitte«, wimmerte ich.

Tieno nickte und verließ das Zimmer. Ich beugte mich über Filip und stieß den Dolch durch seinen Rücken direkt ins Herz. Da er bereits tot war, musste ich mit meiner dürftigen Magie nachhelfen und das Blut herausziehen. Außerdem nutzte ich sie und meine Körperkraft, um den Nacken so weit anzuwinkeln, dass er nicht mehr auffällig unnatürlich herabhing. Ich hoffte, dass die Täuschung ausreiche.

Am nächsten Tag forderte mich Camin zur Blutrache heraus und ich verließ gemeinsam mit Tieno das *Seaheart*.

Ich biss mir auf die Unterlippe, schüttelte die letzten Fetzen der Erinnerung von mir und erklomm die wenigen Stufen zur Eingangstür.

Ich stand vor Rojas beeindruckendem Haus, das von innen bestimmt genauso schön war, wie es die weiße Fassade und der gepflegte Vorgarten vermuten ließen.

Entschlossen klopfte ich an und nach wenigen Augenblicken wurde mir die Tür von einer jungen Zirkelhexe geöffnet. Sie sah mich abwartend an, ihre Miene verriet nicht das Geringste.

»Mein Name ist Darcia Bonnet und ich erbitte eine Audienz bei der Zirkelältesten Roja.«

»Ach ja?« Die Hexe hob ihre roten Augenbrauen. »Und was will eine Hexia von unserer Ältesten?«

»Ich würde ihr gerne einen Vorschlag unterbreiten«, presste ich hervor, wütend, dass sie mich nicht einmal ins Haus lassen wollte.

Sie lächelte spitz, ehe sie sich vorbeugte. »Verzieh dich, Miststück. Deinesgleichen verschmutzt das Ansehen der Hexen.«

Damit schlug sie mir die Tür vor der Nase zu und ein starker Zauber fegte mich von den Füßen. Es gelang mir gerade noch rechtzeitig, meine Arme auszustrecken, um mich vor einem schmerzhaften Aufprall zu bewahren.

Wütend rappelte ich mich auf und bedachte das Anwesen mit einem letzten Blick. Vielleicht funktionierte mein Plan nicht, aber anders als bei den vorigen Malen würde ich es geradezu genießen, dem arroganten Pack sein Oberhaupt zu stehlen.

»Wartet nur ab«, wisperte ich. »Ihr werdet schon sehen.«

XX  RUTH

Es war einer dieser Tage, die sie an einer Hand abzählen konnte. Sie stand vor dem mannshohen Spiegel im Flur der Gapour-Residenz, wie ihr Vater mit einem Augenzwinkern ihr Haus getauft hatte, und überprüfte ihr Aussehen. Das geschah normalerweise nie. In ihrem Job gab es keinen Grund, auf ihr Aussehen zu achten. Als Stadtwache besah sich Ruth eher ihre Waffen vor einem Einsatz als den Sitz ihrer Frisur oder die Falten ihrer Uniform.

Heute Abend war sie allerdings bei der Königin zum Abendmahl eingeladen und es war wichtig, ihr mit einem gepflegten Aussehen Respekt zu erweisen – auch wenn Ruth nach wie vor ängstlich und verstimmt war. Sie fürchtete sich vor der Richtung ihrer eigenen Gedanken, denn die Verstimmtheit verging nicht. Sie war unwiderruflich Teil einer geheimen Einheit, deren Prinzipien ihr nicht gefielen. Sie sympathisierte gar mit der anderen Seite. Die Seite, die die geheimen Machenschaften der Herrscherfamilie an den Pranger stellte. Die... Rebellen.

Allein diese Gedanken waren Grund genug, um sie aus der Stadtwache und in den Kerker zu werfen.

Ruth wandte sich abrupt von ihrem Spiegelbild ab.

Obwohl Gerald Stunden zuvor nach seiner überraschenden Vision regelrecht aus dem Haus geflohen war, hatte er sich daran erinnert, sie abzuholen. Natürlich wäre sie auch ohne ihn zum Turm zu Babel gelangt, wo die offiziellen Treffen der

Königsfamilie stattfanden, aber tatsächlich fühlte sie sich mit ihm an ihrer Seite sicherer.

Pünktlich um halb acht blickte sie aus dem Küchenfenster und erkannte die wartende Kutsche mit dem Emblem des Sehers an der Kreuzung. Drei goldene Punkte auf schwarzem Untergrund. Jeder Punkt symbolisierte eines seiner Augen. Das dritte Auge, sein inneres, ermöglichte es ihm, Visionen zu sehen.

»Ich bin weg«, rief sie über ihre Schulter und trat in ihren halbhohen Schuhen aus dem Haus. Diese und das Kleid gehörten ihrer Mutter, da sich Ruth normalerweise nichts aus diesem Firlefanz machte, aber sie wollte nicht gegen die Etikette verstoßen. Königin Ciahra war zwar sehr fortschrittlich und trug gerne Hosen und Hemden, doch zu ihren Dinnerpartys verlangte sie einen traditionellen Kleidungsstil.

Gerald stieg aus der Kutsche, um Ruth beim Einsteigen zu helfen.

»Wie geht es dir?«, fragte sie nervös.

»Wie immer.«

Sie machte es sich bequem und wartete, bis sich Gerald neben sie in Fahrtrichtung setzte. Ihnen beiden wurde übel, wenn sie während der Fahrt auf der anderen Seite saßen. Eine seltene Gemeinsamkeit zwischen ihnen, die Ruth eines unglückseligen Abends bemerkt hatte, als sie die Bank komplett eingenommen hatte, da sie müde gewesen war. Gerald hatte sie ihr überlassen – bis er sich hatte übergeben müssen.

»Hast du der Königin von der Vision berichtet?«, hakte sie nach, als sie losfuhren.

»Das weißt du doch. Lass uns nicht darüber reden«, entgegnete Gerald und lehnte sich zurück. Sie sah ihn aus dem Augenwinkel an, sog seine herausgeputzte Erscheinung in sich auf und fragte sich, wie sie seine Freundschaft gewonnen hatte. Den Blick von seinem weißen Anzug mit den schwarzen Schnallen wendend, besah sie sich äußerst interessiert ihre Fingernägel. »Die Baronesse Huxley-Fitch verbringt wieder verhältnismäßig viel Zeit in den Hängenden Gärten.«

»Hu«, sagte Ruth unverbindlich, da sie nur mit halbem Ohr zuhörte. Ihre Gedanken wanderten in die Vergangenheit, als Val noch bei ihnen gewesen war. Damals war Gerald ihr gegenüber stets reserviert gewesen, doch seit sie nur noch zu zweit waren, hatte sie eigentlich geglaubt, dass er ihr größeres Vertrauen schenkte. Hatte sie sich geirrt? Warum wollte er nicht mit ihr über die Vision sprechen?

»Man erzählt sich, dass sie jeden Abend einen neuen Geliebten mit sich führt, um ihn dann bei lebendigem Leib zu verschlingen«, setzte Gerald seinen Tratsch fort. Eine seiner Lieblingsbeschäftigungen war es tatsächlich, den Klatsch anderer Leute zu sammeln und wiederzugeben. Gepflückte Blumen, die er zu einem Strauß zusammensetzte, um sie dann in all ihrer Pracht zu präsentieren.

»Warum hast du mich damals so gehasst, Gerald?«, entwich es ihr, bevor sie Zeit hatte, es sich auszureden.

»Wie bitte?« Er runzelte die Stirn, als sie sich ihm zuwandte.

»Damals, als Val uns einander bekannt gemacht hat. Ständig musste er sich auf den Kopf stellen, um dich dazu zu kriegen, etwas mit mir zusammen zu unternehmen«, erklärte sie leise. »Das habe ich dich bisher nie gefragt. Vielleicht, weil ich mich vor der Antwort fürchte.« Sie lachte verunsichert.

»Ich habe dich nie gehasst, Ruth, ich war bloß der Meinung, dass du nicht zu uns passt.« Er suchte ihren Blick. »Das ist alles.«

»Das ist alles?«, echote sie ungläubig. »Warum bist du dann hier? Hast du deine Meinung geändert?«

»Nein«, sagte er prompt.

»Wie bitte?« Sie blinzelte. »Das ergibt keinen Sinn.«

Er drehte sich vollends zu Ruth um, sodass sie seinem durchdringenden Blick nur entkam, wenn sie sich zum Fenster wandte. Die Stimmung zwischen ihnen drohte zu kippen. Ihr Herz schlug schneller und ihr Atem stockte. Es schien ihr, als wäre ihr eine wichtige Information entgangen.

»Du hast nicht zu Val gepasst, Ruth«, betonte er. »Nicht zu

uns beiden zusammen. Aber Val ist nicht mehr da und ich bin nicht er. Im Gegensatz zu ihm habe ich stets gesehen, wie wertvoll du wirklich bist. Ich habe verstanden, wie groß dein Herz ist. Zu mir passt du, Ruth.«

Sein Gesicht näherte sich ihrem und ihr Atem vermischte sich miteinander, während ihre Herzen im Gleichklang schlugen. Unwillkürlich hatte sie eine Hand an seine Brust gelegt, ohne zu wissen, ob sie ihn näher ziehen oder von sich stoßen wollte. Sie spürte seine Wärme, spürte sein Verlangen bis in ihre eigenen Zehenspitzen und ... sie konnte nicht vergessen. Seine Hände legten sich unsicher um ihre Taille.

Sanft schob sie Gerald jedoch von sich.

»Warte«, bat sie. »Was hat das zu bedeuten?«

»Muss ich es dir buchstabieren, Ruth?« Er lächelte. Glücklich und ohne sich in Acht zu nehmen, ohne einen Teil seiner Maske aufrechtzuerhalten. Sie konnte ihn ansehen und ihn wirklich und wahrhaftig betrachten. »Ich mag dich. Sehr. Mir reicht es nicht mehr, nur mit dir befreundet zu sein. Ich will dich. Ganz.«

»Gerald ... ich ...« Obwohl sie nachgeben wollte, stieg ungebeten eine Erinnerung von ihr und Val an die Oberfläche. Ihre letzte Begegnung, kurz bevor sie ihn in die Verbannung geschickt hatte. Sie hatte ihren Mut zusammengenommen und den Kuss gestohlen, nach dem sie sich all die Jahre gesehnt hatte. »Ich weiß nicht, was ich sagen soll. Jahrelang sehe ich dich wöchentlich mit einer oder einem anderen und jetzt soll ich dir dieses Geständnis glauben?« Es war nicht der einzig wahre Grund, aber es war einer von vielen. »Du hast es mir nicht mal erklärt.«

»Verstehe.« Er löste die Hände so rasch von ihrem Körper, als hätte er sich verbrannt. Wut wirbelte in seinen Augen. »Darum geht es gar nicht wirklich, oder? Es ist Valens. Er ist immer noch hier. Zwischen uns.«

Er war schon immer zu aufmerksam gewesen. Sie hätte ahnen müssen, dass er sie durchschaute.

»N-nicht nur … Ich …«, begann sie, doch schon hatte er sich von ihr abgewandt. Ihr Herz schmerzte und Tränen sammelten sich in ihren Augen, von denen sie sich weigerte, sie zu weinen.

»Das reicht«, unterbrach er sie harsch. »Wir sind da.«

Sie schniefte und biss sich auf die Lippen, um ihn nicht um Entschuldigung zu bitten. Ganz egal, was zwischen ihnen geschehen war, noch wusste sie nicht, wer die Schuld trug und wie diese überhaupt aussah.

Sie saßen in dem großen, runden Ritterraum im vierten Stock des Turms zu Babel an einer langen Tafel. Ruth und Gerald hätten nur weiter auseinander sitzen können, wenn sie an den Kopfenden positioniert worden wären. So hatte man Ruth ganz am Ende neben dem Verlobten der Königin, Herzog Magnus, und Gerald zur Linken von Königin Ciahra platziert.

Es ist besser so, redete sie sich ein.

Und obwohl sie selbst so sehr davon überzeugt war, wanderte ihr Blick immer wieder zu Gerald und seinem leuchtend weißen Haar, das über seine Schulter fiel, als er sich mit dem jungen Sohn eines Barons unterhielt. Jason oder Jeffrey war sein Name. Schokoladenbraune Augen, die zum Sterben schön waren. Sicher etwas, was Gerald bereits erkannt hatte, so tief, wie er in seinem Blick zu versinken schien. Wie immer hatte er Ruth ganz vergessen.

»… wichtige Arbeit«, vernahm sie die Stimme ihrer Tischnachbarin. Baronesse Huxley-Fitch, deren abendlicher Spaziergang sie wohl wieder in die Hängenden Gärten Babylons führen würde. Sie war eine Frau in den Vierzigern, in mehrere Lagen grüner Seide gehüllt und trug eine Tonne Schmuck an ihrem hochgewachsenen Körper. Sie klimperte abwartend mit ihren langen Wimpern, die einen Ton dunkler waren als ihr zu einem Turm aufgerichtetes honigblondes Haar. Überraschenderweise schien sie ungeschminkt zu sein, was Ruth aufgrund ihres dekadenten Schmucks nicht erwartet hatte.

»Wie bitte?«, würgte sie hervor, als ihr bewusst wurde, dass die Baronesse tatsächlich mit ihr gesprochen hatte.

»Ich sagte, dass die babylonische Stadtwache hervorragende Arbeit leistet. Wichtige Arbeit«, betonte sie und legte Messer und Gabel auf ihrem halb leeren Teller zusammen. Ebenso wie Ruth hatte sie die Leber nicht angerührt.

»Oh, danke«, antwortete Ruth unsicher und errötete, als sie den Blick von Herzog Magnus auf sich spürte. Er war ein gut aussehender Mann und dazu noch mächtig. Seine Aufmerksamkeit vergab er nicht leichtfertig.

»Mein Sohn lebt zurzeit in Roma und schilderte mir ein ganz und gar grausiges Bild über die dortigen Zustände«, fuhr die Baronesse fort, als hätte sie Ruth nicht gehört. Dieses Mal lauschte die Wache aufmerksam, da einer ihrer größten Träume darin bestand, irgendwann die anderen Schattenstädte zu besuchen. Roma war ganz oben auf ihrer Liste. Die einzige Schattenstadt, die von ihrer Gründung an ihre Ankerstadt behalten hatte. Babylon besaß bereits mehrere in seiner Vergangenheit. Das Verschieben von Schattenstädten war eine nervenaufreibende Prozedur, die jahrelang im Voraus geplant werden musste, aber hin und wieder unumgänglich war, wenn die Ankerstadt entweder zerstört oder deren Magieader aufgebraucht worden war, was seltener vorkam.

»Inwiefern?«, erkundigte sich Herzog Magnus fast schon beiläufig und nippte an seinem Rotwein. Etwas an seiner Körperhaltung verriet Ruth jedoch, dass er nicht so entspannt war, wie er sich gab.

»Ach«, krächzte die Baronesse und winkte ab, »er sagte mir, dass sie seit Jahren keine neuen Rekruten mehr bekommen haben und niemand das Amt übernehmen will. Die Verbrechensrate ist auf dem Höchststand seit der ersten Niederschreibung, aber der Senator beschäftigt sich lieber mit der Ehrung ihrer Schutzgöttin.«

»Die Erdgöttin Ceres, nicht wahr?«, entfloh es Ruth und fuhr Herzog Magnus dabei beinahe über den Mund. Glücklicherweise schenkte er ihr lediglich ein sanftes Lächeln und schien nicht im Geringsten betrübt.

»Göttin der Erde und der Fruchtbarkeit«, fügte die Baronesse spitz hinzu. »Ich frage mich, wenn Ihr erlaubt, Herzog Magnus, was unser Gesandter zu den Zuständen in Roma sagt.«

Das hätte Ruth beinahe vergessen. In jeder Stadt existierte zwar eine Art von Monarchie, doch die herrschende Familie musste sich vor dem königlichen Rat verantworten. Dieser bestand aus fünfundzwanzig Hexen aus den jeweiligen Schattenstädten. Jede Stadt besaß demnach überall Vertreter. Spione, pflegte Ruths Vater zu sagen.

»Bei allem Respekt, Baronesse Huxley-Fitch, das ist eine Angelegenheit der königlichen Familie«, servierte Herzog Magnus sie ab und erhob sich in einer fließenden Bewegung vom Stuhl. »Wollen wir in den Salon gehen und den Abend mit einem angenehmen Plausch ausklingen lassen, meine Königin?«

Königin Ciahra lächelte glücklich, sodass auf ihren Wangen Grübchen erschienen.

Nach wenigen Augenblicken wurden die Stühle gerückt, man erhob sich und folgte in einer Prozession in den angrenzenden Salon. Ruths Blick fiel erneut auf Gerald, der sich bei Jeffrey untergehakt hatte. Ja, sein Name musste Jeffrey sein. Sie erinnerte sich nun daran, dass er der Sohn des Barons von Harlem war.

Ruth hielt es keine Sekunde länger aus.

Sie ließ sich absichtlich zurückfallen, was ihr wegen Baronesse Huxley-Fitch schwerer fiel als erwartet, denn sie wollte sich unbedingt noch weiter über Roma unterhalten. Ruth legte eine Hand auf ihren Bauch und eine vor ihren Mund.

»Oh, ist Ihnen übel, meine Liebe?«, rief die Baronesse laut genug aus, um ein paar der anderen Gäste auf sie aufmerksam zu machen. Gerald war bereits in den Salon getreten.

Ruth nickte und eilte zur Tür hinaus. Im besten Fall nahmen sie an, sie würde in den Waschraum verschwinden.

Sobald sie in den Korridor hinausgetreten war und Abstand zwischen sich und den Saal gebracht hatte, verringerte sie ihre Geschwindigkeit und wanderte die Treppe hinauf. Hier würde ihr hoffentlich niemand von den Gästen begegnen.

Im Turm zu Babel lebten bloß die Gelehrten, Diener des Mondgottes Sin. Sie hatten zum großen Teil ein Schweigegelübde abgelegt, weshalb sich Ruth auch hier keine Sorgen machte, gestört zu werden.

Sie war erst ein halbes Dutzend Mal hier gewesen. Jedes Mal, wenn Val sie mit in die Bibliothek genommen hatte, um ihr einen neuen Künstler vorzustellen, der nun sein absolutes Vorbild war, bis er von jemand anderem ersetzt wurde. Immerzu schien Ruth zu vergessen, was für ein begnadeter Zeichner er gewesen war.

Wie sehr sie ihn und ihre Gespräche vermisste! Er hatte stets gewusst, was sie aufmunterte. Er war ihr bester Freund gewesen, ihre bessere Hälfte. Und sie hatte ihn verraten. Zu was für einer Person machte sie das?

Die Bibliothek erstreckte sich über mehrere Etagen, die zusätzlich zu den sich außen befindenden Steintreppen durch hölzerne Stiegen im Inneren miteinander verbunden waren. Ruth hatte nicht einmal die Hälfte der Stockwerke gemeinsam mit Val erkundet, doch das brauchte sie auch nicht. Sie fühlte sich sofort wohl, als sie in die erste Abteilung trat und von dem desinteressierten Blick eines Gelehrten gestreift wurde. Wie erwartet sagte er nichts, obwohl die Sonne längst untergegangen war, und sie schritt mit erhobenem Kinn weiter voran. Hier gab es nichts, das geheimes Wissen beherbergte und nicht für ihre Augen bestimmt gewesen wäre.

Landkarten, Reiseberichte, Beschreibungen und Bilder von Sehenswürdigkeiten sammelten sich in den Regalen, die genauso wie der Turm in schwindelerregende Höhe reichten. Bunte Lederrücken schmiegten sich aneinander, eingerollte Schriftrollen stapelten sich und flackernde Gaslampen erhellten die Räume.

Ruth geisterte durch die Gänge, ließ ihre Fingerspitzen über die vergilbten Seiten streichen. Zärtlich wie eine Geliebte. Es gab nicht viel, was ihre Aufmerksamkeit für länger als wenige Sekunden gefangen hielt. Deshalb war sie nicht hier, sondern wegen der Atmosphäre. Der Stimmung der Melancholie, die in ihr durch diesen Ort hervorgerufen wurde. Sie war weder eine begeisterte Leserin noch eine begnadete Künstlerin wie Val, aber sie saugte das Wissen der Bibliothek wie eine Verdurstende in sich auf, wenn ihr die Gelegenheit geboten wurde.

Irgendwann erreichte sie eines der wenigen Fenster und starrte ihr eigenes Spiegelbild an. Draußen hatte die Nacht mittlerweile Einzug erhalten und durch das Licht der Lampen konnte Ruth nicht hinaussehen. Stattdessen besah sie sich ihr hochgestecktes schwarzes Haar, ihre blasse Haut und ihre schräg stehenden Augen. Was fühlte Gerald, wenn er sie ansah?

Seufzend wandte sie sich ab.

Auf der Seitenwand eines der äußeren Regale war eine kleine Karte mit zwei Eisennägeln befestigt. Sie konnte nicht sonderlich wertvoll sein, wenn die Gelehrten erlaubten, dass das Papier durchlöchert wurde.

Die Karte zeigte die fünfundzwanzig Schattenstädte überall auf der Welt zusammen mit ihren Ankern. Durch die blasse, aber dennoch bunte Farbgestaltung fand Ruth schnell Babylon mit New Orleans und in Europa Roma mit Rom. Dazu gab es noch Pompeji mit Rio de Janeiro, Troja mit Nairobi, Tokio mit Bahrain und viele mehr.

Zwischen den Städten befand sich leerer Raum.

Landschaften, die von den Schatten beherrscht wurden und in die sich niemand freiwillig begab, wenn es eine andere Möglichkeit gab. Und sie, Ruth, würde die Sicherheit der Stadt verlassen, um die Monster einzufangen. Monster, die in den Schattenlanden vermutlich ihresgleichen gefunden hatten. Eine Mission, die ganz sicher Leben fordern würde.

Ruth konnte nur hoffen, dass nicht ihres darunter sein würde. Ohne sie würde ihre Familie in Armut verfallen.

Sie presste entschlossen die Lippen zusammen, ballte die Hände zu Fäusten und wappnete sich innerlich für den morgigen Tag und alle weiteren. Sie würde nicht sterben. Sie würde nicht versagen.

Der Abend war für sie beendet und sie würde nicht zur Versammlung zurückkehren. Es war besser, wenn sie eine Nacht Schlaf fand, um sich auf das Kommende vorzubereiten.

Mit neuem Mut verließ sie die Bibliothek und verharrte im Korridor, als sie leise Stimmen vernahm. Sie hob ihren Blick. Gerade noch so konnte sie Gerald erkennen, der mit einem lachenden Jeffrey die Treppe weiter nach oben stieg, um bei den Göttern wer weiß was zu tun.

Natürlich wusste Ruth, was sie tun würden.

Dieses Mal fühlte sich das Wissen allerdings das erste Mal so an, als würde man ihr das Herz bei lebendigem Leib herausreißen, während sie selbst die Klinge hielt.

Geralds und Jeffreys Gelächter verebbte schließlich und Ruth setzte ihren Weg nach unten fort. Es war besser so, versuchte sie sich einzureden. Gerald und sie hatten schließlich einen Job zu erledigen und dieser bedurfte höchster Konzentration.

Mit Entschlossenheit und Schmerz in ihrer Brust verließ sie den Turm, rannte die breiten Steinstufen hinab und machte sich zu Fuß auf den Weg nach Hause. Das Leuchten der Turmspitze aus Lapislazuli verfolgte sie noch bis in die tiefsten Winkel der Stadt.

XXI

VALENS

Ich wartete schon seit einer halben Stunde auf Darcia, als sie endlich durch die Tür in ihr Arbeitszimmer trat. Tieno und Menti hatten mir bis dahin schweigend Gesellschaft geleistet, weshalb ich mir zum ersten Mal nicht wie ein gemeiner Einbrecher vorgekommen war. Darcias grimmige Miene zerrte dieses Gefühl allerdings sofort wieder an die Oberfläche und ich erhob mich augenblicklich von dem Hocker, als hätte ich etwas Falsches getan. Erst dann bemerkte sie mich und ich sah auf ihre Hände, auf die neue Runen gezeichnet waren, auch den Hirschkopf hatte sie erneuert.

»Ich könnte etwas für dich zeichnen«, platzte es aus mir heraus.

»Eine Rune von dir reicht mir.« Autsch! Das hatte gesessen und war wohl verdient, schließlich *hatte* ich sie verflucht.

Sie löste ein paar Beutel von ihrem Gürtel und überreichte Tieno, der vor Mentis Regal auf einem Stuhl saß und häkelte, einen Zettel. »Die Kunden von heute.«

»Was tun wir denn?«

»Komm mit.«

Wir schritten eine morsche Stiege hinauf und betraten den oberen, privaten Bereich, in dem sich Darcias Persönlichkeit in jedem Möbelstück, in jeder Dekoration widerspiegelte. Der Boden bestand aus unbehandeltem Holz, die Tapeten waren hell und mit floralen Mustern versehen und die Einrichtung setzte sich aus samtbezogenen Sitzmöbeln, geschwungenen weißen und goldenen Holzschränken und -kommoden und mehreren gefüllten Bücherregalen zusammen. Darcia führte mich an ihrem Schlafzimmer vorbei in einen Wohnraum, in dessen Mitte ein unförmiger Lammfellteppich ausgelegt war. Die Balkontüren standen offen und die hereinwehende Brise bauschte die weißen Vorhänge auf.

Ich wurde von einem der Regale angezogen, das von oben bis unten mit Romanen gefüllt war. Das Erstaunliche daran waren die verschiedenen Lesezeichen. Aus jedem Buch ragte eines kurz vor dem Ende hervor.

»Was hat das zu bedeuten?« Mit einem Finger deutete ich auf die Bücher. Darcia hielt in der Bewegung inne, ein paar Schreibutensilien auf dem niedrigen Glastisch zu verteilen. »Die Lesezeichen.«

»Ich mag keine Enden«, antwortete sie mit einem Schulterzucken und widmete sich wieder ihrer Arbeit, als wäre das keine große Sache.

»Das heißt, du hörst mittendrin einfach auf?« Entgeistert holte ich ein Buch nach dem anderen hervor, um die Position der Lesezeichen zu überprüfen. Mal handelte es sich dabei um ein Stück Spitze, dann wieder ein Blatt Papier, auf dem Zutaten standen.

»Nicht mittendrin«, widersprach sie vehement, stampfte zu mir und entriss mir den Roman. »Nur einfach nicht... am Ende.«

»Du bist merkwürdig.« Ich lachte leise, amüsiert, dass ich eine ihrer Macken aufgedeckt hatte und sie nun ein bisschen weniger geheimnisvoll war als noch Momente zuvor.

»Setz dich«, knurrte sie.

»Wie du willst.« Ich salutierte und ließ mich ihr gegenüber auf den Teppich fallen. Jetzt, da sie mir ihr Wort gegeben hatte, mir zu helfen und mich nicht zu töten, lebte es sich viel angenehmer. Ein Teil der Last war von meinen Schultern gefallen. »Warum genau arbeiten wir hier oben? Nicht, dass ich mich beschweren würde, aber du hättest deine Instrumente nicht mitnehmen müssen.«

Sie ordnete ein paar goldene, nicht angenehm aussehende Werkzeuge neben ihrem schwarzen Notizbuch an. Ein Lächeln umspielte ihren Mund.

»Ein paar Kunden werden vorbeikommen, um Pasten und Tinkturen abzuholen«, erklärte sie. »Tieno und Menti werden sich um sie kümmern und hier werden wir nicht gestört.«

Mein Blick fiel auf ihre frisch tätowierten Hände. Ausnahmsweise trug sie keine Ringe.

»Gibt es irgendwelche Neuigkeiten vom Hexer? Hat er dir noch eine Nachricht hinterlassen?«, fragte ich, als sie nichts weiter sagte.

»Nein«, gab sie zurück und legte die Hände in ihren Schoß.

»Und das Hexenkommissariat hat sich auch nicht gemeldet?« Ich positionierte meine Baseballcap neu. Von dem Geheimnis, das der Unbekannte kannte, würde sie mir vermutlich nichts sagen, aber es war einen Versuch wert.

Sie warf mir einen langen Blick zu. »Zieh bitte dein T-Shirt aus, damit ich mir das Fluchtattoo ansehen kann.«

»Wie kommt es, dass du mich immer oben ohne sehen willst?«, murrte ich, um meine Verlegenheit zu überspielen. Ich zog meine Cap und mein Shirt zögerlich aus. Es war nicht so, als hätte sie mich bei unserem letzten Treffen nicht ganz nackt gesehen, doch ich war in dem Glauben erzogen worden, mich nur der Person zu zeigen, für die ich etwas empfand.

Deshalb spürte ich die Hitze in meinen Wangen, als ihr Blick über meinen Oberkörper wanderte, der in den letzten Wochen, seit ich wieder mein Training aufgenommen hatte, muskulöser und definierter geworden war. Dennoch …

Sie rutschte neben mich, beugte sich vor und hielt inne.

»Darf ich?« Abwartend sah sie mich an und als ich nickte, legte sie ihre Fingerspitzen auf das schwarze Herz auf meiner Brust. Ich zuckte zusammen. »Sorry, hab immer kalte Hände.«

»Macht nichts«, presste ich zwischen zusammengebissenen Zähnen hervor, versuchte, mir nichts weiter anmerken zu lassen. Es reichte, wenn sie dachte, dass es an ihren kalten Fingern lag.

Ich blickte geradeaus an die Wand, während sie die Linien des magischen Tattoos unter einer Lupe betrachtete, eine Salbe darauf rieb und sich hin und wieder Notizen machte. Wir sprachen nicht, atmeten den Duft des anderen ein und lauschten den vorbeifahrenden Autos.

»Kurios«, murmelte sie und rückte wieder von mir ab. Das Notizbuch lag in ihrem Schoß und als sie die Seite umblätterte, starrte ich auf die enthüllte Skizze. Ich prustete los.

»Das soll meine Fluchgestalt sein?« Ich nahm ihr das Buch ab, um die Zeichnung näher zu betrachten. »Deine Tattoos sind das höchste aller Gefühle für dich, oder? Du bist wirklich untalentiert.«

Meine Fluchgestalt wirkte wie eine Riesenameise, auf deren Rücken eine Biene saß.

Sie entriss mir das Buch. Eine zarte Röte hatte sich auf ihren Wangen gebildet und ließ in mir den Wunsch aufkommen, sie mit meinen Fingern zu vertreiben – oder zu vertiefen.

»Ich sehe nicht, dass du es besser kannst«, grummelte sie.

»Kann ich aber«, widersprach ich und lächelte sie überlegen an, während ich mein eigenes Skizzenheft aus meiner hinteren Hosentasche zog.

Ich blätterte bis zur Mitte des Buches und reichte ihr die detaillierten Skizzen meiner Monstergestalt.

»Wie ...?«, begann sie und unterbrach sich selbst, als sie weiterblätterte. Ich hatte nicht nur meinen gesamten Körper gezeichnet, sondern auch Einzelheiten vergrößert dargestellt und beschrieben, welche besonderen Merkmale mir mit der Zeit aufgefallen waren. »Ich dachte, du kannst dich nicht daran erinnern, wenn du verwandelt bist?«

»In meiner Anfangszeit nicht, mittlerweile hab ich nicht mehr das Glück«, gestand ich und strich unwillkürlich über das Säckchen Kräuter, das an einer Schnur um meinen Hals hing. Mein Ersatz, nachdem ich den anderen während meiner Wandlung verloren hatte. »Das hier unterdrückt meine Wandlung, während ich schlafe. Leider hilft es mir nicht im wachen Zustand.«

»Wer hat dir das zubereitet?«, erkundigte sie sich und berührte den Beutel, um den Inhalt näher zu besehen. Dadurch war sie mir so nah, dass sie ihre Wange beinahe auf das Tattoo hätte legen können. Sie musste mein schnell schlagendes Herz hören oder taub sein.

»Eine von Adnans Hexen. Mehr konnte sie nicht für mich tun.«

Sie ließ das Säckchen fallen und lehnte sich seufzend zurück.

»Das, was ich bisher herausgefunden habe, ist erschreckend wenig, Val«, sagte sie und nahm ihre Nasenwurzel zwischen Daumen und Zeigefinger. »Und doch ... Die Waiża, die dir dies angetan hat, muss sehr weise und mächtig sein, um sich einen derartigen Fluch auszudenken und mit dieser Präzision auszuführen. Bist du sicher, dass du sie und nicht sie dich gesucht hat?«

»Ich verstehe nicht ...« Kopfschüttelnd ließ ich mir ihre Worte einen Moment durch den Kopf gehen. »Wie kommst du darauf?«

»Diese Art von Fluch verlangt viel Vorbereitungszeit, aber vor allem ist sie auf eine bestimmte Person ausgelegt, um die ganze Macht zu entfalten, verstehst du? Die Scheußlichkeit des Monsters ...« Sie umfasste ihre Ellbogen, als wäre ihr plötzlich kalt. »Es fühlt sich so an, als wäre der Fluch mit deiner Essenz verwoben, und um das zu schaffen, hätte sie es von Anfang an auf dich absehen müssen.« Sie holte tief Luft. »Du warst wirklich nur ein Wachmann?«

Scheußlichkeit des Monsters, echote es in mir.

»Es ist nicht möglich«, beeilte ich mich zu sagen, nicht ganz da mit meinen Gedanken. Darcia durfte niemals erfahren, dass ich der Bruder der Königin war. Es würde nicht nur mich, sondern auch sie gefährden. »Ich sagte dir bereits, dass ich sie gesucht habe. Sie hätte nicht wissen können ... Kannst du mir helfen oder nicht?«

Sie verzog den Mund. »Pass auf, wie du mit mir redest, Valens.«

»Warum?« Von plötzlicher Wut erfasst erhob ich mich, um auf sie hinunterzublicken. Ich konnte nicht sagen, was meinen Zorn entfachte. Vielleicht, dass ich mir erneut erlaubt hatte zu hoffen und doch wieder enttäuscht wurde. Auch Darcia würde mir nicht helfen können. Niemand würde das. Ich sollte mich endlich damit abfinden. »Du bist mir von Anfang an mit Hass und Abneigung begegnet. Da sollte es dir doch egal sein, wie ich mit dir rede.«

»Unfreundlich zu sein steht dir nicht.« Sie wandte sich ihren Instrumenten zu und ordnete sie zurück in ihre Tasche. In ihren Augen war ich wohl nicht mal einen Streit wert.

»Was? Glaubst du, ein Monster, wie ich eines bin, verdient deine Aufmerksamkeit nicht und ist unter deiner Würde?« Ich legte so viel Verachtung wie möglich in meine Stimme.

»Darum geht es gar nicht.« Sie ließ endlich von ihren verfluchten Instrumenten ab und sah mich an, wenn auch zunehmend genervt. »Du benimmst dich irrational. Ich weiß wirklich nicht, was mit dir los ist.«

Mit den Händen fuhr ich über mein Gesicht, atmete aus. »Du hast mich gesehen.«

»Val...?«

»Du musst von mir angewidert sein.« Ich wandte mich ab, blickte die wehenden Vorhänge an, hinter denen es bereits dunkler geworden war. »Du *musst* auf mich herabsehen. Du *musst* mich verabscheuen.«

Schweigen breitete sich zwischen uns aus. Ich sollte nicht überrascht sein, schließlich hatte ich genau mit diesem Ausgang gerechnet, seitdem ich meine Kontrolle in Maries Zimmer verloren hatte.

»Glaubst du nicht, das sind eher deine Gedanken?« Ich sagte nichts, ballte die Hände zu Fäusten und hoffte, sie würde es schnell über sich bringen. Mich loslassen, aufhören, meine Gedanken zu infiltrieren, als wäre ich die Erde, in denen sich ihre Wurzeln ausbreiteten. »Warum lässt du mich nicht selbst entscheiden, was ich tun *muss* und was nicht?«

»Als ob das was ändern würde …«, widersprach ich schwach.

»Ich bin nicht Ruth.« Damit sagte sie etwas so Unerwartetes, dass ich für einen Augenblick meine Wut und meine Frustration und meine Ängste vergaß. Ich drehte mich zwar nicht zu ihr um, aber ich hörte ihr wieder zu.

»Was meinst du damit?« Ein Zittern hatte sich in meine Stimme geschlichen und wenn mich Darcia nicht schon für meine Monstergestalt verachtete, dann sicherlich für meine Schwäche.

»Ich bin Darcia und ich habe schon viel Schlimmes gesehen. In meiner Branche bleibt das nicht aus. Aber deine Fluchgestalt gehört nicht dazu, Val. Sie ist ein Teil von dir und du bist der freundlichste Mensch, den ich kenne, was einer der Gründe ist, warum ich dich nicht mag. Deine Bestie kann also gar nicht so schlimm sein.«

»Obwohl ich dich dazu gezwungen habe, mir zu helfen, findest du mich freundlich?« Stirnrunzelnd blickte ich in ihre braunen Augen, die so viel Weisheit, aber auch so viel Angst beherbergten. Furcht, die sie mir bis zu diesem Moment niemals gezeigt hatte.

»Niemand zwingt mich zu irgendetwas, was ich nicht will«, erwiderte sie, obgleich wir beide wussten, dass sie log.

XXII

DARCIA

Ich war zu nett. Ließ zu, dass sich Val in mein Leben mischte, als wäre er die Zutat, die mir bisher gefehlt hatte. Das musste aufhören.

Natürlich würde ich mein Wort halten und Val helfen, seinen Fluch zu brechen. Doch nur so lange, wie es nicht mit meinen eigenen Wünschen kollidierte. Vielleicht konnte ich mit meiner Macht als Herrin der Wicked seinen Fluch aufheben. Vorausgesetzt, er würde dies zulassen, nachdem er von meinem Tun erfahren hätte.

Lächerlich, dass er geglaubt hatte, ich würde ihn für seine Monsterform verabscheuen.

Noch sah er nicht, wer von uns beiden das wahre Monster war.

Er würde mir den Mord an zwölf, hoffentlich bald dreizehn Hexen nicht verzeihen. Wahrscheinlich würde er sich einreden, mich nie richtig gekannt zu haben. Die Bestie im Schafspelz.

Menti planschte in einem Pflanzenuntertopf, den Tieno für sie bereitgestellt hatte, während ich in der Mitte meiner Dachterrasse auf den Kissen saß und zu meditieren versuchte.

Rienne tauchte am Rand meines Blickfeldes auf und beobachtete uns schweigend. Sie wollte Menti nicht auf sich aufmerksam machen, mir aber Trost spenden.

Ich lächelte traurig. Wie viel ich ihr sagen wollte! Wie sehr ich meine große Schwester vermisste! Alles hatte sie für mich gegeben und auch ich musste alles für sie geben.

Ohne Rienne bedeutete mein Leben nichts.

Ich grübelte darüber nach, wie ich mich Roja nähern könnte, ohne von ihr sofort attackiert zu werden. Vielleicht sollte ich doch auf Jemma zurückgreifen. Zwar hatte sie mich gesehen und würde jemandem von unserem Zusammentreffen berichtet haben, aber bevor ich keine mächtige Hexe mehr opfern könnte, nähme ich das Risiko in Kauf.

Menti quiekte vergnügt auf, als Tieno eine Blume neben ihr ins Wasser legte, damit sie damit spielen konnte. Ich verdrehte die Augen. Die beiden zusammen waren unausstehlich. Der Troll mit dem weichen Herz und der Naturgeist mit Misstrauen in seinen Adern. Eine Mischung, die für mich genauso gefährlich sein konnte wie mein Stolz.

Ich rief Tieno an meine Seite, während ich mich um das Anbringen der Wäscheleine kümmerte.

Damit Menti unser Gespräch nicht mit anhörte, bediente ich mich einer Rune, die Tieno und mich abschirmte. Was wir nun sagten, würde den Umkreis eines Meters nicht überschreiten.

»Schlimm?«, fragte Tieno. Er reichte mir das erste Wäschestück, wofür er sich tief herabbeugen musste, da er so riesig war und der Korb auf dem Boden stand. Erst dadurch bemerkte ich das klaffende Loch in seiner Hose über seinem rechten Knie und verdrehte die Augen. Wie oft ich seine Kleidung schon geflickt hatte! Er schaffte es stets, überall hängen zu bleiben und die vom vielen Waschen fadenscheinige Kleidung aufzureißen.

»Weiß ich noch nicht«, gab ich zu und griff nach einer weiteren Wäscheklammer, die in einem Säckchen an der Leine hing. »Möglicherweise habe ich mir die falsche Hexe ausgesucht. Mir bleiben nur noch zweieinhalb Monate für die restlichen beiden Aufgaben.« Seufzend nahm ich ihm das grüne Handtuch aus der Pranke. »Ich mache mir keine Illusionen darüber, einen Blutkampf ohne Magie zu gewinnen …«

»Val-ens?« Tieno runzelte die breite Stirn, als würde der Name ihm all seine Konzentration abverlangen. Ich war tatsächlich überrascht, dass er ihn sich hatte merken können. Trolle waren natürlich nicht dumm, aber ihnen fiel die menschliche Sprache schwer, vor allem die damit einhergehenden Konzepte von Namen und Begriffen.

»Keine gute Idee«, widersprach ich. »Er hat seine eigenen Probleme. Ich bin schon ein paar Hinweisen nachgegangen, aber ein so durchdachter Fluch wie dieser ist mir noch nie untergekommen. Es ist, als ... als würde er *in* Val leben und in ihm Wurzeln schlagen. Wie ein Parasit und doch eher ... symbiotisch. Schwer zu erklären.«

»Neu?« Tieno reichte mir ein Paar seiner Hosen.

Allein ein Hosenbein hätte für mich als Kleid gereicht, so riesig waren sie. »Alt?«

»Weiß ich nicht«, gab ich zu, da ich mir bisher kaum Gedanken über das Alter des Fluches gemacht hatte. Damit meinte ich nicht, wann Val verflucht worden war, sondern wann die *Art* des Fluches das erste Mal bei jemand anderes angewandt worden war.

»Macht ist ... stark?«

»Ja«, bestätigte ich vorsichtig, zweifelnd, da ich noch nicht wusste, worauf Tieno hinauswollte.

»Viele ... Wa-i-ż-a?«

Ich stockte, öffnete den Mund und schloss ihn wieder, als es mir plötzlich wie Schuppen von den Augen fiel.

»Tieno, du bist genial!« Ich zerknüllte das Hemd in meinen Händen und blickte in die Ferne. »Ich bin das Rätsel falsch angegangen. Anstatt den Fluch von meiner Warte aus aufzulösen, muss ich die verantwortliche Waiża finden. Nur eine Handvoll von ihnen kann doch zu so seinem Fluch in der Lage sein. Dafür würde ich meine rechte Hand ins Feuer legen!«

»Weg?«, warf Tieno ein, grinste wie ein Honigkuchenpferd, da er es viel zu gerne hörte, wenn ich seinen Ideenreichtum lobte.

»Ich muss Val nach ihr fragen.« Nickend ließ ich das Hemd fallen, stemmte die Hände in die Hüften und wandte mich meinem besten Freund zu. Mentis Kichern wurde trotz der Barriere zu uns herübergetragen. »Tieno, es wird Zeit, dass du Menti ein neues Zuhause suchst. Sie kann nicht länger hierbleiben.«

Sein Lächeln schwand. Er sah von mir zu Menti und dann deutete er auf seine eigene Brust, die von einem senfgelben Pullover verhüllt wurde. »Tieno.«

»Du wohnst bei mir, Tieno, und Menti kann nicht bei mir bleiben«, fuhr ich fort. »Wir haben sie gerettet. Das reicht.«

Tieno ballte die Hand zu einer Faust. »Nicht fertig.«

»Was meinst du damit?«

»Retten.«

»Sieh sie dir an! Ihr geht es gut.« Ich warf die Arme in die Höhe, da Tieno normalerweise nicht so uneinsichtig war.

»Nicht hier.« Da deutete er erneut auf seine Brust. »Nicht hier.« Der Zeigefinger schob sich zu seiner Schläfe.

Ich atmete tief durch. »Überleg dir eine Lösung, Tieno. Das ist mein letztes Wort dazu.«

Mit einer Handbewegung löste ich den Zauber der Rune auf und verließ die Dachterrasse. Obwohl ich nicht hinsah, spürte ich Mentis Blick auf mir. Ihre Tage hier waren gezählt.

XXIII

DARCIA

Als ich mich nach Val erkundigt hatte, hatte ich auch seine Adresse erfahren. Doch er war nicht zu Hause.

Ich war so von meiner Erkenntnis euphorisiert, dass ich mich sofort auf den Weg zu ihm gemacht hatte, doch nun war der Hexer nicht da. Zunächst fühlte es sich wie ein großer Dämpfer an, bis mir der Ort einfiel, an dem er sich sehr wahrscheinlich aufhielt. So wie ich Val kannte, besaß er nicht viele Freunde, ausgerechnet einer von ihnen war unglücklicherweise Adnan Marjuri. Immerhin grenzte dies die Möglichkeiten seines Aufenthaltsortes ein.

Auch wenn ich mich normalerweise nicht ohne Tieno ans Dock begab, hatte ich keine Lust, erst wieder nach Hause zu gehen. Mir würde schon nichts geschehen und im Notfall konnte ich mich ziemlich gut selbst verteidigen. Mein linker Arm strahlte auch nur noch einen dumpfen Schmerz aus. In ein paar Stunden würde ich schon nichts mehr von der schweren Verletzung spüren.

Wie an jedem Abend in New Orleans waren die Straßen laut und belebt. Musik dröhnte von verschiedenen Lautsprechern aus Bars, Cafés oder Wohnzimmern. Stimmen verbanden sich zu einem wirren Strang, der mich von Gasse zu Gasse führte, an französischen Balkonen vorbei und durch Menschentrauben hindurch, die sich die Nacht mit Alkohol schöner tranken.

Ich mochte es nicht. Wechselte, wenn möglich, die Straßenseite, schloss die Augen, wenn das Licht zu grell wurde, und atmete durch den Mund, um scheußlichen Gerüchen zu entkommen.

Es war nicht so, dass ich die Großstadt hasste, aber ihre Fülle erinnerte mich an die Perfektion von Babylon. Meiner Heimat. Die hellen Gebäude, die lachenden Kinder auf den Straßen und die Musik, die aus so vielen Ebenen bestand, und jede einzelne davon schmeichelte meinen Ohren. In New Orleans gab es diese Schönheit auch, doch des Nachts wurde sie von der Hässlichkeit der Menschen übertrumpft.

Ich zog die eilig übergeworfene Tunika enger um meinen Oberkörper, als mich eine Brise erfasste und mich erzittern ließ. Das war der Moment, in dem ich meinen Verfolger bemerkte.

Hastiges Atmen, leise Schritte und Stille, als würde man mich lediglich an der Nase herumführen. Ich hielt inne, blickte über meine Schulter, drehte mich im Kreis und sah nach oben zu den Dächern der zwei gegenüberstehenden Gebäude. Unkraut wuchs an den Mauern hinauf, wog im Wind seine Blätter und raschelte, als wäre jemand an ihm vorbeigerannt.

Ich verengte die Augen zu Schlitzen, reckte die Nase in die Luft und versuchte, einen fremden Geruch auszumachen. Gebrannte Mandeln?

»Du machst mir keine Angst!«, rief ich aus und hob meine Arme. »Dann melde mich doch dem Kommissariat!«

Augenblicke später hörte ich ein Surren und ich bereitete mich darauf vor, von einem Pfeil getroffen zu werden. Stattdessen landete jedoch ein unschuldig aussehender Zettel vor meinen Stiefelspitzen.

Nach kurzem Zögern hockte ich mich hin, hielt eine Hand über den Zettel und prüfte ihn auf alle gängigen Flüche. Ein Kribbeln ging von ihm aus. Obwohl ich es wahrscheinlich nicht tun sollte, hob ich den Zettel auf und entfaltete ihn eilig.

*Ich habe dir eine Chance gegeben,
aber du musstest mir ja mit Misstrauen begegnen
und Verstärkung mitnehmen.
Wir hätten großartig sein können.
Heute Nacht wirst du verlieren.
Dreizehn werden es sein.*

J.

Die Ränder des Zettels begannen zu qualmen und einen Wimpernschlag später verbrannte er. Reflexartig öffnete ich meinen Griff und beobachtete, wie die Asche vom Wind davongetragen wurde.

Ein mulmiges Gefühl ergriff mich und ich richtete mich langsam wieder auf. Misstrauen? Konnte es sein, dass er wirklich mit mir hatte reden wollen und er Vals Auftauchen falsch verstanden hatte?

Noch schlimmer war allerdings seine Drohung, dass heute Nacht etwas zu meinem Nachteil geschehen würde. Ich konnte mir nicht länger vormachen, alles wäre in Ordnung.

Dreizehn werden es sein.

Ich hatte nicht den blassesten Schimmer, wie dies möglich war, doch er hatte herausgefunden, wie man sich zum Herrn der Wicked aufschwingen konnte. Es war unmöglich und doch bewies seine kryptische Nachricht das Gegenteil.

Heute Nacht würde er sich das dreizehnte Herz holen und damit hätte er die erste Aufgabe vor mir erfüllt.

*Töte dreizehn Hexen,
verbrenn auf einem Scheiterhaufen
und ertränk dich selbst im See der Sterne –
erst dann wirst du über die Wicked herrschen.*

»Scheiße.«

Meine Großmama war eine Anhängerin des Wicked-Glaubens gewesen. Wöchentlich hatte sie sich mit ihren Schwestern getroffen. Diese Treffen fanden unter dem Decknamen »Nähgruppe« statt, da *Zirkel* in Babylon wie in allen anderen Schattenstädten auch verboten waren. Sie huldigten den Seelen der mächtigen verstorbenen Hexen und trugen die Sage der Herrin der Wicked weiter. Eine Person, die so viel Mut und Klugheit bewiesen hatte, dass sie die Krone rechtmäßig auf dem Haupt trug und die Macht der Wicked schwingen konnte, als wäre sie die eigene.

Ich liebte meine Großmama, aber ich schenkte ihr kaum Aufmerksamkeit und nach ihrem verfrühten Tod gerieten ihre Geschichten, ihre Nähgruppe und ihr Lachen in Vergessenheit. Babylon wirkte nicht länger geheimnisvoll, die Wicked verblassten zu einer Erinnerung, die ich hin und wieder hervorholte, um sie ungetaner Dinge wieder zu verstauen.

Nachdem ich aus Babylon verbannt worden war, zog ich mich in mich selbst zurück. In New Orleans kämpfte ich ums nackte Überleben, weil ich nicht mehr verlangte. Ich wollte nicht nachdenken, wollte keine Ziele und keine Wünsche. Keine Vergangenheit, die schmerzte, und keine Zukunft, für die man Kraft brauchte.

In einer Nacht besuchte mich ein überaus redseliger Kunde. Ein Hexer, der im Hexenrat von New Orleans saß und deshalb keine Zeit für Beziehungen jedweder Art besaß. Deshalb ließ er sich von mir verwöhnen. Deshalb grub er sich in mich hinein. Aber er war nett und er redete mit mir, als wäre ich ein Mensch und keine Sache, und er erzählte mir von einer Bibliothek hier in der Sichelstadt, in der verbannte Gelehrte verbotene und alte Schriften aus den Schattenstädten aufbewahrten, sie gezielt stahlen und für das Schattenvolk bereitstellten.

Ich hörte zu, ergriff die dargebotene Information und verbannte sie mit all meinem Sein in den einsamen Winkel meines Verstandes, den ich kaum gebrauchte. Ich atmete. Das war ausreichend.

Mehr brauchte ich nicht.

Mehr wollte ich nicht.
Das dachte ich.
Das fühlte ich.

Bis Tieno Camins Bruder tötete und sich das Gewicht plötzlich von meiner Brust löste. Ich nahm den ersten Atemzug seit einer gefühlten Ewigkeit. Das war der Moment, in dem ich mir wieder die Erinnerung erlaubte. An meine Großmama, an die Herrin, an die Wicked – an die Bibliothek in New Orleans.

Ich stahl mich durch die Nacht, brach in das Haus des Rates ein und bezirzte ihn, bis er mir den Ort der Bibliothek verriet und mich an sich zog, um mich zu küssen. Um sich erneut zu nehmen, was ihm nicht zustand.

Er war mein erster. Mein erster Mord. Dieses Mal vergrub *ich ihn.*

Schnell fand ich heraus, dass die Bibliothek für jeden zugänglich war, und auch wenn sie von außen nicht viel hermachte, so präsentierte sie sich von innen wie ein Kunstwerk. Gelehrte aus Babylon, die verstoßen worden waren, weil sie dem Wort noch vor den Göttern dienten, trugen schwarze Kutten über Jeans und Hemden, lachten und zwinkerten und zeigten ihre Finger, die von der Tinte schwarz und blau verfärbt waren. Angelaufen und vollgesogen, als wären sie Papyrus; das eigene Kunstwerk, dem die Gelehrten huldigten, mit der schwingenden Feder ihrer Gedanken beschrieben.

An jeder Wand standen Wörter in verschiedenen Sprachen, wie Ungeziefer krabbelten sie über den Stein, in jeder Schrift und in jeder Farbe, mit Tinte, Blut und Kreide. Einer der Gelehrten sagte mir, dass sie das Schreiben in all seinen Facetten ermutigten. Jeder trug Stifte, Feder und Tinte bei sich und wenn es sie überkam, hielten sie ihre Gedanken an Ort und Stelle fest. Für den Moment, einen Tag oder eine Ewigkeit, das würde das Schicksal entscheiden.

Man begegnete mir mit Freundlichkeit und Respekt und erlaubte mir, mich umzusehen, doch nicht, ohne mich vorher zu warnen.

Für jede Abteilung eine Geschichte.

Ich verstand nicht, schob die seltsamen Worte auf die Vereinsamung der Gelehrten, die ein Leben als Mönche führten, und betrat die erste Abteilung. Die Tür ließ sich problemlos öffnen, schwang nach innen auf und erlaubte mir den Blick auf Hunderte Regale und Tausende Bücherreihen. Einen Fuß über die Schwelle setzend verstand ich plötzlich die Warnung, die keine war. Sie war der Preis und ich die Kundin, die Wissen kaufen wollte.

In dem einen Moment war ich in der Bibliothek, in dem anderen befand ich mich in meinem eigenen Verstand, saß den Gelehrten gegenüber und erzählte ihnen eine Geschichte. Nicht irgendeine Geschichte, sondern einen Fetzen von meinem Leben. Ein Stück, das durchtränkt war mit Gefühlen. Als ich endete, nickten sie und entließen mich in die Abteilung.

Sechs Geschichten erzählte ich ihnen, bis ich fand, wonach ich suchte.

Es war das Werk einer sehr alten Hexe, die aus Roma stammte.

Ich lernte das Ritual, wodurch ich zur Herrin der Wicked werden würde, auswendig und setzte anschließend das Gebäude mit all seinen Schätzen in Brand. Natürlich hatte ich darüber nachgedacht, lediglich das Buch zu vernichten, aber die Gefahr war zu groß, dass man mir und meinen Plänen auf die Schliche kam, wenn ich lediglich eine Schrift entwendete und zerstörte. Damals wurde mir das erste Mal klar, dass ich tatsächlich alles für meinen Traum tun würde.

Alles.

Doch wenn es stimmte, wenn der Fremde wusste, was er da tat, war ich offensichtlich nicht so schlau gewesen, wie ich gedacht hatte. Nicht gründlich genug. Oder jemand war mir in meiner Recherche zuvorgekommen, hielt sich aber an einen ähnlichen Zeitplan wie ich, um keine unnötige Aufmerksamkeit auf sich zu ziehen. Vorausgesetzt, er erzählte die Wahrheit.

Das ließe sich wohl bestimmen, indem ich herausfand, wie

viele ermordete Hexen in den letzten Jahren gefunden worden waren. Bisher hatte ich nie auf die Nachrichten geachtet, da ich ja wusste, wer dahintersteckte. Aber was, wenn es zu viele herzlose Hexen gab? Vierundzwanzig, um genau zu sein?

Das wäre mir jedoch aufgefallen. Ich wäre vorsichtiger geworden.

Eine Möglichkeit blieb – nicht alle Leichen wurden gefunden. Ich hatte meine Opfer hin und wieder vergraben oder in den Mississippi geworfen. Dennoch ...

Eine beängstigende Vorstellung.

Ich würde alles daransetzen müssen, um vor meinem Konkurrenten die Herrin zu werden. Dazu brauchte ich Adnans Hilfe. Sosehr mir das auch zuwider war, aber er würde zweifellos wissen, wie viele Opfer es gegeben hatte.

Die letzte Frage, die sich mir nun stellte, war, wieso ließ es mich der Hexer wissen? Wieso offenbarte er seine Pläne und riskierte, von mir aufgehalten zu werden?

Die Antwort war lächerlich einfach.

Arroganz.

Wenn es einen Ort gab, den ich noch mehr verabscheute als das *Seaheart*, dann war es das *Devil's Jaw*. Ein Etablissement, das nur die schlimmste Meute an Schattenvolk anzog und all jene Tugenden förderte, die in tödlichen Fehlern endeten. Adnan profitierte von jedem einzelnen Kunden, ob dieser dem nun gewahr war oder in seliger Unwissenheit am Morgen den Steg entlangtorkelte.

Ich trat durch den gold-schwarz geschmückten Eingang, ignorierte die geifernden Blicke der Männer, die entweder viel oder gar kein Geld besaßen, und schritt zielstrebig auf einen breit gebauten Mann im Anzug zu. An seiner Jackentasche befand sich eine goldene Anstecknadel in Form eines Alligatorzahns – das Symbol des *Devil's Jaws*. Man sagte, dass man sich noch vor hundert Jahren den Eintritt mit Zähnen gefährlicher Raubtiere hatte erkaufen müssen. Adnan hatte diese bar-

barische Prozedur natürlich längst abgeschafft. Seiner Aussage nach war er zwar ein Ghul, aber kein herzloser Sadist, dem die Tiere egal waren.

Wer das glaubte ...

»Hey«, sagte ich. Der Angestellte, der vermutlich irgendeine Art von Schattenwesen war, ein Riese in Verkleidung vielleicht, blickte stur geradeaus. »Hey, ich rede mit dir!« Keine Reaktion. Ich schnippte mit den Fingern vor seinem Gesicht. »Kannst du mir sagen, wo sich Adnan aufhält?«

»Tut mir leid, es steht mir nicht frei, mit jemandem über seinen Aufenthaltsort zu reden«, ratterte er wie auswendig gelernt herunter.

Ich verdrehte die Augen. »Du meinst wohl mit mir, hm? Gut, was ist mit Valens Hills? Wo kann ich ihn finden?«

»Tut mir leid, es steht mir nicht frei, mit jemandem ...«

»Jaja«, grummelte ich und wandte mich ab, um mich selbst auf die Suche zu begeben. Ich zahlte widerwillig für den Eintritt und erhielt eine goldene Karte, die ich sogleich zerknüllte.

Ich schritt den belebten Korridor entlang und wich einer torkelnden Werwölfin aus, die sich bereits halb wandelte. Hinter ihr eilten Adnans Angestellte herbei, um eine Katastrophe zu verhindern.

Um nicht ins Kreuzfeuer zu geraten, huschte ich ins nächste angrenzende Zimmer und fand mich in der Mitte von Karten spielenden Gnomen wieder.

Nicht der Ort, an dem ich verweilen wollte. Ich zog weiter und tiefer in das Labyrinth des *Devil's Jaw*. Bisher war ich nur wenige Male hier gewesen und ich hatte mich stets verlaufen. Das war höchstwahrscheinlich Sinn und Zweck des Bauwerks. Die Kunden so lange zu verwirren, bis sie von ihrem Vorhaben abgebracht wurden und auch noch ihre letzten Pennys an den Spieltischen verloren. Dann erst würde das Maul sie ausspucken.

Ich öffnete eine weitere Tür, als ich mich plötzlich in Finsternis wiederfand. Mein Herz flackerte wie die Flamme in der

Lampe hinter mir. Unruhig und schnell. Jemand packte mich am Unterarm, zog mich in eine Richtung, von der ich geglaubt hatte, sie würde gegen eine Wand führen. Ich schrie auf, zerrte an dem eisernen Griff und erreichte nichts.

»Lass mich los«, keuchte ich. »Ich hetze dir einen Fluch auf den Hals, der sich gewaschen hat!«

Jäh hellte sich meine Umgebung auf und ich musste blinzeln, ehe ich mich selbst erkannte. Mehrere *Ichs*. Hunderte. Spiegel. Ich befand mich in dem Spiegelkabinett, von dem ich bisher nur gehört hatte.

Und neben mir stand ein selbstzufriedener Mistkerl mit dem klangvollen Namen Adnan Marjuri.

»Das war ein Spaß.« Er grinste breit und verschränkte die Arme, die in einer seiner teuren Jacken mit goldenen Nähten und Knöpfen steckten. Unter seinem weißen Turban lugten ausnahmsweise schwarze Locken hervor. Sie passten zu seinen dichten Brauen und dem gestutzten Bart.

Er beugte sich zu mir und Hunderte seiner Abbilder mit ihm.

Ich nahm sein Parfüm auf, das mir eindeutig weniger gefiel als Vals, und tat einen Schritt zurück, doch er folgte mir. Und sein Spiegelbild hinter mir und an den Seiten. Ich war eingekesselt.

»Ich erinnere mich an unseren Kuss«, raunte er an mein Ohr, atmete aus und löste seine Arme, damit er mich am Kinn berühren konnte. Vergessen war die Drohung, die er in meinen eigenen vier Wänden ausgestoßen hatte, damit ich Val nichts antat.

»Ich nicht«, entgegnete ich und schlug seine Hand fort. »Deswegen bin ich nicht hier.«

»Schade.« Er zog sich zurück. »Nicht, dass ich damit gerechnet hätte, dennoch ...«

»Du bist unausstehlich«, zischte ich außer mir.

Adnan gelang es stets, mich an die Grenze meiner Selbstbeherrschung zu treiben. Selbst noch nach so vielen Jahren.

»Trotzdem hast du mich gesucht.« Sein Blick glich einer Unschuldsmaske, die nur über das verdorbene Herz hinwegtäuschen sollte. Einmal hatte ich den Fehler begangen, ihm zu vertrauen. Nie wieder.

»Ich muss etwas wissen«, sagte ich.

»So?«

»Vor Kurzem wurde ich von einer Septa aufgesucht, die sich vor einem dunklen Hexer fürchtete, der sie angeblich verflucht hatte.« Ich verdrehte die Augen, um zu verdeutlichen, dass ich ihr kein Wort glaubte, auch wenn ich mittlerweile meine Zweifel hegte. »An vielen Stellen häufen sich die Gerüchte und Unsicherheit macht die Runde.«

»Was habe ich damit zu tun?«

»Jemand hat Val und mich in die Falle gelockt. Zwei Mal. Du erinnerst dich vielleicht an das Blutracheduell?«, fügte ich zuckersüß an. »Wenn du mir schon nicht meinetwegen hilfst, dann seinetwegen.«

Er stieß ein theatralisches Seufzen aus. »Was willst du?«

»Wie viele Hexen wurden in den letzten ... drei Jahren ohne Herz gefunden?«

»Nicht das, was ich erwartet hatte.« Er blinzelte, dann rieb er sich nachdenklich über den gestutzten Bart. »Die genaue Zahl kenne ich nicht, aber es waren mehr als ein Dutzend. Definitiv mehr. Die Neuigkeiten sind nicht an die Öffentlichkeit gedrungen, aus Angst vor einer Panik unter den Zirkelhexen. Soweit ich weiß, sind die Behörden auf der Suche nach einem Serienkiller.«

»Das hatte ich befürchtet«, murmelte ich, mich bereits auf die Bedeutung dessen konzentrierend.

Jemand vollführte ebenso wie ich das Ritual, um die Herrschaft der Wicked an sich zu reißen. Adnan legte plötzlich einen Finger unter mein Kinn und hob es an. Ich war so überrascht, dass ich mich nicht rühren konnte.

»Was geht bloß in deinem Kopf vor, meine Liebe?« Seine Fingerkuppe strich über meine Haut. »Wenn ich mich nur auf etwas anderes fokussieren könnte als diese Küsse zwischen uns, dann ...«

»Ihr kennt euch also doch besser als gedacht«, ertönte die Stimme eines Dritten und wenige Augenblicke später erschien Val wie aus dem Nichts, obwohl er eigentlich bloß aus einem Spiegelgang hervortrat.

»Valens ...«, begann Adnan und ich erkannte augenblicklich, dass Adnan einen alten Fehler wiederholt hatte. Wie es schien, konnte er nicht anders, als seine Freunde zu belügen und zu betrügen.

XXIV 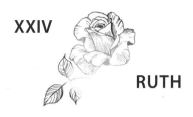 RUTH

Ruth hob eine Hand und nach einem weiteren tiefen Atemzug klopfte sie an die hölzerne Tür. Wenige Augenblicke später hörte sie das Aufschnappen eines Riegels und sie stand einem älteren Mann mit grauem Vollbart gegenüber. Er war ungefähr einen Kopf kleiner als sie, bestand nur aus Muskeln und präsentierte einen glänzenden kahlen Schädel. Seine Haut war so dunkel wie die Nacht, aber seine Augen leuchteten in einem ganz ähnlichen Blau wie Vals. Abgesehen davon existierte keine Ähnlichkeit zwischen ihnen, obwohl Ruth wusste, dass der Quartiermeister sein Onkel war.

»Wache Gapour?«, erkundigte sich Fredrik mit rauer Stimme.

»Das bin ich«, antwortete sie. »Man sagte mir, dass ich dich hier finden würde.«

»In der Tat.« Er grunzte, dann zog er die Tür weiter auf, um sie durchzulassen. »Immer rein mit dir. Das hier wird schließlich dein neues Zuhause sein für die nächsten Wochen. Je nachdem, wie lange ihr für die Jagd braucht.«

Dieses kleine, unscheinbare Haus war das Hauptquartier für die Einheit, deren Teil sie geworden war. Am Morgen hatte sie die Nachricht von einem königlichen Boten erhalten, sich hier zum Dienst zu melden. Die Nervosität lag ihr wie verdorbenes Essen im Magen.

Sie brauchte klare Linien und Strukturen in ihrem Leben. Keine Überraschungen. Keine Geheimorganisationen.

Fredrik zeigte ihr das Innere bei einer kurzen Führung. Im Erdgeschoss gab es eine große Küche, ein Esszimmer und einen Versammlungsraum, weiter oben schlossen sich die Schlafbereiche und Badekammern an. Ihr wurde ein Bett in einem Doppelzimmer zugeteilt.

»Neben dir schläft Silla. Sie gehört zu unseren Fährtenlesern«, erklärte Fredrik mit einem Schmunzeln. »Sie ist ungefähr in deinem Alter, gerade mal neunzehn. Ich denke, ihr werdet euch gut verstehen.«

»Wer gehört noch zur Einheit?« Ruth legte den Koffer mit ihren wenigen Habseligkeiten auf der harten Pritsche ab und betrachtete die spärliche Einrichtung. Alles diente einer Funktion, bis auf eine getrocknete rote Rose auf Sillas Kopfkissen gab es nichts, das auf eine andere Person hätte schließen lassen.

»Komm, ich stelle sie dir vor«, bot sich Fredrik an. »Sie trainieren im Hof. Ich weiß nicht, wie viel man dir schon von mir und dem Ablauf erzählt hat. Die anderen leben bereits seit mehreren Jahren hier. Damian ist der Einzige, der von Anfang an dabei ist, die anderen haben mit der Zeit unsere Gefallenen ersetzt. Jeden Morgen und Abend treffen wir uns zur Besprechung im Versammlungsraum und gehen die Pläne durch, verteilen Aufgaben. Ich kümmere mich um euer leibliches Wohl, gleichzeitig muss ich immer darüber unterrichtet werden, wer sich wo zu welcher Zeit aufhält. Damit keine Verwirrung aufkommt. Am Ende der Woche sammle ich eure Berichte ein und leite sie mit meinem eigenen an Königin Ciahra weiter. So weit klar?«

Er sah Ruth noch immer freundlich an, doch als er von den Gefallenen gesprochen hatte, war sein Blick stählern geworden. Wahrscheinlich war es nicht einfach für ihn, stets neue Rekruten einzuweisen, um sie dann im Kampf gegen die Bestien zu verlieren.

»Kristallklar«, bestätigte sie und nickte.

»Fein.« Er murmelte etwas, das sie nicht verstehen konnte, und führte sie nach draußen in den gepflasterten Hof. Dort hatten sich die anderen fünf Mitglieder der Einheit versammelt. Drei von ihnen kämpften mit unterschiedlichen Waffen gegeneinander.

Verblüfft blieb Ruth an der Tür stehen und betrachtete ihre neuen Kollegen voller Faszination.

Die ältere Frau, vielleicht knapp über fünfzig, bewegte sich geschmeidig unter dem Speer der jüngeren hindurch, drehte sich und ließ ihre schwarze Peitsche mit der goldenen Spitze über den Stein knallen. Sie erwischte die Kämpferin mit den honigblonden Haaren und dem fransigen Kleid, das ihr bis zu den Knien reichte, an der Schulter, bevor sich der einzige Mann unter den Kämpfenden einmischte. Er wirkte wenige Jahre jünger als die peitschenschwingende Jägerin mit mexikanischer Herkunft, aber er war genauso fit wie die beiden Damen. Groß gebaut, breite Schultern und blond-graues lockiges Haar. Seine Lippen wurden von einem kurzen Bart eingerahmt, der das Blau seiner Augen besser zur Geltung brachte. Mit einem tiefen Knurren stürzte er sich auf die ältere Jägerin und schwang seine beiden Kurzschwerter. Er war der Einzige von ihnen, der mehr als eine Waffe trug. An jeder Stelle an seinem Körper schien sich eine andere zu befinden und wer wusste schon, was sich noch unter seiner militärhaften Kleidung verbarg?

»Das sind Misty«, stellte Fredrik vor und deutete auf die agile Mexikanerin, die dem Mann eines der Schwerter aus der Hand schlug. Keuchend wich sie einen Moment später erneut dem Speer aus. »Sue und Damian. Unsere Jäger. Die beiden dort drüben sind unsere Fährtenleser. Cronin und Silla.«

Cronin machte Damian mit seiner Muskelmasse Konkurrenz. Da er gerade mit freiem Oberkörper Liegestütz machte, konnte Ruth das ziemlich gut beurteilen. Schweiß glänzte auf seiner braunen, makellosen Haut. Er warf ihr in einer kurzen Pause einen desinteressierten Blick zu, dann widmete er sich wieder seinem Training. Silla war die Einzige, die sich die Zeit nahm, Ruth zu begrüßen. Sie war eine kleine Person, deren Afrolook sie größer erscheinen ließ. Sie trug ein Septum und mehrere Piercings an ihren Ohren. Nur die Lippen hatte sie mit pinker Farbe nachgemalt, sonst erlaubte sie sich keine Farbe und trug lediglich schwarze Jeans und ein graues T-Shirt. Auf ihrem Rücken hing ein beeindruckendes Schwert in einer Lederkonstruktion.

»Du musst die Neue sein«, sagte sie, nachdem sie so langsam wie eine angespannte Raubkatze auf sie zugeschritten war. »Ich bin Silla. Fährtenleserin.«

»Hallo«, sagte Ruth schüchtern. Sie kannte sich zwar in ihrem Job mit Alphamännchen und -weibchen aus, doch es war für sie immer wieder eine Herausforderung, sich Fremden zu stellen und mit ihnen zu arbeiten. Einer der Gründe, weshalb sie bisher nicht befördert worden war. »Ich bin Ruth Gapour.«

»Der Ersatz für Doe«, rief Misty, da ihr Trainingskampf ein Ende gefunden hatte. Ihr gelang es, in so wenigen Worten so viel Abneigung mitschwingen zu lassen, dass sich Ruth fühlte, als wäre sie geschlagen worden.

»Doe?«, fragte sie und reckte das Kinn. Sie würde sich nicht unterkriegen lassen, selbst wenn ihre Stimme wie die einer Zwölfjährigen klang.

»Er wurde von einer Chimäre getötet«, antwortete Silla und blickte traurig drein.

»Hat 'nen Fehler begangen und wurde dafür bestraft.« Cronin zuckte mit den Schultern, während er ein weißes Handtuch gegen seine schweißnasse Brust drückte.

»Halt die Schnauze, Cro«, bellte Damian. Jeder schien sofort stillzustehen. Überraschung zeichnete sich auf den Gesichtern ab, als wäre ihnen nicht klar gewesen, dass Damian sprechen konnte. »Er ist tot, wir leben. Das reicht.«

»Was auch immer.« Cronin fokussierte sich auf die Hanteln zu seiner Linken. Das Thema und damit das Gespräch waren für ihn wohl gegessen.

Misty deutete mit dem Zeigefinger ihrer linken Hand auf Ruth, sodass diese die fehlenden zwei Finger wahrnahm und schluckte. Anscheinend war Doe nicht der Einzige, der Fehler begangen hatte.

»Wir haben jemanden mit mehr Erfahrung gefordert, Fred«, sagte sie anklagend. »Keine zweite Silla!«

»Hey!«, beschwerte sich die Jüngste unter ihnen und stemmte die Hände in die Hüften. »Vergiss nicht, dass ich deinen Arsch gerettet habe, ja?«

»Und einen hübschen Arsch noch dazu.« Sue grinste und schlang einen Arm um Mistys Mitte, deren Ausstrahlung sich sofort veränderte, als hätte Sue ein Licht in ihr angeknipst.

Ruth blinzelte. Vielleicht hatte sie sich getäuscht und sie war in gänzlich andere Gewässer geworfen worden. Jeder von ihnen wirkte, als könne er einen ganzen Raum füllen, aber sie alle zusammen? Sie waren eine geballte Macht, die Ruth nicht unterschätzen durfte.

»Lass sie mal zeigen, was sie so kann«, schlug Damian vor und lächelte sie freundlich an, wenn auch nur kurz. Schließlich wollte er ihr nicht zu viel von sich geben, da er nicht wusste, wie lange sie ihre Stellung hielt. Zumindest nahm Ruth das an und nickte entschlossen.

»Okay, bin dabei«, sagte sie und entledigte sich ihrer Jacke, bevor sie von einer brüllenden Silla ohne Vorwarnung angegriffen wurde. Sie hatte ihr Breitschwert gezogen und hackte damit auf Ruth ein.

Die Wache besaß gerade so viel Geistesgegenwart, um dem tödlichen Schlag mit einer instinktiven Drehung zu entkommen. Gleichzeitig zog sie ihren Dolch und hob diesen mit grimmiger Miene. Immerhin hatte sie sich so positioniert, dass sie jeden aus ihrer Einheit sehen konnte. Niemand war mehr da, um sich an sie heranzuschleichen, was aber nur ein kleiner Trost war. Spätestens als sie sie nacheinander und auch gleichzeitig attackierten, war es einerlei, wo sie gestanden hatte.

Sie bewegte sich, drehte sich und schlug mit nackten Fäusten um sich, als sie ihre einzige Waffe durch Damian verlor.

Ohne dass sie es gesehen hatte, hatte er sie ihr entzogen und seinem eigenen Arsenal hinzugefügt.

Atemlos rollte sie über den Steinboden, richtete sich auf und hob zur Verteidigung einen Arm. Mistys Peitsche rollte sich um ihren Unterarm. Sie wurde daran nach vorne gezogen und stolperte, während sie sich gleichzeitig gegen den Zug wehrte. Sue nutzte die Chance, um sie mit ihrem Speer zu bewerfen, der glücklicherweise von Cronin abgewehrt wurde.

»Unfair!«, beschwerte sich Sue.

Cronin grinste und stürzte sich auf sie. Er verwickelte alle drei in einen Kampf, sodass sich Ruth kurzzeitig erholen konnte. Sie begutachtete beiläufig ihre Kratzer und blutigen Wunden, zu sehr wurde sie von Cronins fließenden Bewegungen abgelenkt. Wie ein Panther schlich er von Gegner zu Gegner, fügte Wunden hinzu und wanderte weiter.

»Faszinierend«, wisperte Gerald, der auf den Hof getreten war. Obwohl er die Stimme nicht erhob, hörte ihn jeder und der Kampf stoppte abrupt. »Dienstbesprechung, meine Lieben.«

Ruths Herz schlug schnell und das lag nicht mehr an dem Kampf, sondern an Geralds übermüdetem Aussehen. Wahrscheinlich hatte er mit Jeffrey die Nacht durchgemacht, was zumindest seine dunklen Augenringe und die Blässe um seine Nase erklären würde.

»Hättest du nicht zwei Minuten später auftauchen können?«, beschwerte sich Silla lautstark und steckte ihr Schwert ein. »Dann hätte ich ihn erledigt.«

»In zwei Minuten?« Sue prustete. »Misty und ich sind kurz davor gewesen, ihn ...«

Ruth hörte nicht mehr das Ende des Gesprächs, da sie einer nach dem anderen ins Haus schritten und schließlich nur noch Gerald und sie übrig ließen. Etwas, was sie hatte vermeiden wollen.

Eilig zog sie den Kopf ein, die Schultern hoch und setzte sich in Bewegung. Da Gerald direkt neben der Tür stand, musste sie an ihm vorbei und er hielt sie sanft mit einer Hand auf ihrer Schulter zurück.

»Kann ich kurz mit dir sprechen?«

»Hatte Jeffrey keine Zeit mehr für dich?« Seine Augen weiteten sich bei ihren Worten. Sie selbst war vermutlich schockierter als er.

»Ruth, du verstehst nicht.« Er ließ sie los, um sich durch sein wirres weißes Haar zu streichen. »Darüber wollte ich mit dir sprechen...«

»Gerald... ich kann das nicht«, flüsterte sie, ohne ihn anzusehen. »Das hier ist etwas Neues für mich und ich sollte mich nicht ablenken lassen. Zu viel steht auf dem Spiel.«

Sie wartete keine Antwort ab, sondern rannte geradezu ins Haus.

»Schön, dass ihr euch zu uns gesellt«, kommentierte Fred ihr Eintreten. Gerald folgte ihr und wirkte für einen kurzen Augenblick niedergeschlagen. Als er die Blicke aller auf sich spürte, riss er sich zusammen und setzte die Maske aus Kälte und Überlegenheit auf, die er über die Jahre perfektioniert hatte.

»Fahre fort«, sagte Gerald kühl. Er stellte sich neben die Tür an die Wand und verschränkte die Arme.

Ruth setzte sich neben Silla an den langen Tisch, auf dem eine riesige Karte von Babylon ausgebreitet lag, die mit Bleifiguren beschwert war. Sie ähnelte der Weltkarte, die sie in der Bibliothek gefunden hatte, in keiner Weise. Es gab keine Farben und die Einzelheiten waren überwältigend. Jedes der neun Tore, die nach mächtigen Hexen und Hexern benannt wurden, war eingezeichnet sowie das Königshaus, der Turm zu Babel und die Hängenden Gärten. Die kleinste Gasse und das größte Haus besaßen alle individuelle Eigenschaften, die es Ruth erleichterte, sie einzuordnen.

Diese Karte war schlichtweg ein Meisterwerk.

»Sie ist verzaubert«, kommentierte Sue amüsiert. »Du musst wissen, dass Fred die Karte gezeichnet hat, und als er fertig war, konnte niemand von uns seinen Blick davon abwenden. Für mehrere Tage. Ein Zustand, den ich nicht noch mal erleben will.«

»Du übertreibst«, mahnte Fred sie und sprach schnell weiter, als Sue den Mund zum Protest öffnete. »Unser Seher sagte, wir sollen fortfahren, also tun wir das. Ruth, dein erster Auftrag mit uns wird sein, den Chupacabra einzufangen. Die Königin hat ihr Vertrauen in uns gelegt, die Bestie lebend zu überwältigen, um sie zurück in die Zuchtstelle zu bringen. Wir wollen sie nicht enttäuschen, oder?«

»Nein«, beeilte sich Ruth zu sagen, ehe ihr bewusst wurde, dass es sich dabei um eine rhetorische Frage gehandelt hatte. Sie errötete und murmelte eine Entschuldigung für die Unterbrechung.

»Du hast die Akte von Direktor Albertson sicher schon mehrmals durchgelesen – wie alle anderen auch«, fügte Fred mit einem strengen Blick an. »Der Chupacabra ist nachtaktiv und hält sich sehr wahrscheinlich noch in der Stadt auf. Bisher ist er unseren Fängen entkommen, weil es größere Fische im Teich gegeben hat, nach denen wir gesucht haben. Nun ist seine Zeit aber gekommen. Die Stellen mit den roten Pins markieren die Orte, an denen Vieh gerissen wurde. Wie ihr sehen könnt, passierte dies größtenteils im Osten der Stadt.«

Ruth verschränkte die Arme und verzog das Gesicht, weil sie sich dabei über ihre Wunden strich. Beinahe hätte sie ihre Verletzungen vergessen, so aufgewühlt war sie durch Geralds Anwesenheit.

»Der letzte Angriff, wenn er es denn war, ist drei Tage her. Das bedeutet, dass ihn in den nächsten Nächten der Hunger packen und er erneut attackieren wird.« Fred deutete mit einer Hand auf Gerald. »Unser Seher wird uns heute Nacht helfen, den Suchradius einzugrenzen, und wer weiß, vielleicht können wir die Chupacabra-Angelegenheit morgen schon ad acta legen. Den taktischen Plan werde ich wie immer mit Misty besprechen. Heute Abend gehen wir dann mit euch ins Detail. Ihr wisst, was ihr bis dahin zu tun habt.«

»Aye, aye«, rief Sue und sprang auf, um zu salutieren. »Trainieren und verletzen.«

Silla verdrehte die Augen.

»Fast«, murmelte Fred und seufzte tief. »Man könnte meinen, du wärst dreizehn und nicht siebenunddreißig.«

»Bingo.« Sue zwinkerte. »Also gut, dann wohl essen und schlafen.«

»Rührt euch«, grunzte Fred und wedelte mit den Händen, als würde er nicht sie, sondern Fliegen verscheuchen.

»Komm mit, wir kochen was«, verkündete Silla und nahm Ruth an die Hand. Ohne einen Blick zurückzuwerfen, verließ Ruth mit ihr den Raum. Ihr schwirrte der Kopf.

XXV  VALENS

Schon seit Adnans Auftauchen in Darcias Werkstatt wusste ich, dass dieser gelogen hatte, als er so beiläufig jedwede Verbindung zu der besten Fluchbrecherin der Stadt bestritten hatte. Was ich jedoch nicht geahnt hatte, war, wie tief ihre Verbindung tatsächlich verlief. *Ich meine ... sie haben sich geküsst?*
Was beim Mondgott hat das überhaupt zu bedeuten?
Ich tat mein Möglichstes, mich nicht eifersüchtig zu verhalten. Also schluckte ich das Eigentliche, was ich sagen wollte, runter und fragte stattdessen: »Was machst du hier, Fluchbrecherin?«
»Ich habe dich gesucht«, sagte Darcia mit einem kurzen Seitenblick auf Adnan. Ich konnte ihre Miene nicht lesen, die so verschlossen war wie zu Anfang unserer Bekanntschaft.
»Du hast mich gefunden.« Ich breitete die Arme aus und neigte den Kopf.
»Ja ... ähm ...«, stotterte sie, was ich nicht von ihr gewohnt war.
Argwöhnisch verengte ich die Augen und richtete meinen Blick auf Adnan, der gänzlich unbeteiligt wirkte.
»Gibst du mir eine Minute? Bitte?«
Ich zuckte mit den Schultern. »Du hast alle Zeit der Welt.« Damit drehte ich mich um und verließ mit angespanntem Kiefer das Spiegelkabinett. Warum fühlte sich mein Magen so an, als hätte Darcia ihn eigenhändig verknotet? Ein scheußliches Bild und doch so akkurat.

Was war es, das mich so bestürzte, sie und Adnan in vertrauter Zweisamkeit zu sehen? Ging es nur um die von Adnan gesponnene Lüge oder hatte ich begonnen, etwas für die Hexia zu empfinden?

Im angrenzenden Zimmer saßen drei männliche Kunden zusammen und unterhielten sich bei einem Glas Brandy, als gehörten sie der Oberklasse an. Ich starrte sie finster an, bis sie endlich in meine Richtung sahen.

»Raus«, knurrte ich, einfach weil mir danach war. Und zugegeben, ich kam mir ganz schön albern vor, aber ich war nicht in der Stimmung, lieb zu fragen. »Sofort.«

»Wir gehen *nicht* raus«, empörte sich der Grauhaarige und erntete von den anderen ein Schmunzeln.

Ich presste die Lippen zusammen und kreierte Feuer in meinen Handflächen. Dann rief ich noch mal: »*Raus!*«

Es dauerte keine drei Sekunden, da hatten sie sich von ihren Sesseln erhoben und waren aus der anderen Tür gestolpert. Grinsend löschte ich die Flammen und goss mir selbst einen Brandy ein, um die Wartezeit zu verkürzen.

Ich hatte mit dem Gedanken gespielt, sie zu belauschen, doch letztlich würde es mich nicht weiterbringen und ich wollte Darcias Vertrauen nicht missbrauchen. Adnan war mir momentan ziemlich egal. Er hatte mich mit voller Absicht belogen. Ich kannte bloß den Grund noch nicht.

Es dauerte nicht lange, bis sich die Tür zum Spiegelkabinett ein weiteres Mal öffnete und Darcia in die Freiheit entließ. Adnan folgte ihr nicht.

Darcia wirkte abwesend und zerstreut.

»Alles in Ordnung?« Ich reichte ihr meinen Brandy, aber sie winkte bloß ab. »Hat Adnan irgendwas gesagt, das dich bedrückt?«

Den Preis für das subtilste Nachhaken bekomme ich dann wohl nicht.

»Nein, er hat sich wie immer benommen.« Sie massierte ihre Schläfen, als hätte sie Kopfschmerzen. »Ich bin hergekommen, um dich noch mal nach der Waiża zu fragen. Jedes noch so kleine Detail könnte mir helfen. Wenn du dich an etwas erinnern kannst…«

Ich stellte das Glas auf dem runden Tisch ab und lächelte sie aufmunternd an. Was auch immer sie beschäftigte, ich wollte nicht, dass es ihr schlecht ging.

»Das ist einfach. Komm mit.«

Am liebsten hätte ich ihre Hand genommen, aber ich fürchtete mich vor einer Zurückweisung. Vollkommen lächerlich und doch … seit sehr langer Zeit war mir nichts so wichtig gewesen wie Darcias Akzeptanz. Ihre Nähe, die sie mir freiwillig schenkte, und nicht, weil sie sich dazu verpflichtet fühlte. Heute Nacht hatte sie mich aufgesucht, obwohl sie auch Tieno zu mir hätte schicken können. So erbärmlich dies auch war, ich wertete das als gutes Zeichen.

Ich führte Darcia ins Dachgeschoss, in dem ich mich mit Adnans Einverständnis hatte ausbreiten dürfen. Dieser Ort erschien mir für meine Recherchen sicherer als mein eigenes Loft. Es war unabdinglich, dass meine Identität weiterhin ein Geheimnis blieb, um den Schergen meiner Schwester zu entkommen. Man sollte meinen, sie hätten mich längst gefunden, vor allem, da ich meinen eigenen Vornamen benutzte, doch irgendeine Macht in der Stadt verhinderte, dass sie Informationen über mich erlangten. Und so waren unsere Begegnungen bisher nur zufällig gewesen.

Die Tür zu meinem Arbeitszimmer quietschte leise, als ich sie für Darcia öffnete und sie zuerst einließ. Ich schnippte einmal und die Lampen an der schrägen Decke mit den nackten Holzbalken entzündeten sich. Das Licht erhellte einen massiven Eckschreibtisch, ein mehr schlecht als recht aufgebautes Regal und verschiedene Schriftrollen und Bücher, die auf dem Boden verteilt waren. In der Mitte lag ein kreisrunder, gewebter Teppich, den mir Adnan als Einweihungsgeschenk dagelassen hatte. Zum Sitzen gab es einen ungemütlichen Hocker, auf dem noch ein Teller mit Kekskrümeln auf den Abwasch wartete.

»Warum hier?«, fragte Darcia, während sie sich die Schriften auf dem Schreibtisch besah.

»Meine Wohnung erschien mir nicht sicher genug.« Ich zuckte mit den Schultern. Den wahren Grund konnte ich ihr nicht sagen, auch wenn mir nicht mehr einfallen wollte, was dagegen sprach. Darcia machte es wahrscheinlich nichts aus, wenn sie herausfand, dass ich der Prinz von Babylon war.

»Du solltest Adnan wirklich nicht derart vertrauen«, murmelte sie und wandte sich zu mir um. Ihre dunklen Augen wirkten wie tiefe Brunnen, aus denen man, einmal hineingefallen, nicht mehr herauskäme.

»Warum nicht?« Vorsichtig näherte ich mich ihr, als wäre sie ein verschrecktes Reh, das jeden Moment davonhuschen würde. Ich berührte sie am Arm.

In meinem Bauch kribbelte es.

»Ihm macht es Spaß, andere zu hintergehen«, wisperte sie in die Stille hinein.

»So wie dich?«

»Ich habe nicht beabsichtigt, dich unser Gespräch hören zu lassen.« Ihre Finger verkrampften sich kurzzeitig und ich glaubte nicht, dass ihr diese Bewegung bewusst war. Meistens verhielt sie sich kontrolliert und erlaubte sich keine unbedachte Geste.

»Trotzdem ist es passiert«, erwiderte ich.

»Du wirst es nicht auf sich beruhen lassen, oder?« Ihre Stimme klang rau.

Ich blickte für einen Moment zur Seite, dann schluckte ich und trat entschlossen einen Schritt zurück. »Du musst Adnan gut genug gekannt haben, um ihn zu küssen.«

»Und du denkst, weil wir ... zusammenarbeiten, berechtigt es dich auf irgendeine Art dazu, die Wahrheit zu erfahren? Meine Wahrheit?« Sie reckte das Kinn. Zusammenarbeiten. Mehr nicht. Keine Freundschaft. Niemals für Darcia.

Es war wie ein Schlag ins Gesicht.

Ich wollte den Fluch loswerden. Mehr als alles andere.

Oder?

Mehr noch, als Zeit mit der Fluchbrecherin zu verbringen?

»Du weißt genauso gut wie ich, dass es tödlich sein kann, die Wahrheit nicht zu kennen. Wir sitzen im selben Boot.«

»Tun wir nicht.« Sie seufzte, was den Worten ihre Schärfe nahm. »Aber wenn ich mir schon die Mühe mache, dich von deinem Fluch zu befreien, kann ich genauso gut dafür sorgen, dich davor zu bewahren, einen Fehler zu begehen. Einen Fehler, der dich in eine noch größere Katastrophe stürzen würde.«

»Was für einen Fehler?«

»Weiterhin mit Adnan befreundet zu bleiben.« Sie blickte zu Boden und lachte trocken auf. »Wenn du alles wüsstest, würdest du dich nicht nur von ihm abwenden.«

Ein Einblick in ihre Seele.

»Lass es mich selbst beurteilen.«

»Okay.« Sie leckte sich die Lippen. »Ich denke, diese eine Geschichte kann niemandem schaden.«

»Ich bin bereit«, sagte ich grinsend und sprang damit auf ihren leichteren Tonfall an.

Wir setzten uns nebeneinander auf den Teppich und lehnten uns mit dem Rücken an die Wand, als sie mit der Geschichte von Adnan und Darcia begann.

Vor langer, langer Zeit gab es einen bösartigen Ghul, der der Besitzer der berüchtigten Spielhalle *Devil's Jaw* war und unglaubliche Macht besaß. Eines Tages fand er sich in einer Bredouille wieder und er benötigte die Hilfe einer einfachen, minder begabten Hure.

Es war allgemein bekannt, dass er die Spielhölle nicht eigens aus den Sümpfen der Bayous errichtet hatte, sondern den vorigen Besitzer in einem Duell besiegt und damit um das Etablissement gebracht hatte. Niemand wusste jedoch, dass der Ausgang des Duells von Anfang an feststand. Der Ghul sollte gewinnen und der Werwolf würde sich mitsamt seiner Ehre in seinen wohlverdienten Ruhestand begeben. Der Werwolf namens Marcuso stellte Adnan lediglich zwei Bedingungen, unter denen er seine würdige Nachfolge antreten dürfte.

Erstens, das Duell musste echt aussehen und jeder sollte glauben, dass Adnan Marcuso vernichtet hatte, auch wenn es dafür am Ende keine Beweise gäbe.

Zweitens, Adnan musste ihm schwören, ihn nie wieder aufzusuchen. Jeder, der von Adnan geschickt und sein Heim betreten würde, würde eines qualvollen Todes sterben. Auch Adnan selbst.

Natürlich erschienen dem Ghul diese zwei Bedingungen wie die am leichtesten einzuhaltenden Vereinbarungen und so stimmte er voller Euphorie zu. Jahre vergingen und er stärkte sowohl den Ruf seiner Hölle als auch seinen eigenen, bis immer mehr Beschwerden an ihn herangetragen wurden. Beschwerden darüber, dass sich das Haus gegen seine Kunden stellte. Plötzlich auftauchende Löcher, die gebrochene Beine zur Folge hatten, einstürzende Deckenpartien und für immer verschlossene Türen. Irgendwann ließ sich die Wahrheit nicht mehr verleugnen. Die Spielhölle wehrte sich gegen seinen Besitzer und Adnan fand schnell die Ursache heraus.

In einem der alten Tagebücher Marcusos, denen er bis dahin mäßige Aufmerksamkeit geschenkt hatte, stand etwas von den Zähnen des mächtigsten Alligators geschrieben. Mit deren Magie hatte Marcuso die Grundfesten der Spielhölle errichtet und ohne sie würde sich das Bauwerk gegen jeden Eroberer stellen. Schon bald fand Adnan die Geheimtür in seinem Arbeitszimmer und in dem Raum dahinter befand sich ein Gegenstand auf einer kleinen Steinsäule. Eine mit Samt ausgelegte Schatulle, die zwei Abdrücke aufwies, in die Alligatorzähne gepasst hätten.

Marcuso, der alte Fuchs, hatte sie vor seinem Ruhestand entwendet und den Betrüger damit betrogen. Der ultimative Schlag des Schicksals, den Adnan natürlich nicht akzeptieren konnte.

Er war nicht dumm und erinnerte sich an den Schwur,

den er geleistet hatte. Ihn würden keine zehn Berserker in die Nähe von Marcusos Haus inmitten der Bayous kriegen, aber er musste etwas tun.

Also schickte er erst einen seiner Schergen hinein und als dieser auch nach Wochen nicht zurückkehrte, folgte der nächste und der nächste und der nächste. Dutzende sandte er mit dem Auftrag und dem Versprechen davon, reich zu werden, doch niemand überlebte die Mission. Währenddessen wehrte sich das Haus weiterhin gegen seine Besucher, als wären sie ungeliebte Termiten, und Adnan fürchtete, schon bald das Gesicht vor der Oberklasse von New Orleans und der Gemeinschaft der Ghule zu verlieren.

Er war schlichtweg verzweifelt.

Eines Nachts begab er sich ins *Seaheart*, in der Hoffnung, seine Sorgen zu vergessen. Seda und er hatten sich nie gut verstanden, aber sie ließ ihn hinein und bot ihm die schönsten und exotischsten Frauen an, von denen keine seine Aufmerksamkeit halten konnte. So wanderte er durch das *Seaheart* und fand sich im selben Raum wie eine junge Frau wieder. Sie hatte die Hände in die Hüften gestemmt und hielt ihm eine zehnminütige Standpauke darüber, dass er in diesem privaten Teil nichts verloren hätte. Er versuchte nicht einmal, sie zu unterbrechen, sondern ließ die Tirade über sich ergehen und senkte schuldbewusst den Kopf.

»Darf ich dich zum Essen einladen?«, fragte er sie, sobald sie geendet hatte, und nahm ihr damit jeglichen Wind aus den Segeln. Noch niemals zuvor war ihr ein derart attraktiver, aber zugleich unmöglicher Mann begegnet. Ihre übrigen Kunden ließen sich stets in andere Kategorien einteilen, die es ihr einfacher machten, sie zu katalogisieren und schließlich für immer zu vergessen.

Obwohl sie es eigentlich besser hätte wissen müssen, ließ sie sich am nächsten Abend von ihm ausführen und sie unterhielten sich bei Wein und kostbaren Speisen, lachten und amüsierten sich. Die Seerose, wie sie von Seda und ihren Kunden genannt wurde, ertappte sich dabei, wie sie begann, Adnan wahre Gefühle entgegenzubringen, und sie glaubte, oh, fast glaubte sie, es würde ihm ebenfalls so ergehen, denn er weihte sie in seine dunkelsten Geheimnisse ein und erzählte ihr von den Zähnen, Marcusos Haus und dem Schwur, den Adnan ihm geleistet hatte, ihn niemals aufzusuchen. Was er verheimlichte, war die Warnung des unmittelbaren Todes für alle, die Adnan auf den Weg entsandte.

Es war nur natürlich, dass die Seerose ihrem Geliebten helfen wollte, und als er in einer Nacht einen Kuss stahl, für den er nicht bezahlte, stand ihr Entschluss fest. Später erst wurde ihr bewusst, dass sie selbst für diesen Kuss bezahlen sollte und dass Liebe immer mit einem Preis versehen war.

Mit einem Beutel für die Zähne und einem Lebewohl, das beiden das Herz schwer machte, entließ er sie in die Bayous und zog sich in seine Hölle zurück. Die Seerose fasste ihren Mut und erinnerte sich seit sehr langer Zeit wieder daran, wer sie einst gewesen war. Sie watete durch den Sumpf, beherrschte ihre Furcht vor den Schatten und den einsamen Gerippen der Bäume, die ihr wie einem alten Gefährten zuwinkten. Es gab kein Entkommen, nur ein Vorwärtsmarschieren, das sie vor das Haus der Fallen führte. Das Heim von Marcuso. Jener Werwolf, der sich die Hände rieb, weil er ein neues Opfer erwartete, der lachte, weil es ihm gelungen war, den listigen Adnan Marjuri selbst auszutricksen.

Am Ende des Tages würde er es sein, der über Adnans Grab stünde und grinsend an die Zeit der Täuschung zurückdachte.

Die Seerose rief den Namen des Werwolfs, denn sie brauchte die Zähne und hoffte, er würde sie ihr aushändigen. Notfalls würde sie diese stehlen, aber in ihren achtzehn Jahren hatte sie gelernt, dass der einfache Weg meist der beste war.

Auf ihr Rufen meldete sich niemand, obwohl Licht durch die Vorhänge schimmerte. Jemand musste in dem hölzernen Haus sein, sie vielleicht aus seinem Versteck beobachtend. Sie klopfte an die Tür und hielt den Atem an. Das Herz schlug ihr bis zum Hals und sie glaubte, schon bald vor Aufregung zu vergehen. Niemand öffnete ihr.

Sie drehte den Messingknauf und trat ungebeten und unerlaubt hinein in das Dämmerlicht des unscheinbaren Flurs. Nichts offenbarte sich ihr außer kahle Wände und zerkratzte Dielen, auf die sie ihre Sohlen setzte. Eine nach der anderen, bis das Nichts sie erwartete und die Schwerkraft sie nach unten zog. Nicht sonderlich tief, aber tief genug. Nicht sonderlich kalt, aber kalt genug. Nicht sonderlich dunkel, aber dunkel genug.

Beim Aufprall knickte ihr linker Fuß zur Seite und sie konnte sich einen Schrei des Schmerzes und dann der Frustration nicht verkneifen. Mit zusammengepressten Lippen rieb sie sich die verletzte Stelle, blinzelte gegen die Dunkelheit und versuchte, in den Schlieren des wenigen Lichts, das von der offen stehenden Falltür hereinschimmerte, etwas zu erkennen. Es gab dort nur alte Backsteinwände und Feuchtigkeit. Kein zweiter Ausgang.

Die Seerose war einst jemand gewesen, der für seine Ziele sämtliche Hebel in Bewegung gesetzt hatte. Niemals hätte sie daran gedacht, aufzugeben, denn wenn sie es nicht tat, wer würde es dann tun? Nur auf sie selbst war Verlass. Sie hatte diese Überzeugung vergessen, in ihrer Zeit in New Orleans. Hatte sich in ihrem Selbstmitleid gesuhlt und sich von ihrem Verlust bestimmen lassen.

Nicht mehr.

Sie kämpfte sich auf die Beine, klopfte den Dreck von ihrem langen Rock und tastete dann die Wände nach einem geheimen Mechanismus ab. Bisher war niemand erschienen, um sich ihrer zu entledigen oder ihr ins Gesicht zu schleudern, dass sie sterben würde. Dies könnte zwei Gründe haben. Entweder machte sich Marcuso nichts daraus, vor seinen Gefangenen zu triumphieren, oder er wartete ihre Reaktion ab. Erlaubte ihr, sich zu beweisen.

Vielleicht wohnt hier auch niemand mehr, ging es ihr durch den Kopf, doch sie verwarf diesen Gedanken schnell, denn noch war ihr Glaube in Adnan ungebrochen. Noch frachtete sie ihm nicht die Schuld auf.

Da sie Marcuso nicht für den zurückhaltenden Typen hielt, ansonsten hätte er niemals das *Devil's Jaw* geführt, setzte sie auf den zweiten Grund und das verschaffte ihr den nötigen Mut, ihre Suche fortzusetzen.

Sie konnte nicht bestimmen, wie viele Stunden vergangen waren, bis der Durst sie ablenkte und das Knurren ihres Magens unsagbar laut wurde. Erst dann erinnerte sie sich ihrer Magie.

Lächerlich. So wahrhaft lächerlich.

Sie war eine geborene Hexia. Von klein auf hatte man ihr beigebracht, wie viel sie mit ihrer limitierten Macht tun konnte, und sie hatte jede Grenze ausgetestet, bis nur noch das Scheitern sie erwartete. Aber seit sie versagt und sich in der Verbannung wiedergefunden hatte, hatte sie auch diesen Teil ihrer selbst verleugnet.

Dieses Mal ließ sie ihre Magie nach einem Geheimausgang suchen, da sie sich weder nach oben katapultieren noch ihren Knöchel heilen konnte. Ohne Runen war sie noch hilfloser als viele andere ihrer Art. Dann endlich fand sie einen Hebel, der mit bloßem Auge nicht zu erkennen war. Sie betätigte ihn und sie wurde von einem tosenden Wind umfasst, der sie in einen anderen Raum trug. Dessen Wände waren von blutigen, eisernen Spitzen übersät und schoben sich auf sie zu. Doch auch daraus befreite sich die Seerose wie auch aus dem Raum des Feuers und dem der falschen Träume. Sie kämpfte und mit jedem Triumph fand sie ihre eigene Stärke, bis sie zurück ins Haus taumelte und die Zähne fand, die wie ein vergessenes Relikt auf dem Wohnzimmertisch lagen. Sie umfasste sie und öffnete bereits den Lederbeutel, den Adnan ihr genau dafür gegeben hatte, als sich Marcuso hinter ihr räusperte.

»Das würde ich nicht tun. An deiner Stelle«, sagte er und trat um sie herum. Die Hände erhoben und mit großem Abstand, um sie nicht zu erschrecken. »Ich tu dir nichts, keine

Sorge. Du hast das Haus der Fallen besiegt. Somit hast du dir auch die Zähne und meinen Respekt verdient. Tee?« Er deutete auf die dampfende Kanne und die Tassen. Sie war so auf die Zähne fokussiert gewesen, dass sie beides nicht bemerkt hatte.

Die Seerose nahm seine Einladung zögerlich an und hörte ihn an. Hörte, wie er ihr von dem wahren Schwur berichtete, von Adnans Wissen und dem Wert der Zähne. Ahnte, nein, wusste, dass Adnan mit ihrem Tod rechnete.

Wütend erhob sie sich und wanderte in dem Wohnraum umher, der ihr plötzlich wie eine weitere Falle erschien, bis sie vor einem silbernen Dolch stehen blieb. Er war eingerahmt und hing an der vertäfelten Wand.

»Warum erzählst du mir all das, Werwolf?«, fragte sie.

»Du bist die Erste und Einzige, die es so weit geschafft hat. Alle anderen ergaben eine furchtbar leckere Mahlzeit für mich.« Er legte den Kopf schief und streichelte seinen grauen Bart. »Aber dir schulde ich die Wahrheit.«

»Verstehe.« Sie zerschlug das Glas und nahm den Dolch an sich, ohne sich zu Marcuso umzudrehen. Sie fand, dass er ihr zumindest dieses Geschenk schuldig war. »Ich danke dir.«

Damit verließ sie humpelnd und verletzt die Bayous, ging zu Fuß nach New Orleans und brauchte dafür die ganze Nacht, bis sie erneut das *Seaheart* erreichte. Dort zog sie sich um, wusch sich, kümmerte sich um ihre Wunden und schickte Adnan dann eine Nachricht.

Wenige Minuten später erschien er in ihrem privaten Zimmer, in dem sie Nacht für Nacht Kunden unterhielt. Heute war auch er einer.

»Du bist zurück!«, rief er aus und umarmte sie. Fast glaubte sie, er meinte es ehrlich und würde das gleiche Herzklopfen spüren wie sie vor zwei Tagen. Aber sie ließ sich nicht ein weiteres Mal täuschen. Die Seerose hatte gelernt.

»Deine Zähne.« Nachdem er sich von ihr gelöst hatte, übergab sie ihm diese mitsamt dem Beutel, obwohl sie die Zähne nicht hineingelegt hatte. Marcuso hatte sie aufgeklärt. Hätte sie die Zähne hineingetan, wären diese sofort verschwunden und in Adnans Besitz übergegangen. Der ultimative Betrug. Er hätte die Zähne bekommen, ohne sich um ihr Schicksal kümmern zu müssen.

Als er sah, dass sie ihm Zähne und Beutel getrennt überreichte, erkannte er ihr Wissen sofort. Es veranlasste ihn nicht dazu, das dargebotene Geschenk abzulehnen, und schneller, als sie begreifen konnte, hatte er beides eingesteckt.

Sie nickte.

Er erblasste.

Dann wandte sie sich um, gab sich geschäftig. »Ich habe noch etwas für dich, Ghul.«

»Lass es mich erklären«, bat er, aber sie war ihm nichts mehr schuldig. War es von Anfang an nicht gewesen.

Sie drehte sich wieder um und hielt ihm den silbernen Sicheldolch hin. »Für das nächste Mal, wenn du deinen Freund in den Rücken stichst. Tu es wenigstens mit Stil.«

Zögerlich nahm er die Waffe an sich und dann verschwand sie aus seinem Leben und er aus ihrem und dies war ihre einzige Geschichte für sehr lange Zeit.

XXVI  VALENS

»Was denkst du?«, fragte mich Darcia. Während ihrer Erzählung hatte sie die Beine angezogen und die Arme um ihre Knie geschlungen.

Nicht ein Mal war sie vor der Wahrheit oder ihren vergangenen Gefühlen zurückgeschreckt und ich respektierte sie gleich noch mehr dafür.

»Ich denke, dass deine Geschichte um einiges spannender war als meine«, sagte ich lächelnd. »Und Adnan ist ein Scheißkerl wegen dem, was er dir angetan hat. Ich kann mir gut vorzustellen, wie du dich gefühlt hast.«

»Eindeutig betrogen.« Sie lächelte sanft und es echote in mir wieder. Ein Kribbeln breitete sich in mir aus, das ich nicht einordnen konnte.

Innerlich verarbeitete ich immer noch ihre Worte, die so viel, doch noch längst nicht alles von ihr preisgegeben hatten. Ihre Vergangenheit als Sedas Mädchen, die dunkle Zeit nach ihrer Verbannung, die auch ich hatte durchstehen müssen, und ihre Wiederauferstehung wie die eines Phönix. Ich beneidete sie um ihre Stärke. Sie war eine wahrhaftige Kämpferin, die sich gegen alle Widerstände behauptet hatte und am Ende gestärkt daraus hervorgegangen war. Dafür bewunderte ich sie.

»Er trägt den Dolch noch immer, weißt du?«, sagte ich nachdenklich. Ich wandte den Blick nicht von ihrem Gesicht, das ich nicht mehr vergessen würde. Seine Form hatte sich in die Innenseite meiner Lider gebrannt.

»Er lässt ihn sich erinnern, aber der Dolch verändert ihn nicht. Adnan ist, wer er ist, und du solltest dich vor ihm in Acht nehmen.«

»Das werde ich.« Alles andere wäre Selbstmord und entgegen meines anfänglichen Wunsches, als ich New Orleans betrat, wollte ich *nicht* sterben.

Ich lächelte schief.

»Was?«

»Mir gefällt es, dass du dir Sorgen um mich machst.«

Sie ließ ein abwertendes Geräusch hören, das sein Ziel verfehlte.

Ich beugte mich aus einem Impuls heraus zu ihr rüber, bis sich unsere Nasenspitzen fast berührten. Vergessen war die Vergangenheit. Ich wollte, dass Darcia nur mich sah. Nur an mich dachte.

Sie blinzelte, wich aber nicht zurück.

»Was tust du da?«, krächzte sie.

Ich lehnte mich vor. Meine Lippen berührten beim Sprechen ihr Ohr.

»Wir sind mehr als nur Geschäftspartner, Darcia«, raunte ich. Sie erschauderte. Mein Herz klopfte in meinem Hals. »Vergiss das nicht.«

»Das ... Das klingt wie eine Drohung.«

Als ich mich ein Stück zurückzog, blickte sie auf meine Lippen. Meine Nähe ließ sie nicht so kalt, wie sie mir und auch sich selbst weiszumachen versuchte.

»Es ist ein Versprechen.«

Sie schüttelte den Kopf, als würde sie sich von einem Zauber befreien wollen.

Grinsend zog ich mich zurück.

»Nun, da meine Neugier gestillt ist, wollen wir uns um deine kümmern. Das hier ist alles, was ich über die Waiża weiß«, wechselte ich abrupt das Thema. Sie sollte die Wahrheit sacken lassen und nicht darüber diskutieren, dass ich mich zu ihr hingezogen fühlte.

Etwas, das mir lange nicht mehr passiert war. Vielleicht noch nie.

Viel zu oft dachte ich an den Moment vor meinem Duell zurück. Ihre Hände, die meinen Oberkörper bemalten. Ihre großen Augen ...

Ich krabbelte ein Stück über den Boden, bis ich eine in braune Pappe eingeschlagene Akte erreichte. Es war besser, nicht daran zu denken. Ich übergab die Akte. In ihr hatte ich all meine gesammelten Informationen zu der Waiża zusammengetragen, um sie mir zuerst stündlich, dann täglich und schließlich nur noch wöchentlich durchzulesen.

Darcia widmete sich mehrere Minuten den vollgeschriebenen Bögen, begann dann wieder von vorn und hob schließlich den Blick, um mich damit zu fixieren. Das Braun ihrer Augen wirkte heute wie geschmolzener Bernstein und man konnte sich zu leicht darin verlieren.

»Du weißt also, dass sie in den Vierzigern ist und als Schönheit gilt. Deine Beschreibungen sind ziemlich präzise und gleichzeitig könnten sie auf dreitausend Frauen hier in New Orleans zutreffen. Dunkelbraune Haut, Rastalocken und ein Faible für enge Kleidung?« Sie atmete aus. »Interessanter gestaltet sich die Information über ihre Trunkenheit, dass sie sich oft in Bars aufhielt und von ihrem ...«, sie sah noch einmal in der Akte nach, »... von ihrem vermissten Sohn sprach, wenn sie nicht gerade über die nicht vorhandenen Fortschritte bei ihrem Vorhaben redete. Ihr Name Maya ist wahrscheinlich nicht ihr richtiger und wenn doch, so hat sie ihn vermutlich längst geändert.« Nachdenklich legte Darcia einen Finger an ihre Lippen.

Jetzt war ich derjenige von uns beiden, der seinen Blick nicht von den Lippen des anderen wenden konnte.

»Klingt logisch«, würgte ich hervor.

»Hat sie irgendetwas darüber verlauten lassen, wohin sie flüchten wollte? Ihr Versteck musste sie ja aufgeben.«

»Sie nahm nach dem Fluch ihr Gepäck und ging. Ich stand

sowieso neben mir, hab auch mein Bewusstsein verloren, glaub ich.« Stirnrunzelnd versuchte ich, mich daran zurückzuerinnern, auch wenn es schmerzte. Damals, als Glück und Pech nur durch wenige Momente voneinander getrennt gewesen waren. Diese Willkür hatte mir schon immer Angst bereitet. In dem einen Augenblick lebte man so vor sich hin und war zufrieden, wenn schon nicht glücklich, im nächsten geschah etwas Unvorhergesehenes und zerstörte alles. Einfach alles.

Und doch, während mich diese Gedanken durchfuhren, ließen sie den bittersüßen Schmerz vermissen, der sie sonst begleitete. Wäre ich niemals verflucht worden, hätte es mich niemals nach New Orleans verschlagen und ich wäre Adnan und Darcia nie begegnet. Für Darcia arbeiteten wir lediglich zusammen. In meinen Augen könnte so etwas wie Freundschaft zwischen uns entstehen, wenn sie es nur zuließe.

»Vielleicht ist das nicht wichtig, aber ...«, setzte ich erneut an, »... nachdem sie fort und ich wieder richtig bei mir war, durchsuchte ich ihr Haus nach irgendeinem Hinweis auf ihren Aufenthalt. Sie hatte nichts von Wert zurückgelassen, doch da gab es eine Notiz, die ich bis heute nicht vergessen habe. Sie war neben ein Rezept für Waffeln gekritzelt ...«

»Um was ging es?«, hakte Darcia nach und zog mich damit wieder aus meinem Tagtraum. Ich sah sie an.

»Da stand geschrieben: *Auf beiden Seiten. Beide Städte.*« Ich hob unschlüssig eine Schulter. »Ich weiß, nicht sonderlich aufschlussreich.«

»Vielleicht nicht. Du meintest, dass du danach nie wieder von ihr gehört hast? Sie war wie vom Erdboden verschluckt, obwohl sie dir versprochen hat, sämtliche Tore für alle zu öffnen?«

»Ja, das war schon seltsam«, stimmte ich zu.

»Ich glaube, dass Maya Babylon verlassen hat und nach New Orleans gekommen ist, um ihren Plan voranzubringen. Wenn die Notiz wirklich das bedeutet, was ich glaube, und es nicht irgendein Hinweis auf ein anderes Rezept ist.« Mit der Hand fuhr ich mir übers Gesicht und die rauen Stoppeln. Ich sollte mich rasieren, sobald ich die Zeit dazu fand.

»Was glaubst du, was es bedeutet?«

»Sie hat in Babylon alles in Gang gesetzt, aber um erfolgreich zu sein, muss sie genau das Gleiche in New Orleans erledigen.« Sie wippte aufgeregt mit ihrer Fußspitze. »Um sicherzugehen, muss ich mehr über das Ritual herausfinden.«

»Müssen *wir*«, verbesserte ich sie.

»Hm?«

»Wir müssen gemeinsam mehr über das Ritual herausfinden«, erklärte ich sanft.

»Du traust mir nicht?« Zornig schoben sich ihre Brauen zusammen.

»Doch, aber es kann nicht schaden, wenn ich dir dabei helfe, *mein* Problem zu lösen.« Ich grinste. »Mehr als Geschäftspartner, denk daran.«

»Okay«, willigte sie viel zu schnell ein, als dass ich sie morgen noch beim Wort würde nehmen können. Sie fuhr fort, bevor ich sie auf ein bindendes Versprechen festnageln konnte: »Es gibt eine weitere Möglichkeit, sie zu finden, falls sie in New Orleans ist. Jede Waiża muss ihren Aufenthaltsort dem Hexenrat melden, wenn sie die Ankerstadt betritt.«

»Das habe ich nicht gewusst.«

»Du bist ein Hexer, natürlich hast du das nicht.« Sie verdrehte die Augen. »Dieses Gesetz wirkt sich nur auf alle aus, die unter euch stehen. Waiżen, Hexia und sogar Septa aus Babylon.«

»Und du bist registriert?«

»Nein«, antwortete sie indigniert und entlockte mir damit ein tiefes Lachen.

»Alles andere hätte mich wirklich erstaunt.« Grinsend tippte ich mit dem Finger in ihre Richtung. »Was genau bedeutet das also?«

Sie beugte sich vor, als würde sie mir ein Geheimnis erzählen, und das Kribbeln in meinem Bauch verstärkte sich. »Das bedeutet, dass wir dem Rat einen Besuch abstatten werden und herausfinden, wo sich die Waiża aufhält. Du wirst schon bald frei sein, Val.«

Ihre Augen leuchteten und sie lächelte mich mit solch einer Offenheit an, dass es mir den Atem verschlug.

Darcia mit ihrem Zynismus, ihrer forschen Art, ihrem Lächeln und ihrer Traurigkeit hatte etwas in mir berührt. Tief in mir drin spürte ich das Bedürfnis, sie vor Schmerz und Hass zu schützen, was sie natürlich niemals zulassen würde. Eher würde sie mich verteidigen.

»Gehen wir jetzt?«, fragte ich, als ich sie dabei beobachtete, wie sie den Staub von ihrem Rock klopfte.

»Nein, der Rat öffnet erst am Morgen.« Sie legte den Kopf schief, während ich mich ebenfalls erhob. »Wir sollten gehen und uns später treffen …«

»Oder …«, sagte ich betont langsam, »… du könntest mit mir kommen. Ich möchte dir etwas zeigen, aber wenn du zu müde bist, dann …«

»Ich bin ganz sicher nicht zu müde«, empörte sie sich.

»Großartig, dann lass uns gehen.« Ich grinste breit, als ich erkannte, dass sie meine Falle bemerkte.

»Ich muss noch andere Dinge tun, Val. Dir zu helfen …«, begann sie.

»Komm schon, Darcia«, bat ich. »Lebe ein bisschen.«

Sie seufzte. »Irgendwie glaube ich, dass dein ›bisschen‹ ziemlich ›viel‹ für mich sein wird.«

»Angst?«

»Wir sind in Bywater, nicht wahr?«, fragte sie nach einer Weile des Spazierens, obwohl wir beide die Antwort darauf wussten. Jeder von uns kannte sich in New Orleans aus wie in seiner Westentasche. Die Sichelstadt war unweigerlich zu unserer Heimat geworden.

»Richtig.« Ich nickte und drückte kurz ihre warme Hand,

die sie mir daraufhin entzog. Okay. War wohl zu viel Nähe. »Wir sind gleich da. Dort drüben.«

Ich führte sie in eine wenig beeindruckende Anlage, die für die Öffentlichkeit zugänglich war. Rundherum wurde sie von einem Maschendrahtzaun eingeschlossen und es gab nur einen Weg hinein. Die Dunkelheit hielt Felsen und geschnitztes Holz in einer festen Umklammerung. Noch konnte man nicht den Grund erkennen, warum ich Darcia hergeführt hatte.

Sie sah mich zweifelnd an.

»Hier hat einst ein Künstler gelebt«, sagte ich und führte sie tiefer über den Pfad hinein. Kies und getrocknetes Gras knirschten unter unseren Sohlen. Links und rechts von uns erhoben sich Wände, Statuen und seltsame Gesteinsbrocken unterschiedlicher Größe, während uns die Sterne den Weg wiesen. »Er war fasziniert von der Macht und der Wirkung des Lichts.«

»Was geschah mit ihm?«, flüsterte sie, als würde sie allmählich die Magie dieses Ortes spüren.

»Eines Tages verschwand er spurlos und sein Werk ging an die Stadt über.« Ich breitete meine Arme aus, um unsere Umgebung einzufangen. »Es fand sich ein Gönner, der sich für den Erhalt einsetzte und diesen Ort der Öffentlichkeit freigab.« Ich hielt es für besser, zu verschweigen, dass Adnan dieser Gönner gewesen war, aber ein Blitzen in ihren Augen verriet mir, dass sie es sich dachte.

»Noch sehe ich nicht viel von diesem *Kunstwerk*«, zwitscherte sie vergnügt und ich nahm augenblicklich die Herausforderung an.

»Sieh genauer hin.« Ich grinste, wandte meinen Blick von ihr ab und der Umgebung zu. Aufgeregt rief ich die Magie in mir, die ich viel zu selten nutzte. Hier in New Orleans musste man ständig vorsichtig sein und darauf achten, dass einen niemand dabei beobachtete, wie man Magie wirkte. Doch jetzt konnte ich loslassen.

Flammen züngelten wie hungrige Schlangen um meine

Hände und verteilten sich allein durch meine Kontrolle im ganzen steinernen Garten. Sie fanden die Nester aus Öl, Stroh und Holz, die Nacht für Nacht vom Platzwart aufgefüllt wurden, für eine dieser Gelegenheiten. Natürlich war der Garten auf rein menschliche Fähigkeiten ausgelegt, aber ich würde den Teufel tun und ein Feuerzeug benutzen. Selbst durch die Elektrizität, die durch die menschlichen Geräte in der Luft lag, konnte ich mich noch immer einem Großteil dessen bedienen.

»Wunderschön«, rief Darcia aus und sie klang so erfreut, wie ich es nie zuvor gehört hatte. Ohne ihren geliebten Zynismus, ohne ihre Mauern.

Ich ließ meine Arme sinken und die Flammen an meinen Händen erstarben, blieben aber um uns herum in ihren nährreichen Nestern.

Noch einen Moment zuvor waren wir allein, nun wurden wir von Hunderten von Schatten in unterschiedlichen Formen und Größen umkreist. *Das* war die Magie dieses Ortes. Die kleinen Feuer flackerten und kreierten unterschiedliche Illusionen in der dunklen Nacht.

»Wie machtvoll bist du, Val?«, fragte sie, nachdem wir eine Weile schweigend so dagestanden und das Lichterspiel genossen hatten.

»Woran kann man das schon messen?«, erwiderte ich und deutete auf eine Bank aus Stein, von der aus man weiterhin einen guten Blick hatte, da sie erhöht auf einer Empore stand. Ich führte Darcia die wenigen Stufen hinauf und setzte mich neben sie. Der Abstand, den sie danach suchte, ließ mich wissen, wie unzufrieden sie mit meiner Antwort war.

»Es gibt für alle Hexer und Hexen einen Test im Kindesalter, um das Potenzial zu bestimmen.« Sie reckte das Kinn, wie sie es oft tat, wenn sie glaubte, ich würde sie für dumm verkaufen. »Glaub nicht, dass ich nichts von diesen Dingen weiß, nur weil ich eine einfache Hexia bin.«

»Dich beschreibt vieles, Darcia, aber *einfache Hexia* gehört nicht dazu.« Ich lachte leise in mich hinein, bevor ich mich nach hinten lehnte. Unsere Schultern lagen aneinander und sie zuckte kurz. »Ich wurde getestet, ja, doch man hat mir das Ergebnis nie mitgeteilt.«

Langsam bewegte ich meine Hand an ihre, sodass sich unsere kleinen Finger berührten. Wärme durchflutete mich, als sie sich nicht von mir entfernte. Sie war es sogar, die ihre Hand gänzlich unter meine schob.

Mein Herz vollführte Saltos.

»Was?« Sie sah mich überrascht an, lenkte mich von unseren Händen ab. »Warum nicht?«

Weil mein Vater ein Kontrollfreak gewesen war? Weil ich durch das Ergebnis die königliche Nachfolge mit meiner Schwester an der Spitze gefährdet hätte? Ich hatte mir schon oft darüber Gedanken gemacht, aber natürlich konnte ich Darcia meine Vermutungen nicht mitteilen, weshalb ich lediglich mit einer Schulter zuckte.

»Ich schätze, ich sollte mich davon nicht beeinflussen lassen.« Mit meiner freien Hand schob ich meine Baseballcap zurecht. »Meine Familie ist ein bisschen ... eigen. Ich stand niemandem von ihr nahe außer meiner Mutter und nachdem ich ... nachdem ich verbannt wurde, habe ich nichts mehr auf meine Magie gegeben.«

»Hast dich wohl in Selbstmitleid gesuhlt, hm?« Sie stieß mich leicht in die Seite.

»Haben wir das nicht alle?«

»Sicher.« Ich spürte ihr Nicken, da ich meinen Blick wieder auf die Lichter gerichtet hatte. Sie zog mich leicht an der Hand. »Aber ich glaube nicht, dass dich etwas unterkriegen könnte.«

»Wieso nicht?«

Sie ließ sich dieses Mal Zeit mit der Antwort und ich befürchtete schon, sie würde sie mir schuldig bleiben. Als sie sich endlich eine Antwort zurechtgelegt hatte, drehte sie sich zu mir. Ein Bein auf der Bank zwischen uns angewinkelt. »Du erscheinst mir immer so optimistisch und unerschütterlich. Ständig gut gelaunt und so.«

»Das, was wir den Menschen in unserer Umgebung zeigen, ist nicht immer das, was wir im Herzen fühlen«, erinnerte ich sie zweifellos an etwas, das sie bereits wusste. Ich bohrte meinen Blick in ihren.

»Natürlich.« Sie lächelte gezwungen.

Ich hob eine Hand und berührte ihre Wange. Vorsichtig. Mit der Fingerkuppe strich ich über ihre Unterlippe, übte leichten Druck aus.

Darcia atmete kaum. Sie war ebenso von meinen Bewegungen gefangen wie ich von ihrem Anblick.

Zufrieden mit ihrer Reaktion zog ich meine Hand zurück.

»Was ist mit deiner Familie? Stehst ... Standest du ihr nahe?«

»Ja«, antwortete sie mit so viel Traurigkeit in der Stimme, dass ich bereute, nachgefragt zu haben. »Meine Eltern, meine Schwester und ich ... wir waren immer ein Team. Natürlich gab es auch Streitereien und so, aber niemals was Schlimmes.«

»Sie vermissen dich bestimmt.«

Schweigen senkte sich über uns und ich erwartete schon, sie würde sich für immer in die Stille zwischen uns hüllen, als sie erneut ihre Stimme erhob. Ungewöhnlich rau und weit entfernt.

»Mein Vater und ich ... wir hatten eine besondere Beziehung«, begann sie und ich lauschte wie gebannt jedem Wort. »Meine Mutter und meine Schwester sind immer ruhig und gefasst gewesen, auf Regeln bedacht und stets ordentlich. Das Gegenteil von uns also ... Wir gaben uns Mühe, ihren Standards gerecht zu werden, aber hin und wieder erlaubten wir uns kleine Abenteuer. Er nahm mich mit in die Akademie, wenn niemand mehr da war, und wir schlossen uns in die verschiedensten Lehrräume ein. Mein liebster war der Astronomieraum. Dort konnte er mir mit seiner Magie die Planeten zeigen und währenddessen erzählte er mir die spannendsten Geschichten von singenden Piraten, kämpferischen Prinzessinnen und albernen Wachen.«

»Er klingt nach dem besten Vater, den man sich vorstellen könnte.«

»Das war er«, murmelte sie. »Und ...«

Sie wurde von einem spitzen Schrei unterbrochen.

Unsere Hände lösten sich voneinander. Zeitgleich sprangen wir auf, blickten uns angespannt um, aber aus den unzähligen Schatten formte sich kein Angreifer, der es auf uns abgesehen hätte. Stattdessen ertönten weitere Rufe, nicht mehr ganz so hysterisch, doch weiterhin entsetzt.

»Lass uns nachsehen«, schlug ich vor und mit kleinen Bewegungen hatte ich die Flammen eingesammelt, sodass wir wieder in Dunkelheit getaucht wurden. Es dauerte ein paar Sekunden, ehe sich meine Augen daran gewöhnten, dann huschten Darcia und ich zum Ausgang und folgten dem aufgeregten Stimmengewirr.

Wir mussten einmal um die Anlage herum, bis wir den Friedhof St Vincent de Paul erreichten. Die weiße Mauer wurde von einem gusseisernen Tor unterbrochen, vor dem sich eine Menschentraube gebildet hatte.

Wenige Sekunden später erkannten wir auch den Grund dafür – an den Gitterstäben war eine Frau mit schwarzem langem Haar festgebunden. Ihre Arme waren zu den Seiten weggestreckt und sie war in ein weißes, blutbesudeltes Kleid gehüllt. In ihrer Brust klaffte ein riesiges Loch. Ich musste nicht genauer hinsehen, um zu wissen, dass ihr Herz fehlte.

»Beim Mondgott«, flüsterte Darcia, die Augen weit aufgerissen, die Haut blass.

Schweigend stimmte ich ihr zu.

XXVII

DARCIA

Das Blut hatte sich in einer Lache zu Rojas Füßen gesammelt. Ihr war somit hier vor Ort, noch nicht vor allzu langer Zeit, das Herz entrissen worden. Der Dunkle hatte mich mit seiner Nachricht verhöhnt, mich vorgewarnt und ich hatte mich von Vals sanften Worten einlullen lassen. Obwohl Adnan mir bestätigt hatte, dass in den letzten drei Jahren mehr als ein Dutzend Hexen ohne Herz gefunden worden waren, hatte ich nicht sofort gehandelt.

Nun hatte der Dunkle, um mich zu verspotten, mein dreizehntes Opfer zu dem seinen gemacht. Roja, die Zirkeloberste.

Das, was mich jedoch in Angst versetzte, war die Tatsache, dass J die Dreistigkeit besessen hatte, das Opfer an diesem Ort abzuladen. Woher hatte er gewusst, wohin Val und ich gehen würden? War er uns gefolgt? Oder hatte er die Leiche schon vor unserer Ankunft platziert? Die Gegend hier war des Nachts nicht sonderlich frequentiert, auch wenn sich nun ein halbes Dutzend Menschen hier zusammengefunden hatte. Einige von ihnen waren sicherlich ebenso wie wir von dem spitzen Schrei der einzigen Frau unter ihnen angelockt worden.

Ich fühlte mich wie versteinert. Plötzlich schienen mir all meine Pläne durch die Finger zu gleiten. Die letzten drei Jahre der Vorbereitung wirkten auf einmal unbedeutend und klein, nun, da mir jemand zuvorgekommen war.

»Darcia«, hörte ich Val wie aus weiter Ferne sagen und an

seinem drängenden Tonfall erkannte ich, dass es nicht das erste Mal gewesen war. »Die Polizei kommt, gehen wir.«

Erst da hörte ich die immer lauter werdenden Sirenen. Ich ließ mich von Val vom Geschehen wegzerren, während meine Gedanken rasten.

Nachdem wir einen Block weiter gegangen waren, stemmte ich die Fersen in den Boden und wartete, bis Val sich mir zuwandte. Auch er wirkte so entsetzt wie die anderen und blass um die Nase, als wäre ihm schlecht. Wahrscheinlich fand er den Anblick fürchterlich. Ich hingegen hatte kaum auf die Brutalität geachtet, die mir so vertraut war.

Würde Val gerade jetzt einen Blick in meinen Verstand werfen, er würde sich umdrehen und davonrennen.

»Ich muss gehen«, presste ich hervor und entzog ihm meinen Arm.

»Was?«

»Wir sehen uns um acht Uhr vorm Gallier-Haus. Es liegt an der Royal Street«, sagte ich.

»Darcia, warte!«

Ich entfernte mich bereits im Eilschritt von ihm. »Entschuldige, Val, mir ist was eingefallen, das ich tun muss.«

»Du kannst nicht einfach abhauen nach ...« Er packte mich an den Oberarmen. Seine blauen Augen, die wie dunkle Teiche wirkten, verrieten seinen inneren Aufruhr.

Alles, was Val ausmachte, berührte mich. Die letzte Stunde. Seine Hand an meiner. Seine Nähe. In ihr blühte ich auf. Ich fühlte mich wie eine völlig andere Person. Gleichzeitig war ich davon überzeugt, dass sie schon immer in mir gelebt hatte.

Es machte mir so wahnsinnig große Angst.

Seine Hände wanderten zu meinem Gesicht. »Lauf nicht weg.«

Ich tat etwas, weil ich wusste, dass es die schnellste Möglichkeit war, von ihm loszukommen. Zumindest redete ich mir das ein, als ich den Mut dafür sammelte.

Mit den Händen krallte ich mich in sein Baumwollshirt.

Ohne an die Konsequenzen zu denken, stellte ich mich auf die Zehenspitzen und küsste Val.

Ich presste meinen Mund auf seine einladenden Lippen, biss leicht hinein, um eine Reaktion hervorzulocken. Sie ließ nicht lange auf sich warten.

Er zog mich an sich und erwiderte den Kuss. Ich hatte ihn begonnen, um mich von ihm zu befreien. Nun verlor ich mich in dem Gefühl.

Eilig rückte ich von ihm ab.

»Bis später«, wisperte ich und rannte schwer atmend davon.

So schnell wie möglich brachte ich Abstand zwischen uns, obwohl mich die unerklärliche Verbindung zu Val dazu bringen wollte, zurückzukehren.

Doch ich konnte nicht bleiben.

Der Dunkle würde wahrscheinlich noch heute Nacht das erste Ritual abschließen. Panik breitete sich in mir aus und zerschlug jeden positiven Gedanken. Ich hatte mich auf meinen Lorbeeren ausgeruht, hatte es perfekt machen wollen und geglaubt, darum würde es gehen. Dabei war das Ziel wichtiger als der Weg. Ich musste die Herrin der Wicked werden. Ganz egal, wie. Ob nun voller Perfektion oder nur haarfein am Versagen vorbei.

Ich stürmte in meinen Arbeitsraum, um mit Tieno zu reden, doch die Bannzauber verrieten mir, dass er nicht zu Hause war. Nur Menti regte sich in ihrem Bett. Ich wollte nicht, dass sie mich derart aufgewühlt sah. Deshalb pflückte ich eines meiner Säckchen vom Eisengerüst und pustete der Wila das Pulver ins Gesicht. Sie nieste einmal, dann schlief sie tief und fest weiter.

Mit rasendem Herzen stürzte ich die Treppe hinauf, begab mich unter mein Bett und holte verschiedene vorbereitete Flüche aus einem Geheimversteck. Zusammen mit einem gebogenen goldenen Dolch befestigte ich sie an meinem Gürtel, band ein kleineres Wurfmesser an meinen Fußknöchel und rannte erneut nach unten. Dort öffnete ich das Versteck, in dem die zwölf Herzen schlugen. Ich nahm das dreizehnte, noch immer leere Glas heraus. Nachdem ich es in einen Beutel gesteckt und diesen über meine Schulter geworfen hatte, atmete ich noch einmal tief durch.

Es gab kein Zurück mehr. Das hier hätte ich schon vor Wochen tun sollen.

Ganz langsam zog ich mir die schwarze Maske über, die mein Gesicht gänzlich verdeckte, ehe ich hinausschlich.

Bereits vor drei Jahren, als ich dieses Haus erstanden hatte, hatte ich es mir zur Aufgabe gemacht, jeden Schwarzen Hexenzirkel ausfindig zu machen. Ich studierte ihre Verhaltensweisen und folgte ihnen zu ihren Treffen auf den verschiedenen Friedhöfen. Es gab einen Zirkel, der sich stets vor Sonnenaufgang an einem Friedhof in meiner Nähe traf. Bisher hatte ich mir keine seiner Hexen als Opfer ausgesucht, um die Aufmerksamkeit nicht auf mich zu lenken, aber darum ging es nicht mehr.

Als ich den kleinen Friedhof betrat und zwischen Grüften und Krypten huschte, orientierte ich mich an dem Licht der Fackeln, das bis zu mir drang. Der Zirkel hatte sich längst eingefunden und wenige Momente später vernahm ich seinen Abschlussreim.

Mit dem Rücken presste ich mich an die Mauer einer steinernen Familienkrypta, legte die Handflächen aneinander und wob einen schmalen Streifen Magie, der sich mit der Dunkelheit verband und mich einhüllte. Obwohl ich stillstand und abwartete, obwohl mich die Ruhe einholte, erlaubte ich mir nicht eine Sekunde, über die Konsequenzen nachzudenken.

Oder über die zu erwartenden Gefahren. Meine Möglichkeiten waren begrenzt.

Ich konnte die Hexen nicht sehen, aber ich zählte mindestens ein halbes Dutzend Stimmen. Sie verabschiedeten sich voneinander und zerstreuten sich, bis nur noch eine von ihnen übrig blieb und wie vom Schicksal gewollt in meine Richtung wanderte.

Sie war jung, ein paar Jahre älter als ich, trug ihr Haar kurz und frech. Trotz der Frühe hatte sie ihre Augen dunkel geschminkt und ihre Lippen mit roter Farbe nachgezogen. Um ihre Mundwinkel zeigte sich ein zufriedenes Lächeln, die Freude des Lebens spiegelte sich in ihrem leichten Gang wider.

Es bewegte nichts in mir.

Ich war aus Eis gehauen.

Eine Jägerin, die ihre Beute anvisiert hatte und sich zum Angriff bereit machte.

Ich atmete aus.

Die Hexe näherte sich mir, schritt an mir vorbei und ich streifte die Dunkelheit wie einen Mantel von meinen Schultern, bewegte mich hinter die Hexe und legte ihr einen mit einem dunklen Fluch gefüllten Amethyst auf die Schulter. Er färbte sich schwarz. Die Magie sank in ihren jungen Körper, dessen eigene Macht sich dagegen zu wehren versuchte.

Während ihres innerlichen Kampfes war sie wie erstarrt.

Ich stellte mich vor sie und nutzte ein ähnliches Pulver wie zuvor bei Menti, um es ihr ins Gesicht zu pusten. Es glitzerte lila und verfing sich in ihren Wimpern, legte sich nach einem Atemzug auf ihre Lunge. Anstatt sie in die Bewusstlosigkeit zu ziehen, versteinerte es ihre Gliedmaßen und sie konnte nichts weiter tun, als mich mit schreckensgeweiteten Augen im Zwielicht anzustarren.

Ich erwiderte ihren Blick und begriff erst nach und nach, wie einfach dieser Überfall gewesen war. Wie schwach diese schwarzmagische Hexe sein musste. Trotzdem, deswegen war ich hier, ob schwach oder stark, es musste heute Nacht geschehen.

»Ich weiß, du fürchtest dich«, sagte ich leise und strich ihr eine Strähne aus dem Gesicht. »Aber das brauchst du nicht. Es wird ganz kurz wehtun. Dann ist es vorbei.«

Sie wimmerte, doch perlten keine Worte über ihre Lippen.

Denk nicht nach. Denk nicht nach.

In der nächsten Sekunde lag das goldene Messer in meiner Hand und ich schlitzte erst ihre dünne Jacke und dann ihr T-Shirt auf, bevor die Spitze durch ihre Haut drang. Ich musste kaum Kraft aufwenden. Es reichte aus, wenn die Oberfläche ihrer perfekten Haut gezeichnet war.

Ohne in ihr Gesicht zu sehen, steckte ich den Dolch wieder ein.

Magie durchfuhr mich wie ein Wasserfall und ich spürte die Macht in meiner rechten Hand, die ich mit einem festen Ruck in die Brust der Hexe grub.

Weder Haut noch Knochen hinderten mich daran, das Herz zu umfassen.

Das Pochen zu fühlen.

Leben.

Ich schloss die Augen, genoss das Gefühl unsagbarer Macht und zog dann meine Hand mit einem ebenso starken Ruck wieder aus der Brust.

Das Herz wurde seinen Venen entrissen. Blut rann meine Hand, meinen Unterarm herab und tränkte den sandigen Boden.

Die Hexe starrte mich mit offenem Mund an, fiel auf ihre Knie. Sank zur Seite. Rührte sich nicht mehr. Rührte sich nie mehr.

Mein Blick galt dem toten Herzen in meiner Hand, das ich eilig in das magische Glas legte. Nachdem ich den metallenen Deckel zugeschraubt hatte, setzte die Magie ein und das Herz begann, erneut zu schlagen.

»Es tut mir wirklich leid«, flüsterte ich mit zittriger Stimme. Ich hielt kurz inne, prägte mir ihr Gesicht ein. Dann wandte ich mich von der Leiche der jungen Frau ab und verließ den Ort des fürchterlichen Geschehens.

Noch war die Nacht nicht vorbei. Noch konnte ich alles wiedergutmachen.

Ich eilte mit blutigen Händen nach Hause. Menti schlief weiter. Sofort verstärkte ich die Bannzauber und begab mich auf die Dachterrasse, um das erste Ritual zu beenden.

Der Morgen streckte bereits seine Fühler aus und tunkte die Umgebung in blasse Farben. Schon bald würde die Sonne über den Horizont klettern, aber so lange noch die Nacht herrschte, konnte ich die Magie dieser Art nutzen. So hatte es im Buch aus der Bibliothek gestanden.

Ich ordnete die dreizehn Gläser mit den Herzen wie die Spitzen und Kreuzungen eines Pentagramms an. Die letzten drei Gläser ergaben dann ein Dreieck innerhalb des Pentagramms, in das ich mich begab. Der Wind wehte mir mein Haar ins Gesicht, doch ich machte mir nicht die Mühe, es wegzustreichen.

Im Schneidersitz ließ ich mich nieder, legte die Hände auf meine Knie und schloss die Augen.

In mir gab es nicht viel Magie.

Lächerlich wenig im Vergleich zu einem mäßig talentierten Hexer, aber das war jetzt nicht wichtig. Wichtig war nur, dass ich das wenige auf mich selbst konzentrierte, zu einem Ball formte und diesen durch jedes Herz fließen ließ.

Als ich sicher war, dass es mir gelingen würde, öffnete ich die Lider und beobachtete den Magiestrom, der das erste Herz mit seinem blauen Licht umhüllte. Funken sprühten und in der nächsten Sekunde zog die Magie weiter und hinterließ ein verrottetes schwarzes Herz. Dies wiederholte sich noch zwölf Mal, bis die Kugel zu ihrer dreifachen Größe angewachsen war und in ihrem Inneren Blitze zuckten.

Ich öffnete den Mund und atmete sie ein.

Macht, unglaubliche Macht durchströmte mich, nistete sich in mir ein und wütete wie ein grausamer Sturm. Sie brachte ein Ungleichgewicht mit sich, das mich in die Dunkelheit riss. Ich fiel zurück, keuchte und versuchte gleichzeitig, nach etwas zu greifen, das mich hier hielt.

Ich durfte mich nicht verlieren. Nicht jetzt. Noch nicht.

Plötzlich fühlte sich meine Haut zu eng an, zu straff, zu klein für das, was ich geworden war.

Ich schlug wild um mich, krallte mich in die Luft und stieß einen Schrei aus, der nicht nach mir klang, geschweige denn nach einem menschlichen Wesen.

Atme.

Das Meer in mir beruhigte sich. Ich bemerkte ein Flimmern am Rand meines Sichtfelds. Der Körper meiner Schwester manifestierte sich und ich sah ihr anerkennendes Nicken.

»Ich habe es geschafft, Rienne«, raunte ich heiser. Meine Stimmbänder schmerzten von meinem Schrei. Mühselig richtete ich mich auf. Ein fremdartiges Knistern entstand, als ich meine Fingerkuppen aneinanderrieb.

»Ich bin so stolz auf dich«, sagte sie mit glänzenden Augen.

Einem Instinkt folgend ließ ich mehr Magie in meine Hände fließen und sofort entstand eine dunkelgrüne Flamme. Zischend wartete sie auf meine Befehle. Ich betrachtete sie voller Faszination, dann entließ ich sie in die Welt. Mit einem ohrenbetäubenden Krachen zerplatzten die Gläser und das Feuer machte sich wie ein hungriges Monster über die dreizehn verfaulten Herzen her, fraß sie auf, um alle Spuren zu vernichten.

Ich zog die Beine an und betrachtete das Spektakel, bis der letzte Funke verglüht war. Rienne näherte sich mir und legte eine Hand, die ich nicht spüren konnte, auf meine Schulter.

»Es schmerzt«, flüsterte ich gepresst. Das Gesicht der Hexe flackerte in meinen Erinnerungen auf. Panik und Angst vermischt mit Unglauben, dass ausgerechnet ihr dies geschah.

»Du tust es für mich«, erwiderte sie sanft.

Als sie verschwand, machte ich mich mit zittrigen Beinen auf den Weg zurück in mein Zimmer.

Obwohl ich nun mächtiger war und das erste Ritual abgeschlossen hatte, wurde das Gefühl tiefer Befriedigung von Entsetzen ersetzt.

Atme.

Ich stand vor dem mannshohen Spiegel, die Hände klebrig vom getrockneten Blut meines letzten Opfers, das Haar durcheinander und die Wangen gerötet. Etwas zerbrach in mir.

Mörderin.

»Du tust es für Rienne«, wiederholte ich die Worte meiner Schwester, die sich plötzlich hohl anhörten.

Von einer überwältigenden Raserei besessen, zerrte ich mir die Kleidung vom Leib, kratzte über meine Haut, als sich mir Knöpfe und Nähten widersetzten. Ich schrie und jaulte wie ein verwundetes Tier und knurrte, als der Schmerz ein brennendes Loch in meiner Brust hinterließ.

Nur noch in Unterwäsche dastehend schrubbte ich mir das Blut von der Haut, doch es wollte nicht verschwinden.

Es blieb und haftete an mir. Vermischte sich mit meinem eigenen Blut, meinem eigenen Leben und verfluchte mich, ohne magisch zu sein.

Ich sah erneut das entsetzte Gesicht der Hexe, deren Namen ich nicht einmal kannte, und ich hasste mich.

Mörderin.

Ein Schluchzen entrang sich meiner Kehle und es war mir nicht länger möglich, die Tränen zurückzuhalten.

Neben meinem Bett brach ich zusammen und weinte. Meine Finger klammerten sich in die Matratze. Keuchend versuchte ich, mich zusammenzureißen. Alles zu rechtfertigen und der Rache meine Seele zu entreißen und doch gelang mir nichts anderes, als um all meine Opfer zu trauern. Und um meine Schwester sowie die Zukunft, die mir von der Königsfamilie genommen worden war.

Du, Hexia Darcia Bonnet, wirst der Stadt verwiesen und in die Ankerstadt New Orleans verbannt. Lebenslänglich. Die Stimme der Königin, die sich in meine Seele geschnitten hatte. *Für immer und ewig sollst du mit deinen Lügen als Begleiter in Einsamkeit dahinsiechen.*

Oh, wie recht sie gehabt hatte!

Irgendwann erschien Tieno, mein treuer Freund, der sich neben mich setzte und mich in eine feste Umarmung zog. Er wiegte mich und summte leise.

Ich begann jämmerlich zu weinen.

Schwach, schwach, schwach, echote es in meinem Inneren, aufhören konnte ich trotzdem nicht. *Mörderin.*

ROSMARIN

Einmal in ihnen gebannt

XXVIII

RUTH

In dieser Nacht begann die Jagd. Babylon zeigte sich von seiner schönsten Seite, präsentierte sich in den Farben des Mondgottes Sin. Dunkelblau, warmweiß und blassrosé. Lampions hingen an Leinen zwischen den Häusern und erhellten die Nacht gemeinsam mit den Fackeln und den magischen Laternen, die an jedem Abend entzündet und an jedem Morgen wieder gelöscht wurden. Viele Bewohner der Stadt waren bereits in ihre Häuser gekehrt, für andere begann jetzt erst die Arbeit. Sie kümmerten sich um die Müllentsorgung, verfrachteten Ware, mit der sie durch die Tore in andere Schattenstädte reisten, oder sie reinigten die Straßen von Pferdemist. Weber, Krämer, Ärzte mischten sich ein letztes Mal unter die Menge auf dem Basar, um ihr hart erarbeitetes Geld in Lebensmittel zu tauschen. Datteln, Gerste, Kohl, würziger Ziegenkäse oder mit Kräutern durchsetzter Joghurt. Manchmal reichten die Münzen auch für einen Apfel oder Weintrauben mit Mandeln gefüllt.

Ruth stand mit ihrer Gruppe neben dem Denkmal der vor vier Jahren Verstorbenen. Bisher hatte sie der Anblick des steinernen Mals mit Ruhe erfüllt, doch seit sie die Wahrheit kannte, suchte sie vergeblich nach dieser.

So viele Menschen waren in der Nacht der Bestien gestorben und die königliche Familie hatte die Schuld auf mangelhafte Schutzmaßnahmen an den Toren geschoben, anstatt sich ihren eigenen Fehler einzugestehen. Das Volk war in dem Glauben gelassen worden, dass die Monster aus dem Schattenland in die Stadt gedrungen waren. Steckte auch Val hinter dieser Verschwörung? Ruth wusste, dass niemand etwas von ihren verräterischen Gedanken ahnen durfte, sonst würde sie wie das Mädchen damals im Exil enden.

Gerald, Misty und Cronin gehörten heute zu Ruths Gruppe und schritten von der Südseite aus gen Osten. Silla, Sue und Damian würden das Gebiet von der Nordseite aus betreten und durch Gerald Verbindung mit ihnen aufnehmen, wenn es die Situation verlangte. Der Druide besaß die Fähigkeit, mit anderen per Gedanken zu kommunizieren. Es verlangte ihm viel ab, weshalb er es nur im äußersten Notfall unternahm.

Heute bestand seine Hauptaufgabe darin, die Schwingungen der Schattenbestie aufzunehmen und sie in die richtige Richtung zu leiten. Zur Unterstützung gab es die Fährtenleser Cronin und Silla, deren Anweisung die Jäger folgen sollten, bis sie den Chupacabra gefunden hatten.

Die Temperaturen waren noch immer hoch, obwohl die Nacht vor mehreren Stunden angebrochen war. Babylon kühlte niemals vollständig ab. Es gab ein paar Schattenstädte, die die vier Jahreszeiten nachahmten, wenn ihre Ankerstädte von ihnen beeinflusst wurden. Ruth würde gerne einmal einen Winter miterleben, doch die meiste Zeit war sie mit dem beständig warmen Wetter zufrieden. Nur die hohe Luftfeuchtigkeit machte ihr wie jedem anderen auch zu schaffen.

Sie erreichten das Tor Selena und wichen der Patrouille der Stadtwache aus. Da sie noch im Geheimen agierten, müssten sie sich ihr gegenüber rechtfertigen, wenn ihre Waffen entdeckt würden. Dolche, Schwerter, Wurfmesser und Mistys Peitsche waren nicht einfach zu verbergen.

»Hier entlang«, wisperte Gerald, seine Augen wirkten glasig, als er sie zu sich heranwinkte. Cronin schritt voraus, Ruth folgte und Misty bildete die Nachhut, auch wenn Ruth ihr nicht traute. Trotzdem zwang sie sich, ihr den Rücken zuzukehren und sich auf ihre Aufgabe zu konzentrieren.

Cronin hockte sich vor einem Pferdeapfel hin, der noch nicht weggekehrt worden war. Am Ende der Straße schlossen die ersten Viehställe an, die der Pferde lagen noch ein gutes Stück ins Stadtinnere hinein. Seltsam.

»Der Chupacabra war vor Kurzem hier«, verkündete Cronin. »Das ist von ihm.« Er deutete auf die Hinterlassenschaften, die Ruth fälschlicherweise einem Pferd zugeordnet hatte.

»Waffen bereit«, befahl Misty und sofort gehorchten sie. Anweisungen dieser Art waren ihnen über die Jahre in Fleisch und Blut übergegangen.

Nur Geralds Hände blieben leer, da er sich am besten mit seiner Magie gegen einen Angriff verteidigen konnte.

Sie schlichen durch den aufkommenden Nebel, der in dieser Stadt jedoch nie überhandnahm. Wenn die Temperatur ein paar Grad abfiel und sich mit der noch kühleren Luft des Flusses mischte, stiegen die hauchdünnen Nebelschwaden auf und schwebten vereinzelt durch die gepflasterten Straßen und Gassen.

Ruth spitzte ihre Ohren, doch ihr begegnete nichts außer der Stille einer weiteren, ganz normalen Nacht, während sie sich tiefer ins Viehviertel begaben. Ihre Sohlen verursachten kaum Geräusche, dennoch waren sie das Einzige, das sie hörte.

Als sie den ersten Stall erreichten, teilten sie sich auf, um ihn von allen Seiten zu begutachten, nach einem Eingang zu suchen, durch den sich der Chupacabra hätte schleichen können. Ruth entfernte sich von Misty, die im Inneren nachsehen würde, und schritt die Westseite ab. Ganz langsam bewegte sie sich im Schein der Straßenlampen, die auch hier gewissenhaft entzündet worden waren, und suchte mit einer Hand die Holzfassade nach einem Loch oder einer losen Latte ab. Mit der anderen Hand umfasste sie ihr Kurzschwert, da sie der Ruhe nicht traute. Noch nie hatte sie sich auf einen Kampf gegen ein fremdes Geschöpf vorbereiten müssen.

Natürlich, hin und wieder verirrte sich ein Schattenwesen in die Stadt und die Wache musste sich darum kümmern, doch diese Begegnungen waren immer zufällig. Zudem handelte es sich dabei meistens um kleine Geschöpfe, die schnell erledigt werden konnten. Der Chupacabra hingegen war nicht nur doppelt so groß wie sie, sondern auch clever, sonst wäre es ihm nicht gelungen, sich vier Jahre lang vor der Gruppe zu verstecken.

Ruth trat um die Stallecke herum, ohne einen Zugang gefunden zu haben, und begegnete Cronin, der ebenfalls den Kopf schüttelte. Sie arbeiteten sich von dort aus von Stall zu Stall vor und vereinten sich mit den Schatten, um niemanden auf sich aufmerksam zu machen. Dann hörte sie das erste Mal Stimmen. Wie Nadeln durchstachen sie die Nacht, wirkten viel lauter, weil es bis dahin so still gewesen war.

Das Tor zu einem der Ziegenställe stand einen Spaltbreit offen und aus ihm drangen eindeutig ebenjene Stimmen, die sich angespannt und hektisch anhörten. Handelte es sich dabei um Stallknechte, die ein weiteres Opfer des Chupacabras gefunden hatten? Wenn ja, wäre Ruths Einheit heute vielleicht zu spät und sie würden wieder ein paar Tage warten müssen, bis sich die Bestie vom Hunger erneut aus ihrem Versteck treiben ließe.

Misty nickte Ruth zu und sie zog die Stalltür weiter auf, damit die Jägerin lautlos hindurchschlüpfen konnte. Cronin folgte einen Atemzug später, Gerald hatte sich in die Schatten zurückgezogen.

Es gab einen lauten Knall, als Ruth ihren Gefährten folgte. Das Innere des Stalls wurde von einem magischen Licht erhellt. Es stammte weder von Misty noch von Cronin, da sie beide Septa waren. Einer der Knechte musste es entzündet haben.

Das Vieh blökte unruhig und Ruth hörte das Zusammenprallen von Körpern und Holz, als würden die Ziegen ausbrechen wollen.

»Bleibt stehen«, brüllte Misty und ließ ihre Peitsche nach vorne schnellen, als sich noch immer jemand bewegte. Dieses Mal in Ruths Richtung, doch sie versperrte mit einem weiteren Schritt den einzigen Ausgang.

»Bitte tut uns nichts«, wimmerte einer der Männer, die nun im Heu lagen. Um die Knöchel des Grauhaarigen war die Peitsche gewunden, die ihn zu Fall gebracht hatte, und von der Stirn des Jüngeren tropfte Blut. Über ihm ragte Cronin mit seinem Dolch auf. Wahrscheinlich hatte er mit dessen Knauf dem Jungen eins übergezogen.

»Wir wollten nur unsere zwei gerissenen Ziegen ersetzen«, plapperte der Jüngere und formte die Hände zu einer bittenden Geste. »Graf Grahl wird den Verlust sicher nicht merken, wenn ...«

»Mein Sohn weiß nicht, was er da redet«, unterbrach ihn der Grauhaarige und versuchte, sich aufzurappeln, doch Misty spannte die Peitsche an und sofort fiel er wieder rücklings zu Boden.

»Ihr seid Diebe?«, rief Ruth entgeistert aus und erkannte, dass sie sich hatten täuschen lassen. Hier gab es keinen Chupacabra.

»Zwei Ziegen wurden gerissen? Wo?«, mischte sich Gerald ein, dem es draußen offensichtlich zu langweilig geworden war.

»In unserem Stall. Am Ende der Straße«, murmelte der Vater und seufzte resigniert. »In zwei aufeinanderfolgenden Wochen.«

»Ihr habt es nicht der Stadtwache gemeldet?« Auch Ruth konnte sich nicht daran erinnern, dass Ziege auf dem Menü des Chupacabras gestanden hatte.

»Zu viel Aufwand. Wir ...« Der Mann kam nicht dazu, seinen Satz zu beenden, da in jenem Augenblick ein verzweifelter Schrei ertönte.

Niemand aus der Einheit zögerte.

Die Diebe wurden zurückgelassen und die Gruppe eilte aus dem Stall hinaus. Ein weiterer Schrei erklang aus westlicher Richtung und ein ohrenbetäubendes Krachen folgte, das Ruth schon sehr bald zuordnen konnte. Einer der Ställe hatte Feuer gefangen. Es breitete sich auf dem Dach aus und würde schon sehr bald auf die anderen Gebäude übergreifen.

Sie erreichten den Stall, als die Tür von innen aufgebrochen wurde und eine Horde Ziegen blökend und panisch herausstürmte. Im letzten Moment konnten sie noch aus dem Weg springen. Ruth war klar, dass dies nur der Anfang war. Wenn sich das Feuer erst einmal ausbreitete, herrschte Chaos.

»Wir brauchen Hexer, die das Feuer eindämmen!«, rief Cronin über das Tosen hinweg.

Ruth prallte gegen eine Wand aus Hitze, als sie sich dem Tor näherte, um nachzusehen, ob sich noch jemand im Stall befand. Gerald hielt sie grob am Arm zurück.

»Bist du verrückt?«, brüllte er sie an und schüttelte sie.

»Jemand hat geschrien«, erklärte sie sich. »Was ist, wenn derjenige das Bewusstsein verloren hat? Wir können ihn nicht dem Feuer überlassen.«

Sie wartete keine Antwort ab, sondern entzog sich seinem Griff und stürzte ins rot glühende Innere. Dafür war sie ausgebildet worden. Ihr Können mit ihrem Mut zu verbinden und die zu retten, die sich nicht selbst retten konnten.

Der Rauch hatte sich ausgeweitet. Ihre Augen tränten und das Atmen fiel ihr schwer. Dennoch würde sie nicht umkehren. Es lag nicht in ihrer Natur, aufzugeben und damit das Leben eines anderen zu verwirken.

Sie arbeitete sich von Box zu Box vor, bis sie die Silhouette eines Mannes erkannte. Er lag am Boden unter einem herabgestürzten Balken eingeklemmt und konnte sich nicht allein befreien.

Sie kniete sich an seine Seite. »Ganz ruhig, ich helfe dir.«

»O ihr Götter«, rief er aus, Tränen strömten sein rußgeschwärztes Gesicht hinab. »Ich bin nicht verletzt, aber ich komme nicht raus. Bitte, ich will nicht verbrennen.«

»Keine Sorge«, beschwichtigte sie ihn. Hektisch umfasste sie den warmen Balken, der noch kein Feuer gefangen hatte. Sie spannte ihre Muskeln an, ging in die Hocke und stemmte sich mit der Schulter gegen den Sparren.

Es tat sich nichts. Schweiß rann in Strömen ihren Körper

hinab und sie musste ihre Waffen ablegen, deren Klingen sich mehr und mehr erhitzten. Dann versuchte sie es erneut. Ihr Hals kratzte und schwarze Punkte tanzten vor ihren Augen.

Langsam, aber stetig löste sich der Balken vom Boden, sodass der Mann seine Beine anwinkeln und befreien konnte.

Ruth verließ die Kraft und mit einem lauten Schrei ließ sie den Balken wieder fallen. Staub und Asche wirbelten auf, Funken sprühten. Atemlos sackte sie in sich zusammen. Der Mann wollte sich um sie kümmern, aber sie winkte keuchend ab.

»Lauf!«, krächzte sie.

Er machte auf dem Absatz kehrt und stolperte in die entgegengesetzte Richtung.

Das Feuer rumorte, toste und zeterte – bis Ruth erkannte, dass nicht das Feuer diese Geräusche verursachte, sondern eine Bestie. Mit zittrigen Beinen taumelte sie zur nächsten Box und dort entdeckte sie den Chupacabra.

Er war von drei Seiten durch das Feuer eingekesselt und dort, wo Ruth stand, verhinderte die mit Eisen verstärkte Tür, dass er hinausstürmen konnte.

Der Chupacabra war an Hässlichkeit nicht zu übertreffen und vor Abscheu wich sie einen Schritt zurück. Diese Bewegung lenkte die Aufmerksamkeit der Bestie auf sie und der Chupacabra sprintete zu Ruth, um mit seinem ganzen Gewicht gegen die Tür zu knallen. Weiter hinten fiel der nächste Balken krachend und funkensprühend zu Boden und das Feuer weitete sich stetig aus.

Nicht mehr lange und das Gebäude würde in sich zusammenfallen und Ruth und den Chupacabra unter sich begraben.

Ängstlich blickte sich Ruth um und suchte verzweifelt nach einem Weg, das Monster zu retten, ohne ihm die Möglichkeit zur Flucht zu geben. Die Luft wurde immer knapper. Bald schon würde sie sich nicht einmal mehr selbst retten können.

»Ruth?«

»Hier! Ich bin hier«, rief sie zurück. Misty und Cronin stürmten auf sie zu.

»Was machst du? Lass uns gehen!« Misty wirkte tatsächlich kurzzeitig erleichtert, sie zu sehen.

»Aber der Chupacabra«, wandte Ruth hustend ein und deutete auf die Box hinter sich.

»Wir brauchen Gerald. Er ist dafür zuständig, die Bestien in eine Lähmung zu versetzen«, verkündete Misty, bevor ein weiteres Donnern ertönte.

»Dafür bleibt keine Zeit«, widersprach Cronin. »Ruth öffnet die Tür und wir schlagen die Bestie k. o. Auf drei.«

Er gab weder Ruth noch Misty Zeit, ihm einen besseren Vorschlag zu unterbreiten. Ruth positionierte sich entschlossen an der Tür.

»Eins ... zwei ... drei!«

Es dauerte einen Moment, bis die Tür nachgab, dann zog Ruth sie weit genug auf, um Cronin und Misty nacheinander durchzulassen. Eilig drückte sie die schwere Tür wieder zu.

Misty hielt den Chupacabra mit ihrer Peitsche in Schach, während Cronin ihn mit seinem Schwert verletzte, ohne zu viel Schaden anzurichten. Er ließ seine Klinge ins schwelende Heu fallen und zog stattdessen eine Keule. Mehrmals schwang er sie hin und her, bis ihm Misty die benötigte Öffnung bereitete und den Chupacabra ablenkte. Blitzschnell stürzte Cronin voran und zielte mit der Keule auf den hyänenartigen Kopf. Die Bestie sah den Schlag kommen und duckte sich. Sie jaulte auf, als ihn die Keule dennoch streifte. Misty setzte mit der Peitsche nach. Sie zog ihm die Hinterbeine weg und die Bestie krachte seitlich zu Boden.

Cronin nutzte die Chance und schlug ein weiteres Mal auf das verwundete Wesen ein. Es versuchte nochmals, sich zu erheben, doch der Schlag war zu kraftvoll. Seine Augen drehten sich in ihren Höhlen und das Biest verlor das Bewusstsein.

Die Flammen hatten sich fast über das komplette Dach verteilt und ihnen blieben nur noch wenige Minuten, um sich aus der brennenden Hölle zu befreien.

Misty fesselte das Monster, während Ruth hinter einem Tränenschleier die Tür öffnete, um ihre Gefährten mit ihrer Beute rauszulassen.

»Der Weg ist versperrt.« Cronin schüttelte den Kopf. »Nachdem wir reingekommen sind, ist hinter uns die Decke runtergekommen. Wir müssen uns selbst einen Ausgang schaffen.«

Ruth beugte sich auf der Suche nach klarer Luft tief nach unten. Sie hatte das Gefühl, jeden Moment zu ersticken und gleichzeitig vor Hitze zu vergehen. Als würde ihr die Haut von den Knochen schmelzen.

Ganz gleich, wie, aber sie mussten *jetzt* hier raus.

»Bereit«, sagte Misty. Cronin hob sein Schwert auf, begab sich zur hinteren Stallwand und hackte dann darauf ein. Das Holz splitterte und ein frischer, erlösender Luftzug umwehte die Gruppe, bevor das Brüllen des Feuers lauter wurde.

Ruth half Misty beim Schleppen des Chupacabras.

Cronin verbreiterte das Loch, steckte die Waffen ein und half ihnen dann kommentarlos, die Bestie durch die Öffnung zu tragen.

Mit allerletzter Kraft gelang es ihnen, sich in eine verlassene Gasse zurückzuziehen und mit den Schatten zu verschmelzen.

Grob ließen sie die Bestie fallen, bevor sie selbst auf die Knie gingen und nach Luft rangen. Um sie herum erklangen hektische Stimmen, die wahrscheinlich Hexen gehörten, die das Feuer löschen wollten.

»Wo ist Gerald?«, fragte Ruth, als sie endlich wieder klar denken konnte.

»Hier«, antwortete er selbst und betrat die Gasse. Hinter ihm wurde der Ausgang von einer schwarzen Kutsche versperrt. Die Pferde tänzelten nervös, da sie so nah am Feuer standen. »Schnell, rein mit ihm, bevor ihn jemand sieht.«

Ruth nickte, erleichtert, ihn wohlauf zu sehen. Mehr sagte sie nicht, um ihre übrig gebliebene Kraft lieber für das Tragen des Monsters zu nutzen.

Nachdem sie die Tür zur Kutsche geschlossen hatte, die

von Angestellten der Zuchtstelle bemannt war, setzte sich das Gefährt umgehend in Bewegung und verschwand unauffällig. Ruth, Misty und Cronin sanken wieder zu Boden und lehnten sich gegen die grob gehauene Steinwand. Gerald blickte nachdenklich auf sie herab, aber Ruth war unfähig, einen seiner Gedanken zu erraten.

»Das Feuer war kein Zufall«, sagte er schließlich und erhielt damit die Aufmerksamkeit aller. »Jemand hat es gelegt, um die Bestie zu töten.«

Ruth runzelte die Stirn. »Vielleicht hat es der Mann getan, den ich gerettet habe.«

»Hat er nicht«, widersprach Gerald sofort. »Ich habe ihn bereits befragt. Er hat keine Bestie gesehen.«

»Warum glaubst du, dass es Brandstiftung war?«, erkundigte sich Cronin, der bei Weitem nicht so erschöpft klang wie Ruth.

»Nur so ein Gefühl. Wir werden sehen, was die Untersuchung für Ergebnisse ans Tageslicht bringt und dann ...«

»Hey, Leute, da seid ihr ja!« Sue, Damian und Silla liefen in die Gasse und kamen atemlos vor ihnen zum Stehen. »Wir waren am anderen Ende des Viertels, als wir Geralds Rufen hörten. Und das Feuer ... Was ist passiert?«

Sie weihten sie in die Geschehnisse ein und während Sue Misty umarmte, Damian sich in Schweigen hüllte und Silla Cronin nach den Spuren fragte, echoten Geralds Worte in ihrem Verstand. *Das Feuer war kein Zufall.* Hatte jemand wirklich den Tod eines unschuldigen Mannes in Kauf genommen? Und wenn ja, bedeutete dies, dass das Geheimnis um die Bestien nicht mehr länger eines war? Konnte das Mädchen aus ihrer Verbannung zurückgekehrt sein?

Ein beängstigender und doch aufregender Gedanke.

»Was ist mit den Viehdieben?« Silla kratzte sich an der Nase. Sie stand dicht neben dem anderen Fährtenleser. »Cronin erzählte mir gerade von ihnen. Vielleicht haben sie etwas damit zu tun?«

»Möglich.« Gerald neigte den Kopf. »Ich werde mich um sie kümmern. Bis dahin sollten wir ins Hauptquartier zurückkehren und uns ausruhen.«

Zustimmendes Gemurmel folgte und sie setzten sich in Bewegung. Ruth wurde jedoch das Gefühl nicht los, dass sie etwas Wichtiges übersehen hatte.

XXIX

DARCIA

Einen Tag lang harrte ich aus. Bewegte mich nicht und starrte ins Leere, vergoss keine Tränen mehr, da ich sie alle bereits geweint hatte. Ich dachte über das nach, was ich getan hatte und welche Auswirkung dies auf meinen Seelenfrieden haben könnte. Dann fiel mir auf, dass ich schon lange keinen Frieden mehr gespürt hatte – ob nun als eiskalte Mörderin oder erbärmliche Hure. Seit meine Schwester wie ein Stück Fleisch von Monstern der Nacht auseinandergerissen worden war, lebte ich in einem Albtraum, ohne jemals zu erwachen. Bloß … in letzter Zeit fühlte es sich anders an, schwieriger und doch leichter.

Die Momente, in denen Val bei mir war, brachten die Schreie meiner Vergangenheit vorübergehend zum Schweigen. Er hatte etwas an sich, das einen Teil von mir berührte, den ich für immer verloren geglaubt hatte. Wenn ich ihn sah, wollte ich zerbrechen und mich neu zusammensetzen.

Wenn ich ihn sah, wollte ich jemand anderes sein.

Wenn ich ihn küsste, wollte ich … leben.

Gleichzeitig verhinderten diese Augenblicke, dass ich fokussiert blieb.

Ohne Val hätte ich dem Dunklen niemals erlaubt, derart mit mir zu spielen.

Ein zweischneidiges Schwert, das ich mich nicht zu schwingen wagte. Noch nicht.

Was sollte ich also tun? Vals Fluch möglichst schnell aufheben, um ihn vergessen zu können? Um mein Wort nicht brechen zu müssen?

Als ich damit fertig war, mich selbst zu bemitleiden, erhob ich mich und wankte ins angrenzende Badezimmer. Dort ließ ich heißes Wasser in die Wanne ein und versank darin bis zum Kinn. Mit gewohnten Bewegungen schrubbte ich meinen Körper vom Schweiß und Schmutz zweier Tage sauber, wusch mein Haar und zog Perlen, Fäden und Talismane hervor, um sie mir später, nach dem Trocknen, wieder einzuflechten. Ich cremte mich mit nach Jasmin duftender Lotion ein, feilte meine Fingernägel und lackierte sie dunkelblau, bevor ich mich um mein Gesicht kümmerte. Lidschatten, Eyeliner und Wimperntusche folgten auf Creme, Puder und Rouge, bis ich mich wieder sicher und geborgen hinter der Maske fühlte.

Ein Blick auf die vergoldete Comtoise-Uhr über der Badezimmertür sagte mir, dass ich noch eine Stunde hatte, bevor ich Val vor dem Gallier-Haus treffen müsste. Einer meiner letzten vernünftigen Gedanken vor meinem bedauerlichen Zusammenbruch war es gewesen, Tieno zu Val zu schicken, um unser Treffen auf heute zu verschieben.

Ich redete mir ein, dass es allein darum ging, mein Versprechen zu wahren. Warum mir das etwas bedeutete, wo ich doch in allen anderen Bereichen als Mensch versagt hatte, blieb mir selbst ein Rätsel.

Heute schlüpfte ich in einen langen dunkelgrünen Rock, der bis zu meinen Fesseln reichte und vorne eine schwarze Knopfreihe besaß. Da es wieder einmal schwül und heiß war, zog ich ein normales dunkles Top drüber, das einen kleinen Streifen Haut zwischen Saum und Rock freiließ. Nachdem ich mir passende Stiefel rausgesucht hatte, befestigte ich meinen Ledergürtel um die Hüfte, damit ich ein paar Flüche und Tinkturen mitnehmen konnte. Die Touristen sahen mich normalerweise nicht zweimal an, so normal wirkte meine Kleidung in New Orleans, wo es vor Hexen wimmelte – ob an ihre Magie nun geglaubt wurde oder nicht.

Als ich die Treppe nach unten stieg, nahm ich mir vor, nach dem Besuch im Ratsquartier die Bibliothek aufzusuchen.

Es war das letzte Mal, dass ich mich derart von einem Hexer hatte vorführen lassen. Ich würde herausfinden, wer der Dunkle war, und ihm zeigen, dass er sich mit der Falschen angelegt hatte. Er war mir nicht gewachsen. Außerdem besaß der oberste Gelehrte etwas, das ich benötigte.

Ich betrat den leeren Arbeitsraum, als es an die Tür klopfte. Einen Moment rang ich mit mir, nicht zu öffnen, doch schließlich gewann meine Neugier. Mit einer Handbewegung und einem Gedanken schlug die Tür nach innen auf. Macht quoll wie eine Wolke aus mir heraus. Macht, die dreizehn Hexen gehört hatte und jetzt die meine war.

Blinzelnd stand die Hexe des Mondzirkels vor mir, die mir vor einer gefühlten Ewigkeit die Tür förmlich vor der Nase zugeschlagen hatte.

»Darf ich reinkommen?«, fragte sie, nachdem sie mich mitten im Raum stehend erkannt hatte. Ich musste vorsichtiger sein, schließlich durfte eine Hexia wie ich nicht über diese Art von Magie verfügen.

»Etwas sagt mir, dass du dich nicht abwimmeln lassen wirst.« Ich fragte mich, wohin Tieno und Menti verschwunden waren, denn auch die Wila war nicht an ihrem gewohnten Platz. Hatte sich der Waldtroll meine Worte endlich zu Herzen genommen und ein anderes Zuhause für sie gesucht?

»Roja ist tot«, verkündete die Hexe und rieb sich über die nackten Arme, als wäre ihr kalt, dabei brannte wie üblich ein Feuer.

»Davon habe ich gehört.« Ich faltete die Hände vor meinen Bauch. »Mein Beileid.«

»Es war der Dunkle, ich weiß es. Schon länger geistert er durch die Straßen und bringt Tod und Unheil.« Sie ballte eine Faust und drückte diese gegen ihre Brust, während sich auf ihrem Gesicht Empörung mit Wut vermischte. Ihre Lippen presste sie zu einer unbarmherzigen Linie zusammen. »Du musst ihn finden und erledigen.«

Ich richtete mich auf und blickte sie direkt an. »Ich? Warum?«

»Ich bin an den Kodex gebunden.«

Ich lachte auf. »Dann frag eine Hexe aus einem anderen Zirkel, wenn du es so eilig hast.« Ich wandte mich ab. Die Sache war für mich erledigt. Wäre sie mir bei meinem Besuch mit größerem Respekt begegnet, hätte ich zumindest vorgegeben, über ihre Bitte nachzudenken.

Sie trat an mich heran und zerrte mich an einem Arm zurück.

»Niemand wird sich die Kommissare zum Feind machen. Hilf mir und ich helfe dir«, rief sie verzweifelt. »Ich lehre dich, wie du in deinem eigenen Blutracheduell bestehen kannst.«

In aller Ruhe löste ich ihre Hand von meiner Haut. »Tut mir leid, ich muss ablehnen. So verlockend das Angebot auch klingt.«

»Wie kannst du nur so kalt sein?« Ihre Lippen zitterten und etwas veränderte sich in der Art, wie sie mich ansah. Nicht mehr wie die ersehnte Rettung, mehr wie ein widerliches Insekt.

»Mir ist deine beschissene Zirkeloberste egal, okay?«, fauchte ich, ungehalten, dass mir ihre Enttäuschung tatsächlich einen Stich versetzte. Natürlich hätte ich ihr sagen können, dass ich vorhatte, den Dunklen auszuschalten, aber dann müsste ich mein Vorgehen rechtfertigen. Nein, es wäre besser, weiter im Untergrund zu operieren. »Lass mich endlich in Ruhe und nutze die Chance, die sich dir bietet. Ein Platz ist frei geworden. Ganz oben. Es ist das, was ich tun würde.«

Die Hexe wich zurück. Ein Schritt, dann zwei. »Das wirst du bereuen«, zischte sie wie eine gefährliche Schlange, bevor sie sich umdrehte und durch die noch offene Tür stürmte. Sie ließ nichts weiter zurück als ein mulmiges Gefühl in meiner Magengegend. Ich sollte mir wohl nicht ständig neue Feinde machen, aber manches Mal, so wie jetzt, ließ es sich nicht vermeiden.

Es dauerte eine halbe Stunde, bis ich das Gallier-Haus in der Royal Street erreicht hatte. Das Stadthaus im French Quarter besaß eine gelbe Fassade und ein mintgrünes Gerüst, das die obere Veranda einfasste. Es war vom französischen Stil geprägt und lockte Unmengen von Touristen an. Dies diente hervorragend, um das Ein- und Ausgehen so vieler Menschen zu verschleiern, denn hinter dem Haus existierte das Ratsquartier gemeinsam mit dem sich anschließenden Gerichtstrakt. Die Legislative und die Judikative waren nicht so getrennt, wie es sich viele in der Gesellschaft der Schatten wünschten, aber selbst in New Orleans war der Platz begrenzt; insbesondere wenn es galt, den Ort magisch abzuschirmen, ohne Aufsehen zu erregen. Die Elektrizität forderte in hohem Maße ihren Tribut und Hexer, die in Babylon allmächtig gewesen waren, konnten hier nicht länger ihr gesamtes Potenzial ausschöpfen.

Gemeinsam hatten sie diesen versteckten Ort geschaffen, den man durch einen Zugang im Gallier-Haus erreichte. Der Rat bestand insgesamt aus sieben Hexen und Hexern, die selbst Verbannte aus Babylon oder anderen Schattenstädten waren oder von Verbannten abstammten. Sie setzten die Gesetze fest, an die sich jeder aus der Gesellschaft der Schatten zu halten hatte; für ein friedliches Miteinander und damit unsere Existenz vor der Menschheit geheim gehalten werden konnte.

Die Gerichte sorgten dafür, ähnlich wie in der menschlichen Welt, dass ebenjene, die sich nicht daran hielten, bestraft wurden, wobei Strafen hier eindeutig schwerwiegender waren als anderswo. Folter galt als gängige Methode, um ein weiteres Vergehen zu verhindern. Am Ende waren es jedoch die Hexenkommissare, die die Drecksarbeit erledigten und sowohl Hexen als auch Schattengeschöpfe festnahmen, wenn es sein musste. Da sie sich gegen allerhand Volk durchsetzen mussten, waren sie so gut ausgebildet wie niemand sonst in der Stadt.

Während meiner Zeit im *Seaheart* hatte mich einer von ihnen aufgesucht und ein bisschen aus dem Nähkästchen geplaudert. Er war nicht sonderlich nett, auch nicht wirklich zärtlich gewesen, aber er hatte mit mir wie mit einem normalen Menschen geredet. Seine Sichtweisen blieben den meinen fremd, doch ich hörte ihm gern zu, denn es zeigte mir deutlich auf, dass ich, wenn ich mich von Seda löste, genügend Macht ergreifen musste, um mich gegen alle zur Wehr setzen zu können. Er lehrte mich, vollkommen unabsichtlich, dass es Macht in verschiedenen Formen und Farben gab. Es gab körperliche Macht, geistige und magische. Ich fand letztlich einen Weg, um mir jede von ihnen anzueignen.

Seufzend beobachtete ich eine Gruppe von Touristen, die ein paar Fotos von dem Haus machte. Das Museum würde erst in zwei Stunden öffnen, doch schon jetzt nutzten die Europäer und Asiaten jede freie Minute, um sich umzusehen.

Dann endlich erblickte ich Val.

Er schälte sich aus einem Pulk anderer Touristen und eilte auf mich zu, als würde er es genauso wenig erwarten können, mit mir zusammen zu sein. Wie albern. So furchtbar, furchtbar albern.

Das Lächeln, das an meinem Mundwinkel zupfte, konnte ich dennoch nicht unterdrücken.

Heute hatte er seine Baseballcap zu Hause gelassen, sodass ich sein kurzes schwarzes Haar sehen konnte, das die gleiche Farbe wie seine Brauen besaß. Seine braune Haut schimmerte in der aufgehenden Sonne und die Zähne strahlten weiß, als er mich zur Begrüßung anlächelte.

Unser Kuss stand zwischen uns, aber ich war froh, als er darauf verzichtete, ihn zur Sprache zu bringen.

»Fühlst du dich besser?«, fragte er und nahm meine Hand. Er hielt sie lediglich fest in seiner, unauffällig. Angenehm. Und gefährlich. »Ich habe mir Sorgen gemacht, aber Tieno bestand darauf, mich nicht ins Haus zu lassen.«

Ich erwiderte den Blick aus seinen blauen Augen und mein Herz raste, weil ich diese freundschaftliche Leichtigkeit zwischen uns verabscheute und gleichzeitig fortsetzen wollte. »Mir geht es gut.« Vorsichtig entzog ich ihm meine Hand.

Wenn er nur wüsste, was ich mit dieser Hand getan hatte, würde er sie selbst nie wieder berühren.

Trotz der deutlichen Zweifel auf seinem Gesicht hakte er nicht weiter nach.

Da wir außerhalb der Öffnungszeiten ins Haus gelassen werden wollten, klopften wir an der Vordertür. Wenige Augenblicke später öffnete uns ein grobschlächtiger Kerl mit Nasenpiercing und sah uns beinahe gelangweilt an.

»Ja?«

»Wir wollen dem Ratsquartier einen Besuch abstatten«, erklärte ich.

Er grunzte und trat einen Schritt zur Seite, damit wir unter den empörten Blicken der Touristen eintreten konnten. Eilig schloss der Wächter die Tür hinter uns und führte uns anschließend an eine Theke, auf der verschiedene Flyer und Postkarten auslagen.

»Euer Ticket«, grunzte der Wächter und reichte uns zwei unscheinbare Bons, dann tat er so, als hätten wir uns in Luft aufgelöst. Er setzte sich auf seinen Hocker hinter der Theke und begutachtete seine schwarz lackierten Fingernägel.

Ich bedeutete Val mit einem Kopfnicken, weiterzugehen. Immerhin war ich schon einmal hier gewesen und wusste, durch welchen geheimen Gang wir in den magischen Bereich vordringen konnten.

Wir mussten durch den Salon, in dem alles so hergerichtet war, wie es angeblich zu Lebzeiten des Architekten Gallier gewesen war, und ich begab mich neben die mit Gold verzierte Feuerstelle. An der Unterseite des Kaminsimses betätigte ich einen Knopf. Sekunden später flatterte der Wandteppich neben uns verräterisch in einem kühlen Wind.

»Mit Touristen, die hier überall herumwuseln, wird es ganz schön schwer, durchzuschlüpfen. Deswegen sind wir so früh hier«, erklärte ich und hielt den Teppich ein Stück zurück, um Val den Blick auf den Geheimgang frei zu machen.

»Gibt es nur diesen Eingang hier?«

»Nein, aber für Besucher ist dieser am einfachsten zu erreichen«, antwortete ich. »Geh nur.«

Er grinste und bückte sich dann hindurch, damit ich ihm folgen konnte. Sobald wir die erste Fackel erreicht hatten, schloss sich die Tür mit einem leisen Flüstern.

Vor uns erstreckte sich ein kurzer Gang, der wenige Meter später vor einer hohen Doppeltür endete. Ich klopfte mit dem bronzenen Türklopfer an, ehe die Türen nach innen aufgezogen wurden. Sie offenbarten ein riesiges Foyer, in dem geschäftiges Treiben herrschte.

»Willkommen im Ratsquartier und dem Gericht«, verkündete ich atemlos, da mir die Atmosphäre und der Anblick auch dieses Mal den Atem raubten.

Der Boden bestand aus cremefarbenem Marmor, der von schwarzem Stein in gleichmäßige Rechtecke aufgeteilt wurde. An den Seiten reichte rundherum ein Säulengang, den es auch im ersten und zweiten Stock gab. Mehrere Dutzend Hexen und Hexer eilten umher, unterhielten sich und begannen mit der nächsten wichtigen Aufgabe. Papier raschelte und Sohlen klackerten auf dem harten Boden. Es gab lange Bänke für die Wartenden und ein goldenes Wägelchen rollte eigenständig vorbei, auf dem sich Kaffee und kleine Snacks befanden, die man erstehen konnte. Eine durchdringende Stimme verkündete Nummern und Zimmernamen, woraufhin sich Besucher von den Sitzgelegenheiten erhoben.

Val und ich steuerten die Empfangstheke aus Mahagoni an, hinter der eine Reihe geschäftig wirkender Mitarbeiter saß. Einem von ihnen stellten wir uns direkt gegenüber. Er trug einen dunkelbraunen Anzug mit Krawatte und schob seine Brille zurecht, als er uns herantreten sah. Sofort richtete er sich auf.

»Wie kann ich Ihnen behilflich sein?«, erkundigte er sich, noch bevor mir überhaupt eine Begrüßung über die Lippen gekommen war.

»Wir müssen einen Blick in die Akten der registrierten

Waiżen werfen«, teilte ich ihm unser Anliegen mit und bemühte mich, möglichst souverän aufzutreten. Schließlich wollte ich an diesem Ort Ärger unbedingt vermeiden, da ich selbst nicht registriert war und auch nicht vorhatte, mich dieser Prozedur zu unterziehen. Je weniger man über mich wusste, desto besser.

»Und Sie sind?«, erkundigte er sich mit misstrauisch verengten Augen.

»Das ist Valens Hills«, stellte ich meinen Begleiter mit einer Handbewegung vor. »Er ist ein Hexer und ich bin seine bescheidene Assistentin.«

»Warum benötigen Sie Einsicht in die Akten, Mr Hills?« Nun richtete er seine volle Aufmerksamkeit auf Val, der sich ganz und gar nicht unwohl zu fühlen schien. Als wäre er es gewohnt, im Fokus zu stehen. Etwas, was mir bereits bei ihm aufgefallen und mich stutzig gemacht hatte.

»Ich bin auf der Suche nach einer Waiża, die für einen besonderen Job geeignet ist«, antwortete Val so lässig, als hätte er sich die Antwort nicht gerade erst ausgedacht.

Argwohn setzte sich wie eine Zecke in meinen Verstand und ich fragte mich nicht zum ersten Mal, wer Val wirklich in Babylon gewesen war.

»In Ordnung. Dann müssten Sie einmal kurz beweisen, dass Sie ein Hexer sind, damit alle Regeln eingehalten werden.« Der Empfangsherr griff unter die Theke und holte ein Holzbrett hervor. Darauf befand sich in jeder Ecke ein Symbol eines Elements. »Legen Sie Ihren Zeigefinger nacheinander auf drei Symbole Ihrer Wahl und wirken Sie Magie.«

»Wieso nur drei?«, erkundigte sich Val.

»Viele der verbannten Hexen sind nicht fähig, in der Menschenwelt mehr als drei Elemente zu wirken. Die Elektrizität, Sie wissen schon«, erklärte der Mann und wirkte etwas freundlicher, als würde er sich nur in Anwesenheit vollwertiger Hexer wohlfühlen. Eitler Gockel!

Val warf mir einen kurzen Seitenblick zu, dann legte er seine

Fingerkuppe auf die drei Wellen, die das Wasser symbolisierten. Ein paar Sekunden später leuchtete eine bis dahin unsichtbare Linie auf dem Brett blau auf und Val konnte sich dem nächsten Element widmen. Nach dem Feuer folgte noch Erde und mehr brauchte er nicht. Das Brett wurde weggepackt, bevor uns ein Laufjunge an die Seite gestellt wurde.

»Er wird Sie in den richtigen Raum führen«, verkündete der Empfangsherr stolz. »Ich hoffe, Sie werden fündig, doch wenn nicht, lassen Sie es mich wissen. Ich könnte Ihnen bei der Auswahl behilflich sein.«

Val lächelte freundlich, bevor wir uns zusammen mit dem Jungen auf den Weg machten.

»Was für ein Schleimer«, grummelte ich leise, aber laut genug, damit Val es hören konnte. Er schmunzelte.

»Aus irgendeinem Grund muss er ja den Job am Empfang bekommen haben.«

»Stimmt, das lag ganz sicher nicht an seinem Kleidungsstil.« Ich schüttelte mich übertrieben.

»Darcia, ich bin erstaunt, du verstehst doch etwas von Humor«, rief er aus.

»Haha«, erwiderte ich trocken, zwischen Verlegenheit und Stolz gefangen.

Der Laufjunge führte uns in den zweiten Stock durch einen langen Korridor, von dem mehrere Räume abzweigten. Ich konnte einige Türschilder der einzelnen Gerichtsräume und Arbeitszimmer der Richter und Anwälte lesen. Wir ließen diesen Teil schnell hinter uns und erreichten schon bald die Räume, in denen die Akten aufbewahrt wurden.

Der Laufjunge manövrierte uns durch einen engen Flur, der mit allerlei Kisten und Kartons vollgepackt war, und hielt vor einem Tisch an, hinter dem ein junger Mann über einige Akten gebeugt saß. Wir wurden einander vorgestellt und der Laufjunge verabschiedete sich.

»Hier entlang«, murmelte Assistent Adam so leise, dass ich ihn kaum verstand. Er öffnete die Tür zu seiner Linken und trat als Erster ein. Val und ich folgten ihm sogleich in einen riesigen Saal mit Hunderten von Regalen.

Fasziniert drehte ich mich einmal um die eigene Achse und blickte nach oben. Jedes Regal besaß mehrere Fächer, in denen die unzähligen Akten einsortiert worden waren. Obwohl es einige Beschriftungen auf Metallplaketten gab, erschloss sich mir kein System, aber solange Adam wusste, wohin wir mussten, war alles in Ordnung.

Er führte uns tiefer in die Abteilung für magische Registrierung, wie er uns erklärte, und deutete dann auf ein einziges Regal.

»Hier finden Sie die Waiżen«, schloss er. »Kann ich Ihnen noch anderweitig behilflich sein?«

»Nein, das wäre alles«, wimmelte ich ihn ab, vollkommen auf den Schatz vor uns fokussiert.

»Wenn Sie mich brauchen, Sie ... finden mich schon«, damit ließ er uns, vor sich hin murmelnd, allein, wie ich es gewollt hatte.

»Das war einfacher als gedacht«, sagte Val selbstzufrieden, bevor sich sein Blick endlich auf das gefüllte Regal vor uns richtete. »Es befinden sich so viele Waiżen hier in New Orleans?«

»Die Aufzeichnungen reichen rund einhundert Jahre zurück«, gab ich zu bedenken, nachdem ich willkürlich eine Akte aufgeschlagen hatte. »Leider sind sie scheinbar nicht geordnet und das jeweilige Todesdatum ist darin auch nicht vermerkt.« Ich seufzte tief. »Das wird eine lange Suche.«

»Wonach genau suchen wir denn?« Val blickte über meine Schulter, um ebenfalls die Akte zu lesen. »Sie wird wohl kaum ihren richtigen Namen angegeben haben.«

»Sieh nur, die Akte beinhaltet Informationen zu fünf verschiedenen Kategorien«, antwortete ich nach einem kurzen Moment. »Name, Alter, Wohnort, Herkunft und Stärkeskala. Bei den ersten vier Punkten kann man problemlos lügen, aber die Stärkeskala müsste ein ausreichender Indikator sein. Wie jede Waiża muss auch sie getestet worden sein und dann hätte man notiert, wie stark sie ist. Da dein Fluch ein so mächtiger ist, suchen wir nach einer der mächtigsten Waiżen unter ihnen. Vielleicht können wir den Kreis der Verdächtigen damit eingrenzen.«

»Was ist, wenn sie geschummelt hat? Wenn sie die Rolle des Schwächlings gespielt hat, um dies zu verhindern?«

»Ich denke nicht, dass das möglich ist bei dieser Art von Test, aber ...« Meine Schultern sanken. »Du hast recht, daran habe ich nicht gedacht.«

Val lächelte aufmunternd. »Lass uns alle durchgehen und die Besten und Schlechtesten raussuchen. Sie kam mir nicht wie jemand vor, der halbe Sachen macht, und wenn sie sich vorgenommen hätte, zu versagen, dann hätte sie dies mit Bravour gemeistert.«

»In Ordnung.« Ich klappte die Akte zu. »Dann mal los.«

Jeder von uns nahm sich einen Stapel aus dem Regal und wir setzten uns damit auf den Boden. Stunden vergingen, in denen wir konzentriert unserer Arbeit nachgingen und Regalbrett für Regalbrett abarbeiteten. Hin und wieder bemerkte ich, wie meine Gedanken abschweiften und sich das mulmige Gefühl in meiner Magengegend verstärkte. Mir lief die Zeit davon.

Was war ein gebrochenes Versprechen, wenn ich dadurch Rienne zurückholte?

Ich musste mir eine Grenze setzen, um mich nicht in Vals Bedürfnissen zu verlieren. Heute half ich ihm. Später würde ich mich der zweiten Phase des Rituals und der Bibliothek widmen.

»Ich bin fertig«, verkündete Val atemlos und lehnte sich auf seinen Armen zurück, dehnte seinen Hals und lockerte schließlich seine Handgelenke, nachdem er sich aufgerichtet hatte.

»Ich auch.« Die letzte Akte weglegend betrachtete ich den kleinen Stapel in unserer Mitte. Unsere Verdächtigen waren insgesamt vier Waiżen. Deutlich weniger als angenommen, was mir neuen Mut gab. »Gehen wir sie einmal gemeinsam durch?«

»Okay. Ich habe hier eine von zwei der Besten«, begann er und ich lauschte konzentriert. »Flora Santiago, stammt aus Babylon, hat angegeben, dass sie neununddreißig Jahre alt ist. Bei Magie-Ausschuss hat sie auf der Skala zwei von drei erreicht, bei Magie-Inhalation neun von zehn und bei Magie-Zerstreuung acht von zehn.«

»Wow, da ist jemand sehr talentiert«, kommentierte ich mit hochgezogenen Augenbrauen.

»Gail Campbell steht ihr in nichts nach«, fuhr Val fort. »Ihre Testergebnisse sind absolut identisch. Sie kam ebenfalls aus Babylon hierher, hat beim Alter aber dreiundvierzig Jahre angegeben. Nicht sehr aufschlussreich. Welche hast du rausgefischt?«

»Eine Waiża, die als einzige im oberen Bereich war, und eine, die mit Abstand am schlechtesten von allen abgeschnitten hat.« Ich öffnete die Akten nacheinander. »Lucy Stone, wohnt im Stadtteil Seventh Ward und stammt aus Pompeji. Sie ist siebenunddreißig und ihre Zahlen sind drei, sieben und neun.«

»Magie-Ausschuss drei? Nicht schlecht.«

»Das hab ich mir auch gedacht, insbesondere bei meiner letzten Kandidatin. Charlotte Mayvile, wohnhaft in Gentilly, stammt aus Babylon, einundvierzig Jahre. Magie-Inhalation zwei und Magie-Zerstreuung sogar bloß eins, aber das Erstaunliche ist, dass ihr Wert bei Magie-Ausschuss bei drei liegt!«

»Auch drei?«, echote Val und nahm mir nach einem fragenden Blick die Akte vom Schoß, um sie selbst noch einmal zu lesen. »Das ist mir in meinen Akten nicht ein Mal untergekommen.«

»Da stimmt etwas nicht.« Ich nickte bekräftigend. »Magie-Ausschuss kann weniger leicht beeinflusst werden als die anderen beiden Kategorien. Ich meine mich sogar daran zu erinnern, dass ... Warte kurz.« Ich erhob mich und wankte zum Gang zurück. Meine Beine waren eingeschlafen und ich musste sie erst mal ausschütteln. »Hey, du da! Adam, komm mal her!«

Der Assistent eilte herbei.

»Sag mal, wird den Waiżen vorher gesagt, in welchen Kategorien sie getestet und beobachtet werden?«

»Sollten Sie das nicht wissen? Sie sind schließlich keine Hexe«, erwiderte er genervt.

Mein Blick verdüsterte sich. »Ich bin aber auch keine Waiża.« Er sah mich abwartend an. Etwas in mir sträubte sich, zu flunkern und zu sagen, dass ich eine Septa war. Andererseits blieb mir wohl nichts anderes übrig, da ich als Hexia ebenfalls einen Test hätte vollziehen müssen.

»Kannst du bitte die Frage beantworten?«, schaltete sich Val endlich ein, der mittlerweile aufgestanden war und sich den Staub von den Jeans klopfte.

Adam warf mir einen letzten misstrauischen Blick zu, bevor er den Kopf in Richtung Val neigte. »Die Waiżen werden darüber unterrichtet, dass wir die Magie-Inhalation und die Magie-Zerstreuung messen. Aber wir beobachten auch die Magiemenge, die sie unwillkürlich ausstoßen, und vermerken den Wert unter Magie-Ausschuss. Nur um die Zahlen der anderen beiden Kategorien zu unterstützen.«

Ich schritt an Adam vorbei, klaubte Charlottes Akte vom Boden auf und hielt sie ihm geöffnet hin. »Wie kommt es dann, dass ihre Daten absolut keinen Sinn ergeben? Habt ihr Sie euch nicht näher angesehen?«

»Was? Ich ...« Stirnrunzelnd las er sich die wenig aufschlussreiche Akte durch, berührte sie aber nicht. »Vielleicht ... Oje, ich schätze, mein Vorgesetzter weiß mehr darüber.«

»Fein, dann bring uns zu ihm«, verlangte ich und starrte Adam in Grund und Boden, bis er sich nicht mehr traute, mich anzusehen.

»In Ordnung«, stimmte er niedergeschlagen zu. Wahrscheinlich war er es nicht gewohnt, dass ihm ein Fehler unterlief.

»Was genau wird bei Magie-Inhalation und -Zerstreuung getestet?«, erkundigte sich Val beiläufig, als wir hinter Adam durch das Reich der Akten schritten.

»Es wird bewertet, wie gut die Aufnahme von Magie funktioniert. Wir haben sie verschiedenen Aufgaben unterzogen und dabei auch die Magie-Zerstreuung notiert. Wie die Magie auf das zu verfluchende Objekt fokussiert wird und so weiter ...«, antwortete Adam mit Begeisterung, als könnte er sich kaum was Besseres vorstellen. »Hier sind wir.«

Wir hielten vor einem gläsernen Kabuff, in dem ein schlanker Mann mit langem eisengrauem Bart saß und strickte. Ich konnte durch das verstaubte Glas nicht erkennen, ob daraus ein Schal oder eine Decke entstehen sollte.

Adam klopfte an die Tür und wechselte ein paar Worte mit seinem Vorgesetzten, bevor dieser uns hereinwinkte. Die Stricknadeln behielt er dabei in den Händen.

»Das ist Oleg. Oleg, das sind Mr Hills und seine Assistentin«, stellte Adam uns einander vor.

»Darcia«, sagte ich und setzte ein selbstsicheres Lächeln auf, das ich mir genauso gut hätte sparen können. Oleg widmete sich wieder seiner Schaldecke. »Wir haben eine Frage. Es geht um eine getestete Waiża, deren Zahlen nicht zusammenpassen.«

»Oh?« Das schien tatsächlich sein Interesse zu wecken, da er seine Arbeit niederlegte, um die Akte entgegenzunehmen. Er grunzte, während er sie las. »Kurios.«

»Warum wurde dem nicht nachgegangen?«

»Ich erinnere mich daran, dass ich das wollte, aber ...« Oleg runzelte die Stirn und wirkte in sich gekehrt, wie um nach längst vergrabenen Gedanken zu forschen. »Ich bin zu ihr nach Hause gegangen und dann ...« Er verzog die Lippen zu einem zahnlosen Lächeln, was sein starkes Lispeln erklärte. »Sieh sich das mal einer an. Sie hat mich verhext, dieses kleine Biest. Hat mich vergessen lassen, damit ich nicht weitergrabe.«

Val und ich sahen uns wissend an. »Sie ist es«, sagten wir gleichzeitig und ein warmes Gefühl breitete sich in meinem Körper aus. Triumph und etwas, das tiefer ging, das mich mit Val verband.

»Wir werden sie aufsuchen müssen«, verkündete Val streng.

»Und wir werden euch begleiten.« Oleg erhob sich so schnell, dass seine Knochen knackten. »Adam und ich.«

»Ach wirklich?« Adam war plötzlich ganz grün im Gesicht.

»Wir brauchen nur ein bisschen, um uns vorzubereiten.«

»Ich glaube nicht...«, begann ich zu widersprechen, da wir schließlich nicht aus dem angegebenen Grund auf der Suche nach Charlotte waren.

»Keine Sorge, mir egal, was ihr mit ihr anstellt, aber ich bin neugierig geworden.« Oleg winkte ab.

Nachdem wir uns einverstanden erklärt hatten, versprachen wir, uns in einer Stunde vor Charlottes Haus zu treffen. Es wäre gar nicht schlecht, Verstärkung zu haben. Wenn sie selbst einen versierten Hexer wie Oleg übers Ohr hauen konnte... Mit einem letzten Nicken verabschiedeten wir uns voneinander und Val und ich wandten uns zum Gehen.

XXX  VALENS

Hoffnung. Ich erlaubte ihr, mich zu erfüllen, obwohl ich sie so lange von mir gewiesen hatte. Nun bestand jedoch eine realistische Chance, dass sich hinter dem Pseudonym von Charlotte Mayvile tatsächlich die Waiża Maya versteckte. Ich konnte nicht fassen, dass wir meiner Freiheit so nahe gekommen waren.

»Lass uns die anderen drei Akten auch mitnehmen«, schlug Darcia vor und holte mich damit wieder in die Realität zurück. »Falls Charlotte nicht die Richtige ist.«

Zunächst wollte ich protestieren, überlegte es mir dann aber anders. Sie hatte recht und ich sollte nicht alles auf eine Karte setzen. Wir sammelten die ausgewählten Akten in aller Heimlichkeit ein, rollten sie zusammen und verfrachteten sie in Darcias Handtasche, in die mehr passte als gedacht.

Da uns dieses Mal kein Laufbursche zur Verfügung gestellt wurde, mussten wir uns den Weg eigenhändig suchen.

Glücklicherweise besaß Darcia einen besseren Orientierungssinn als ich und wir hatten schon nach wenigen Minuten den Gebäudeteil des Rats hinter uns gelassen und das Gerichtsquartier betreten. Unsere Schritte wurden von der Holzverkleidung an den Wänden verschluckt, als ich leise, drängende Stimmen vernahm.

Ich wäre jedoch nicht stehen geblieben, wenn nicht Adnans Name gefallen wäre.

Instinktiv zog ich Darcia zu mir und presste mich an die Wand kurz vor der Kreuzung zweier Gänge. Die Stimmen schienen von links zu kommen. Da sie nicht lauter oder leiser wurden, bewegten sich die Personen wohl nicht.

»... wichtig, dass es heute stattfindet, Richterhexer Gordon«, sagte jemand von ihnen und ich wagte einen kurzen Blick um die Ecke. Drei Männer standen eng beieinander. Einer von ihnen trug eine dunkelblaue Robe, der Richterhexer, die anderen beiden waren unauffällig gekleidet.

»Wir sollten das lieber in Ihrem Büro besprechen«, sagte der Grobschlächtige mit braunem, wirrem Haar. Eilig zog ich mich zurück und ignorierte Darcias fragenden Blick.

»Besser nicht, Ghul, lass es uns hier und jetzt abschließen«, sagte der Richter. »Ich unterschreibe den Durchsuchungsbefehl für das *Devil's Jaw* und ihr sorgt dafür, dass dort drin auch wirklich Feenpulver gefunden wird. Mein Preis?«

Ein weiterer Blick zeigte mir, dass ein schmaler Koffer den Besitzer wechselte und ein unschuldig aussehender Zettel unterschrieben wurde.

»Es war uns ein Vergnügen, Geschäfte mit Ihnen zu machen, Richterhexer Gordon.« Das war unser Hinweis, sich besser aus dem Staub zu machen.

Ich packte Darcia am Handgelenk und zerrte sie in den nächstbesten Raum, ohne auf das goldene Türschild zu achten oder darauf, ob er belegt war. Den Göttern sei Dank handelte es sich um ein leeres Büro.

Wir warteten in spannungsgeladenem Schweigen, bis wir weder Schritte noch Stimmen vernahmen, bevor wir das Büro wieder verließen. Ich bemerkte Darcias neugierigen Blick, konnte mich aber nur auf das Gesagte konzentrieren.

Wir erreichten schließlich das Foyer, in dem noch immer reger Betrieb herrschte, als sie das Schweigen nicht mehr aushielt.

»Du machst dir Sorgen um Adnan«, stellte sie fest. Ihren Tonfall vermochte ich nicht zu deuten.

»Ich muss ihn warnen«, presste ich hervor. »Die Durchsuchung wird ihn unvorbereitet treffen.«

»Er hat sicher Spione, die ihm bereits davon erzählt haben, meinst du nicht?«

»Irgendetwas sagt mir, dass sie diesen Schachzug der anderen Ghule nicht kommen sehen.« Ich kratzte mich am Hinterkopf. »Es ist besser, ich gebe ihm Bescheid.«

»Warum?« Die Flügeltüren öffneten sich und wir wurden zurück in den Gang zum Gallier-Haus gelassen.

Ich wandte mich Darcia zu, genoss die Stille, die sich über uns legte. Keine klackernden Schritte, kein lautes Stimmengewirr. Nur das Knistern der Fackel und unser Atem.

»Weil ihm etwas angehängt wird und das ist meine Schuld.« Schwer lastete sie auf meinen Schultern. »Er hat seine Macht über die anderen Ghule genutzt, um die Regel für das Blutracheduell zu ändern. Damit ich nicht bis zum Tod kämpfen musste. Jetzt wollen sie Rache dafür nehmen, dass er es gewagt hat, sich gegen sie und ihre Traditionen zu stellen. Wieder einmal. Ich weiß es.«

»Verstehe. Immer noch so gutherzig, hm?«, murmelte sie. »Hast du kein Telefon bei dir?«

»Ich habe meins in Maries Zimmer verloren, wenn du dich erinnerst.« Ich lächelte knapp. »Begleitest du mich?«

»Nein, ich mache mich direkt auf den Weg zum Haus der Waiża. Ich kann sie nicht entkommen lassen, Val. Je früher wir deinen Fluch aufheben, desto besser.« Sie sah mich bei diesen Worten nicht an, was mir seltsam vorkam. Ich legte einen Finger unter ihr Kinn und hob dieses an, damit sie meinen Blick erwiderte.

»Warum klingt es so, als würde es dabei nicht um mich gehen?« Ich wartete einen Herzschlag ab, doch sie sagte nichts. »Willst du mich so schnell wieder loswerden?«

Sie presste die Lippen zusammen und nahm meine Hand von ihrem Gesicht, ohne sie loszulassen. »Es geht nicht um dich, Val. Ich habe andere Dinge zu tun.«

Ich hatte ihr Geheimnis, das der geheimnisvolle Fremde offenbar kannte, nicht vergessen. Ob er sie noch immer erpresste? Hätte sie mir gesagt, wenn es so wäre? Vermutlich nicht.

Dabei wollte ich ihr helfen, so wie sie mir half. Ich wollte für sie da sein. Sie unterstützen. Ihre Einsamkeit vertreiben und mich ihr beweisen.

»War nur Spaß.« Ich grinste schief, dann wurde ich ernst. Langsam zog ich ihre Hand, die noch immer meine hielt, an meine Lippen. Während ich ihr weiter in die Augen sah, küsste ich ihre Fingerknöchel. »Bitte warte auf mich«, raunte ich. »Vor ihrem Haus, meine ich. Ich werde mein Bestes geben, um pünktlich zu sein.«

Ihr Mund war geöffnet, sie sagte jedoch nichts. Ganz langsam senkte sie unsere Hände, als würde sie sich die Worte zurechtlegen müssen. Ein Gefühl der Leere blieb zurück.

»Manchmal reicht das Beste nicht aus.« Sie betätigte den Hebel der Geheimtür und ließ mich los. »Beeil dich, Val.«

Aus irgendeinem Grund fühlte ich mich, als hätte ich sie in diesem Augenblick für immer verloren.

Nach einem prüfenden Blick hinter den Vorhang huschte ich in den leeren Salon und eilte davon, ohne mich noch einmal nach Darcia umzusehen. Ich wollte keine Zeit verlieren, da ich nicht glaubte, dass sie auf mich warten würde, sobald die Stunde verstrichen war.

Ich hatte kein gutes Gefühl bei der Sache. Während ich durch die morgendlichen Straßen von New Orleans lief, hielt die Vorahnung, dass etwas Schlimmes passieren würde, weiter an.

Trotzdem kehrte ich nicht um. Wie auch immer ich bezüglich Adnan empfand, ich war es ihm schuldig, ihn zu warnen.

Eine Viertelstunde später erreichte ich das ehemalige Rotlichtviertel und stand vor dem *Devil's Jaw,* das auch um diese Uhrzeit gut besucht war. Ich benutzte den Haupteingang und sprach den erstbesten Troll an, der hoffentlich gut genug sprechen konnte, um mir eine Antwort zu geben.

»Wo ist Adnan? Ich muss dringend mit ihm sprechen.«

»Gemächer«, sagte der Türsteher mit tiefer Stimme.

Ich war erstaunt, dass er sich tatsächlich zu einer Antwort herabgelassen hatte. Ich dankte ihm, bevor ich in den Korridor auf die nächstliegende Treppe zustürmte. Adnans private Räume befanden sich unter dem Dachboden im mittleren Komplex. Des Öfteren hatten wir uns dorthin zurückgezogen, um die Nacht in Ruhe ausklingen zu lassen. Heute würde es keine Ruhe geben.

Atemlos kam ich oben an, hielt kurz inne, um mich zu sammeln, bevor ich durch den spärlich beleuchteten Flur sprintete und die letzte, cremefarbene Flügeltür erreichte. Ich klopfte einmal an, dann stürzte ich hinein und sah mich mit einer unangenehmen Situation konfrontiert.

Adnan und Seda im Bett. Bei der Sache.

Ich spürte, wie die Hitze durch meinen Körper schoss und meine Wangen sich rot färbten. Eilig wandte ich ihnen den Rücken zu und starrte in den Flur hinaus. Verlegenheit durchströmte mich.

Ich meine, ein Ghul und eine Meerjungfrau? Wie funktionierte das überhaupt? *Nein, nein, nein, nicht darüber nachdenken.*

»Val, es wäre höflich gewesen zu warten, bis dich jemand hereinbittet«, sagte Adnan mit betont lang gezogenen Vokalen. »Du darfst dich umdrehen.«

»Sorry, keine Zeit«, murmelte ich und gehorchte, wenn auch argwöhnisch.

Es stellte sich heraus, dass mein Misstrauen begründet war, da sich Adnan zwar eine Seidenrobe übergeworfen hatte, Seda aber noch immer nackt zwischen den Laken lag und sich darin wie eine Katze rekelte. Ihre Haut war so blass, dass es auf der dunklen Bettwäsche wirkte, als würde sie leuchten. Das blonde Haar fiel ihr bis zum Bauchnabel, wodurch es zumindest ihre Brüste verbarg. Um ihre Mitte bauschte sich die Decke, sodass mir auch dieser Anblick erspart blieb. Ich schluckte und wandte mich Adnan zu, der den Falken auf seiner Sitzstange streichelte.

»Darcia weiß nichts von euch, oder?«, entschlüpfte es mir, obwohl es einen weitaus wichtigeren Grund für mein Hereinstürmen gab.

»Es geht sie nichts an«, antwortete Seda mit heiserer Stimme, die vermutlich verführerisch klingen sollte, doch sie steigerte nur meine Abneigung.

Ich spannte meinen Kiefer an, zögerte eine Sekunde und drehte mich dann wieder dem breiten Bett zu. »Ich dachte, sie wäre deine Freundin, aber ich schätze, du bist ganz genauso wie Adnan. Benutzt sie, um sie dann wegzuwerfen.«

Blitzschnell schoss Seda bis ans Bettende vor und fauchte mich an. Feine hellblaue Flossen sprossen aus ihrem Hals und aus ihrem Mund ragten Dutzende nadelförmige, gelbliche Zähne hervor. Das Haar tanzte wie ein lebendiges Wesen um ihr Gesicht und ihre knochige Figur.

Dann, von einer Sekunde auf die nächste, war sie wieder die zierliche, sanfte Seda.

»Sei vorsichtig«, warnte sie mich, bevor sie sich abwandte und aus dem Bett stieg, ohne sich um ihre Nacktheit zu kümmern.

»Was hat sie dir erzählt?«, erkundigte sich Adnan fast beiläufig und zog damit meine Aufmerksamkeit wieder auf sich.

Ich rieb über meine Arme, um die Gänsehaut zu vertreiben, die Sedas Anblick ausgelöst hatte.

»Alles«, knurrte ich.

»Ist das so?« Er legte den Kopf schief, strich nachdenklich über seinen schwarzen Bart. Es war seltsam, ihn ohne seine akkurate Kleidung und den Turban zu sehen. Er wirkte beinahe menschlich. »Und ich schätze mal, dass ich der Bösewicht in ihrer Geschichte gewesen bin?«

»Willst du damit andeuten, dass sie nicht die Wahrheit gesagt hat?« Wut brodelte in mir. Ich sollte endlich sagen, weshalb ich hergekommen war, anstatt mich in diesen Strudel aus Intrigen mitreißen zu lassen.

»Sie war eines meiner Mädchen, Val«, mischte sich Seda wieder ein und stellte sich hinter Adnan, schlang einen Arm um seine Mitte und spielte mit dessen Gürtel. »Natürlich kann sie lügen und betrügen und flunkern, wenn es ihr hilft, jemandes Vertrauen zu gewinnen.«

»Hat sie dir denn erzählt, dass es ihre Idee gewesen ist, die Zähne zu stehlen?« Adnan und ich übergingen beide Sedas Einschätzung von Darcia, die ich nicht teilte. Natürlich herrschte in ihr Dunkelheit. Es wäre naiv von mir, dies nicht anzuerkennen. Aber sie hatte so ehrlich geklungen, hatte sich mir gezeigt.

»Du hättest sie aufhalten können. Du wusstest, dass eine Falle auf sie wartete«, entgegnete ich. »Ganz egal, ob es ihre oder deine Idee war.«

»Stimmt.« Adnan hielt Sedas Hand fest, um sie daran zu hindern, die Schlaufe seiner Robe aufzuziehen. »Ich versuchte, sie aufzuhalten, aber eines Nachts stahl sie sich davon und ich konnte nichts mehr für sie tun.«

»Was ist mit dem Säckchen?« Ich verschränkte die Arme. Noch war ich nicht bereit, *irgendetwas* von dem, was er von sich gab, zu glauben.

»Das Säckchen ... nun, sie hat Marcusos Wahrheit akzeptiert, ohne sich die meine überhaupt anzuhören. Das habe ich immer am meisten bereut.« Adnan senkte den Blick zu Boden. »Das Säckchen war nicht das, was er behauptete. Ich gab es ihr, noch während ich versuchte, es ihr auszureden. Sicherheitshalber. In seinem Stoff war ein Schutzzauber verwoben, der dem Träger Kraft schenkt. Nichtsdestotrotz, ich hege keinen Groll gegen Darcia, dafür, dass sie das Schlimmste von mir glauben wollte, nach dem Leben, das sie bis dahin geführt hatte.«

»Hey, ich gab ihr einen Job und ein Zuhause«, beschwerte sich Seda und entriss ihm ihre Hand. Er drehte sich so, dass er sowohl mich als auch sie ansehen konnte, entfernte sich ein Stück und seufzte.

»Das hast du getan, mein Liebling, aber sie war nicht glücklich damit, oder?« Seda öffnete den Mund und schloss ihn wieder. »Jeder von uns, der aus Babylon davongelaufen ist, lässt seine Geister weit hinter sich, doch Darcia hat ihre Dämonen mit sich durch das Portal genommen. Ich sehe eine Finsternis in ihr, die ich nie zuvor erlebt habe. Und ich wiederhole meine Warnung, Valens.« Seine dunklen Augen bohrten sich in meine. »Sei vorsichtig. Sie ist nicht für dich bestimmt. Oder für irgendjemanden sonst.«

Ich konnte den Zorn über diese Ungerechtigkeit kaum in mir halten. Sie gaben vor, für Darcia zu sorgen, und gleichzeitig ging es immer nur um sie selbst und ihre eigenen Wünsche.

»Ihr redet Unsinn. Ihr beide.« Ich stieß ein abschätziges Geräusch aus. »Nur am Rande, ich bin hergekommen, um dich zu warnen, Adnan. Die Hexenkommissare haben einen Durchsuchungsbefehl für das *Devil's Jaw* erhalten. Sie werden jeden Augenblick hier sein und deine Ghulfreunde sollen dafür sorgen, dass sie auf jeden Fall illegales Feenpulver finden werden.«

»Verflucht«, zischte Adnan und machte sich daran, sich anzukleiden. »Meine Spione hätten Alarm schlagen sollen. Das gefällt mir nicht.« An Seda gewandt fügte er hinzu: »Es wird Zeit für dich zu gehen, mein Liebling.«

Das ließ sich Seda nicht zweimal sagen, sie rannte zur Keramikschüssel und stürzte sich ins Wasser. Ungläubig blinzelte ich auf die Schüssel, aber bis auf die sanften Kreise auf der Oberfläche konnte ich nichts erkennen.

»Viel Glück«, wünschte ich Adnan und wandte mich zum Gehen, als eine Explosion das Gebäude erschütterte. Beinahe wurde ich von den Füßen gerissen.

»Alles in Ordnung?« Adnan war sofort an meiner Seite. Der Turban saß wieder auf seinem Kopf, wirkte jedoch keineswegs so makellos, wie ich es von ihm gewohnt war. »Los, wir müssen hier raus, bevor sie uns kriegen. Dann erst kann ich gegen sie vorgehen. Diese Schweine werden schon sehen, was sie davon haben, sich mit mir anzulegen.«

Ich nickte und gemeinsam stürzten wir in den Gang, der

glücklicherweise noch leer war. Adnan führte mich in die entgegengesetzte Richtung, aus der ich gekommen war, und öffnete einen Geheimgang, dessen Tür Teil der Wand war. Wir schlüpften in die Dunkelheit und ich benutzte mein Feuer, um uns Licht zu spenden, als das *Devil's Jaw* ein weiteres Mal erbebte.

»Sie zerstören es«, brüllte Adnan voller Wut ob dieser Ungerechtigkeit. Aus dem Täter wurde ein Opfer.

Leider kamen wir nicht weit, da kurz vor uns die Wand explodierte. Ich wurde zurückgeschleudert und stieß gegen die gegenüberliegende Wand, an der ich wie eine leblose Marionette herabsank. Durch den aufgewirbelten Staub bekam ich kaum Luft, abgesehen davon ging es mir jedoch gut.

Als ich wieder atmen und sehen konnte, erkannte ich ein klaffendes Loch zwischen dem Geheimgang und einem Korridor. Mehrere Hexenkommissare versperrten uns den Weg. Sie waren in dunkelblaue Uniformen gekleidet, auf denen ihr Abzeichen prangte. Die goldene Sichel.

Adnan zögerte keine Sekunde und wandelte sich in seine ghulische Gestalt, obwohl er diese so verabscheute. Der Turban fiel wie eine Schlange herab, als sich sein Kopf verlängerte, sein Kiefer ausrenkte und sich verbreiterte. Scharfe Zähne wuchsen daraus hervor und seine Ohren verlängerten sich. Gleichzeitig knackten seine Finger, wurden ebenfalls länger, genauso wie seine Füße und Zehen, die Adnans teure Stiefel zerfetzten. Als die Wandlung vollbracht war, stieß er ein markerschütterndes Kreischen aus und stürzte sich auf den ersten Hexenkommissar.

Ohne dass dieser reagieren konnte, hatte er ihm den Kopf von den Schultern gerissen und zur Seite geschmettert.

Ich löste mich erst aus der Starre, als Adnan bereits zwei andere Kommissare erledigt hatte. Unsicher, was ich tun sollte, folgte ich meinem alten Freund. Ich fürchtete mich davor, mich ebenfalls zu wandeln, wenn ich mich von der Kampfeslust überwältigen ließ. Gleichzeitig konnte ich mich noch nicht dazu überwinden, gegen die Gesetzesmacht von New Orleans zu kämpfen, mich offen gegen sie zu stellen und dadurch vermutlich einer hohen Strafe ausgesetzt zu werden.

Wenige Minuten später blieb mir keine andere Wahl mehr.

Adnan war von Kopf bis Fuß blutüberströmt, an seinen Händen hingen Hautfetzen und Überreste von ... anderen Dingen. Ich wagte nicht, genauer hinzuschauen. Er hatte uns fast einen Ausweg erkämpft, als donnernde Schritte ertönten.

Schwere Schritte, die Boden und Wände erzittern ließen.

Adnan und ich wandten uns gleichzeitig der Kreuzung zu. Ein Berserker erschien. Er stieß ein lautes Brüllen aus, das Speichel und grünen Schleim in unsere Richtung warf. Berserker waren übermenschliche Wesen, die weder Wunden noch Schmerzen wahrnahmen, wenn sie sich im Zustand des Rausches befanden. Sie waren unglaublich stark, muskelbepackt und durch ihre ledrige grünliche Haut vor Magie geschützt. Dieses Exemplar hob mit Schwung die mit Nägeln besetzte Keule an. Sein Gesicht, obwohl es von den Proportionen her dem unseren ähnlich war, wirkte animalisch. Um seinen Hals lag ein schwerer Eisenring und hinter ihm tauchte einer der Hexeninspektoren auf, die jeweils einen Berserker zur Beförderung bekamen.

Scheiße.

»Adnan«, begann ich, da ich fast schon bereit war, mich zu ergeben, doch der Ghul stürzte sich sofort auf den Berserker und nahm mir dadurch die Entscheidung ab.

Ich rief meine Feuermagie und formte mehrere Kugeln, die ich hintereinander auf den Berserker schoss.

Harmlos prallten sie von seiner Brust ab.

Adnan biss sich an seinem Hals fest, doch die Haut war auch für seine rasiermesserscharfen Zähne schwer zu durchdringen.

Als er von dem Berserker zurückgeschleudert wurde, entriss ich ihm den silbernen Sicheldolch, der ihm von Darcia gegeben worden war. Damit attackierte ich die Bestie auf die gute alte Art.

Ich war wieder voll im Training und die Bewegungen, die mir jahrelang während meiner Ausbildung als Stadtwache eingebläut worden waren, saßen noch immer, waren abrufbereit und ich nutzte sie. Nutzte sie alle, um Adnan und mich heil aus der Sache herauszubringen.

Brüllend lief ich auf den Berserker zu, sah seine Linke kommen, duckte mich unter ihr hindurch und rammte ihm das Messer in die massige Seite. Zunächst traf ich auf festen Widerstand, doch ein bisschen Erdmagie und ich konnte die Haut durchdringen. Dann war mein Zeitfenster vorbei.

Ich riss das Messer wieder heraus, wich zurück und stolperte über einen herausgebrochenen Stein. Das nutzte der Berserker, um mit seinem Knüppel auszuholen und auf mich einzuschlagen. Ich rollte mich rechtzeitig zur Seite. Der Stein explodierte unter der Wucht des Schlages und Splitter rissen meine Arme und Wangen auf.

Adnan tauchte hinter dem Berserker auf, sprang auf seinen Rücken und versenkte die Krallen in seine Wirbelsäule. Ein Knacken ertönte, dann schmetterte der Berserker den Ghul mit einer Hand von sich – direkt in eine Wand und schließlich durch sie hindurch, als sie zerbarst.

»Adnan!«, rief ich und wollte zu ihm eilen, doch der Berserker hatte sich mir zugewandt. Ich war zu langsam und bekam die volle Wucht seiner Faust zu spüren. Er traf mich in die Seite und ich spürte mehrere meiner Rippen brechen.

Keuchend kam ich zehn Meter weiter hinten auf dem Boden auf. Ich versuchte sogleich, mich aufzurappeln.

Mit einem Auge sah ich, wie der Hexeninspektor nickte. Wertvolle Sekunden verstrichen, in denen ich keine Kontrolle über meinen geschundenen Körper hatte, dann sah ich, wie sich der Berserker aufraffte und in Bewegung setzte. Erst langsam, dann schneller, bis er rannte. Der Boden erzitterte unter jedem gewaltigen Schritt.

Ein Monster, dem ich nicht entkommen konnte.

Ich würde sterben.

Heute wäre es vorbei.

Ich dachte an Darcia und daran, dass ich sie im Stich ließ. Als mich ein weiterer Schlag traf, explodierten Sterne vor meinen Augen.

Gerade so hing ich noch an meinem Bewusstsein, erwartete schon den nächsten Schlag, der nie kam. Stattdessen spürte ich eine Präsenz an meiner Seite und ich bemühte mich, die Augen zu öffnen, die bereits zuschwollen.

»Hallo, Prinz«, hörte ich den Inspektor sagen. Er packte mich am Schopf und drehte mein Gesicht in seine Richtung. »Deine Schwester wird hocherfreut sein, dich wiederzuhaben. Es hat uns einiges an Zeit gekostet, den Schutzbann des Ghuls zu durchbrechen, doch nun gehörst du uns.«

Das Kreischen eines Falken mischte sich mit seinem grausamen Lachen.

XXXI

DARCIA

Ich stand vor dem Einfamilienhaus im Stadtteil Gentilly und ignorierte das mulmige Gefühl in meiner Magengegend.

Ich konnte nicht genau bestimmen, was mich störte. War es der schnelle Erfolg? Oder das belauschte Gespräch zwischen den Ghulen und dem Richter? Die Unterhaltung, die Val schließlich davon überzeugt hatte, den Helden herauszukehren und Adnan zu warnen.

Vollkommene Verschwendung und doch ... mein Unwohlsein blieb.

Ich versteckte meine Tasche mit den Akten in einer grauen Mülltonne, die glücklicherweise erst vor Kurzem geleert und gesäubert worden war. Nachdem ich wieder zum Haus der Waiża zurückgekehrt war, sondierte ich weiter die Gegend. Das Viertel schien ruhig und anständig. Hier lebten viele mittelständische Familien. Die Vorgärten waren gepflegt, so auch der von Charlottes Haus. Es gab keinen Hinweis darauf, dass sie momentan zu Hause war, aber der Müll war geleert, die Post quoll nicht über und der Rasen wirkte frisch gemäht. Allein die zugezogenen Vorhänge irritierten mich, doch vielleicht wurde es ihr bloß zu warm, wenn die Sonne hereinschien.

Nervös blickte ich auf meine Armbanduhr. Nur noch fünf Minuten, dann war die abgemachte Stunde vorüber, aber weder Oleg noch Val waren bisher aufgetaucht. Ich stand auf der gegenüberliegenden Straßenseite neben einer schönen Magnolie und versuchte, mich so unauffällig wie möglich zu verhalten. So nett diese Gegend auch war und so wenig ich zu befürchten hatte, der Nachteil war die Aufmerksamkeit der Leute. Wenn sie glaubten, ich würde ein Haus ausspionieren, um zu einem späteren Zeitpunkt zurückzukehren und es auszurauben, würden sie höchstwahrscheinlich die Polizei rufen.

»Wo zur Hölle steckt er?«, murmelte ich, eine Hand an die braune Rinde des Stammes gelegt, als würde mir der Baum Kraft oder Geduld schenken.

»Ich bin hier«, ertönte Vals Stimme hinter mir und ich wirbelte herum. »Falls du mich gesucht hast.«

Ich sog scharf die Luft ein. »Was ist denn mit dir passiert?« Sein linkes Auge war blutunterlaufen und zugeschwollen. Unwillkürlich berührte ich die Wunde mit meinen Fingerkuppen, doch zum Heilen blieb uns keine Zeit. »Du siehst furchtbar aus.«

Er zuckte leicht unter meiner Berührung, entfernte sich jedoch nicht, sondern schloss die Augen, als würde er meine Nähe und Aufmerksamkeit genießen.

»Ein paar klitzekleine Komplikationen.« Er lächelte schief. »Erzähl ich dir später. Können wir rein?«

»Hm, okay«, gab ich widerwillig nach und ließ den Arm sinken. »Wir müssen allerdings noch auf die anderen warten.«

Als hätten meine Worte sie herbeigezaubert, eilten sie auf uns zu. Oleg und Adam waren von Kopf bis Fuß mit Amuletten, Kräutersäckchen und Ketten bedeckt. Auf den ersten Blick erkannte ich, dass es sich bei den meisten von ihnen um amüsanten Humbug handelte, den man an jeder Straßenecke für wenige Dollar erstehen konnte. Ich hätte angenommen, dass es ein Hexer wie Oleg besser wissen müsste. Aber vielleicht lag darin ja auch der Fehler. Vollwertige Hexer verließen sich eigentlich immer auf ihre Elementarkraft und ignorierten dabei die Macht der Runen und der magischen Artefakte.

»Wir sind hier, wir sind hier«, rief Oleg und kam mit schweißnasser Stirn neben uns zum Stehen.

Val bedachte ihn mit einem amüsierten Blick unter der

blauen Kappe, die er sich wohl im *Devil's Jaw* mitgenommen hatte. Ich richtete meine Aufmerksamkeit wieder auf das Haus.

»Da ich gerade sehe, wie gut sich unsere Freunde vorbereitet haben«, verkündete Val und sah mich statt des Hauses an. »Hier, für deinen Schutz.«

Er holte einen goldenen Armreif aus seiner Hosentasche hervor und legte ihn mir nach kurzem Zögern an. Er passte perfekt um meinen Oberarm. Eine glänzende Schlange, die sich darum wand. Vals Hände verharrten einen Moment auf meiner Haut, dann ließ er sie fallen.

»Ich weiß zwar nicht, ob das tatsächlich funktioniert, aber er ist wirklich schön«, hauchte ich, Olegs tiefes Seufzen ignorierend. »Danke, Val.«

»Wie gehen wir vor?«, mischte sich Oleg dazwischen und verschränkte die Arme vor seinem speckigen Bauch. Neben ihm schluckte Adam. »Soll jemand von uns anklopfen, während die anderen darauf warten, dass die Waiża rauskommt, damit sie durch die Hintertür hinein können, um dann ...«

Val schien überhaupt nicht zuzuhören, wandte sich ab und schritt direkt auf das Haus zu. Ich hatte ja gewusst, dass er verzweifelt war, aber sah er denn nicht, dass es gefährlich war?

»Ich halte das für keine so gute Idee«, murmelte ich an seiner Seite, als wir uns zu viert auf der Veranda tummelten. Val klopfte an und warf mir einen amüsierten Seitenblick zu.

»Ich hatte dich für mutiger gehalten, Darcia«, raunte er und strich eine Strähne hinter mein Ohr, als würden wir nicht vor dem Haus einer der stärksten Waiżen stehen – wenn wir richtiglagen. Oder dem einer der schwächsten Waiżen – wenn wir falschlagen.

Bevor ich etwas erwidern konnte, das definitiv nicht sehr nett gewesen wäre, schwang die Tür nach innen auf und ein Schwall abgestandener Luft kam uns entgegen. Ich rümpfte die Nase, beugte mich vor und warf einen prüfenden Blick hinein. Mit den Fingern vollführte ich einen Tanz, der mir nach so vielen Jahren bereits ins Blut übergegangen war. Die Schwingungen blieben ruhig und gleichmäßig.

»Ich spüre keinen Fluch«, sagte ich schließlich und Val setzte einen Fuß hinein, bevor ich ihn am Ärmel zurückhielt. Seit wann war er so unvorsichtig? Hatte es etwas mit der Komplikation zu tun, von der er gesprochen hatte? Ich wünschte, er würde mit mir reden. »Das heißt aber nicht, dass sich keiner dort befindet. Wir müssen auf alles achten, in Ordnung? Sobald euch etwas seltsam anmutet, lasst es mich wissen. Oder besser noch, schaut, dass ihr so schnell wie möglich verschwindet.«

»Jaja, wir haben verstanden. Los geht's.« Dieses Mal ließ sich Val nicht mehr zurückhalten und er stapfte sorglos in den dämmrigen Flur. Oleg und Adam folgten, sodass ich überraschenderweise die Nachhut bildete. Normalerweise war ich doch diejenige, die keinen Gedanken an Schutz und Sicherheit verschwendete.

Seufzend schloss ich mich den anderen an, die die Treppe erreichten, als die Tür mit einem lauten Knall hinter uns zufiel und die Fensterläden klapperten. Erschrocken wirbelte ich herum. Wir wurden in tintenschwarze Dunkelheit getaucht. Mein Herz setzte aus.

»Val?«, rief ich. Meine Atmung beschleunigte sich. Angst krallte sich in meinem Innersten fest.

»Ich bin hier. Sagte ich doch«, wisperte er und umfasste meine Hand. Eine Gänsehaut breitete sich auf meinem Körper aus.

In der nächsten Sekunde erhellte Olegs Feuer unsere Umgebung. Es schien sich nichts verändert zu haben. Der Flur war immer noch leer, die Blümchentapete alt und vergilbt und der Holzfußboden an einigen Stellen brüchig und schwach.

»Es tut mir leid«, entschuldigte ich mich unwillkürlich. »Ich habe den Zauber übersehen.«

»Mach dir keinen Kopf«, munterte mich Val auf und drückte meine Hand. »Hätte jedem von uns passieren können.«

»Äh, Leute? Was ist das?«, ertönte Adams ängstliche Stimme. Ich folgte mit den Augen der Richtung seines Fingers und mir entfloh ein Laut des Entsetzens, als ich erkannte, was ihn so erschreckt hatte.

Eine gewaltige weiße Schlange kroch über die Decke direkt auf uns zu. Ihr Körper war so breit wie meiner, aber ihr Maul wirkte doppelt so riesig, als es sich öffnete. Die weißen spitzen Zähne reflektierten die züngelnden Flammen um Olegs Hände.

»O Götter, da kommen noch mehr«, kreischte Adam und stürzte zur Tür, bevor einer von uns ihn aufhalten konnte. Neben der Tür zweigte ein anderer Raum ab, aus dessen geöffnetem Durchgang eine vierte, viel größere Schlange auftauchte. Sie visierte Adam an und stürzte sich im selben Moment auf ihn, in dem Val eine Wasserfontäne auf sie feuerte. Zu spät. Die Schlange hatte ihr Maul über Adams Kopf gestülpt. Sein letzter Schrei ertönte, dann verstummte er für immer und sein Körper viel leblos zu Boden. Blut ergoss sich von der Wunde an seinem Hals, die ihm von den Giftzähnen hinzugefügt worden waren, über das alte Holz und der Anblick befreite mich endlich aus meiner Starre.

Ich löste einen Beutel von meinem Gürtel und pfefferte diesen auf die zischende Schlange, die mir am nächsten war. Grüner Nebel explodierte, bedeckte die Bestien, die dem Fluch am nächsten gewesen waren wie unlöslicher Schleim. Wir wurden die Treppe hochgetrieben, als nicht nur die großen Schlangen Jagd auf uns machten, sondern hundert, tausend kleinere aus den unteren Räumen krochen und in unsere Richtung schlängelten. Weiße, glänzende Körper, die zu einem riesigen Monster wurden.

Val und Oleg wechselten sich mit Wasser- und Feuersalven ab, doch keiner dieser Angriffe schien zu fruchten. Wurde eine Schlange zurückgedrängt, erschienen zwei weitere an ihrer Stelle. Ein unermüdliches Zischen erfüllte die Luft.

Ich pfefferte einen Fluch nach dem anderen auf sie, konnte

uns so Platz verschaffen, aber die Eingangstür war zu weit entfernt. Durch sie würden wir es nicht hinausschaffen.

Noch einen kurzen Moment zögerte ich, dann entschied ich mich dafür, meinen Schutzhirsch erneut zu Hilfe zu holen.

Als ich meine Magie jedoch anwenden wollte, fand ich mich einer undurchdringlichen Barriere gegenüber. Es war, als würde mich etwas von meiner kläglichen Magie, die durch die Macht der dreizehn Hexen auf ein Beachtliches angewachsen war, abschirmen. Ich wurde davon so abgelenkt, dass ich die Schlange nicht sah, die sich mir von oben näherte. Sie ließ sich auf mich herabfallen und traf mich an der Schulter. Ihr Gewicht brachte mich ins Wanken.

Ich stürzte die Treppe nach unten. Mehrmals überschlug ich mich, bevor ich mit dem Hinterkopf gegen die Flurwand knallte. Zischelnd erreichten mich die ersten Minischlangen. Sie bissen mich in Beine und Arme, während ich trotz des Schwindels um mich schlug.

»Darcia«, brüllte Val. Sekunden später erschien um mich herum eine Wand aus dunklem Wasser. Es hüllte mich wie ein Schutzwall ein. Die Schlangen wurden zurückgedrängt und ich fand endlich die Kraft, aufzustehen.

Vals Mauer umhüllte mich so lange, bis ich seine rettenden Arme erreichte. Das Wasser teilte sich, um ihn hindurchzulassen, und er zog mich fest an sich, drückte sein Gesicht an meinen Hals und atmete tief ein. Meine Beine fühlten sich zittrig an und mir schwindelte leicht. War ich vergiftet worden? Die Bissstellen juckten lediglich.

»Ich habe noch nie zuvor gesehen, wie du derart Wassermagie eingesetzt hast«, murmelte ich voller Bewunderung.

Oleg erschien hinter uns und das Wasser schwemmte über die Schlangenarmee hinweg.

»Nach oben mit euch«, brüllte Oleg. Er machte für uns Platz und formte einen riesigen Feuerball, der aber weder so hell noch so heiß war, wie ich es von Feuermagie gewohnt war. Dieses Haus schien unsere Magie zu dämpfen.

Ich stolperte an Vals Hand die Treppe in den ersten Stock hoch, wo wir ins erstbeste Zimmer stürzten, in dem sich glücklicherweise keine Schlangen befanden. Oleg folgte uns auf dem Fuße. Er warf die Tür ins Schloss und schob zusammen mit Val eine schwere Kommode davor. Währenddessen sah ich mich in dem schwachen Licht einer übrig gebliebenen Feuerkugel um und erkannte unzählige Bücher, die auf dem Boden und dem schmalen Regal verteilt lagen. Es gab Skizzen, Schriften und Schreibutensilien. Blätter voll mit Diagrammen und Runen, die allesamt unfertig und nicht ganz *richtig* auf mich wirkten. Ein paar der Bücher kamen mir von meinen Recherchen bekannt vor: *Die alten Runen, Auf Wanderschaft in der Schwarzen Magie, Mutig in den Armen des Mondes.* Zudem gab es Werke, die mir neu waren. *Magische Gewässer und ihre Tücken* oder *Was am Ende auf uns wartet* und *Wie sich die Seele spaltet* zum Beispiel. All dies deutete darauf hin, dass dies hier Charlottes Arbeitszimmer gewesen war und sie nicht sehr viel Zeit gehabt hatte, aufzuräumen. Oder ihr war egal gewesen, wer ihre Notizen sah, da sie nicht glaubte, dass derjenige lange genug überlebte, um sein Wissen zu teilen.

Mein Magen krampfte sich zusammen. Ich schob das Werk der magischen Gewässer zur Seite, fand aber nichts, was uns weiterhelfen könnte.

»Wir müssen hier raus«, rief Oleg und eilte an eines der beiden Fenster. »Die Schlangen werden die Tür früher oder später aufbrechen.« Sekunden später ertönte bereits das verräterische Zischen und das Knarren von Holz, als würde sich etwas Schweres dagegenlehnen. Mehr brauchte es nicht, um mich zur Eile zu bewegen.

Ich stolperte an seine Seite, ignorierte meinen schmerzenden Hinterkopf und riss die Vorhänge samt Stange hinab.

»So kraftvoll«, kommentierte Val mit einem amüsierten Lächeln, als er neben mir auftauchte. »Macht es dir was aus, einen Schritt zurückzugehen? Ich würde gern vermeiden, dir wehzutun.«

Stirnrunzelnd tat ich wie geheißen und in der nächsten Sekunde hatte er das Fensterglas mit seinem Wasser aufgesprengt. Die Fensterläden wackelten, blieben jedoch an Ort und Stelle. Frische Luft umwehte meine Nase. Wir waren unserer Freiheit so nahe.

Das Knarzen des Holzes wurde lauter und ich wagte einen Blick über meine Schulter. Noch konnte ich keine Schlangen entdecken, auch wenn mein Verstand sie aus den Schatten im Raum kreierte. Eine Gänsehaut kroch über meinen Körper. Ich konnte ihnen nicht gegenübertreten. Nicht ohne meine Magie.

»Wir können nicht einfach gehen«, sagte Oleg schließlich, der seine Flammen gegen die Fensterläden einsetzte. Ganz langsam setzten sie sich gegen die feindliche Magie durch und das Holz schien zu verkohlen und brüchiger zu werden. »Wir müssen das Haus in Brand setzen, um zu verhindern, dass sie uns verfolgen.«

»Du hast recht«, stimmte ich ihm zu und ballte entschlossen die Hände zu Fäusten. »Wir können auch nicht riskieren, dass sie über die Menschen herfallen.« Warum interessierte es mich plötzlich, was mit meinen Mitmenschen geschah?

Endlich gaben die Läden nach und brachen auseinander, ließen das Licht der Mittagssonne hinein und verscheuchten die Schatten, als auch die Tür hinter uns in der Mitte barst. Die ersten weiß glänzenden Schlangen quollen wie Eiter aus einer Wunde hervor.

Val, Oleg und ich wechselten Blicke, dann stiegen wir durch das Fenster aufs Dach.

»Ihr springt, ich kümmere mich um den Brand«, befahl Oleg und verzog seine Lippen zu einem weiteren zahnlosen Lächeln. »Jetzt, Turteltauben!«

Ich rutschte neben Val über die sonnengewärmten Schindeln, bis ich die Regenrinne erreichte. Da wir uns auf der Rückseite des Hauses befanden, wurden uns zumindest jedwede Zuschauer erspart, als wir nacheinander an der Fassade und dem Fensterbrett herunterkletterten.

Wir taumelten auf den Rasen, als eine Explosion ertönte und uns die Druckwelle in die Knie zwang. Ich hörte, wie Oleg neben mir mit einem Grunzen landete. Hinter uns stand das Haus lichterloh in Flammen, die hoffentlich jedes einzelne Schlangenbiest zu Schutt und Asche verbrannten.

»Los!«, rief ich, half Oleg auf die Beine und eilte hinter Val her, der uns einen Weg aus dem Garten suchte. Er vereiste das Schloss der Gartentür, zerbrach es und lotste uns hindurch. Lautes Rufen und kreischende Sirenen drangen an uns heran, aber wir blieben trotz unserer Blessuren nicht stehen.

Nachdem wir etwa eine halbe Meile zwischen uns und das verfluchte Haus gebracht hatten, hielten wir in der Nähe eines Parks an. Links von uns grenzte ein engmaschiger Zaun, rechts eine halbhohe Mauer und ein paar Zypressen. Die eine Richtung führte in den Park, die andere in eine Wohnsiedlung.

»Hier verlasse ich euch«, verkündete Oleg, dessen Gesicht und Hände rußgeschwärzt waren. Seine Augen wirkten glasig, ob aus Trauer um seinen Assistenten oder aus Aufregung, vermochte ich nicht zu sagen. »Ich hoffe, man sieht sich nie wieder. Du bist wahrlich ein Unglücksrabe«, sagte er in meine Richtung gewandt, bevor er sich abrupt abwandte und unglaublich schnell für einen so alten Greis über die Kreuzung lief. Mehrere Autos hupten, als er sich nicht um die rote Fußgängerampel scherte.

Ich blickte zu Boden. Jetzt, da die Gefahr vorüber war, holten mich Schmerz und Realität ein. Mein Kopf pochte, meine Finger schmerzten an aufgerissenen Stellen. Holzsplitter hatten sich in meinen Haaren verfangen und meine Arme verletzt. Die Bisswunden brannten und ich konnte noch immer nicht sicher sein, dass ich nicht vergiftet worden war.

»Es tut mir so leid, Val«, wisperte ich, ohne ihn anzusehen.

»Warum entschuldigst du dich?« Er klang so, als würde er sich wirklich keinen einzigen Grund vorstellen können. Er stand bloß wenige Schritte vor mir, doch in diesem Moment wirkte er meilenweit entfernt.

Mit einer Hand berührte ich den goldenen Armreif. Hatte er damit mein Leben gerettet? Das Wasser zu meinem Schutz angewandt?

»Wir haben sie nicht gefunden. Charlotte, Maya ...« Ich presste die Lippen zusammen, als Val sich mir näherte. Ich konnte seine weißen Sneakers sehen, die die Spitzen von meinen Stiefeln fast berührten und an einigen Stellen schwarz verfärbt waren. Wie durch Farbe und nicht durch Asche. »Ich habe wirklich daran geglaubt, dass wir sie finden und deinen Albtraum beenden können.« *Und ich zu meiner eigentlichen Aufgabe zurückkehren könnte.*

Er berührte mich mit der freien Hand an der Wange und wartete, bis ich ihn ansah, bevor er antwortete. »Vielleicht will ich ja nicht, dass es endet.«

»Was m...«, begann ich, wurde jedoch von seinen Lippen am Weitersprechen gehindert. Er küsste mich langsam, so schrecklich langsam, dass ich glaubte, wahnsinnig zu werden. Mein Herz flatterte in meiner Brust, als ich mich enger an ihn presste und erlaubte, dass der Kuss sich vertiefte, doch dann ... Ich atmete tief durch die Nase ein, wollte ihn in mich aufnehmen und mich gleichzeitig in ihm verlieren, und nahm den Geruch von Feuer und Erde wahr und ... Aftershave, das mir nicht bekannt vorkam.

Nicht Vals Geruch. *Nicht Vals Geruch,* wiederholte ich in Gedanken und erstarrte.

Im Bruchteil einer Sekunde hatte ich einen kleinen Dolch gezogen und hielt diesen an seine Kehle.

»Wer zur Hölle bist du?«, knurrte ich.

»Du musst wohl schwerer gegen die Wand geknallt sein als gedacht, mein Herz«, murmelte er und wollte sich zu einem weiteren Kuss hinabbeugen, doch ich erhöhte den Druck des Messers, bis die Klinge den ersten Blutstropfen forderte. »Ich bin Val«, rief er aus und runzelte die Stirn.

»Val hat mich noch nie ›mein Herz‹ genannt«, zischte ich um Selbstbeherrschung ringend. Ich durfte meiner Panik nicht erlauben, mich zu übermannen. Denn wenn er nicht Val war, stellte sich die Frage, wo der echte war. »Außerdem riecht er anders.«

Val legte den Kopf schief, trotz meines Messers, dann seufzte er tief. Ein weiterer Tropfen rann seitlich seinen Hals hinab.

»Nun ... Bravo, Darcia, du bist klüger, als ich erwartet habe. Darf ich mich vorstellen?« Er nutzte meine kurzzeitige Überraschung darüber, dass er seine Rolle so schnell wie ein altes Kostüm abgeworfen hatte, und trat zwei Schritte zurück – außerhalb der Reichweite meines Messers. Doch er rannte nicht davon, nein, er verbeugte sich spöttisch lächelnd vor mir. Seine Haltung und sein Gebaren hatten sich innerhalb eines Wimpernschlags gänzlich verändert. Wie hatte ich ihn trotz seines Aussehens nur eine Sekunde lang für den echten Val halten können? »Du kannst mich James nennen, aber ich hörte, dass ich seit Kurzem auch einen anderen Namen mein Eigen nennen darf. Du kennst ihn vielleicht ... der ...«

»... Dunkle!«, beendete ich den Satz trotz meiner Fassungslosigkeit. Unwillkürlich senkte ich das Messer. »Wie?«

»Du meinst, wie ich es geschafft habe, wie dein Hexer auszusehen?« Er vergrub die Hände in seine vorderen Hosentaschen und beugte sich leicht nach vorne. »Einer meiner simpleren Zauber.«

»Und das Auge?«

Er legte einen Finger auf sein Veilchen. »Roja hat sich ganz schön gewehrt. Es hätte zu viel Aufwand bedeutet, die Wunde zu heilen oder sie unter meinem Schleier zu verhüllen. Aber ich dachte mir, dass Valens so seine Geheimnisse hat und dich eine Wunde wie diese hier nicht sonderlich argwöhnisch machen würde. Siehst du, wie viele Gedanken ich mir gemacht habe? Nur für dich und dieses kleine Buch hier.« Blitzschnell hatte er aus seiner hinteren Hosentasche ebenjenes Buch hervorgezogen und ich konnte den Titel auf dem braunen Einband lesen.

Magische Gewässer und ihre Tücken.

»Der See der Sterne«, entwich es mir. Der Grund, warum er

dieses Buch hatte an sich bringen wollen, um die dritte Phase zu vollenden.

»Ganz genau.« Er steckte das Buch wieder ein. »Wie ich hörte, hast du es auch endlich geschafft, dein letztes Herz zu bekommen. Gratulation! Hast dich wohl ein bisschen geschämt, nachdem ich dich in so kurzer Zeit übertrumpfte, oder? Mach dir nichts draus. Ich bin eben ein Wunderkind.« Er zwinkerte mir zu. »Jedenfalls, ich hörte, dass es nur noch dieses eine Buch gibt, und da brauchte ich es natürlich. Eigentlich wollte ich ja eine Zusammenarbeit zwischen uns vorschlagen, doch du musstest ausgerechnet diesen Hexer mit dir herschleppen und unser Stelldichein ruinieren, noch bevor es begonnen hatte. Tragisch.«

»Das heißt, du hast die zweite Phase bereits hinter dir?«, fragte ich, den Rest übergehend. Gedanken und Erinnerungen prasselten auf mich ein und ich hatte Probleme, sie zu sortieren.

»Und wenn es so wäre?« Er seufzte tief. »Weißt du, wir hätten ein tolles Team abgegeben. Ich hätte dich umschmeichelt, mir deine Liebe gesichert und du hättest mir nur zu gerne und vor allem freiwillig geholfen. Am Ende hätte es dir dann auch nichts ausgemacht, die Herrschaft der Wicked allein mir zu überlassen.«

Ich schnaubte. »Das wäre niemals geschehen.«

Mit unbewegter Miene griff ich in das Meer aus Macht, das mir die dreizehn Herzen verschafft hatte, und schleuderte James eine Welle des Feuers entgegen.

Zumindest war es das, was ich vorgehabt hatte. Anstatt Feuer, anstatt Magie hielt ich nichts als Leere in meinen Handflächen.

Nichtsdestotrotz reagierte James auf meine Handbewegung und zog sicherheitshalber eine Wand aus Wasser hoch, um dahinter in Deckung zu gehen. Auch ein Hinweis, der mich schon früher hätte stutzig machen sollen – Val benutzte stets Feuer, wenn er ohne nachzudenken Magie wirkte. Anders als bei dem Dunklen, dessen instinktives Element das des Wassers war.

Ich bin so dumm gewesen.

Wo war meine Magie? Entsetzen breitete sich in mir aus. Ich hatte gedacht, dass das Haus sie unterdrückte, doch nun war ich frei von ihm. Es sollte mich nicht länger beeinflussen! So hilflos wie jetzt hatte ich mich schon lange nicht mehr gefühlt. Nichts war mir geblieben. Nicht mal meine Hexia-Seite konnte ich berühren.

»Warum diese Farce? Warum hast du dich nicht allein ins Haus begeben?« Ich musste ihn zum Reden bringen, um mir eine Lösung zu überlegen, wie ich ihn ohne Magie attackieren konnte.

»Als Back-up.« Er hob eine Schulter. »Aber dieser Alte hat ja noch viel besser funktioniert und für das vom Haus geforderte Opfer hat er auch gesorgt.«

»Geforderte Opfer?«

»Ein Geschenk der Waiża. Wer das Haus betritt, muss mit dem Leben zahlen.« Er grinste. »Den Göttern sei Dank reicht ein Opfer aus, selbst wenn man das Haus in einer Gruppe betritt.«

»Adam«, wisperte ich. Wir hatten ihn direkt in seinen Tod geführt.

»Dein Glück, wenn ich hinzufügen darf.« Sein Grinsen wurde breiter. »Hatte eigentlich vorgehabt, *dich* zurückzulassen.«

»Stattdessen hast du mich beschützt.« Ich hatte seine beeindruckende Wassermagie nicht vergessen. Ohne ihn wäre ich von den Schlangen überwältigt worden.

»Nenn mich hoffnungsvoll.«

Ich runzelte die Stirn. »Wieso?«

»Uns wurde eine zweite Chance gegeben.«

»Für was? Ich werde nicht mehr getäuscht werden.« Kopfschüttelnd verlieh ich meiner Frustration Ausdruck. Ich konnte nichts fühlen. Nicht einen Funken meiner Magie. Zudem brachte mich sein wirres Gerede auch nicht weiter. »Wo ist Val?«

»Bei seiner Familie«, antwortete er sofort. »Hat mich Zeit gekostet, die Schergen seiner Schwester auf die richtige Fährte zu lenken und den Durchsuchungsbefehl anzuleiern.«

Ich verstand nur die Hälfte von dem, was er da von sich gab.

»Gib mir das Buch, James«, verlangte ich, da ich genug von seinen Geschichten hatte. Außerdem hatte ich erkannt, dass ich ohne eine Konfrontation nicht aus dieser misslichen Lage käme. Wie immer war Angriff die beste Verteidigung. Ich warf prompt zwei Wurfmesser in seine Richtung. James zögerte nicht. Er rollte über den Boden und hob zur Verteidigung seine Hände. Meinem Fluch, der sich als gelbes Pulver auf seinen Ärmel legte und diesen in Brand setzte, entkam er dabei jedoch nicht.

Trotzdem fand er hinter einer Regentonne Deckung, wie eine Katze, die ihre Wunden leckte. Mit weiteren Flüchen, den letzten, die ich vorbereitet hatte, näherte ich mich ihm. Steine und Pulver folgten.

Er verlor kein Wort.

»Gib auf!«, sagte ich, dann erreichte ich die graue Blechtonne und überwand den letzten Schritt mit einem Sprung.

Mich erwartete gähnende Leere anstatt eines sich versteckenden Hexers.

»Suchst du mich?«, ertönte seine Stimme hinter mir.

Ich wurde von einem heftigen Schwall Wasser gegen die Wand geschleudert. Mit der Stirn knallte ich gegen den rauen Stein und mir versagten die Beine.

Taumelnd gelang es mir, mich abzustützen, sodass ich langsam an der Wand hinabgleiten konnte. Blut rann mir ins Auge und verklebte meine Wimpern.

Vor mir drehte sich alles und auch James' Gestalt verschwamm zu einem Mix aus Farben, als er sich zu mir herabbeugte. Eine warme Hand legte sich auf mein Haar.

»Du musst verstehen, ich brauche die Macht der Wicked mehr als du.« Er hauchte einen Kuss auf meine Nasenspitze. »Du wirst mir später dafür danken.«

Länger konnte ich mich nicht mehr bei Bewusstsein halten.

XXXII

RUTH

Ruth saß im *Famosen Henker*, einem alten Stammlokal von ihr und Val während ihrer gemeinsamen Zeit als Stadtwache. Nun war selbst sie nicht mehr Teil davon, musste an der Seite einer Eliteeinheit Bestien ausfindig machen, die es gar nicht geben sollte. Alte Gesichter mischten sich in ihr Sichtfeld und manche Gäste zwinkerten ihr zu, als sie die junge Wache erkannten.

Ruth hatte sich immer gut mit allen verstanden, aber heute war sie nicht zum Reden aufgelegt.

Sie hatte sich aus dem Quartier gestohlen, weil sie die Nähe der anderen nicht ertrug, mit der Lüge zwischen ihnen. Es zerfraß sie, daran zu denken, dass sie bei einer Sache halfen, die Ruth nicht vertreten konnte. Doch sie dürfte ihre Bedenken nie äußern, da sie sich dadurch des Verrats an der Krone schuldig machen würde.

Außerdem fürchtete sie sich vor ihrer eigenen Wut. Sie verabscheute Konfrontationen, auch mit sich selbst, mehr als vieles andere.

Sie saß an der Theke und betrachtete das schimmernde Braun ihres Whiskeys, ohne ihn anzurühren.

»Guten Abend, kleine Ruth«, begrüßte sie ein alter Kollege und setzte sich mit breitem Grinsen neben sie auf den freien Hocker. Sein Haar fiel lang und unordentlich auf seine Schultern und wurde von einem blauen Stirnband aus seinem Gesicht gehalten. Ein paar Falten hatten sich seit ihrer letzten

Begegnung um seine Augen gebildet, abgesehen davon sah er noch genauso vorlaut aus wie damals.

»Swenson«, rief sie erstaunt aus und nahm seine dargebotene Hand an. Zögerlich schüttelte sie diese. »Was machst du denn hier? Du bist eines Tages einfach nicht mehr zum Dienst angetreten.«

Wenn sie ehrlich war, hatte sie schon viele Gerüchte über seine Dienstverweigerung gehört, aber sie wollte ihn nicht damit konfrontieren. Stattdessen wollte sie die Wahrheit erfahren und es schien, als wäre er bereit, sie ihr zu offenbaren.

Er bestellte sich ebenfalls einen Whiskey, bevor er sich ihr zuwandte, das Kinn auf einer Hand aufgestützt.

»Ich bin schon seit einer ganzen Weile wieder auf freiem Fuß«, antwortete er. »Die Verweigerung hat mich zwei Jahre Gefängnis gekostet und jetzt erledige ich ein paar Hausmeistertätigkeiten in der Kaserne. Nichts Wildes.«

»Das hörte ich.« Ruth kratzte sich verlegen an der Wange. »Aber warum?«

»Sie wollten, dass ich das Mädchen, das die Wahrheit sprach, aus Babylon verbanne«, flüsterte er und näherte sich ihr verschwörerisch. »Das konnte ich nicht. Ich hätte mich selbst nicht mehr ertragen.«

»Das Mädchen, das die …« Sie riss die Augen auf, als sich die Puzzleteile zusammensetzten. Natürlich. Darcia Bonnet. Jemand von der Wache hätte sie an ein Tor führen und sie für immer aus Babylon verbannen müssen. Diese Aufgabe war scheinbar Swenson zuteilgeworden, doch er hatte sich geweigert, was nichts gebracht hatte. Jemand anders war in seine Fußstapfen getreten und hatte den Job für ihn erledigt. »Wen meinst du?« Ruth stellte sich absichtlich unwissend, obwohl ihr Ausruf sie sehr wahrscheinlich verraten hatte.

»Darcia Bonnet«, wiederholte Swenson ihre Gedanken. »Ich weiß nicht, ob du sie kennst. Einst hatte sie ihre Stimme erhoben und die Wahrheit gesagt. Die Königsfamilie wollte jedoch keinen Skandal auf ihren geputzten Häuptern und hat sich ihrer entledigt. Armes Mädchen. Aber nicht nur sie musste unter den Manipulationen der Königsfamilie leiden ...«

Ruth verengte die Augen. Sie erkannte durchaus, wenn sie selbst manipuliert wurde. Unglücklicherweise änderte dies nichts an ihrer Neugier.

»Was meinst du?«

»Du solltest eher danach fragen, *wen* ich meine«, sagte er und nahm einen weiteren Schluck. »Ich sollte wirklich nicht mit dir darüber reden. Man munkelt, dass du versetzt wurdest, um als Leibwache der Königin zu agieren.«

»Unsinn.« Sie wandte sich ihm vollends zu. »Bitte sag es mir.«

»Na gut.« Er stellte sein Glas ab und sie steckten verschwörerisch ihre Köpfe zusammen. »Die Rebellen sagen die Wahrheit. Die Königin trägt die Schuld an der Nacht der Schatten. Darcia hat damals alle schmutzigen Details herausgefunden und wollte die Königsfamilie anprangern, doch es lief nicht so wie geplant und sie wurde verbannt.«

»Das ist Hochverrat, Swenson«, wisperte Ruth und sah sich unbehaglich um. Niemand beachtete sie. Die meisten unterhielten sich untereinander oder tanzten zu der Flöte eines Musikers am Ende des Raumes. »Lass das niemanden hören.«

Swensons Augen blitzten auf. »Aber du wirst mich nicht verraten, oder? Weil du die Wahrheit weißt? Weil du weißt, dass wir recht haben?«

»Wir? Deutest du damit etwa an, dass du mit den Rebellen unter einer Decke steckst?«

»Sei nicht so überrascht.«

Ruths Herz raste und ihr trat der Schweiß auf die Stirn, sammelte sich an ihren Schläfen. Was, wenn Swenson längst unter Beobachtung stand und nun mit ihr gesichtet wurde? Es wäre eine Katastrophe.

»Das ist verdammt gefährlich.« Sie machte Anstalten, sich zu erheben. »Ich sollte besser gehen.«

»Und was würde Val dazu sagen?« Sie hielt inne, sah den Rebellen jedoch nicht an. »Er ist derjenige, der dem Mädchen das letzte Puzzlestück gab. Obwohl es niemand zu der Zeit wusste ... niemand von den Guten jedenfalls.«

»Was ... Was sagst du da?« Nun konnte sie nicht mehr an sich halten und blickte Swenson in die Augen. Er offenbarte ihr nichts anderes außer Ehrlichkeit, dann wurde sein Blick berechnend und er lächelte, beinahe geschäftsmäßig.

»Wenn du Antworten willst, wahre Antworten auch zu Vals Verschwinden, dann wirst du mich kontaktieren.«

»Wie?«, entschlüpfte es ihr, bevor sie an sich halten konnte. Vals Name besaß noch immer die Macht, sie vom Denken abzuhalten.

Bevor Swenson antworten konnte, wurde das Gebäude von einer gewaltigen Explosion erschüttert.

Ruth fiel vom Hocker, rollte hart über den schmutzigen Boden. Mit dem Rücken stieß sie gegen einen umgekippten Stuhl und rang nach Luft. Ihr Brustkorb fühlte sich zerquetscht an, als könne sie nie wieder atmen.

Von der Decke rieselte Staub, Holzbalken knarzten und krachten herab auf Menschen und Schattenwesen. Die Decke wurde mitgerissen wie eine Lawine aus Schutt und Geröll. Gerade so fand sie neben anderen unter einem massiven Tisch Deckung.

Ein Pfeifen schmerzte in ihren Ohren und verhinderte für einige Augenblicke, dass sie sich orientieren konnte. Ihre Muskeln brannten und ihre Gliedmaßen zitterten.

Hustend wartete sie, bis sich das Gebäude gesetzt hatte, dann rappelte sie sich auf und versuchte, etwas in der staubigen Luft zu erkennen. Swenson war verschwunden, dafür fand sie viele andere verletzte Kollegen, denen sie nacheinander nach draußen half.

»... riesige Explosion ...«
»... Rebellen ... Schaden ...«
»Unglaublich!«

»... Mistkerle und Bastarde!«

Unzählige Stimmen prasselten auf sie nieder und vermischten sich mit dem hohen Piepsen in ihrem Ohr, das nicht schwinden wollte.

Auf der Straße sah es noch schlimmer aus als im Inneren der Schenke. Mehrere Verletzte saßen hustend, verschmutzt und blutend nebeneinander und versuchten, sich gegenseitig zu helfen. Wachen eilten herbei und brachten Heiler mit, die sich auf die Schwerverletzten stürzten, um ihre Leben zu retten. Der Bitumen war an einer Stelle komplett aufgebrochen. Die losen Steine hatten sich zu einem riesigen Haufen gewölbt, in den eine goldene Fahnenstange gesteckt worden war. An ihr wehte ein zerfetztes, rechteckiges rotes Tuch, auf dem mit weißer Farbe eine Hand aufgedruckt worden war.

Am Fuß des Haufens stand auf einem glatten Geröllstück mit roter, noch feucht glänzender Farbe geschrieben:
Das Blut der 117 klebt an Euren Händen, Eure Majestät.
Ruth musste nicht lange überlegen.

Es hatte in der Nacht der Schatten genau einhundertsiebzehn Opfer geben. Alles hing zusammen. Die Explosionen, Swensons überraschendes Auftauchen und ihre Beförderung ... Verwirrt wandte sie sich ab und stolperte von der Szene der Zerstörung weg. Ihr war nicht mal erlaubt gewesen, das Quartier zu verlassen. Wahrscheinlich würde man sie feuern, wenn sie hier von Stadtwachen aufgegriffen würde, um Fragen zu beantworten.

Auf dem Weg zum Quartier verfluchte sie mehrmals Swenson und seine Rebellen. Sie in so eine ausweglose Lage zu manövrieren! Das Richtige wäre, ihren Hauptmann Ludus aufzusuchen und ihm von Swenson zu erzählen, aber ihr Herz weigerte sich und bekam Unterstützung von ihrer Neugier. Was für Informationen besaß die ehemalige Wache? Welche Rolle spielte Val in diesem Spiel, das keines war und sich dennoch so anfühlte? Taktisch ausgefeilt von einer höheren, ihr unbekannten Macht, war es für sie unmöglich, zu gewinnen. Sie fühlte sich von allen Seiten von Feinden umgeben.

Nein, sie bräuchte mehr Zeit, um sich die Sache durch den Kopf gehen zu lassen und schließlich eine Entscheidung zu treffen. Auch wenn sie keine Ahnung hatte, wie sie Swenson kontaktieren sollte, nun, da er wie vom Erdboden verschluckt worden war.

Mutlos und mit herabgesunkenen Schultern betrat sie das Quartier, in dem Aufruhr herrschte. Auch hier kamen ihr die Stimmen viel zu laut vor, trotzdem suchte sie den Versammlungsraum auf, in den sich alle ihrer Kollegen begeben hatten.

»Ruth!«, rief Gerald aus, stellte sich augenblicklich ihr gegenüber und berührte ihre Schultern. »Was ist mit dir passiert?«

»Sieht man das nicht?«, mischte sich Misty mit höhnischer Stimme ein und zeigte auf sie. »Sie hat das Quartier unerlaubt verlassen und ist mitten in dem Angriff gewesen!«

»Was hast du gesehen?«

»Gab es Tote?«

»Uns ist es nicht erlaubt, nachzusehen.«

Alle quasselten gleichzeitig und Ruths Kopfschmerzen verstärkten sich. Sie verzog das Gesicht, während sie eine Hand an ihre Schläfe legte. Blut blieb an ihren Fingerkuppen haften.

»Niemand ist gestorben«, murmelte sie, bevor sie Geralds Händen entfloh und sich dem Quartiermeister zuwandte. »Es tut mir leid, ich hätte das Quartier nicht verlassen sollen. Ich sollte mich waschen.«

Schweigen begegnete ihr und sie nahm dies als Erlaubnis, sich entfernen zu dürfen. Niemand folgte ihr ins Zimmer, das sie sich mit Silla teilte, worüber sie mehr als froh war. Sie fühlte sich noch nicht dazu in der Lage, ein anständiges Gespräch zu führen. Mit automatisierten Bewegungen streifte sie sich die Kleidung vom Leib. Als sie ihre Hose herunterzog, vernahm sie ein verräterisches Knistern.

Stirnrunzelnd beugte sie sich hinab und tastete den weichen Stoff ab. Ein Stück Papier fiel aus ihrer Tasche in ihre Hand und sie betrachtete es mit Neugier, aber auch Irritation. Nichts stand darauf geschrieben, doch sie wusste instinktiv, dass es ihr von Swenson zugesteckt worden war. Und da sie, Val und Swenson früher gemeinsam Nachtschichten geschoben hatten, kannten sie alle drei den geläufigen Trick, um sich geheime Nachrichten zu überbringen.

Nur in Unterwäsche gekleidet ging sie zu ihrem Nachtschrank und entzündete die schlanke Kerze darauf. Anschließend hielt sie den Zettel über die zuckende Flamme, wartete ein paar Sekunden, dann wurde eine geschwungene schwarze Schrift sichtbar.

Bricker Street 5
Morgen vor Mitternacht

»Verfluchter Mondgott«, wisperte sie und verbrannte den Zettel gänzlich. Noch bevor dieser zu Asche zerfallen war, hatte sie eine Entscheidung getroffen. Sie brauchte mehr Antworten und um diese zu bekommen, müsste sie Swenson zur Rede stellen. Auch wenn es sie ihren Posten kosten würde, sollte man sie entdecken, ihr blieb keine andere Wahl. Sie musste gehen.

Und was ist mit meiner Familie?

Sie schob den Gedanken trotz der tief sitzenden Angst weit von sich. Irgendwie würde sie es schon schaffen, ungesehen das Quartier zu verlassen.

Entschlossen wandte sie sich ab, begab sich zur Waschschüssel und richtete ihr Äußeres wieder her. Damit niemand Verdacht schöpfte, musste sie sich weiterhin so normal wie möglich geben. Derjenige, von dem die größte Gefahr ausging, war Gerald, und ihn würde sie nicht täuschen können. Es war gut, dass zwischen ihnen ohnehin momentan Eiszeit herrschte. Da würde es ihn nicht verwundern, wenn sie ihm weiterhin die kalte Schulter zeigte und aus dem Weg ging.

Mit neuer Kleidung, versorgter Kopfwunde und gewaschenem Gesicht machte sie sich wieder auf den Weg nach unten.

Sie würde stark bleiben.

Sie würde lächeln.

Und morgen Nacht würde sie sich mit den Rebellen treffen.

XXXIII

DARCIA

Stöhnend legte ich eine Hand an meinen Kopf und kämpfte gegen den Schwindel an, während ich mich vom Boden löste. Für meine Dummheit hätte ich mich ohrfeigen können. Niemals hätte ich auf James reinfallen dürfen und nun schien alles verloren. Wo war Val? Und wie sollte es mir gelingen, die Herrin der Wicked zu werden, wenn meines Wissens nach James schon heute die letzte Phase abschließen könnte? Die letzten vier Jahre der Verbannung breiteten sich wie ein gähnender Abgrund vor mir aus.

Ich presste die Lippen zusammen und ballte die Hand zu einer Faust. Nein. Ich weigerte mich, aufzugeben. Noch nicht. Rienne zählte auf mich und was auch immer James mit der Macht der Wicked wollte, ich brauchte sie mehr. Ich *wollte* sie mehr und ich würde es ihm und allen beweisen.

Glücklicherweise schien ich nicht lange bewusstlos gewesen zu sein, denn als ich zurück zu Charlottes Haus humpelte, war die Feuerwehr noch immer dabei, den Brand zu löschen. Ich senkte den Blick, um mein geschundenes Gesicht zu verbergen, eilte an den Schaulustigen vorbei und klaubte meine Tasche mit den Akten aus der Mülltonne. Hin und wieder folgte mir ein fragender Blick oder leises Getuschel, aber das Feuer übte eine zu große Anziehung aus, als dass man mich aufhielt, um sich nach meinem Wohlbefinden zu erkundigen.

Mein rechtes Augenlid war angeschwollen und mein Gesicht sowie meine Kleidung waren voller Blut, doch die Schatten des

Nachmittages gaben mir ausreichend Deckung. Ich versuchte vergebens, nach meiner Magie zu greifen. Frustriert unterdrückte ich die Tränen.

Zunächst überlegte ich, mit gesenktem Haupt nach Hause zu wanken, ehe ich mich daran erinnerte, dass Vals Wohnung viel näher lag. Ich würde ihn dort hoffentlich antreffen und könnte in Erfahrung bringen, was ihn aufgehalten hatte.

Angst nagte an mir.

Val hätte sich vielleicht verspätet, aber er wäre niemals freiwillig ferngeblieben. Zudem hatte James wissen müssen, dass er nicht mitten in seiner Schauspielerei vom richtigen Val unterbrochen werden würde. Was hatte er gesagt? Val wäre bei seiner Familie? Bedeutete das ... Nein. Ich wollte den Gedanken nicht zu Ende spinnen.

Aus diesem Grund war ich jedoch nicht überrascht, als mir Val auf mein Klopfen hin nicht öffnete. Kurz zögerte ich, dann knackte ich das Schloss mithilfe eines Drahtes, da meine Runen nicht funktionierten, und trat ins dämmrige Innere. Dadurch, dass die Fenster abgedunkelt waren, kam kein richtiges Licht hinein, was mir sehr entgegenkam. Mein Auge schmerzte und die Helligkeit draußen hatte mir schon genug zugesetzt.

Da ich noch nie in Vals Wohnung gewesen war, fühlte ich mich schlecht, dass ich derart in seine Privatsphäre eindrang, obwohl ihm vermutlich nichts daran lag. Ich hatte ihm immer angemerkt, dass New Orleans für ihn nicht das Zuhause war, das er sich vorstellte. Sein Herz gehörte Babylon. Die Wohnung spiegelte dies wider. Es gab kaum persönliche Gegenstände. Das Einzige, das wirklich Val gehörte, war seine Kleidung und der leere Skizzenblock auf dem Wohnzimmertisch.

Ich schlurfte ins Bad, knipste das Licht an und holte den Verbandskasten hervor, den er glücklicherweise besaß. Wahrscheinlich zog er sich wegen seines Trainings des Öfteren Verletzungen zu, da der Inhalt bereits zur Hälfte geleert war. Vor dem Spiegel kümmerte ich mich zunächst um meine Kopfwunde, säuberte sie und klebte sie mit zwei kleinen Streifen ab. Das musste für den Moment genügen. Ich hätte meine Magie auch aufgespart, wenn ich sie hätte nutzen können, falls ich sie später noch benötigte, um Val aus irgendeiner gefährlichen Bredouille retten zu müssen. Wer wusste schon, in was er da wieder hineingeraten war? Ich hätte ihn definitiv nicht allein zu Adnan gehen lassen sollen. Dem Ghul konnte man nicht trauen!

Ich fing unwillkürlich den Blick meines Spiegelbilds auf, den ich bisher gekonnt vermieden hatte. Ich war gefangen von meinem eigenen geschundenen Abbild, den blauen und grünen Flecken, dem geschwollenen Auge und den aufgeplatzten roten Äderchen. Erst ein Mal zuvor hatte ich schlimmer ausgesehen, viel schlimmer sogar. Meine Hände umfassten den Beckenrand und verkrampften sich schmerzhaft, als ich an die Nacht zurückdachte, in der mich Tieno gerettet hatte. Ohne ihn wäre ich heute nicht hier. Ohne ihn gäbe es keine Chance mehr für Rienne. Ich durfte nicht versagen. Gleichzeitig musste ich mein Versprechen gegenüber Val einhalten, ihn von seinem Fluch befreien. Ich war dumm gewesen, hätte ihm niemals die Rune der Verbundenheit schenken sollen. Es war nicht hilfreich, in der Schuld eines Hexers zu stehen.

Stirnrunzelnd blickte ich meinen Arm an und den Reifen, den mir Val, nein, James geschenkt hatte. Mit zittrigen Fingern klaubte ich ihn von meiner Haut und atmete … atmete tief durch, als ich plötzlich wieder die Magie in mir spürte. Sie schien wie ein Kätzchen zu schnurren und vor Erleichterung hätte es mich beinahe in die Knie gezwungen.

Ich war nicht vergiftet worden. James hatte sich bloß einen weiteren grausamen Scherz mit mir erlaubt.

Aufgebracht hätte ich den Armreif fast in die Ecke gepfeffert, entschied mich dann dagegen. Entschlossen steckte ich ihn ein. Dann wandte ich mich ab, um die Wohnung in Richtung des *Devil's Jaw* zu verlassen, als meine Aufmerksamkeit von dem großen Falken angezogen wurde, der es irgendwie ins

Loft hineingeschafft hatte. Ich wusste sofort, dass dies Adnans Tier war.

Abwartend sah mich der Vogel an, dann blickte er zur Tür.

»Ich kann nicht glauben, dass ich das tue«, murmelte ich, hörte dennoch auf meinen Instinkt und trat in den Flur hinaus. Der Falke folgte mir und begleitete mich zurück auf die Straße, wo er stets ein Stück vor mir flog. Die Menschen um uns herum schienen weder ihn noch mich wahrzunehmen, waren ganz in ihre eigenen Geschichten vertieft.

Der Falke führte mich an vergessenen Gärten vorbei, durch dunkle Gassen und tiefer ins French Quarter, bis er sich plötzlich auf dem Dach eines scheinbar leer stehenden Hauses niederließ und einen markerschütternden Schrei ausstieß.

»Ich nehme mal an, das heißt, wir sind angekommen?« Ich blickte die Straße hinunter. Bis auf ein paar Jungs, die auf einer halbhohen Mauer saßen und mit ihren Telefonen spielten, konnte ich niemanden entdecken. Das bedeutete wohl, ich musste ins Haus gelangen und nicht nur davor herumlungern.

Ich stieß das kleine gusseiserne Tor auf, das sich quietschend Gehör verschaffte, und schritt über den mit Unkraut überwucherten Pfad zur vorderen Veranda. Die Tür war bloß angelehnt, sodass ich nicht mal meine Rune verwenden musste. Umso besser, dann blieb noch mehr Magie, um mich notfalls gegen was auch immer zu verteidigen. Irgendwo lauerte schließlich immer eine Gefahr. Das hatte ich mittlerweile gelernt.

Das Innere des Hauses war dunkel und verstaubt. Es gab keine Möbel, keine Bilderrahmen an den tapezierten Wänden oder Teppiche, die den löchrigen Holzfußboden verdeckten.

»Hallo?«, rief ich. Niemand antwortete. Ich sah mich zunächst im Erdgeschoss um und arbeitete mich dann bis nach ganz oben, wo ich auf eine heruntergezogene Leiter stieß, die auf den Speicher führte. Ich atmete einmal tief durch, dann kletterte ich sie nach oben.

Sobald mein Kopf durch die Luke gelangte, sah ich, dass ich nicht allein war.

»Seda?«, keuchte ich. Ausgerechnet die Meerjungfrau saß auf einer alten Holzkiste, mit nicht mehr als einer kratzigen Decke bekleidet. Vor ihr lag eine mit Wasser gefüllte Keramikschüssel, von der sie aufblickte, als sie mich hörte. »Was machst du hier?«

Eilig kletterte ich aus dem Loch. Es gab nichts, was ihre Anwesenheit erklären würde. Abgesehen von der Schüssel und den Kisten war auch der Speicher leer. Nur von den Deckenbalken hängend schlummerten ein paar Fledermäuse, die sich von unserer Anwesenheit nicht stören ließen.

»Ich ... bin mir nicht sicher«, antwortete sie nachdenklich, leise, überhaupt nicht wie sie. »Dein Freund kam uns besuchen, Adnan und mich, und erzählte etwas von einer Durchsuchung. Adnan bat mich, zu verschwinden, und so nutzte ich die Keramikschüssel mit Wasser, die er jedes Mal eben für einen solchen Fall für mich bereitstellt. Bisher hatte ich bloß keine Ahnung, wohin mich dieser Weg führen würde, und ich bin hier gelandet. Vor ein paar Stunden schon, aber ich konnte mich nicht dazu überwinden, zu gehen.«

Sie sah mich mit einem leeren Blick an. Es versetzte mich in Panik. So hatte ich Seda noch nie gesehen. Gefühle waren normalerweise ein Fremdwort für sie und ich hatte keine Ahnung, woher diese stammten, von was sie ausgelöst worden waren.

»Jedes Mal?«, wiederholte ich dann fragend. »Du meinst, du und ... Adnan, ihr ...?«

»Es ...« Sie stockte und starrte wieder ins Wasser. »Ich hasse ihn. Aber ich liebe ihn auch.«

»Du bist unverbesserlich«, murmelte ich und setzte mich neben sie. »Obwohl du weißt, dass er dein Untergang ist, ziehst du ihn zu dir. Manchmal glaube ich, du suhlst dich in dem Schlechten.«

»Ich zog auch dich zu mir.«

»Genau mein Punkt.«

Wir lächelten und die Spannung schien für den Moment gelöst.

Jäh wurden wir von dem Geräusch schwerer Schritte auseinandergerissen. Wir wechselten einen Blick, bevor wir beide in Angriffsstellung gingen, den Blick auf die Luke gerichtet.

Die Schritte wurden lauter. Mindestens zwei Personen mussten sich uns nähern. Schweiß perlte von meiner Stirn und brannte in meinem angeschwollenen Auge, während mein ganzer Körper vor Anspannung zitterte. Ich hatte die Hände erhoben, war bereit, dem Eindringling all meine Macht entgegenzuschleudern ... dann erschienen als Erstes Hände in der Öffnung.

»Nicht angreifen«, rief jemand mir allzu Bekanntes und schon schob sich ein zerschundener Adnan aus dem Loch. Hinter ihm folgte einer seiner Handlanger. Marko, wenn ich mich recht erinnerte. Sein Körperbau war beeindruckend, dennoch schaffte er es, sich hinter seinem Meister durch die Luke zu zwängen. Wie auch bei Adnan hing ihm das Haar blutig und klebrig in die Stirn und ihre Gesichter zeigten beide ähnliche Blessuren, wie ich sie aufwies.

Seda stieß ein undefinierbares Geräusch aus und fiel Adnan in die Arme. Er verzog vor Schmerzen das Gesicht, doch er wand sich nicht aus der Umarmung. Stattdessen konnte ich sehen, wie er die Augen kurzzeitig schloss und die Berührung genoss. Dann verstrich der Moment und sie lösten sich voneinander.

Langsam ließ ich die Arme sinken und wartete darauf, dass Adnans Aufmerksamkeit auf mich fiel. Er enttäuschte mich nicht.

»Du bist auch hier, gut«, kommentierte er mit einem Nicken, während Marko zwei Kisten heranzog, als hätte er Adnans Gedanken gelesen, damit wir uns alle in einem Kreis um die Schüssel niederlassen konnten.

»Du siehst schrecklich aus«, murmelte ich, nachdem wir uns hingesetzt hatten.

»Danke, gleichfalls.« Er grinste. »Würde es dir etwas ausmachen, einen kleinen, aber feinen Schutzbann um uns zu ziehen? Damit man uns für den Moment nicht finden kann?«

Da ich das für einen sehr guten Plan hielt – wer wusste schon, wer hinter ihm her war –, gehorchte ich augenblicklich, schloss die Augen und berührte die Rune des Schutzes. Ich durfte nicht zu viel Magie verwenden, um meine nächtlichen Unternehmungen nicht zu verraten, aber genug, damit wir ausreichend geschützt wären. Ein paar Sekunden später blickte ich den Ghul an, den ich noch nie derart ... aufgelöst gesehen hatte. Wie Seda war ihm der alltägliche Schein plötzlich entrissen wurden. Der Turban fehlte, das Hemd war zerrissen und die Hose an einigen Stellen verkohlt. Das Unglaublichste waren die grauen Turnschuhe, die er bestimmt von einem nichts ahnenden Teenager gestohlen hatte.

»Also, was genau ist passiert und wo zur Hölle ist Val?«, fragte ich und verschränkte die Arme, obwohl meine geprellten Rippen bei der raschen Bewegung schmerzten. Ich ließ mir nichts anmerken.

»Nachdem Seda uns verlassen hatte, wollten Valens und ich durch einen Geheimgang verschwinden, doch er ... wir wurden entdeckt und mitten in einen Kampf gezogen.« Adnan schüttelte den Kopf, als hätte er noch immer Schwierigkeiten, das zu begreifen. »Sie jagten einen Berserker auf uns. Wir hatten keine Chance. Ich konnte nur mit Markos Hilfe entkommen, als sich der Hexeninspektor um Valens kümmerte. Ich glaube, das war bloß möglich, weil sie nicht mich wollten. Sonst hätten sie mich nicht für eine Sekunde aus den Augen gelassen. Nein, sie wollten Valens und nur ihn.«

»Warum dann der Durchsuchungsbefehl für und den Angriff aufs *Devil's Jaw*?«, fragte Seda.

Adnan beugte sich vor. »Sie konnten ihn nicht auf offener Straße oder in seinem Loft angreifen, weil es gegen das herrschende Gesetz verstoßen hätte. Man hätte diesen Mistkerlen nicht erlaubt, mit Valens im Gepäck durch das Tor zu schreiten. Sie kreierten die Scharade, arrangierten alles so, dass ihr sie belauschen konntet, und warteten auf seinen Edelmut, der ihn direkt zu mir brachte.«

Plötzlich hatte ich das Gefühl, nur noch die Hälfte von dem zu verstehen, was Adnan da von sich gab.

»Aber warum?« Stirnrunzelnd sah ich von Seda zu Adnan, versuchte, mich wieder an James' Worte zu erinnern. Er hatte etwas von den Schergen von Vals Schwester gesagt. »Was könnten sie von ihm wollen? Ist er irgendeine Art … ich weiß nicht, ein Krimineller, der geflohen ist, bevor sie ihn einkerkern konnten?« Jetzt waren es Seda und Adnan, die einen vieldeutigen Blick tauschten und mich damit reizten. »Er war keine Stadtwache, nicht wahr? Er hat gelogen und …«

»Valens hat dich nicht belogen«, sagte Adnan, klang jedoch nicht so, als wäre das etwas Gutes. »Er hat dir nur nicht die ganze Wahrheit gesagt. Ja, er gehörte zur Stadtwache, aber er war … ist auch Königin Ciahras jüngerer Bruder. Der Prinz von Babylon.«

»Nein«, entfloh es mir samt aller Luft aus meiner Lunge.

Ich fiel nach vorne, konnte mich gerade noch so mit meinen Händen auf den Knien abstützen. Ich hatte das Gefühl zu ersticken. Mein Herz raste in doppelter Geschwindigkeit und meine Augen füllten sich mit Tränen, weil ich die Ungerechtigkeit dieser Welten für einen Moment nicht länger ertrug.

»Warum trifft es dich so?«, fragte Seda mit vollkommenem Unverständnis in der Stimme. »Du dachtest, er wäre nur eine Wache, jetzt hast du einen Prinzen als guten Freund.«

»Das versteht ihr nicht.« Ich sprang auf. Der Boden wankte. Nein. Die Welt wankte. »Ich muss jetzt gehen. Ich …«

»Warte«, hielt mich Adnan zurück. »Was ist mit ihm? Wirst du ihm helfen? Ihn befreien?«

»Ihn von *was* befreien?«, krächzte ich. O Götter, wie hatte ich das nicht sehen können? »Er wird schon bald mit seiner Familie vereint sein. Sein kleines Abenteuer hier in New Orleans ist wohl vorbei.«

Ich drehte mich um und stürmte durch die Luke, kletterte die Leiter nach unten und rannte auf die Straße. Die Tränen, die aus meinen Augen flossen, hielt ich nicht auf.

»O Rienne.« Meine geflüsterten Worte wurden vom Wind davongetragen. Ich hatte den Fokus verloren und Val einen Platz in meiner Welt eingeräumt, unter dem Vorwand, mich nur an mein Versprechen zu halten, aber mit der Wahrheit im Herzen, dass ich ihn ..., dass ich mich ...

Ausgerechnet mit dem Prinzen hatte ich mich verbunden gefühlt.

Dem Prinzen, der aus der Königsfamilie stammte, von der ich geschworen hatte, sie auszulöschen.

Ich hätte Adnans Drohung ignorieren und sein Leben beenden sollen. Mich von ihm befreien. Wie eine Zecke hatte er sich in meinem Leben festgesetzt und jetzt wusste ich nicht, was ich tun sollte. Ich war so furchtbar durcheinander. Fühlte alles und nichts.

Irgendwann hielt ich an und stützte mich mit einer Hand an einer rauen Backsteinwand ab. Durch zusammengebissene Zähne schrie ich meine Wut und Angst und Enttäuschung und Traurigkeit hinaus.

Warum er? Warum unter allen ... ausgerechnet der Hexer, der in mein Herz blickte?

Ich versuchte, meine innere Ruhe zurückzuerlangen, und fokussierte mich auf meine Atmung.

Ein und aus. Ein und aus. Ein und ...

Das Ziel war noch immer das gleiche. Meine Gefühle und die Umstände hatten sich vielleicht verkompliziert, aber das durfte nichts an meinem Weg ändern. Ich konnte das nicht erlauben, konnte Rienne nicht ein weiteres Mal im Stich lassen.

... aus.

Entschlossen stieß ich mich von der Wand ab und suchte den einzigen Ort auf, der Antworten beherbergte. Ich würde *nicht* scheitern.

XXXIV  DARCIA

Eine halbe Stunde später betrat ich den Irish Pub, den normalerweise nur Schattenwesen aufsuchten. Menschen scheiterten bereits beim Türsteher, aber ich wurde durchgelassen. Manchmal war es doch von Vorteil, wenn einem der Ruf vorauseilte.

Im Pub selbst schmetterte eine Liveband ihre Gefühle aufs Publikum und kostete mich meine letzten Nerven. Er war um diese Uhrzeit schon gut besucht, Guinness und Kilkenny wurden ausgeschenkt, gesalzene Erdnüsse verspeist und Dart gespielt. Sofort visierte ich den Kobold an. Er war in eine goldene Tunika gekleidet und beobachtete das Geschehen mit klugen schwarzen Augen.

Normalerweise wäre ich lieb und nett an seine Seite getreten, hätte ihm geschmeichelt und ihn für seine Antworten bezahlt. Aber nicht heute.

Heute besaß ich keine Geduld.

»Raus«, rief ich, doch niemand hörte oder achtete auf mich. Wut brannte in mir und ich ließ ihr freien Lauf, erlaubte den Flammen, mich zu verzehren. In Blau und Grün schossen sie erst aus meinen Händen, dann aus meinen Füßen, bevor sie meinen gesamten Körper umhüllten, ohne mich zu verbrennen. »*Raus!*«

Dieses Mal hielten sie allesamt inne. Nach einer Sekunde des schockierten Schweigens packten sie ihre Siebensachen und stolperten durch den Ausgang. Als sich der Kobold ebenfalls davonstehlen wollte, stellte ich mich ihm, noch immer brennend, in den Weg.

»Alle außer dir, Noks.«

Der Kobold, der mir kaum bis zur Schulter reichte, ließ sich zurück auf die Bank gleiten und verschränkte seine langgliedrigen Finger auf der Tischplatte. Mit seinem klugen Blick musterte er mich, ohne sich seine Angst vor meinen Flammen anmerken zu lassen. Ich konnte sie dennoch spüren. In dem Schweiß, der von seiner hohen Stirn perlte, und dem nervösen Zucken seiner dunklen Oberlippe.

Nachdem auch der Barkeeper den Pub verlassen hatte, schritt ich gemächlich auf Noks zu. Ich war ihm ein paarmal zuvor begegnet, da uns die Geschäfte zusammengeworfen hatten. Das Erstaunen, das sich allmählich auf seinem Gesicht abzeichnete, verriet, dass er nicht mit einem derartigen Verhalten meinerseits gerechnet hatte.

»Wie ist das möglich? Du bist nur eine Hexia«, sagte er mit Nachdruck, aber auch mit einer Prise Neugier in der Stimme.

»Mein Geheimnis«, antwortete ich und löschte die Flammen mit einem Schlag, um mich ihm gegenüber zu setzen. »Ich werde dir Fragen stellen und du wirst mir offen und ohne Tricks antworten, hast du verstanden?«

Noks lehnte sich zurück und betrachtete mich eingehend. Er nannte sich selbst den Kobold der Nacht und erledigte unter dem offenen Pseudonym seine Geschäfte in der Unterwelt von New Orleans. Sein Metier umfasste die Ansammlung von Wissen und das Handeln mit unschönen Wahrheiten. Wenn es ein Geheimnis gab, kannte Noks es mit Sicherheit als Erster und für den richtigen Preis, weihte er einen ein.

»Und wenn ich es nicht tue?«, testete er wenig überraschend meine Grenzen aus.

»Du wirst nicht der Erste sein, den ich töte, Noks«, sagte ich und verließ mich darauf, dass er in seinen Erinnerungen kramte und erkannte, dass ich tatsächlich vor vielen Jahren schon meinen letzten Freier getötet hatte.

»Und du denkst, du wirst damit davonkommen?«

»Für den Moment, ja«, bestätigte ich. »Also, meine erste Frage: Wo befindet sich die Bibliothek der Gelehrten?«

Er zögerte. Ich konnte ihm ansehen, dass er viel lieber nachforschen wollte, warum mich der Standort so interessierte, dass ich ausgerechnet *ihn* aufsuchte. Mit ein bisschen mehr Zeit hätte ich mir die Information auch anderswo besorgen können, aber wie ich bereits betont hatte: Zeit gab es nicht mehr. Nicht für mich.

»In Little Woods, Hayne Boulevard, Ecke Lucerne Street«, antwortete er schließlich zu meiner Erleichterung.

»Ist sie noch immer für alle zugänglich?« Er neigte den Kopf. »Was weißt du über eine Waiża namens Charlotte Mayvile?«

»Nicht viel. Sie hat sich bisher ruhig verhalten.« Ich wartete. »Zu ruhig sogar. Ich ließ sie beschatten, aber vor ein paar Monaten verschwand sie spurlos, allerdings ... zur gleichen Zeit tauchte eine anderen Waiża auf, ohne dass jemand durch das Tor gekommen wäre.«

»Wie lautet ihr Name?«

»Lucy Stone.« Ich erstarrte, so befand sich dieser Name ebenso auf einer der Akten, die ich aus dem Ratshaus hatte mitgehen lassen. »Entweder stehen sie miteinander in Verbindung oder ...«

»... sie sind ein und dieselbe Person«, beendete ich den Satz für ihn und erntete ein anerkennendes Nicken. Der Kobold kratzte sich hinter seinem spitzen, langen Ohr, aus dem schwarzes Haar wie Unkraut spross. »Noch eine letzte Frage ...« Unsicher biss ich mir auf die Lippen, bevor ich mich zusammenriss. Ich durfte Noks keine Angriffsfläche bieten. Sobald ich den Pub verließ, würde er seine Schergen auf mich hetzen und jede Schwäche, die ich ihm offenbarte, würde er erbarmungslos ausnutzen. »Was weißt du über Valens Hills? Den Hexer, der unter Adnans Schutz steht ...«

»Valens Hills«, echote der Kobold mit seiner rauen Stimme und rieb sich das spitze Kinn, während die schwarzen Augen ins Leere gerichtet waren. »Ein verlorener Bursche, der spielt, um zu verlieren. Bisher stand er mir nicht im Weg und seine Magie nutzt er auch kaum. Es gab für mich noch keinen Grund, mich näher mit ihm zu befassen.«

Entweder kannte er die Wahrheit wirklich nicht oder er wagte es, mir etwas vorzuspielen. Gut für ihn, dass ich die Antwort nicht wirklich wissen wollte. Ich konnte mich noch immer nicht der Wahrheit stellen, dass Val ein Prinz war. *Der Prinz von Babylon.*

»Es war schön, mit dir Geschäfte zu machen, Noks.« Er grunzte, als ich mich erhob. »Schlaf gut.« Bevor er reagieren konnte, hatte ich ihm das Schlafpulver ins Gesicht gepustet. Seine Lider wurden träge und fielen schließlich zu. Mit der Stirn knallte er unsanft auf die Tischplatte.

In ein paar Stunden würde er mit rasenden Kopfschmerzen erwachen, ähnlich wie ich sie noch immer verspürte. Das bescherte mir immerhin einen Vorsprung.

Da ich damit rechnete, vor dem Pub in eine Horde verärgerter Kunden zu laufen, suchte ich mir einen Ausgang durch das Dachgeschoss. Von dort aus hangelte ich mich durch das Fenster, kletterte zum Nachbardach und suchte mir dann einen Weg in eine leere Gasse. Durch mein eingeschränktes Sichtfeld griff ich hin und wieder an der Fassade daneben und drohte abzurutschen, sodass ich länger brauchte als gewöhnlich.

Von einem Balkon hängend atmete ich tief durch, dann stieß ich mich mit den Fußspitzen von der Wand ab. Ich holte Schwung und ließ los, um mich auf dem dreckigen Asphalt abzurollen.

Sobald ich wieder auf beiden Beinen stand, setzte ich mich in Bewegung. Wer wusste schon, ob der Barkeeper mit einer Horde Hexenkommissaren zurückkehrte, die meine Daten aufnehmen würden und dann erkannten, dass ich überhaupt nicht registriert war?

Ich lief zum Ufer des Mississippis und brach in eines von Sedas Hausbooten ein, die sie manchmal nutzte, um besonders anspruchsvolle Gäste zufriedenzustellen. Das Innere war recht gemütlich eingerichtet und hielt alles Notwendige für ein Wochenende der Zweisamkeit bereit. Ich setzte mich in die Kajüte, nahm ein geschärftes Messer zur Hand und ritzte damit meine Haut unter der Rune der Verbundenheit und Freude auf. Ein P, dessen Bogen aus einem spitzen Dreieck bestand. Damit wusste Tieno stets, wo ich mich aufhielt, da er die gleiche Rune besaß. Durch das Blut konnte ich ihn aktiv zu mir rufen.

Erschöpft ließ ich die Magie durch mich hindurchfließen, ehe ich die Wunde versorgte. Meine Beine zitterten und in meinen Händen kribbelte es. Mir fiel auf, dass ich mich weder an meine letzte Mahlzeit noch an mein letztes Getränk erinnern konnte. Kein Wunder, dass ich mich so schwach fühlte.

Ich öffnete die Schränke in der schmalen Küche, die jeden Winkel dieser Ecke ausnutzte, und wühlte darin herum, bis ich Doseneintopf und Wasser fand. Jetzt, da ich das Essen in den Händen hielt, krampfte sich mein Magen verlangend zusammen und ich gab mich damit zufrieden, den Eintopf kalt zu verschlingen. Er schmeckte so oder so scheußlich.

Nachdem ich den nagenden Hunger und Durst gestillt hatte, sah ich mich weiter in der Kabine um. Es gab ein Schlafzimmer, in das lediglich ein breites Bett mit roter Bettwäsche passte, sowie ein kleines Regalbrett und ein rechteckiger Spiegel neben dem Bullauge, außerdem quetschte sich zwischen Schlafzimmer und Küche noch ein Minibad. Dort warf ich einen weiteren Blick in den Spiegel, um meine Magie dieses Mal dafür zu nutzen, die Schwellung um mein Auge zu lindern. Hier war ich vorübergehend in Sicherheit und konnte mich nach der Nutzung ausruhen.

Val brauchte meine Magie nicht. Er war nicht mal mehr in New Orleans, wenn ich Adnans Worten Glauben schenkte.

Erst als mich ein Geräusch aufschreckte, bemerkte ich, dass ich vor Erschöpfung eingenickt war. Sofort setzte ich mich auf, zum Angriff bereit.

Nervenaufreibende Sekunden vergingen, ehe ich die schweren Schritte und das laute Schnauben erkannte.

Ich verließ die Schlafkabine, um mich zu Tieno in die kleine Küche zu setzen, die er nur gebeugt betreten konnte. Er maß mich mit einem achtsamen Blick, bevor er sich auf dem viel zu kleinen Plastikstuhl niederließ. Aus seiner Hemdtasche lugte Mentis kurz geschorener Schädel hervor.

»Was macht sie hier?« Ich deutete auf den Naturgeist. Meine Stimme war rau und kratzig von meinem kurzen Schlaf. »Du hättest sie längst loswerden sollen, Tieno. Ich meine es ernst!«

»Vertrauen«, brummte er lediglich und starrte mich herausfordernd an.

»Ihr?«, entgegnete ich ungläubig. »Sie hat mir zu verstehen gegeben, dass ich dich nicht verdiene, Tieno.«

»Ich weiß und das tut mir leid«, meldete sich Menti zu Wort. Sie kletterte aus der Tasche, um dann auf die Tischplatte zu fliegen. Schlecht gelaunt setzte ich mich ebenfalls. »Seitdem habe ich selbst ein bisschen recherchiert und Tieno hat mir einiges erzählt.«

»Tieno?« Ich warf dem Waldtroll einen vorwurfsvollen Blick zu.

»Er kann ganz schön gesprächig sein, wenn man ein bisschen Geduld aufbringt«, erklärte sie mit einem freudigen Lächeln. Das Schlimmste war, ich kaufte ihr tatsächlich ab, dass sie Tieno von Herzen mochte. »Aber das weißt du natürlich bereits. Ich ... Aus dem, was er erzählt hat, konnte ich mir erschließen, dass du doch kein so schlechter Mensch bist, wie ich gedacht habe.«

Für einen Moment schloss ich die Augen und fühlte, wie meine Schultern herabsanken. »Aber das bin ich. Und wie ich das bin ...« Ich legte meine Arme auf die Tischplatte und beugte mich vor, damit ich Menti besser ansehen konnte. »Wenn ich dir meine Geschichte erzähle, wirst du mich verraten oder wirst du an meiner Seite kämpfen?«

»Du wirst mir vertrauen müssen.« Menti faltete ihre zartgliedrigen Flügel ein und ließ sich im Schneidersitz auf der geblümten Tischdecke nieder.

»Vertrauen«, wiederholte Tieno noch mal nickend und verschränkte abwartend die muskelbepackten Arme.

»Wie ich dir bereits erzählte, hatte ich einst eine große Schwester namens Rienne, die ich über alle Maßen liebe«, wisperte ich und kostete ihren Namen auf meiner Zunge aus. »Nachdem sie ... starb, wollte ich Gerechtigkeit. Doch die Königsfamilie versuchte, ihren Fehler zu vertuschen und die Stadt für dumm zu verkaufen.

Ich wusste, dass an ihrer öffentlichen Verkündung etwas faul war, dass die Bestien nicht aus den Schattenlanden über uns hereingebrochen waren. Deshalb grub ich tiefer, suchte nach Beweisen, bis mir schließlich die entscheidende Information anonym zugespielt wurde: die Existenz der sogenannten Zuchtstelle für Monster und Bestien der Schatten. Etwas, das es nicht hätte geben dürfen. Mein Fehler war, dass ich die Königin in einer Audienz, die von der Öffentlichkeit ausgeschlossen war, aufsuchte und zur Rede stellte. So war es ein Leichtes für sie, mich zu verbannen.

Mit der Hilfe einer Wache konnte ich meinen Eltern noch eine Nachricht zukommen lassen und ihnen die Wahrheit sagen, bevor ich Babylon für immer verlassen sollte. Hier in New Orleans ... Es war ein Schock für mich. Wie für jeden, nehme ich an, der die Menschenwelt das erste Mal betritt. Ich irrte umher, bettelte und lebte vor mich hin, bis mich Seda fand und aufnahm. Ich arbeitete eine Weile für sie, ohne Ziel und ohne Hoffnung. Irgendwann erfuhr ich von einer geheimen Bibliothek und ich erinnerte mich an die Geschichten meiner Großmutter über die Wicked.«

»Wicked?«, unterbrach mich Menti und setzte sofort eine unschuldige Miene auf, als sie meinen genervten Blick auffing.

»Bösartige, verdorbene Hexenseelen«, antwortete ich mit düsterer Stimme. »Es gibt ein Ritual, mit dem man fähig wird, über sie zu herrschen. Seitdem kämpfe ich um diese Position.

Ich musste viel Schlechtes tun. Böses gar. Für die Bevölkerung von Babylon, aber noch mehr für meine Schwester würde ich es jedoch immer wieder tun. Sobald ich die Macht besitze, werde ich sie aus dem Jenseits zurückholen und die Königin stürzen.«

»Und Tieno? Wie passt er ins Bild?«

»Einer meiner ... Kunden verprügelte mich und Tieno eilte mir zu Hilfe. Er war es, der ihn tötete, aber ... selbst hier in New Orleans besitzen Schattenwesen kaum Rechte, wie du weißt.« Ich lächelte traurig. »Wäre herausgekommen, dass er einen Hexer getötet hat, wäre er auf der Stelle hingerichtet worden. Deshalb nahm ich die Schuld und damit die Blutrache seines Bruders auf mich. In nicht mal drei Monaten werde ich mich mit ihm duellieren müssen.«

Menti erhob sich, um eine ihrer kleinen Hände auf meinen Zeigefinger zu legen. »Ich wünschte, meine Schwestern hätten für mich so hart gekämpft, wie du es für Rienne und Tieno tust. Es tut mir wirklich leid, was ich zuvor gesagt habe. Ich verstehe nun, warum Tieno dir so treu ergeben ist, und ich ... ich werde es auch sein.« Der Naturgeist kniete sich auf der Tischplatte vor mir nieder und neigte ehrerbietig den Kopf. »Bitte akzeptiere meinen Treueschwur, Darcia Bonnet. Ich werde bis zum Tod an deiner Seite sein und kämpfen.«

Tränen der Rührung und des Unglaubens sammelten sich in meinen Augen. Sie sah mich und sie wandte sich nicht von mir ab? Ich konnte nicht begreifen, wie das möglich war, und dennoch nahm ich es an.

»Ich akzeptiere ihn, Menti ... Schwester.«

Tieno grunzte zufrieden und berührte sowohl mich als auch Menti mit jeweils einer Fingerkuppe an der Wange. Mein Herz, mein so kaltes Herz erwärmte sich. Ich war nicht verloren, war nicht allein, denn hier und jetzt erkannte ich, dass meine Familie größer war, als ich geglaubt hatte.

Als Zeichen meiner Dankbarkeit gab ich Menti die gleiche Rune, die auch Tieno und ich besaßen und die uns für immer verbinden würde.

»Und wie sieht nun dein Plan aus?«, fragte Menti, noch immer voll Erstaunen auf die blutige Rune auf ihrem Handrücken hinabblickend.

»Ich muss mit dem obersten Gelehrten der Schattenbibliothek sprechen und ich habe keine Zeit, mich mit den so oberwichtigen Männern auseinanderzusetzen«, verkündete ich. »Irgendwelche Ideen?«

»Unzählige«, antwortete Menti mit einem diabolischen Grinsen, das sofort auf mich und Tieno überging. Wir steckten die Köpfe zusammen und schmiedeten einen Plan.

Noch war meine Geschichte nicht zu Ende.

XXXV  RUTH

Sie hielt es für besser zu warten, bis Gerald das Hauptquartier für ein offizielles Bankett verließ, um ihren Ausbruch zu wagen. *Vorübergehenden Ausbruch,* korrigierte sie sich. Nachdem sie am Tag zuvor erwischt worden war, durfte sie sich heute keinen Fehler erlauben. Gestern hatte sie ganz unschuldig nach Abstand gesucht und war versehentlich in einen Überfall der Rebellen geraten. Heute würde sie aktiv nach ihnen suchen. So oft sie es auch innerlich abstritt, im Endeffekt würde sie Hochverrat begehen und es riss ihr das Herz raus.

Sie hatte der Stadt ihr Leben geschenkt. Der Königsfamilie vertraut. Nur um zu erfahren, dass das Volk von dieser verraten worden war.

Lange hatte sie darüber nachgedacht, über das unangenehme Gefühl in ihrer Magengegend, wenn sie an das Mädchen, das die Wahrheit gesprochen hatte, zurückdachte. Sie war verbannt worden, weil sie die Ungerechtigkeit aufgezeigt hatte.

Ruth konnte nicht mit gutem Gewissen Teil dieser Einheit sein, die Bestien einfangen und zurück in dieses schreckliche Institut bringen, wo sie Tests unterzogen und weiterentwickelt wurden. Zu tödlichen Kampfbestien erzogen, die Babylon vor den anderen Städten schützen sollten. Aber war dieser Schutz überhaupt notwendig? Ein nagendes Gefühl setzte sich in ihrem Hinterkopf fest. Was, wenn nicht Babylon den Schutz bräuchte? Was, wenn Königin Ciahra viel mehr geplant hatte, als sich bloß zu verteidigen?

All diese Gedanken hatten sie in die Richtung gelenkt, Swensons Aufforderung anzunehmen und die Adresse aufzusuchen, die er ihr durch den Zettel mitgeteilt hatte. Niemand anderes würde sie verstehen. Allein diese Gefühle laut auszusprechen, würde sie in den königlichen Kerker bringen – wenn nicht sogar in die Verbannung.

Nun war es wichtig, dass Gerald außer Haus war, da er während des Trainings seine Augen nicht von ihr lassen konnte. Sie ging ihm möglichst aus dem Weg, weil sie seine Entschuldigungen, Ausreden und fadenscheinigen Liebesbekundungen nicht hören wollte. Kein Wort glaubte sie ihm, redete sie sich ein, wenn da nicht das Feuerwerk in ihr drin gewesen wäre, wenn sie einen seiner durchdringenden Blicke auffing.

Ihre anderen Kollegen verhielten sich ihr gegenüber von freundlich bis offensichtlich abgeneigt. Misty begegnete ihr mit ständigen unterschwelligen Drohungen, die ihre Freundin Sue versuchte, mit einem sanften Lächeln zu entschärfen. Es fiel Ruth jedoch schwer, nicht vor Angst zu zittern, wenn sie den Ausdruck absoluter Abscheu in Mistys Augen auffing und ihre Hand mit den fehlenden zwei Fingern wahrnahm.

Mittlerweile hatte Ruth erfahren, dass sie die Finger während des letzten Auftrags verloren hatte, bei dem auch Ruths Vorgänger ums Leben gekommen war. Sie gab in einem Kampf alles, um zu gewinnen, und diese Eigenschaft machte sie sowohl stark als auch Furcht einflößend.

Immerhin konnte durch diese offensichtliche Abneigung jeder verstehen, dass Ruth sich früh ins Bett verabschiedete. Als kleines Extra hielt sie sich immer wieder den Bauch, ohne die Geste zu offensichtlich werden zu lassen. Es hätte nicht ihrer Person entsprochen, alle darauf aufmerksam zu machen, dass ihr übel war. Erst als sie in ihrem Bett lag und hörte, wie ihre Zimmergenossin die Treppe hinaufstieg, übergab sie sich mit kleiner Unterstützung ihrer Finger einmal quer über die Decke.

Silla stürmte bei dem würgenden Geräusch ins Zimmer und verzog augenblicklich die Nase ob des stechenden Geruchs.

»Beim Mondgott, stinkt das!«, rief sie aus und wedelte mit der Hand vor ihrem Gesicht. »Hast du was Falsches gegessen?«

»Weiß nicht«, murmelte Ruth, die ihre zittrige Stimme nicht mal vorspielen musste. »Ich denke, ich muss mich nur etwas ausruhen.«

»Äh, und *ich* denke, ich werde mich bei Misty und Sue einquartieren.« Silla stieß ein verlegenes Lachen aus. »Bist mir ja nicht böse, oder? Aber wenn ich das hier noch länger rieche, dann muss ich mich dir anschließen und ...« Rückwärts war sie wieder aus dem Zimmer getreten und schlug nun die Tür hinter sich zu.

Die ehemalige Stadtwache warf die schmutzige Decke und ihre Kleidung auf einen Haufen nahe der Tür, dann wusch sie sich, zog sich um und riss das Fenster auf, um die kühle Nachtluft hineinzulassen. Sie würde noch etwa eine Stunde warten, bis auch der Letzte sich ins Bett begeben hatte. Morgen würden sie sich auf die Jagd außerhalb der schützenden Mauern Babylons machen. Das nächste Monster war eine Tarasque, eine Flussdrachin, die darauf wartete, von ihnen unschädlich gemacht zu werden.

Als Ruths Geduld beinahe überstrapaziert wurde, hörte sie endlich, wie sich auch Damian zu Bett begab. Sein und Cronins Zimmer befand sich gegenüber ihrem und sie erkannte den Jäger an seinen schweren Schritten, die sich eindeutig von denen des leichtfüßigen Cronin unterschieden.

Noch zwang sie sich, eine halbe Stunde zu warten, dann löschte sie das Licht und schwang sich aus dem Fenster im ersten Stock. An der steinernen Fassade kletterte sie nach unten und huschte wie ein Schatten durch den Vorgarten. Sie wurde erst langsamer, als sie zwei Straßen zwischen sich und das Quartier gebracht hatte.

Ruth war gelinde gesagt nervös, als sie den heruntergekommenen Teil der Stadt erreichte und nur wenige Minuten von dem Treffpunkt entfernt war. Würde man versuchen, sie mit Lügen zu manipulieren, oder ihr auf Augenhöhe beggenen?

Und dann musste sie sich natürlich noch der Frage stellen: Warum sie? Welchen Nutzen sahen die Rebellen und Swenson darin, sie zu rekrutieren? Denn dass sie dies vorhatten, war nicht von der Hand zu weisen.

Schließlich stand sie in einer spärlich beleuchteten Straße. Einige der Laternen müssten dringend instand gesetzt werden. Kein Wunder, dass die Kriminalitätsrate in diesem Viertel nahe des südlichen Tors Selena in den letzten Jahren explodiert war, wenn hier nichts getan wurde, um ihr entgegenzuwirken. Ruth selbst war bisher ausschließlich in der Nähe des Turms und des Königshauses mit den Hängenden Gärten eingesetzt worden, aber sie hatte Gerüchte gehört. Gerüchte von Kindern, die stahlen, tranken und aus Verzweiflung ihre Körper verkauften.

Erst jetzt erlaubte sie sich die Frage, warum Königin Ciahra nichts dagegen unternahm und stattdessen das Geld in die Entwicklung von Monstrositäten und Bestien steckte.

Die Antwort war einfach – hier lebten größtenteils *schwache* Septa. Nicht-Magische, die in Ciahras Augen kaum Produktives zur Gesellschaft beitragen konnten. Meistens arbeiteten sie in den weniger angesehenen Bereichen, die noch dazu unterbezahlt waren. Ruth selbst hatte Glück gehabt, dass sie in einem anderen Viertel geboren worden war und genug Geld zusammengespart hatte, um sich einen Ausbildungsplatz bei der Stadtwache zu erkaufen. Andernfalls wären sie und ihre ständig wachsende Familie bestimmt irgendwann hier in den Slums gelandet.

In Haus Nummer fünf befand sich ein Barbier, der um diese Zeit natürlich geschlossen hatte. Das Schaufenster lag im Schatten, aber das bronzene Schild konnte sie trotzdem an der Fassade erkennen: *Johnnys flinke Hände*. Stirnrunzelnd sah sie sich um. Abgesehen von dem Miauen einer Katze war es still. Sie löste sich von den Schatten und trat an die Tür.

Sobald ihre Hand die Klinke berührte, hörte sie ein kratzendes Geräusch, dessen Ursache sie nicht bestimmen konnte. Sie blickte nach links und erkannte sogleich ihren Fehler, da sie aus dem Augenwinkel einen sich nähernden Schatten wahrnahm. *Zu spät.* In der nächsten Sekunde spürte sie einen dumpfen Schmerz an ihrem Hinterkopf und sie klappte zusammen.

Ruth blinzelte. Es schien um sie herum zwar nicht sonderlich hell zu sein, doch Licht an sich war immer noch blendend im Vergleich zur tiefen Dunkelheit, in der sie sich gerade noch befunden hatte.

Für den Moment gab sie jeden Versuch auf, sich umzusehen. Ihr Kopf schmerzte, da ihr jemand heftig einen über den Schädel gezogen hatte. Abgesehen davon machte sich ein unangenehmes Pochen an ihrem linken Oberarm bemerkbar.

Vorsichtig richtete sie sich auf und sah sich in der großen Halle um. Sie hatte nicht den blassesten Schimmer, wo sie sich befand. Es tummelten sich mehrere Menschengruppen um einzelne Feuerstellen, Arbeitstische und -bänke. Der Rauch zog in dunstigen Schwaden nach oben zur hohen Decke, wo er durch verschiedene Schornsteine entfloh.

Jemand hatte sie auf eine weiche Matratze gebettet, die an der kahlen Wand positioniert war. Von hier aus bot sich ihr ein guter Blick auf die breiten Doppeltüren am Ende des Saales sowie zwei weitere Ausgänge links und rechts.

Stimmengewirr vermischte sich mit Lachen und den Geräuschen von Handwerksarbeit.

Ruth atmete tief durch die Nase, bevor sie mit den Fingerspitzen die Kopfwunde abtastete und neugierig auf die schmerzende Stelle an ihrem Oberarm blickte. Die Luft blieb ihr im Hals stecken.

»Nein«, hauchte sie und versuchte, ihren Arm mit der freien Hand weiter in ihre Richtung zu drehen. Vielleicht täuschte sie sich ja. Vielleicht war sie zu hart geschlagen worden.

Denn das, was sie sah, würde sie zum Tode verurteilen.

Jemand hatte sie tätowiert, während sie bewusstlos gewesen war. Es war das Symbol der Rebellen: CXVII. Die römische

Zahl für einhundertsiebzehn. Die Anzahl der Opfer vor vier Jahren. In der Nacht der Bestien.

Sie beging den Fehler, über die schwarze Farbe zu rubbeln, denn der aufkeimende Schmerz warnte sie vor jedem weiteren sinnlosen Versuch.

»Es wird nicht wieder verschwinden«, kommentierte Swenson, der sich ihr unbemerkt genähert hatte. Er strich sich durch sein kurz geschorenes Haar und blickte sie von oben herab an. Er lächelte entschuldigend.

»Warum habt ihr das getan?«, keuchte sie voller Furcht. »Ich bin doch zu unserem Treffpunkt gekommen, oder nicht? Und so bestrafst du mich?«

Er ging vor ihr in die Hocke, das Lächeln schwand. »Die Tatsache, dass du es für eine Strafe hältst, stimmt mich nachdenklich, obwohl es zu erwarten war. Nichtsdestotrotz, es ist keine. Wir werden deine Fragen beantworten, aber der Preis ist dein Schweigen. Wenn du uns und diesen Ort verrätst, wirst du mit uns fallen, Gapour, und du wirst mit dem Wissen untergehen, dass du damit nicht nur uns, sondern auch ebenjene einhundertsiebzehn Opfer verraten hast.«

»Ich habe eine Familie!«, rief sie lauter als gewollt. »Sie wird ebenfalls darunter leiden, wenn das Tattoo von jemandem gesehen wird. O Götter!«

»Dann solltest du besser darüber nachdenken, die Seiten zu wechseln und uns zu helfen. *Wirklich* helfen, meine ich damit.« Er legte den Kopf schief, sah sie abwartend an.

»Du bist...« Ihr fiel keine passende Beleidigung ein. »Ich möchte gehen. Jetzt sofort!«

»Wenn du das wirklich willst, wird dich niemand aufhalten. Allerdings dachte ich, du würdest vielleicht unsere Anführer kennenlernen wollen.« Er erhob sich wieder und wartete, bis sie es ihm auf wankenden Beinen nachgetan hatte. »Komm mit.«

Sie atmete noch einmal tief durch, dann folgte sie ihm zwischen den Menschen in ärmlicher Kleidung hindurch bis zu dem rechten Ausgang, den sie bereits bei ihrer Inspektion ausgemacht hatte. Er führte in einen weiteren offenen Raum, der einen Bruchteil so groß war wie der Saal. In ihm befand sich an Möbeln lediglich ein riesiger Tisch, auf dem mehrere Dokumente und Karten ausgebreitet lagen. Ruth versuchte, einen Blick auf die Pläne zu erhaschen, doch dieser wurde schon bald von dem Pärchen angezogen, das sich mit einem weißhaarigen Mann unterhielt.

Das Pärchen war eindeutig als solches auszumachen, obwohl sich die Frau und der Mann nicht küssten oder umarmten. Etwas an der Art, wie sie beieinanderstanden, sich beim Sprechen ansahen und miteinander gestikulierten, zeugte von absoluter Vertrautheit und Liebe. Ruths Herz krampfte sich überraschend vor Sehnsucht zusammen und sie hätte beinahe die Lider gesenkt, wenn sie nicht jahrelang als Wache ausgebildet worden wäre. Sie sollte jeden hier im Auge behalten – für den Fall der Fälle, verstand sich.

»Ich sehe, ihr bekommt Besuch«, sagte der Alte in ihre Richtung und neigte leicht den Kopf. »Wir reden später weiter.« Damit verabschiedete er sich und ging an Ruth vorbei aus dem Raum in die große Halle.

Ruth blieb damit der Blick frei auf die dunkelhaarige Frau, die eine weite grüne Stoffhose und ein eng anliegendes, langärmeliges Shirt trug, und den hellhäutigen Mann, der in ähnliche Sachen gekleidet war. Beide erwiderten Ruths musternden Blick mit gleicher Intensität und Freundlichkeit.

»Camilla, Jean, das ist Ruth«, stellte Swenson sie vor. »Die Wache, von der ich euch erzählt habe. Ruth, das sind unsere tapferen Führer. Die Bonnets.«

»Bonnet?«, echote Ruth und riss die Augen auf. »Wie *Darcia Bonnet*?«

»Ganz genau«, antwortete Jean mit melodiöser Stimme. »Sie war ... ist unsere Tochter. Sie ist die Tapferste von uns allen gewesen, als sie die geheime Institution aufdeckte und die Königsfamilie an den Pranger stellte. Leider konnten wir ihre Verbannung nicht verhindern, aber seitdem kämpfen wir dafür, die Königin zu stürzen.«

Camilla legte eine Hand auf die Schulter ihres Mannes und drückte diese kurz.

»Aber warum?« Trotz allem erschien Ruth der Grund zu lasch. Ein Königreich zu Fall zu bringen, weil die Tochter verbannt wurde?

Camilla reckte das Kinn. »Königin Ciahra tötete unsere älteste Tochter Rienne und verbannte unsere zweite, ist das nicht Grund genug?«

»Nein.« Ruth ließ sich nicht von den bohrenden Blicken einschüchtern, sosehr sie sich auch verkriechen wollte. »Aus persönlichem Verlangen nach Rache ein ganzes Regime stürzen zu wollen, ist nicht Grund genug.«

»Ist es nur persönlich?«, entgegnete Jean, löste sich von seiner Frau und trat um den Tisch herum, bis er Ruth gegenüberstand. Sie konnte die tiefen Falten um seinen Mund erkennen, die so gar nicht zu seinem restlichen Äußeren passen wollten. Er schien nicht mal fünfzig zu sein, trotzdem hatten ihn die letzten Jahre gezeichnet. »In jener Nacht starben einhundertsiebzehn Menschen und wer weiß, wie viele verletzt worden sind. Aber Ciahra speiste uns mit laschen Spenden und Unschuldsbekundungen ab, obwohl wir es besser wissen. *Sie* hat veranlasst, dass diese Biester gezüchtet werden. Wie ihre eigene kleine Armee. Und als sie außer Kontrolle gerieten, war sie zu feige, um die Verantwortung zu akzeptieren.«

»Rienne, sie …«, sprach Camilla weiter, umarmte sich selbst und blickte in die Ferne. »Sie und Darcia kamen gerade zusammen mit ihren Freundinnen von der Schule, als sie von den Monstern angegriffen wurden. Rienne opferte sich, damit zumindest eine von beiden zu uns heimkehren konnte. Sie befahl Darcia, sich zu verstecken, während sie den Wendigo ablenkte und durch seine Klauen starb. Ich glaube, dies waren die schlimmsten Sekunden für mein kleines Mädchen. Sie wollte zu ihrer Schwester eilen, ihr zur Seite stehen, aber gleichzeitig wollte sie das Opfer nicht verschwenden. Deshalb lief Darcia davon, um uns von der Grausamkeit zu erzählen.

Dies ist nur eine Geschichte von vielen. Eine von hundertsiebzehn und mehr. Ist das nicht Grund und Rechtfertigung genug? Wie können wir uns von jemandem beherrschen lassen, der nicht mehr fähig ist, Richtig von Falsch zu unterscheiden?«

»Ich ...«, begann Ruth, doch letztlich blieben ihr die Worte im Hals stecken. Es gab nichts, mit dem sie den Schmerz dieser Menschen lindern konnte. Wenn sie nur daran dachte, eines ihrer Geschwister auf so brutale Weise zu verlieren, schlich sich der Wahnsinn an. Während sie nach Worten rang, löste sich Camilla aus ihrer Position und näherte sich ebenfalls Ruth.

»Lass uns ein Stück gehen«, schlug sie vor. »Ich sollte mir die Beine vertreten.«

Stumm folgten ihr Swenson und Ruth zurück in die Halle, in der noch immer Leben und Lachen herrschte.

»Ich gebe zu, es war nicht einfach, aus dem Nichts das hier aufzubauen«, sprach Camilla weiter und umfasste die Halle mit einer Geste. »Aber Darcia hat uns allen Mut gegeben. Sie zu verlieren war ... Es war kaum auszuhalten. Doch wir geben nicht auf, sie irgendwann in ein sicheres Babylon zurückholen zu können.«

»Warum sind Sie ihr nicht nachgegangen? Sie war erst ... wie alt? Sechzehn?« Ruth schüttelte den Kopf.

Camilla senkte beschämt den Blick. »Jean und ich waren so in unserer Trauer um Rienne gefangen, dass wir erst von ihrer Verbannung erfuhren, als einige Zeit vergangen war. Ich bin nicht stolz darauf.«

»Sie haben nicht bemerkt, dass Ihre Tochter nicht zu Hause war?«, fragte Ruth ungläubig und erntete einen warnenden Blick von Swenson. Ihre Wangen röteten sich ob ihrer Dreistigkeit.

»Wie gesagt, wir waren sehr mit uns selbst beschäftigt. Das ist keine Entschuldigung und es lässt sich nicht ändern.« Camilla straffte die Schultern, als sie vor einem Feuer stehen blieben, über dem ein gut duftender Eintopf köchelte. »Wir können uns nur vornehmen, in Zukunft bessere Entscheidungen zu treffen. Wie einer deiner Freunde zum Beispiel. Ciahras Bruder, Valens?«

»Was ist mit ihm?« Ruth blickte von Swenson zur Anführerin zurück.

»Er hat die Machenschaften seiner Schwester aufgedeckt, aber ihm selbst waren die Hände gebunden. Als er von Ciahra selbst hörte, dass jemand rumschnüffelte, ließ er Darcia durch einen Mittelsmann die Wahrheit zukommen. Erst nach Valens' Verschwinden fanden wir ebenjenen Mittelsmann und somit auch die ganze Wahrheit.« Camilla lächelte leicht. »Du siehst also, er hat getan, was richtig war. Hatte es als Teil der Königsfamilie erkannt und in seinem Sinne gehandelt, auch wenn er noch mehr hätte tun können. Wenn wir nur wüssten, in welcher Schattenstadt er sich momentan befindet, dann könnten wir ...«

Sie wussten somit nichts von Ciahras Lüge und dass Val in Wirklichkeit die Welt der Schattenstädte längst verlassen hatte, weil er verflucht war.

Plötzlich schwangen die Flügeltüren heftig nach innen auf und die Nacht spuckte zwei Gestalten aus. Sie sahen sich suchend um, bis sie Camilla unter den Rebellen fanden und auf sie zueilten. Auch Jean schloss sich ihnen wieder an, sodass sich ein kleiner Kreis um Ruth bildete und sie sich plötzlich als Teil der Rebellen wiederfand. Unsicher lauschte sie den Neuigkeiten.

»Der Prinz«, keuchte einer der Männer und hielt sich die Seite, als wäre er ein ganzes Stück weit bis zu ihnen gerannt. »Der Prinz ist wieder zu Hause. Hier, in Babylon.«

Der Boden wankte unter Ruths Füßen. *Val.*

XXXVI

DARCIA

Ich ertrank in einem Meer aus blassem Blut und verlorenen Träumen.

Im Innersten erkannte ich die Unwahrheiten, die sich durch meinen Verstand schlängelten und mich vergifteten. In meinem Herzen spürte ich den sich anschleichenden Tod. Ich hatte ihn bereits gesehen, als Rienne ihr Leben für das meine geopfert hatte. Das Unweigerliche aufgeschoben, um das Leiden zu verlängern. Ich vermisste sie mit jedem Tag mehr. Ihr Lächeln. Ihr großes Herz. An ihrer Seite hatte ich mich unbesiegbar gefühlt und noch heute stiegen Tränen in mir auf, wenn ich daran dachte, dass sie nicht mehr hier war.

Die Welt war ohne sie ein Ort des Schreckens.

Mit den Fingerspitzen durchbrach ich die Oberfläche und versuchte, mich in die Höhe zu stemmen. Der sandige Boden rutschte unter meinen nackten Sohlen, ich versank und atmete Blut ein. Mein Traum drehte sich. Das Meer drehte sich. Oben wurde zu unten.

Ich atmete ein und meine Lunge füllte sich mit rauem Wind und vergangenen Wünschen. Grenzenlose Weite erstreckte sich um mich herum. Sand und blutiges Meer, grauer Himmel und in Tinte getauchte Sterne. Eine unsichtbare Hand schob sich in meinen Brustkorb und umfasste mein schnell schlagendes Herz. Formte einen Käfig und hielt es gefangen – so wie ich die Herzen von dreizehn Hexen gehalten hatte. Liebevoll, zärtlich, ehrerbietend und voller Gier.

Ein stummer Schrei verließ meine Lippen, als das wohlige Gefühl verblasste und von grausamen Schmerzen ersetzt wurde. Ich war nicht länger die Jägerin, ich war ein jedes meiner Opfer. Die erste Hexe auf meinem Pfad der Zerstörung. Die zweite und dritte und alle, die ihnen folgten. Mein Haar färbte sich rot und dunkelbraun und blond und grau und weiß. Die Schultern breit, die Schultern schmal und der Bauch sich über den Bund meiner Hose wölbend, die Oberschenkel mal schlank, mal rund und Haut so hell wie Mondlicht, Haut so dunkel wie die tiefste Nacht.

Gracie.

Brielle.

Mackenzie.

Violet.

Peyton.

Brianna.

Piper.

Jordyn.

Adalynn.

Addison.

Harper.

Caroline.

Und die letzte, namenlose Hexe.

Ich, Darcia Bonnet, war eine Serienmörderin und ich bereute nicht einen Tod. Nicht einen Mord. Nicht ein Herz.

Der Schmerz verblasste. Die Hand verschwand.

Ruhe kehrte ein und endlich, *endlich* löste ich mich aus den Klauen dieses Albtraumes.

Dieser Erinnerungen.

Langsam öffnete ich meine Augen und starrte gegen die weiße Decke. Die Fäden des Schlafes klebten meine Sinne zusammen und es dauerte einen Moment und dann einen weiteren, ehe ich den Ort erkannte, an dem ich mich sicher genug gefühlt hatte, um der Erschöpfung nachzugeben. Sedas Hausboot. Eine Zuflucht für meine verzweifelte Seele.

Ich gestattete mir ein paar Minuten der Trauer, drehte mich auf die Seite und klemmte die Hände unter meine Wange. Meine Augen füllten sich mit Tränen, als der Schmerz plötzlich wieder in meiner Brust hauste. Doch dieser Schmerz war anders. Mich nicht an die Hexen erinnernd, sondern an meinen verlorenen Begleiter.

Val.

Der Prinz von Babylon.

Der Verfluchte aus New Orleans.

Ich vermisse dich, wollte ich sagen, aber er war nicht hier und meine Stimme wurde nicht nach Babylon getragen.

Warum hatte er mir seine wahre Identität verschwiegen? Warum war er aus Babylon geflohen? Warum, warum, warum ...

Ich sollte froh sein.

Val war in Babylon. Ich war in New Orleans. So war es richtig. So würde ich konzentriert bleiben und den Dunklen im Kampf um die Herrschaft der Wicked besiegen.

Meine Augen blieben trocken und ich erhob mich schwerfällig vom Bett. Nun, da ich allmählich erwachte, vernahm ich Stimmen aus dem angrenzenden Wohnraum. Menti und Tieno mussten von ihrem Späheinsatz zurückgekehrt sein.

Ich nahm mir einen Moment im dürftigen Waschraum und spritzte mir eine Ladung Wasser ins Gesicht. Fast fühlte ich mich wieder wie ich selbst und die übrig gebliebenen Wunden, die mir von James zugefügt worden waren, schmerzten kaum noch.

»Ich werde dich zurückholen, Rienne«, wisperte ich meinem Spiegelbild zu, das meinem Blick mit energischer Miene begegnete. Abgesehen von ein paar blauen Flecken um mein linkes Auge und einem fast verheilten Schnitt unter meinem Haaransatz, sah ich aus wie immer. In mir spürte ich jedoch einen Teil der Macht der Wicked. Sie kribbelte in meinen Fingerspitzen. Mit jedem weiteren Ritual würde sie sich verstärken. Vorausgesetzt, ich absolvierte alle drei Rituale vor James. Er hatte es scheinbar noch nicht getan. Sonst wäre sicherlich die dürftige Verbindung zu den Wicked längst gekappt.

Gespannt auf das, was mein Troll und der Naturgeist herausgefunden hatten, löste ich mich von meinem Spiegelbild, zog meine Stiefel an und schlich in den Wohnraum, in dem es köstlich nach warmen Beignets roch. Mein Magen grummelte.

»Hey«, begrüßte ich meine Freunde.

»Geht es dir besser?«, erkundigte sich die kleine Wila.

»Ich fühle mich ausgeruht«, sagte ich. »Was habt ihr herausgefunden?«

Tieno reichte mir ein Beignet und Menti wartete, bis ich einen Bissen genommen hatte. »Alles scheint so, wie Noks es dir beschrieben hat. Jedem ist es erlaubt, in die Bibliothek einzutreten. Die Bezahlung bleibt die gleiche.«

»Eine Geschichte für eine Abteilung«, murmelte ich zwischen zwei Bissen und verteilte dabei Puderzucker über den Tisch und Mentis hauchzarte Flügel, die sie heftig wedelte. »Sorry.«

»Bleibt es bei unserem Plan?«

»Alles wie besprochen«, sagte ich und aß auch noch den letzten Beignet auf. »Lasst uns gehen.«

Die Schattenbibliothek versteckte sich in einem dreistöckigen Gebäude, das sich nur in Einzelheiten von dem unterschied, das ich vor ein paar Jahren niedergebrannt hatte. Von außen wirkte die hölzerne Fassade mit den sonnenblumengelben Akzenten freundlich und einladend. Ein Säulengang säumte den Weg bis zur verglasten Eingangstür und lockte vermutlich gierige Diebe sowie Bewunderer der Architektur gleichermaßen an. Was Diebe letztlich davon abhielt einzubrechen, war der in die Balustrade eingewebte Bannzauber. Dieser sollte jeden Menschen mit schlechten Absichten verjagen. Dumm nur, dass ich mich als Hexia von solch einem grausam angelegten Zauber nicht abhalten ließ. Die Gelehrten mussten eindeutig ihre Haushexe wechseln. Die Arbeit war schludrig, um es freundlich auszudrücken.

Ich duckte mich hinter einen Baumstamm auf der gegenüberliegenden Straßenseite und beobachtete, wie Tieno scheinbar vollkommen in Gedanken versunken auf dem Bürgersteig entlangschlenderte. Schließlich erreichte er das kleine Pförtnerhäuschen, das damals noch nicht existiert hatte. Ein leicht zu überwindendes Hindernis für uns.

Tieno ging noch ein paar Schritte weiter, dann stieß er einen gellenden Schrei aus und sackte in sich zusammen. Er spielte seine Rolle etwas zu theatralisch, als er sich auf dem Boden hin- und herwälzte. Als die Schreie nicht verklangen, schoss der Pförtner aus dem Häuschen und auf Tieno zu.

Menti und ich sahen uns kurz an, dann huschten wir aus unserem Versteck, an dem nunmehr leeren Pförtnerhäuschen und hinter dem Rücken des Gelehrten vorbei, durch den Säulengang bis zur Eingangstür. Wie vorher abgemacht, flog Menti durch das Schlüsselloch und tauchte Sekunden später wieder auf.

»Die Luft ist rein«, zwitscherte sie.

Eilig öffnete ich die Tür, schlüpfte hinein und drückte sie wieder lautlos ins Schloss.

Der Eingangsbereich war im Gegensatz zum beeindruckenden Äußeren relativ klein. Von ihm gingen zwei Türen und eine breite Treppe ab, auf die ich sofort zusteuerte. Ich hoffte, dass die Gelehrten durch und durch Gewohnheitsmenschen waren und sich das Arbeitszimmer des Ältesten - wie im Gebäude davor auch - wieder im obersten Stockwerk befand. Das würde mir die Suche erleichtern und die Komplikationen in Grenzen halten. Außerdem hatte ich heute nicht vor, mit einer weiteren Geschichte zu bezahlen.

Menti übernahm die Führung durch das Treppenhaus, damit sie mich rechtzeitig warnen konnte, falls uns jemand entgegenkäme. Meine Sohlen setzte ich leise und mit Bedacht auf den Teppich, der glücklicherweise jedes Geräusch verschluckte.

»Psst«, flüsterte Menti laut genug, sodass ich sie verstand.

Ich hatte das zweite Stockwerk erreicht und huschte von der Treppe in den nächsten Flur. Dort presste ich mich gegen eine

Tür und lauschte den Stimmen, die sich mir unaufhaltsam näherten. Mein Herz pochte und meine Handflächen wurden schweißfeucht.

Als die Stimmen so laut waren, dass ich jedes einzelne Wort verstehen konnte, hielt ich die Luft an. Wenn sie in diesen Korridor einbogen, wäre ich geliefert.

Die Stimmen entfernten sich und Menti tauchte wieder vor mir auf, um mich zur Eile zu bewegen. Noch ein Stockwerk. Ich hätte nicht geglaubt, dass ich sie jemals in meine Geheimnisse einweihen würde, aber es schien eine der besten Entscheidungen meines Lebens zu sein. Umso trauriger machte mich der Gedanke, dass sie von ihren richtigen Schwestern verstoßen worden war.

Das Arbeitszimmer, das sogar ausgeschildert war, erreichten wir ohne weitere Vorkommnisse. Vor der dunklen Tür mit aufwendigen Schnitzereien, die an einen Flur mit rot ausgelegtem Teppich grenzte, hielt ich inne und wechselte einen letzten Blick mit Menti. Sie würde draußen warten und die Lage im Auge behalten.

Ich drehte den Messingknauf und schob die Tür nach innen auf. Joan, der Ältesten der Gelehrten, fixierte mich mit einem müden Blick.

Die Tür fiel mit einem Klicken ins Schloss.

Joan riss die Augen auf, als er mich erkannte.

In den letzten Jahren war er kaum gealtert, wirkte noch immer wie Anfang fünfzig, mit dem dichten schwarzen Haar und den buschigen Brauen über seinen stahlblauen Augen.

»Die Brandstifterin kehrt zurück«, sagte er mit unangebrachter Arroganz in der Stimme, als würde *er* die Fäden in den Händen halten.

Ich lächelte schief und zog meinen kleinen spitzen Dolch, den ich wie immer an meinem Gürtel trug. Zwar hatte ich nicht vor, ihn zu benutzen, aber es konnte nicht schaden, größeren Druck auszuüben, damit er sich seiner Situation bewusst wurde.

»Schön, dich wiederzusehen«, begrüßte ich ihn und neigte

respektvoll den Kopf. Denn trotz allem war er mir stets mit einem offenen Lächeln begegnet, hatte mir gezeigt, wie ich Geschichten erzählen konnte, um in die Archive zu gelangen. »Tut mir leid, dich stören zu müssen.«

»Als ob.« Er schnaubte. »Was willst du?« Er lehnte sich in seinem hohen Stuhl zurück und betrachtete mich eingehend von oben bis unten. Seine Augen verengten sich, als könnte er eine Veränderung an mir wahrnehmen, sie aber nicht recht einordnen.

»Antworten auf ein paar Fragen.« Ich durfte mich nicht in diesem Spiel verlieren.

»Und warum glaubst du, ich würde dir auch nur eine einzige geben?« Er beugte sich vor, die Handflächen flach auf die dunkle, polierte Tischplatte gepresst.

Ich stieß ein hohles Lachen aus. »Entschuldige, da muss wohl ein Fehler vorliegen.« Der Dolch in meiner Hand leuchtete erst rot und dann gleißend weiß auf, als ich ihn mit dem Feuer meiner Magie tränkte. Da es ein Teil von mir war, verbrannte es mich nicht, doch es sandte Hitzewellen aus, die auch Joan spüren konnte. Sein hochnäsiges Lächeln verrutschte ein Stück. »Dir bleibt keine Wahl.«

»Verlasse sofort meine Bibliothek, Darcia, bevor ich mich vergesse«, zischte er und hob zur Warnung einen Finger. »Du kannst von Glück sagen, dass wir dir den Brand nie nachweisen konnten, sonst wärst du längst da, wo du hingehörst: im Hexenkerker!«

Ich schnalzte mit der Zunge. Wenn er nur wüsste, dass ich kaum noch Skrupel besaß, nachdem ich dreizehn Hexen auf dem Gewissen hatte.

Innerhalb eines Wimpernschlags hatte ich den Dolch geworfen, der sich zwischen seinem Daumen und Zeigefinger ins Holz senkte und dort stecken blieb. Gleichzeitig beschwor ich die blaugrünen Flammen, die sich an Joan emporschlangen und hungrig züngelten. Noch erlaubte ich ihnen nicht, ihn zu verbrennen.

Joan sprang erschrocken von seinem Stuhl auf, warf diesen nach hinten, als er versuchte, die Flammen wie Staub von seinem Samtjackett zu klopfen. Als er merkte, dass seine Bemühungen vergeblich waren und die Flammen ihn nicht verbrannten, beruhigte er sich. Ich senkte das Feuer, damit ich sein Gesicht und das Weiß seiner Augen erkennen konnte.

Mit Genugtuung nahm ich wahr, dass jegliche Arroganz verschwunden war.

»Ich kann dich sowohl von innen als auch von außen verbrennen, Joan«, zischelte ich, als wäre *ich* das Feuer. »Führe mich nicht in Versuchung.«

»Wie?«, keuchte er. »Eine Hexia wie du ...«

»Überraschung!« Ich wartete einen Moment. »Beantworte meine Fragen. Alle.«

»Tu mir nichts«, flüsterte er.

»Wo befindet sich der See der Sterne?« Natürlich hatte ich nicht den blassesten Schimmer, ob er jemals davon gehört hatte, doch er war meine beste Chance. Vor allem, da das Wissen in einem Buch aufbewahrt wurde, und wer, wenn nicht ein Bibliothekar, hätte schon mal was davon gelesen haben können?

Trotz der Spiegelung des Feuers in Joans Augen sah ich die Veränderung in ihnen. Überraschung und kostbares Wissen, das er schnell zu vergraben versuchte.

»Die Wahrheit, Joan«, erinnerte ich ihn und ließ ihn von der Hitze kosten. Er schrie auf. »Also?«

»Vor ein paar Jahren gab es hier ein Buch, das gestohlen wurde«, antwortete er zittrig. »*Magische Gewässer und ihre Tücken* hieß es. Darin stand, dass sich der See in einer jeden Ankerstadt am nordöstlichen Tor befindet und nur bei Vollmond sichtbar wird. M-mehr weiß ich auch nicht ...«

»Wann ist der nächste Vollmond?«

»In drei Tagen.«

So erstaunt von diesen Informationen, die mir so einfach geschenkt worden waren, fehlten mir zunächst die Worte. Eilig sammelte ich mich wieder.

»Was weißt du über den Dunklen? James ist sein Name«, fügte ich hinzu.

»Nur Gerüchte«, presste er hervor. Auf seinem Gesicht bildeten sich Schweißperlen, die seine gebräunte Haut glänzen ließen.

Ich verengte die Augen, konnte weder Lüge noch Wahrheit ausmachen. »Du sagtest, das Buch über die Gewässer wurde gestohlen. Wurde in den letzten zwei Jahren noch etwas entwendet? Ein anderes Buch?«

Er blickte kurz zur Seite, dann seufzte er tief. »Nicht hier in der Bibliothek, sondern bei mir zu Hause. Manchmal nehme ich Bücher mit, um Kopien herzustellen. Einige von ihnen sind bei dem Einbruch abhandengekommen.«

Es war, als würde er einen Eimer kaltes Wasser über mich gießen, und fast verlor ich die Kontrolle über die Flammen. Nur Joans Japsen, als er die Hitze zu spüren bekam, holte mich in die Gegenwart zurück.

Er hatte eine Kopie von dem Buch erstellt, das das Ritual beschrieb, wie man zur Herrin und zum Herrn der Wicked wurde. Und James, der Dunkle, hatte es gestohlen! Er wusste alles!

Einzig die Tatsache, dass der Vollmond erst in ein paar Tagen war, gab mir Zuversicht, James aufhalten zu können.

»... eine Frau gesehen. Weiß nicht, wer das gewesen ist«, sprach Joan weiter, obwohl ich gar nicht mehr zugehört hatte.

»Eine Frau?«

»Jemand hat beobachtet, wie eine Frau mit schwarzem Zopf aus meinem Haus gekommen ist. Sie trug auffällige Kleidung, einen ähnlichen Rock wie du, eine dicke goldene Kette und anderen Schmuck. Auf ihrer Schulter glänzte ein goldenes Spinnentattoo.« Er erzitterte, obwohl ihm doch eigentlich warm hätte sein sollen. »Ich hab sie nie gefunden.«

Ich stutzte. Diese Beschreibung kam mir so bekannt vor und ... ein *schwarzes* Spinnentattoo? Das Tattoo war eigentlich das Zeichen des Septum-Zirkels, und ich hatte es erst vor Kurzem an einer aus diesem Zirkel gesehen. Ich glaubte nicht an Zufälle. Deshalb musste Babet in irgendeinem Verhältnis zum Dunklen stehen.

»Eine letzte Frage, versprochen.« Mein Herz pochte heftig vor Aufregung. Dieser Besuch hatte sich bisher mehr als gelohnt. »Könntest du ein paar Tropfen Quellwasser für mich entbehren, Joan?«

Quellwasser war selten und deshalb unglaublich kostbar. Es stammte aus der einzigen Schattenstadt, die noch mit ihrem Anker verbunden war: Roma. Die Quellen dort besaßen magische Eigenschaften und ich brauchte das Wasser, um das nächste Ritual abzuschließen.

Joan rann der Schweiß in Strömen von seinem Gesicht und ich erkannte, dass er erneut etwas zu verbergen versuchte. Ich betrachtete ihn genau, während ich darüber nachdachte, wo er so etwas Kostbares verstecken würde. Vermutlich besaß er nicht sehr viel davon, da er trotz der beachtlichen Büchersammlung bestimmt nicht der Wohlhabendste unter seinesgleichen war. Deshalb besaß er vermutlich nur die geringe Menge, die den Gelehrten als Geschenk nach dem Initiationsritual überreicht wurde. Zudem war er mehrmals an verschiedenen Orten ausgeraubt worden, weshalb er das Quellwasser ganz in seiner Nähe aufbewahren würde.

Mein Blick wanderte von seinem schweißnassen Gesicht herab und landete auf seinem halb offenen Kragen, unter dem ein schwarzes Lederband hervorblitzte.

Ein Lächeln zupfte an meinem Mundwinkel, als ich um den schweren Schreibtisch herumtrat und meine Hand nach dem Anhänger ausstreckte.

»Nein«, keuchte Joan, doch da hatte sich meine Hand bereits um die blau getönte Phiole geschlossen und sie von seiner Kette gerissen.

»Besten Dank.« Ich steckte die Phiole ein, drehte mich um und öffnete die Tür. »Du hast mir sehr geholfen.«

»Warte!«, rief er voller Verzweiflung. »Das Feuer!«

Menti flatterte vor mir auf und ab und ließ sich dann auf meiner Schulter nieder.

»Oh, aber natürlich.« Mit einer Handbewegung befahl ich den Flammen, sich von Joan zu lösen, der erleichtert aufatmete. »Eine kleine Ablenkung wäre nett, meinst du nicht auch?«

Die Magie der Wicked schoss wie Gift durch meine Adern und trübte mein Gewissen. Ich wehrte mich nicht, um ein einziges Mal dem brennenden Schmerz in meiner Brust zu entkommen.

In der nächsten Sekunde erlaubte ich den Flammen, sich an den Vorhängen gütlich zu tun. Sie fraßen sich auch an den Blättern in den Aktenschränken satt und wanderten mit leeren Mägen weiter aus dem Zimmer heraus.

Das würde Joan eine Weile beschäftigen.

Zufrieden mit dem Ergebnis schritt ich aus dem brennenden Haus, als hätte ich alle Zeit der Welt. Niemand konnte mir mehr etwas anhaben. Ich hatte das Wissen, das mir die Macht geben würde, Rienne zurückzuholen und die Königin zu zerstören.

Vor dem Haus erwartete uns Tieno, der anerkennend grunzte, bevor er sich uns anschloss. Gemeinsam stolzierten wir davon und ließen das blaugrüne Inferno wüten.

Ich lächelte in mich hinein.

Die Zeit war gekommen, selbst auf einem Scheiterhaufen zu brennen. So, wie es geschrieben stand.

XXXVII

DARCIA

Ich hörte Tieno schuften. Die letzte Stunde hatte er damit verbracht, das mitgeführte Holz zu einem Scheiterhaufen aufzuschichten, den ich bisher nur aus dem Augenwinkel betrachtet hatte. Es war nicht so, dass ich mich fürchtete, aber …

»Du hast Angst«, gackerte Hayala, die hundertjährige Meerhexe. Ich hatte sie gerufen, weil ich sonst niemanden mit einem ähnlichen Gefährt kannte, der so viel Holz hätte in die Bayous transportieren können. Sie hatte keine Fragen gestellt, trotzdem beschlich mich das leise Gefühl, dass sie genau wusste, was hier vor sich ging.

»Habe ich nicht«, entgegnete ich stur und betrachtete erneut meine Notizen, die ich vor mir auf einem moosbewachsenen Felsen ausgebreitet hatte. Die Blätter sogen sich mit Feuchtigkeit voll und ich musste sie immer wieder mit einem Zauber vertreiben, wie lästige Fliegen und Mücken, die es hier in den Bayous in Schwärmen gab.

Meine Hand fegte zu heftig über die Blätter, sodass ein Teil davon auf den erdigen Boden gefallen wäre, wenn Menti sie nicht rechtzeitig mit ihren kleinen Händchen festgehalten hätte. Ich nahm sie ihr mit einem dankbaren Nicken ab.

»Kleine Hexia«, drängte mich Hayala weiter mit ihrer kratzigen Stimme, die einem die Gänsehaut über den Körper trieb. Sie schlang in der feuchtheißen Luft einen weiteren Schal um ihren faltigen Hals, als würde sie frieren. Ihr Körper versank geradezu in mehreren Stofflagen, die bunt und grell leuchteten. »Ist er vielleicht zu groß für dich? Der Zauber?«

Dieses Mal fixierte ich die zierliche Person mit einem durchdringenden Blick. Der lilafarbene Lidschatten und die grellgrün geschminkten Lippen irritierten mich, lenkten mich beinahe von meiner Wut ab. »Ist er nicht und jetzt lass mich in Ruhe arbeiten, Hexe.«

Sie zuckte mit ihren Schultern, sodass sich ihre goldenen Kreolen beinahe in ihren Schals verhakten. Dann schlich sie zu einem Felsen, kletterte flink hinauf und ließ sich im Schneidersitz darauf nieder. Ein paar gelblich weiße Strähnen entflohen ihrer behelfsmäßigen Hochsteckfrisur.

»Wenn ihr mich braucht, weckt mich.« Daraufhin legte sie die Handrücken vor ihrem Oberkörper und mit den Spitzen nach unten zeigend aneinander und schloss die Augen.

»Ich mag sie«, wisperte Menti an meinem Ohr und kicherte. »Sie ist verrückt.«

»Ich dachte, das wäre eher ein Grund, sie *nicht* zu mögen«, murmelte ich, während mein Blick über die Zeilen in geschwungener Schrift glitt. Tieno arbeitete weiter im Hintergrund, bog Zweige und durchtrennte Äste mit gezielten Axtschlägen. Um uns herum gab es nichts weiter als gekrümmte Bäume, feuchte Erde und dunkelgrüne Sträucher.

Der perfekte Platz, um meinen Plan auszuführen. Hier würde uns niemand unterbrechen.

»So oder so, ich bin froh, dass sie da ist, falls …« Menti brach ab.

»Falls sie mich löschen muss?« Als mächtige Meerhexe könnte sie das schmutzige Wasser der Bayous notfalls heraufbeschwören und mich damit ertränken. »Auf keinen Fall. Wir ziehen das heute durch. Es gibt keinen Plan B.«

»Aber muss es denn so gefährlich sein?« Die kleine Wila setzte sich auf meine Schulter und tätschelte mein Kinn. Normalerweise hätte ich eine solch gefühlsduselige Geste niemals zugelassen, doch seit Val fort war, fühlte ich mich nicht mehr ganz wie ich selbst.

Ich vermisste ihn, obwohl er mich belogen hatte.

»Das ist der sicherste Weg, den ich gefunden habe und der gewährt, dass ich wiederauferstehe«, erklärte ich nicht zum ersten Mal.

»Wie ein Phönix aus der Asche?«

»So ähnlich.« Ich lächelte leicht und stupste ihr mit einem Finger in den Bauch, was sie zum Lachen brachte und mir das Herz schwer machte.

Ich hätte niemals geglaubt, dass ich sie so nah an mich heranlassen würde. Sie sogar als Freundin sah.

»Ich muss meinen Körper mit dem Quellwasser einreiben und dann werde ich geschützt sein.«

»Die Flammen werden dir dann nichts anhaben können?« Menti klang skeptisch.

»In dieser Hinsicht ist der Text tatsächlich vage gewesen, aber es wird funktionieren. Es *muss* funktionieren. Für Rienne.«

»Vielleicht sollten wir nach einem anderen Weg suchen. Bis zum nächsten Vollmond dauert es noch zwei Tage!«

Ich richtete mich wieder auf, nachdem ich die Papiere in die Tasche gestopft hatte, und wandte mich an Menti. »Nein, wir machen es jetzt.«

Menti stieß ein protestierendes Geräusch aus, als ich sie sanft von meiner Schulter schob, um mich zu entkleiden. Entgegen meiner geäußerten Entschlossenheit spürte ich beißende Angst in meinem Inneren. Mit jedem Herzschlag arbeitete sie sich vor und verunsicherte mich.

Wenn doch der Dunkle nicht gewesen wäre! Dann hätte ich noch fast drei Monate Zeit gehabt, um das Ritual zu vollziehen, bevor ich mich dem Duell mit Camin hätte stellen müssen. Nun hatte James meinen Zeitplan wie eine Zitrone zusammengequetscht, sodass mir keine andere Möglichkeit mehr blieb, als auf meine über die Jahre gesammelten Notizen zu vertrauen. Obwohl ich noch mehr hatte recherchieren wollen. Noch mehr herausfinden. Sicherer werden.

Seufzend öffnete ich die Knöpfe meines Rocks und ließ

ihn zu Boden gleiten, bevor ich auch mein Top auszog und neben meine Stiefel warf. Menti kümmerte sich augenblicklich darum, meine Kleidung ordentlich zusammenzufalten, während ich die Phiole mit dem Quellwasser zur Hand nahm. Ich begann damit, einzelne Tropfen auf meine Gliedmaßen, mein Gesicht und meinen Oberkörper zu streichen. Obwohl sie nur in einem kleinen Behältnis aufbewahrt wurde, reichte die Flüssigkeit aus. Sie ging erst zur Neige, als ich meine Füße damit bestrich.

Ein letztes Mal atmete ich tief durch, bevor ich mich umdrehte.

Der Scheiterhaufen ragte hoch und bedrohlich über mir auf, verhöhnte und lockte mich gleichzeitig, ganz wie es von diesem schwarzmagischen Symbol zu erwarten war. Tieno hatte gute Arbeit geleistet, aber sein Blick war einzig auf mich und nicht auf sein Werk gerichtet.

Für ihn und Menti musste ich stark sein, sonst würden sie mich aufhalten. Trotzdem konnte ich die Tränen nicht ganz unterdrücken.

Das ist das Richtige, beschwor ich mich selbst. *Damit wirst du Rienne zurückholen und die Königin vom Thron stoßen.*

»Was auch geschieht, Tieno, du wirst mich nicht retten«, sagte ich und wandte mich gleichzeitig zu ihm. Menti flatterte zwischen uns, um sich dann auf sein Haupt zu setzen. »Es wird funktionieren, das weiß ich.«

»Sicher?« Er legte den Kopf schief, wirkte verloren und ängstlich. Plötzlich sah ich ihn wieder wie damals, als er ins Zimmer gestürmt gekommen, Camins Bruder von mir gezogen und mich gerettet hatte. Ohne zu zögern und ohne an sein eigenes Wohl zu denken.

»Natürlich nicht, du Dummerchen«, erwiderte ich und legte besonders viel Ungeduld in meine Stimme. »Dennoch ist es der einzige Weg, nur für den Fall, dass etwas passiert, mein Haus und meine kläglichen Besitztümer gehören euch, verstanden? Ihr werdet nicht auf der Straße leben müssen.« Ich plapperte bloß Unsinn, aber nachdem diese Worte aus mir raus waren, fühlte ich mich leichter. Damit wäre alles geregelt, oder?

Ich leckte mir über die Lippen und setzte mich in Bewegung, kletterte über die gestapelten Stöcke und Äste und stellte mich an den mittig stehenden Pfahl. Tieno hatte die Ketten, die mich an Ort und Stelle halten sollten, bereits angebracht, damit ich die Schellen nur um meine Handgelenke zu schließen brauchte.

Das Klicken hallte über unsere kleine geschützte Lichtung.

Hayala meditierte noch immer, oder zumindest erweckte sie den Anschein. Tieno entzündete eine Fackel und hielt diese abwartend in seiner Pranke.

»Tu es«, befahl ich ihm. Notfalls hätte ich den Scheiterhaufen auch mit meiner Magie entzünden können, doch etwas sträubte sich in mir, es selbst zu tun.

Für einen kurzen Moment fragte ich mich, wie James dieses Ritual vollzog. Besaß er auch so unerschütterliche Freunde wie ich? Oder hatte er sich selbst Mut zusprechen müssen?

Als Tieno die Fackel vor meine Füße warf und die ersten Flammen um mich herum züngelten, wurden alle Gedanken aus meinem Verstand vertrieben. Ich konnte nur noch mit Aufregung und Furcht das sich schnell ausbreitende Feuer beobachten. Obwohl die orangeroten Flammen immer weiter anwuchsen, spürte ich zunächst nichts anderes außer ein sanftes Kribbeln auf meiner Haut. Das Quellwasser tat seine Wirkung und schützte mich vor der Hitze des ...

Ich keuchte auf.

Schmerz breitete sich von meiner linken Hand über meinen gesamten Körper aus. Hitze krachte wie eine Wand gegen mich. Ich konnte kaum noch atmen, als die Flammen höher stiegen und an meiner Haut leckten, die erst errötete und dann Blasen schlug.

Ich schrie auf, konnte nicht glauben, dass jemand diesen Schmerz ertragen und überleben konnte.

Es fühlte sich an, als würde die Haut von meinem Körper

schmelzen, als würden meine Lungenflügel von innen verbrennen und meine Luftröhre zu Asche zerfallen. Trotzdem schrie ich noch, so lange ich konnte, spürte, wie das Haar von meinem Kopf brannte und wie der Geruch meines eigenen brennenden Körpers in meine Nase stieg und mir Übelkeit verursachte.

Durch das Feuer erkannte ich Tienos Schemen. Er tigerte auf und ab. Half mir nicht.

Warum half er mir nicht?

»Tieno«, rief ich. Krächzte ich.

Er sollte mich retten. Er war doch mein bester Freund.

Der Gestank meines brennenden Fleischs ließ die Galle meine Speiseröhre hinaufsteigen. Die Säure fraß sich von innen nach außen, begegnete der Hitze des Feuers. Ein Angriff zu beiden Seiten, dem nur mein Versagen folgen würde.

Als ich glaubte, nichts mehr ertragen zu können, nagte die Dunkelheit bereits an meinem Sichtfeld. Ich gab auf. Gab mich dem gefräßigen Feuer hin und erlaubte der Finsternis, mich zu beherrschen.

Ich sank in die Tiefe, vergaß den Schmerz, die Flammen und den Scheiterhaufen ... und das war der Moment der Rettung.

Langsam, viel zu langsam und gleichzeitig unweigerlich schnell wurde ich in kühles Wasser getaucht. Meine Haut fühlte sich wieder geheilt an. Meine Lunge füllte sich erneut mit Luft, als ich aus den dunklen Wellen aufstieg.

Blinzelnd öffnete ich die Augen und starrte ins Dunkle, das doch nicht so dunkel war. Nach und nach machte ich die Schatten der Bayous aus und erkannte, dass ich noch immer lebte.

Ich lag auf dem gelöschten Scheiterhaufen in der Asche und traute mich nicht, mich zu bewegen. Was, wenn ich es nicht mehr konnte? Was, wenn meine Haut nur noch in Fetzen von mir herunterhing? Zwar spürte ich keine Schmerzen mehr, aber dann fiel mein Blick auf meine Hände. Statt in Schwarz leuchteten meine Tattoos in einem Gold, das sich tief in meine unversehrte Haut gegraben hatte. Langsam erlaubte ich mir aufzustehen, sah, dass ich nicht mehr verletzt war, bloß dass meine Tattoos allesamt golden erstrahlten. Außerdem wurde ich von Kopf bis Fuß mit Asche bedeckt.

Mit einem triumphierenden Lächeln stieg ich vom Scheiterhaufen und erweckte dadurch Tienos Aufmerksamkeit. Erstaunen und Bewunderung zeichneten sich auf seinem grobschlächtigen Gesicht ab, als er sich von einem Baumstumpf erhob. Seine braunen Augen hatte er weit aufgerissen und obwohl er seine Lippen bewegte, verlor er keinen Ton. Nach kurzem Zögern weckte er Menti mit einem kleinen Stupsen in die Seite. Sie flatterte empört mit den Flügeln, bevor sie ihren Blick auf mich richtete und zu mir flog. Sie stieß einen lauten Schrei aus. Hayala erwachte aus ihrer Meditation, bewegte sich allerdings nicht vom Fleck. Sie schenkte mir ein anerkennendes Nicken.

Ich hatte es geschafft. Hatte es wirklich vollbracht.

»Ich spüre, wie der Schleier zwischen den Wicked und mir schwindet«, sagte ich mit rauer Stimme, ein letzter Hinweis darauf, durch was ich gegangen war. Was ich ertragen hatte. »Die Macht in mir wächst. Fast haben wir es geschafft.«

Ich blickte in den Nachthimmel und ballte die Hände an den Seiten zu Fäusten. Nur noch zwei Tage, dann wäre die Herrschaft die meine.

XXXVIII

DARCIA

Hayala fuhr uns in ihrem Wohnmobil nach Hause. Die ganze Fahrt über sagte sie kein Wort, während ich in eine Decke gehüllt neben ihr saß und die Schrumpfköpfe betrachtete, als würden sie jeden Moment anfangen zu reden.

»Danke, dass du uns gefahren hast«, sagte ich, als sie vor meinem Haus hielt. Die Scheinwerfer tauchten die Nacht in gelbliches Licht, während der Motor weiter vor sich hin stotterte.

»Es war aufregend.« Sie grinste breit, sodass ich ihre schmalen Zähne erkennen konnte. »Du hast mir die Geschichte des Jahrhunderts geliefert. Wenn du noch mal was Ähnliches machst, ruf mich an.«

»Das wird früher geschehen, als du denken magst«, murmelte ich, bevor ich nach Tieno und Menti ausstieg. Wir blickten dem Wohnmobil noch hinterher, bis es zusammen mit Hayala hinter der nächsten Kreuzung verschwunden war. »Ich zieh mich um, dann muss ich noch mal raus. Wenn ich richtigliege, werden wir James spätestens in zwei Tagen wiedersehen, und bis dahin muss ich wissen, wer er wirklich ist und wo er plötzlich hergekommen ist.«

»Gefahr«, presste Tieno hervor, als er mir ins Haus folgte.

Mit einer Handbewegung entzündete ich das Feuer im Kamin, da ich jedoch noch an meiner Kontrolle arbeiten musste, versengte ich auch die Ecke einer Tischdecke. Eilig kippte ich Wasser aus einem Keramikkrug darüber, bis nur noch stinkender Qualm aufstieg.

»Ja, er ist gefährlich, aber ich komme schon mit ihm zurecht. Kümmere du dich bitte um liegen gebliebene Aufträge. Ein paar Salben und Tinkturen hatte ich schon vorbereitet. Noch müssen wir den Schein wahren. Ich denke nicht, dass uns die Hexenkommissare finden werden, selbst mit Joans und Noks Hilfe. Solange niemand unserer Kunden bereit ist, uns zu verraten, werden wir immer noch heilen.«

Nur wer verflucht war oder wirklich meine Hilfe brauchte, konnte zu mir finden.

Damit spurtete ich die Treppen hinauf, ignorierte das Knarzen der Stufen und genoss die Leichtfüßigkeit, mit der ich mich bewegte. Ich fühlte die Magie in mir pulsieren.

Eilig wusch ich mir die Asche vom Körper, betrachtete für einen Moment voller Faszination meine goldenen Tattoos und setzte mir dann neue Piercings in Nase und Bauchnabel sowie weitere Ohrringe ein, da die alten im Feuer verloren gegangen waren. Nachdem ich ebenfalls in enge Jeans und ein langärmeliges Shirt geschlüpft war, das die Tattoos größtenteils verdeckte, entschied ich mich für dunkle Sneakers.

»Komme mit?«, fragte Tieno, als ich schon halb aus der Tür raus war.

»Sorry, du musst hier die Stellung halten.« Ich senkte die Schultern. »Aber Menti kann dir Gesellschaft leisten.«

Der Naturgeist plusterte sich auf und stemmte in der Luft schwebend die Hände in die Hüften. »Ich begleite dich. Falls dir etwas passiert, kann ich Tieno holen.«

»Ich weiß nicht …« Ihre Miene verriet, dass Diskutieren zwecklos wäre. »In Ordnung, doch du hältst dich bedeckt.«

»Verstanden.« Sie nickte ernst und setzte sich dann auf meine Schulter. »Deine Aura strahlt so große Macht aus«, flüsterte sie. »Schon bald werden wir Rienne zurückholen können.«

Tränen traten mir in die Augen. Ich konnte nicht beschreiben, wie viel es mir bedeutete, dass Menti mich derart in meinen Plänen unterstützte, anstatt mich zu verurteilen und abzuweisen. Etwas, das ich von Val nicht sagen konnte. Würde er mich ebenfalls akzeptieren? Oder würde er mich als das Monster sehen, zu dem ich in New Orleans geworden war?

Den Gedanken an Val vertreibend, wanderte ich durch das nächtliche French Quarter, das keineswegs leise und verlassen war, sondern voller Musik und Leute, die das Wochenende mit Feiern einläuteten. Ich musste mich an den schwitzinden Leibern vorbeizwängen und immer wieder meine Ellbogen einsetzen, bevor ich dieses Stadtviertel hinter mir lassen konnte. Letztlich erreichte ich Gert Town und schließlich Holly Grove. Dort suchte ich das blau gestrichene Haus von Babet.

Vor einer Weile hatte mir die Septa einen Besuch abgestattet und behauptet, verflucht worden zu sein, dabei hatte ich es bis dahin für unmöglich gehalten. Es war schließlich allgemein bekannt, dass Septa weder verflucht noch gesegnet werden konnten. Was aber, wenn sie nicht verflucht, sondern verzaubert worden wäre? Ein starker Zauber, der die Gesetze der Magie durchbrochen hatte, weil er so dunkel war wie der Hexer, der ihn gewoben hatte?

Ich konnte mir nicht ansatzweise vorstellen, was eine Septa mit dem Dunklen verbinden könnte, doch es war ein Anhaltspunkt, der sich nicht so leicht ignorieren ließ. Vor allem, da auch Joan von einer Frau gesprochen hatte, deren Beschreibung auf Babet passte. Was hatte sie in seinem Haus zu suchen gehabt? Es musste eine Verbindung zu James existieren.

»Wer wohnt hier?«, fragte Menti und flatterte vor mir auf und ab, ehe sie einen Blick durch eines der vorderen Fenster warf.

»Babet, eine Septa«, erklärte ich und sah mich in dem von Unkraut überwucherten Vorgarten um. Ich hatte ihre Adresse dem Formular entnommen, das sie vor einer Weile ausgefüllt hatte, um mir ihren Fluch zu erklären. »Möglicherweise weiß sie mehr, als ihr bewusst ist. Lass uns anklopfen.«

Ich stellte mich auf die abgetretene Fußmatte und betätigte den Türklopfer, während sich Menti erneut auf meine Schulter setzte. Es dauerte nicht lange, bis uns Babet öffnete. Sie trug ein langes, unförmiges Kleid mit bunten Stoffstreifen und einen geflochtenen Zopf, der bereits an einigen Stellen auseinanderfiel. Ihre Schminke war unter den Augen verschmiert, ihr Blick wirr.

»Darcia?«, rief sie aus, als sie mich erkannte. »Ich habe nicht damit gerechnet, dich hier zu sehen. Alles in Ordnung?« Sie umfasste die Türkante mit einer Hand, während sie sich weiter zu mir vorbeugte. Ich erwartete schon, Alkohol in ihrem Atem zu riechen, doch mir wehte bloß ein Hauch von Lavendel entgegen.

»Ich hatte gehofft, ich könnte mit dir reden.« Ich lächelte sie freundlich an, da ich bei unserem letzten Aufeinandertreffen keinen guten Eindruck hinterlassen hatte. »Ich weiß, es ist spät ...«

»Ach was, komm rein.« Sie zog die Tür weiter auf, ehe sie durch den vollgestellten Flur wankte.

Verwirrt schloss ich die Tür hinter mir und folgte ihr an Zeitschriftenstapeln und Kartons vorbei. Irgendwie hatte ich erwartet, sie wäre ein ordentlicher Mensch. So konnte man sich täuschen, denn nicht nur der Flur war eine Katastrophe, auch das Wohnzimmer, in das sie mich führte, präsentierte sich ähnlich.

Menti flatterte vor mir auf und ab.

Auf dem Sofa lagen mehrere Haufen Kleidung, der Boden war mit allerlei Krimskrams bedeckt und überall standen Gläser, Tassen und Teller herum, manche davon noch mit Essensresten gesprenkelt. Dazu flogen Spraydosen, Schuhe und Papier herum, was das Bewegen erschwerte.

Babet wirkte zerstreut, als sie sich mehrmals im Kreis drehte und mich entschuldigend anlächelte, wobei sie nicht so recht zu wissen schien, wofür sie sich entschuldigen sollte.

Sie war ganz klar nicht die Frau, die mich besucht und Antworten von mir gefordert hatte. Der Fluch oder der Zauber, der auf ihr lastete, hatte sich scheinbar verschlimmert. Es war meine Schuld, denn ich hatte ihr meine Hilfe verweigert.

Was für ein grausamer Mensch war ich? Ich hatte mich so auf mein Ziel konzentriert, dass ich mich selbst verloren hatte. Übelkeit stieg in mir hoch, die nicht nur von dem beißenden Gestank hervorgerufen wurde.

»Möchtest du etwas trinken?«, fragte mich Babet, nachdem sie es aufgegeben hatte, einen Sitzplatz für sich zu finden.

»Dir geht es nicht gut, oder?« Ich näherte mich ihr, blieb mit der Schuhspitze an einer schweren Glaskugel hängen und wäre beinahe nach vorne gefallen. Im letzten Moment fand ich mein Gleichgewicht wieder, verfluchte aber die Kugel, die mich mit ihrem blank polierten Antlitz zu verhöhnen schien. »Babet, ich glaube, du hattest recht. Dich hat jemand verzaubert, auch wenn ich es nicht für möglich gehalten hätte. Es tut mir leid, ich ...«

»Verzaubert?« Babet lachte übertrieben laut auf und winkte ab. »Mich? Also nein, unmöglich. Vielleicht Tee?«

»Oje«, murmelte Menti sorgenvoll an meinem Hals und ich hätte ihr am liebsten zugestimmt.

Ich nahm Babet an die Hand, vorsichtig, sanft, damit sie sich nicht bedroht fühlte, und führte sie zum Sofa, das ich eilig von ihrer Kleidung befreite. Mit einem dankbaren Lächeln setzte sie sich und sah mich erwartungsvoll an. Sie wirkte jung, kindlich, als hätte sie noch nicht das Böse in dieser Welt gesehen. Unschuldig und unbedarft. Es brach mir das Herz.

»Die Kugel«, wisperte Menti.

»Nicht jetzt, ich muss nachdenken«, wimmelte ich sie ab. Babet würde mir keine Antworten liefern können. In ihrem jetzigen Zustand könnte ich froh sein, wenn sie mich in fünf Minuten überhaupt wiedererkannte.

»Du musst die Kugel benutzen«, drängte mich Menti erneut und zupfte an meinem Shirt. »Damit kannst du einen Blick hinter den Nebel werfen.«

»Warum sollte ich unsere Zukunft wissen wollen, Menti?«, erwiderte ich genervt. Das Hexenorakel war mir in dieser Angelegenheit nicht nützlich, auch wenn mich Babet damals gedrängt hatte, nachzuschauen, weil sich ihrer Aussage nach etwas verändert hatte.

»Du kannst auch in ihre Vergangenheit sehen, weißt du das denn nicht?«

»Was?« Menti flatterte zwischen mir und Babet, die nach ihr greifen wollte, als wäre der Naturgeist ein interessantes Spielzeug.

»Der Nebel zeigt nicht nur die Zukunft. Wenn meine ... ehemaligen Schwestern und ich unser Ritual an Neumond abgehalten haben, verehrten wir die Vergangenheit unserer Ahnen und warfen einen Blick hinter den Nebel. Es hat immer funktioniert. Warum sollte es nicht auch hier klappen? Sie kann dir scheinbar nichts sagen, also ...«

»Arnamentia, danke!«, stieß ich aus und hob die Kugel auf. Anschließend schob ich den Tisch mit den Füßen weit genug fort, damit ich vor Babet auf die Knie gehen konnte. »Lässt du mich ein, Babet?«

Sie zwinkerte mir zu, als würden wir ein Geheimnis teilen.

Ich legte die Glaskugel auf ihre Knie und hielt sie mit meinen Händen fest, bevor ich den Nebel heraufbeschwor, der sich als Schleier im Inneren der Kugel verteilte. Es war so leicht, das Orakel zu mir zu rufen, dass ich mich wunderte, warum ich es so lange nicht getan hatte.

Natürlich, ich hatte mein eigenes Versagen nicht vorhersehen wollen und die Zukunft gemieden. Doch nun musste ich nicht nach vorne sehen, sondern hinter mich blicken.

»Lass mich ein«, wisperte ich. »Lass mich ein.«

In der nächsten Sekunde wurde ich in einen tiefen Strudel gezogen und ich erwachte in einer stürmischen Nacht in den Straßen von New Orleans.

Sieh hin, hörte ich Babets Flüstern, die neben mir auftauchte, aber mich selbst nicht wahrzunehmen schien.

Sie sah verändert aus. Ihr Zopf war noch immer dick, doch das Schwarz war nicht länger von Grau durchzogen und ihre

Hüften wirkten weniger breit. Eine jüngere Version ihrer selbst, was darauf hindeutete, dass ich es geschafft hatte, in ihren Kopf und somit in ihre Vergangenheit einzudringen. Ich beobachtete, wie sich ihr Schirm gegen den Wind behauptete und sie ihr Gewicht nach vorne stemmte. Regen peitschte ihr ins Gesicht, ließ mich selbst jedoch unberührt, als wäre ich nicht wirklich hier. Nur eine stille Beobachterin.

Wir befanden uns in der Mistletoe Street, wie ich einen Moment später einem Straßenschild entnahm. Wenn ich mich nicht irrte, gab es die Straße im Stadtteil Holly Grove, in dem sich die Septa von New Orleans angesiedelt hatten. Diese unsichtbare Grenze überschritten die Zirkelhexen nicht, aus Respekt vor ihren nicht-magischen Verwandten, damit sie in Frieden leben konnten. Aus einem ähnlichen Grund hatte auch ich selten einen Fuß hierhin gesetzt.

Die Septa brauchten im Normalfall keine Fluchbrecherin und nur wenige Schattengeschöpfe hatten sich ihren Wohnraum so nah an der Grenze eines magischen Portals gesucht. Das Tor, durch das man Babylon erreichen konnte, befand sich mitten auf dem Earheart Boulevard und wurde von den Wächtern der Königin bewacht. Es war besser, einen großen Bogen darum zu machen, falls die Wächter auf Krawall aus waren.

Die Mistletoe Street war jedoch erstaunlich normal. Sie wurde von mehreren riesigen Einfamilienhäusern mit Vorgärten gesäumt. Die Häuser waren zwar groß, doch man sah, dass der Zahn der Zeit an ihnen nagte. Die Farbe blätterte von den leuchtenden Fassaden, die Stromleitungen hingen an einigen Stellen durch und der Asphalt der Straße offenbarte Schlaglöcher und Risse, die von der Hitze in den Sommermonaten weiter aufplatzten. Heute Nacht füllten sie sich mit dem Regenwasser, das in Strömen vom Himmel rauschte, als wäre dieser ohne Vorwarnung aufgebrochen.

Ich musste nicht lange warten, bis sich zu dem Heulen des Windes ein anderes, schneidendes Geräusch gesellte, das auch Babet wahrnahm. Mit gerunzelter Stirn hielt sie unter einer flackernden Straßenlaterne inne und horchte erneut auf den Schrei, der schon bald wieder ertönte und Schmerz und Furcht in sich trug.

Babet zögerte nicht, faltete ihren Schirm zusammen und eilte dann in die Richtung, in der sie die verletzte Person vermutete. Der Regen durchnässte sie in wenigen Sekunden, doch das hielt sie nicht auf. Als sie in eine Gasse unmittelbar neben dem Earheart Boulevard eingebogen war, bot sich ihr ein mitleiderregender Anblick. Im Matsch saß eine junge Frau, deren dunkelbraune Haut vor Nässe glänzte und die mit fiebrigen Augen aufblickte. Ihre Hände lagen auf ihrem gewölbten Bauch, als sie einen weiteren Schmerzensschrei zu unterdrücken versuchte.

»Hilfe«, stöhnte sie und mehr brauchte es nicht, damit Babet ihren Schrecken vergaß und sich an ihre Seite begab.

»Wir müssen dich in ein Krankenhaus bringen, Schätzchen«, sagte sie und strich der Fremden fürsorglich über die Stirn. »Das Baby scheint nicht mehr warten zu wollen.«

»Kein ... Krankenhaus«, presste die Fremde entschlossen hervor.

Babet betrachtete sie einen Moment und erkannte, dass sich die Schwangere nicht umstimmen lassen würde. Also straffte sie ihre Schultern und half ihr auf.

»Dann bringe ich dich zu mir. Ich wohne ganz in der Nähe. Na, komm schon.« Seite an Seite verließen sie mit kleinen Schritten die dunkle Gasse. »Wie ist denn dein Name?«

»Evette«, flüsterte sie so leise, dass ich sie kaum verstand. »Und wie darf ich meine Retterin nennen?«

»Babet.« Die Septa schmunzelte, ehe sie stockte. »Du bist eine Waiża!«

»Woher weißt du das?« Irritiert hielten sie inne und blickten einander an.

»Ein Aufflackern deiner Magie, als würdest du mich austesten wollen«, erklärte Babet, bevor sie Evette zwang, den Weg fortzusetzen.

»Dann bist du ...«

»Eine Septa.« Babet grinste und deutete auf ein Haus vor der nächsten Kreuzung. »Ich kann keine Magie wirken, aber manchmal spüre ich sie um mich herum. Hier, wir sind da.«

Ich folgte den beiden Frauen, die das Schicksal zusammengeworfen hatte, hinein, wobei die Welt kurz verschwamm, als die Haustür vor meiner Nase zugeschlagen wurde. Im nächsten Moment befand ich mich in einem gemütlichen und vor allem aufgeräumten Wohnzimmer. Der Unterschied zum jetzigen Zustand hätte nicht größer sein können. Es war erschreckend, wie sehr sich Babet durch einen gefährlichen Zauber verändert hatte ...

Sie führte Evette zu dem breiten Sofa mit dem dunklen Blumenmuster und die Zeit raste. Sie brachte Decken, heißes Wasser, Handtücher und Tee. Belanglose Worte wurden ausgetauscht und Zuspruch erteilt.

Während draußen der Regen weiter an die Fenster trommelte, gebar Evette einen gesunden Jungen, dem sie den Namen ... James gab.

»Wie sein Vater. Eli James.« Sie betrachtete ihn fasziniert und war vollkommen von seinem Anblick gefangen. Tränen schimmerten in ihren braunen Augen, als sie mit der Hand über die glatte Haut ihres Sohnes strich.

James. Dies war die Geschichte des Dunklen, die ich gesucht hatte, und nun wurde sie mir ausgerechnet von Babet überbracht.

»Wo ist er?«, erkundigte sich die Septa, während sie die blutigen Handtücher in einen Wäschekorb legte. »Sein Vater?«

»Fort.« Ein Wort, das so viele Gefühle in sich vereinte. Evette holte zittrig Atem, bevor sie James an ihre Brust legte. »Er wurde hingerichtet, nachdem er den König von Roma tötete.«

Ich nahm an, dass Babets schockierter Blick meinen eigenen widerspiegelte. Wir beide hatten nicht mit dieser tragischen Entwicklung gerechnet.

»Er und ich trafen uns vor vielen Jahren und tauschten die

verrücktesten Ideen aus. Schattenstädte, in denen Demokratie herrschte und keine unterdrückende Diktatur«, erzählte Evette, den Blick in die Ferne gerichtet. Schmerz färbte ihre Stimme dennoch dunkel und rau, als würde sie es kaum ertragen, die Worte auszusprechen. Aber noch weniger, sie weiter in sich zu halten. »Wir scharten gleich denkende Leute um uns und begannen, das Königshaus von Roma zu sabotieren. Ein paar fehlende Lebensmittellieferungen, ein Brand im Rathaus. Nichts Gefährliches, nichts Tödliches. Irgendwann war es für Eli nicht mehr genug und er beschloss, den König zu töten.

Er weihte mich nicht ein, weil er wusste, dass ich dagegen gewesen wäre, besonders, da ich bereits schwanger gewesen war. Viel zu spät erfuhr ich davon und ich konnte ihn nicht mehr aufhalten.

Ja, er tötete König Alexander, aber die Göttin Ceres wachte weiter über ihre Stadt und verhinderte, dass er fliehen konnte. Ein paar Monate später stimmten alle Königshäuser für seine Hinrichtung und ich durfte ihn nie wiedersehen.

Ich floh zunächst nach Babylon, doch auch da fühlte ich mich nicht sicher und wie sollte ich mich wehren, wenn mich die Schergen Romas fanden? Mit einem Baby im Bauch konnte ich nichts ausrichten.

Ich ließ mich durch das Portal schmuggeln und landete hier, als die Wehen einsetzten und du mich gefunden hast.«

»Mir tut es leid, dass du so viel Schmerz und Verlust hast erleiden müssen«, sagte Babet und legte eine Hand auf Evettes, die ihrerseits über den Rücken ihres Sohnes strich. »Du kannst so lange bleiben, wie du möchtest.«

Die Szene verschwamm vor meinen Augen und setzte sich Sekunden später zu etwas Neuem zusammen.

Die Sonne schien auf uns herab, wir standen in Babets Garten und beobachteten einen kleinen Jungen, vielleicht sechs Jahre alt. Er spielte in einem Sandkasten und gab dabei Geräusche von sich, die von großer Fantasie zeugten. Er besaß nicht viele Spielzeuge, aber vor seinen Augen schien er eine ganz andere Welt wahrzunehmen. Er schien ... glücklich. Das Haar war kurz geschoren, die Haut, die eine Nuance heller war als die seiner Mutter, und die grünen Augen waren ein Hinweis auf seinen Vater, den James niemals kennenlernen würde.

Evette stand mit einer dampfenden Kaffeetasse in der Hand neben dem Gartenzaun, als sich Babet zu ihr gesellte. Zunächst sagten sie nichts, dann zog James plötzlich Wasser aus dem Boden und befüllte damit die Tanks seiner kleinen Lastwagen, als handelte es sich dabei um das Normalste der Welt.

»Er ist schon jetzt sehr mächtig«, sagte die Septa mit Bedacht.

»Ganz wie sein Vater«, antwortete die Waiża mit einem Lächeln. »Er war ein großartiger Hexer.«

»Evette, es ist erst drei Uhr«, rügte Babet und ich wusste zunächst nicht, weshalb. »Ist das Rum in deiner Tasse?«

»Ich brauchte etwas, um meine Nerven zu beruhigen. Mach dir keine Sorgen.« Evettes Gesicht verschloss sich vor ihrer Retterin und Freundin.

Die Jahre flossen weiter wie Garn durch das Spinnrad der Schicksalsgöttinnen. Ich sah, wie unruhig Evette wurde, wie sie ihre Sorgen in Alkohol ertränkte und immer grober zu ihrem eigenen Sohn wurde, der des Nachts wach lag, wenn Babet nach ihm sah. Er wurde stiller, je lauter seine Mutter wurde; dann, eines Tages, verabschiedete sie sich von ihm.

»Ich muss gehen«, sagte sie voller Inbrunst. »Ich muss Elis Pläne fortführen, wenn auch auf andere Weise. Ich muss...«

»Mom?«, wisperte er, als sie ihn in die Arme zog und dann von sich stieß. Ohne Babet eines Blickes zu würdigen, verschwand sie zur Tür hinaus und wurde nie wiedergesehen.

Erneut vergingen Jahre, in denen James zu einem gut aussehenden Teenager heranwuchs und sich von Babet zurückzog. Er wühlte sich durch schwarzmagische Bücher, die er vor ihr zu verheimlichen versuchte, und eines Tages folgte sie ihm. Wie auch er hatte sie von dem Gerücht gehört, dass eine mächtige Waiża durch das Portal getreten und in New Orleans ihre Zelte aufgeschlagen hatte.

Das Haus, vor dem James anhielt, war mir nur allzu bekannt. Wir hatten es aufgesucht, weil wir die Waiża unter dem Namen Charlotte Mayvile dort vermutet hatten, die für Vals Fluch verantwortlich war. Der Kreis schien sich zu schließen. Evette war Maya. James' Mutter hatte Val verflucht und sie trat gerade aus dem Haus, mit einem Buch in der Hand, das James wenige Jahre später durch meine Hilfe stehlen würde. *Magische Gewässer und ihre Tücken.*

»James«, flüsterte sie, eine Hand an ihre Lippen gelegt. Sie wirkte älter, verbrauchter durch die Jahre, die sie dem Alkohol geschenkt hatte. »Was machst du hier?«

»Ich habe von den Gerüchten gehört und ich ... sie sagten, es wäre ein Fehler, du wärst gar nicht so mächtig, aber ... ich fühlte es«, stotterte er, während Babet und ich hinter einer Magnolie alles beobachteten.

»Es ist nicht richtig.« Evette straffte ihre Schultern. »Du musst gehen.«

Das brachte James dazu, einen Schritt nach vorne zu machen, doch seine Mutter umklammerte den Türknauf und blickte über ihre Schulter zu ihm zurück.

»Ich wollte dieses Leben nie für dich, James. Das ist der wahre Grund, warum ich gegangen bin. Ich war Gift. Bin es noch. Du würdest mich hassen, wenn du wüsstest, was ich getan habe«, raunte sie.

»Hast du noch mehr getötet?« James klang dem Gedanken gegenüber nicht sonderlich abgeneigt, gar voller Eifer, als hätte er sich seine Mutter als Racheengel ausgemalt.

»Nein, James ...« Sie seufzte und wandte sich ihrem Sohn wieder zu. »Nachdem mich die Schergen der babylonischen Königin ergriffen hatten, erpresste sie mich. Entweder ich würde ihren Bruder verfluchen oder sie würde mich für immer einsperren, das waren meine Alternativen. Also ... verfluchte ich Valens Mariquise und verschwand aus der Schattenstadt, so schnell ich konnte. Alles ist zunichtegemacht worden. Alles ist vorbei ... Ich hätte nicht ...«

Die nächsten Sätze verstanden wir nicht, da ein ohrenbetäubend lauter Lastwagen durch die Nachbarschaft bretterte.

»Du kannst dein eigenes Portal kreieren? Zeig es mir!«, verlangte James, ballte die Hände zu Fäusten und wirkte entschlossener denn je. »Ich bin noch viel mächtiger geworden, Mom.«

Evette presste die Lippen für einen Moment zusammen, dann schüttelte sie den Kopf. »Das werde ich nicht. Du wirst dein Leben hier und in Frieden verbringen, James. Babylon und auch die anderen Schattenstädte sind zu klein für dich. Du brauchst die Welt.«

»Ich habe *dich* gebraucht!«, brüllte er und zog damit die Aufmerksamkeit einiger Nachbarn auf sich, was Evette mit einem Stirnrunzeln bemerkte.

»Auf Wiedersehen, James. Komm nicht zurück.« Sie schritt zurück ins Haus und drückte die Tür entschieden ins Schloss.

Die Welt verschwamm ein weiteres Mal und ich sah im Schnelldurchlauf, wie James Babet entglitt. Sie versuchte, ihn festzuhalten, ihn von der schwarzen Magie abzubringen, aber er verlor sich immer mehr darin und fand schließlich das Ritual der Wicked, das auch Babet in seinem Zimmer entdeckte, nachdem sie ihm zum Haus des Gelehrten gefolgt war. Als James sie beim Herumschnüffeln entdeckte, lief er mit seinem Hab und Gut davon, doch sie folgte ihm abermals. Konnte ihn nicht gehen lassen, denn sie liebte ihn wie ihren eigenen Sohn.

James' Geduld neigte sich dem Ende zu und in den Schatten der Nacht bediente er sich der dunklen Zauber, die er gelernt hatte, um Babet vergessen zu lassen. Sie sollte keine Schmerzen mehr seinetwegen empfinden.

Er wollte ihr nicht wehtun. Doch Septa und dunkle Magie passten nicht zusammen. Es kam nie das dabei heraus, was man beabsichtigt hatte. Und anstatt dass Babet nur James und Evette vergaß, vergaß sie jeden Tag ein bisschen mehr von sich und von der Welt, in der sie lebte.

XXXIX

DARCIA

Ich konnte Babet nicht helfen. Der Abschied von ihr fiel mir schwer, nachdem ich aus der Vergangenheit aufgetaucht war. Obwohl ich die beste Fluchbrecherin der Stadt war, konnte ich nichts gegen den Zauber ausrichten, der so komplex und andersartig war, dass ich ihn nicht greifen, geschweige denn rückgängig machen konnte. Die einzige Lösung, die blieb, war James selbst. Er müsste mir verraten, wie genau der Zauber aufgebaut war, damit ich ihn auseinandernehmen könnte. Natürlich würde dies nicht geschehen.

Meine Gedanken rasten, während ich nach Hause ging.

Babet, James, Evette und Val – sie alle waren miteinander verbunden und bildeten ein großes Ganzes, das ich noch nicht begreifen konnte. Die Königin hatte Evette dazu gebracht, ihren eigenen Bruder zu verfluchen? Warum? Was hatte er so Schlimmes getan?

Seufzend öffnete ich die Tür zu meinem Arbeitsraum, in dem gähnende Leere herrschte. Tieno musste unterwegs sein.

»Kannst du nach ihm sehen?«, fragte ich Menti, die ich in all das eingeweiht hatte, was mir offenbart worden war. »Ich möchte allein sein.«

»Natürlich«, sagte sie und warf mir ein verständnisvolles Lächeln zu, dann huschte sie durch den Türspalt nach draußen, bevor ich diesen schloss. Danach drehte ich mich einmal um die eigene Achse, bewegte langsam meine Finger und atmete tief durch. Jemand war hier gewesen.

Nichts war gestohlen worden, aber meine kläglichen Bannzauber klirrten leise. Jemand hatte sie durchbrochen.

Ich überprüfte mein Geheimversteck, in dem sich nur noch das Haar der Wila befand, da die Herzen und das Quellwasser längst verbraucht waren.

In Gedanken versunken ließ ich mir ein Bad im oberen Stockwerk ein und glitt wenig später ins heiße Wasser, das meine Haut rötete, aber ich brauchte die Hitze. Noch immer hatte ich das Gefühl, überall Asche auf dem Körper zu tragen. Es schmerzte mich, dass ich Babet nicht helfen konnte, dass ich sie damals abgewiesen hatte. Erneut kämpfte das schlechte Gewissen mit meiner Entschlossenheit, die Herrin zu werden, und ich konnte nicht sagen, wer den Sieg davontrug. Ob es überhaupt einen Sieger gab.

Seufzend betrachtete ich meine tätowierten Hände, den Hirschkopf, den ich einst gegen Vals Fluchgestalt angewandt hatte. Es erschien mir Monate her, dabei waren nicht mal zwei Wochen seitdem vergangen.

Ich vermisste ihn, das musste ich mir eingestehen.

Schritte holten mich in die Realität zurück und ich beeilte mich, aus der Wanne zu steigen und mich in meine dunkelrote Seidenrobe zu kleiden. Ich ging ins angrenzende Schlafzimmer, als mein Besucher den Raum durch den Zugang im Flur betrat.

»Adnan«, entwich es mir. Mit ihm hatte ich am allerwenigsten gerechnet, außerdem war sein Gesicht noch immer voller Blutergüsse und er trug keinen Turban. Statt eines seiner teuren Gewänder trug er eine funktionale Hose, ein T-Shirt und darüber eine schwarze Jacke.

»Du siehst anders aus ... mit deinen Tattoos«, sagte er statt einer Begrüßung und deutete auf meine Hände, die ich eilig versteckte, indem ich meine Arme verschränkte. »Möchte ich überhaupt wissen, was du treibst?«

»Glücklicherweise geht es dich nicht das Geringste an«, erwiderte ich mit hochgezogener Augenbraue. »Was willst du?«

Sein Blick wanderte von meinem Gesicht über meinen tiefen

Ausschnitt und den Rest meines spärlich bekleideten Körpers.
»Valens. Ich will ihn zurückholen.«

»Was bringt dich auf den Gedanken, dass er zurückwollen würde? Er ist der Prinz von Babylon.«

»Er hat Babylon verlassen, weil er verflucht ist.« Er trat einen Schritt vor, sodass uns nur noch ein Meter trennte und sein eigentümlicher Geruch nach Orange und Sandelholz in meine Nase drang. »Das hat sich nicht geändert, oder doch?«

»Was willst du damit sagen?« Ich verengte die Augen, traute Adnan nicht eine Sekunde über den Weg, ganz gleich, wie altruistisch er sich gab.

»Ich glaube nicht, dass er in Sicherheit ist. Seine Schwester will ihn nicht lebend.« Er ballte eine Hand vor seinem Körper zu einer Faust, als könnte er seine Wut nur unter größter Anstrengung kontrollieren.

»Sie ist diejenige, die ihn verflucht hat, sozusagen. Warum sollte sie ihn also erst jetzt töten wollen?« In meinen Augen ergab das wenig Sinn.

»Woher weißt du das?« Stirnrunzelnd betrachtete er mich einen Augenblick, ehe er fortfuhr: »Nun, das ist gerade nicht so wichtig, aber wenn das wahr ist, dann würde sich sein Fluch als perfekter Grund eignen, seinen Tod vor dem Volk zu rechtfertigen. Um einen Aufstand zu verhindern. Geschwistermord wird noch immer nicht gern gesehen, weißt du?«

Ein eiskalter Schauer rann meinen Rücken hinab. »Und?« Das Wort fühlte sich wie eine Rasierklinge an, die ich hochwürgen musste. Mir schwindelte es und das kam nicht von dem heißen Bad zuvor.

»Und er braucht unsere Hilfe, wenn er nicht längst tot ist«, drängte er und kam noch näher. Ich war nicht fähig, mich aus seiner Reichweite zu begeben, da ebenjene Rasierklinge durch meine Haut zu schneiden schien. *Val – tot?* »Meine Spione sind nicht dazu in der Lage gewesen, Informationen zu beschaffen. Die Lage ist prekär.«

»Warum sorgst du dich so sehr?«, raunte ich, ehe ich mich

räusperte. »Hayala sagte, dass du das *Devil's Jaw* bereits wieder unter deiner Kontrolle hast. Du musst glücklich sein.«

»Das sollte ich, hm?« Er lachte rau, bevor er sich über den Vollbart strich und sein Blick sich in die Ferne richtete. »Ich habe darüber nachgedacht, einfach weiterzumachen. Die Dinge so zu erledigen, wie ich sie auch davor gemeistert habe, aber ich kann es nicht. Er ist mein Freund und ich vermisse ihn.« Seine Augen huschten wieder zu mir. »Wirst du mir helfen?«

Zornig biss ich die Zähne zusammen und überbrückte den letzten Schritt zwischen uns. So musste ich meinen Kopf zwar in den Nacken legen, um den Blickkontakt zu halten, doch ich fühlte mich weniger unterlegen.

»Blödsinn«, zischte ich. »Ich glaube dir nicht, Adnan Marjuri. Du sorgst dich nur um dich selbst. Was auch immer du tust, wie auch immer du es tust, es gereicht dir ausschließlich zum Vorteil. Das Spiel, das du nun spielst? Davon werde ich kein Teil sein. Nicht mehr. Du hast mich schon einmal reingelegt. Ich werde es dir kein weiteres Mal erlauben.«

»Hör mich nur an ...«

»Hau ab!«, fauchte ich und deutete auf den Flur. »Jetzt!«

»Darcia«, flehte er. »Ich dachte, er bedeutet dir ...«

»Raus!«

»Ich habe dich geliebt! Hörst du?« Er packte mich an den Oberarmen und schüttelte mich. Ich fühlte mich wie versteinert, war nicht mehr ich selbst, als seine Worte zu mir durchdrangen. »In der Nacht, als du mich verlassen hast, um die Zähne zu stehlen, wollte ich dich zu meiner Frau machen, Darcia. Ich wollte auf die Knie gehen, deine Hände in meine nehmen und dir den Ring an den Finger stecken. Ich war bereit, alles für dich aufzugeben. Das *Devil's Jaw*, mein Leben hier in New Orleans, um mit dir zusammen zu sein. Eine Hexia, die ich noch nicht lange kannte, aber von ganzem Herzen liebte. Und dann hast du dich davongeschlichen und glaubtest Marcusos Lügen anstatt meiner Wahrheit. Der Beutel? In ihm befand sich ein Schutzzauber, den ich für dich hatte weben lassen. Nicht mehr, nicht weniger.« Seine Stimme brach und er beugte sich vor, sodass seine Stirn an meiner lag. Ich spürte seinen unregelmäßigen Atem auf meiner Haut. »Ich habe dich geliebt und du hast mich schon damals nicht angehört. Bitte begehe den Fehler kein zweites Mal.«

»Das ... Das kann nicht stimmen«, wisperte ich. Niemals hätte ich gedacht, dass seine Gefühle so stark gewesen waren. Oder hatte ich die Wahrheit nur nicht sehen wollen, um meinen Zorn weiter zu nähren? Um die Kraft zu haben, dreizehn Hexen zu töten?

Wenn ich das Beste statt das Schlechteste von ihm geglaubt hätte, dann wäre ich niemals verzweifelt oder entschlossen genug gewesen, mich dem Ritual der Wicked zu widmen.

»Was? Dass ich doch nicht das selbstsüchtige Monster bin, das du in deinem Kopf kreiert hast?« Seine Mundwinkel zuckten.

»Ich weiß nicht, was ich sagen soll«, gab ich zu. Seine Worte, deren Echo in meinem leeren Verstand geisterten, und seine Nähe machten mir zu schaffen.

»Hilf mir, Valens zurückzuholen. Ich weiß, dass du den Trottel magst. Lass ihn nicht im Stich.«

»I-ich kann nicht.« Mit allerletzter Kraft wand ich mich aus Adnans Griff. »Aber ich verspreche dir, dass die Königin in wenigen Tagen keine Bedrohung mehr darstellen wird.« Ich hatte bereits so viel aufgegeben und, wie Adnan sagte, so viele Fehler begangen, was waren schon ein paar Tage mehr?

»Und was ist, wenn er bis dahin nicht überlebt?« Adnan schüttelte enttäuscht den Kopf.

»Wird er, trotzdem ...« Ich leckte mir über die Lippen und zog die Robe vorne enger zusammen. »Ich werde dich nicht davon abhalten, selbst nach ihm zu suchen, wenn du durch das Portal gehst.«

Adnan sah mich durchdringend an, ehe er sich abrupt abwandte und zur Tür schritt. Dort hielt er ein letztes Mal inne und blickte zu mir zurück. »Ich denke nicht, dass du die richtige Entscheidung getroffen hast.«

»Mir bleibt keine Wahl, Adnan.« Ich drehte mich zu meinem Spiegel um und beobachtete, wie Adnan das Zimmer verließ, bevor ich meinen eigenen traurigen Blick auffing. Das Rumoren in meiner Bauchgegend ignorierte ich, aber meine Gedanken ließen sich nicht so leicht austricksen. Dennoch ... sollte Val tatsächlich vor meinem Auftauchen sterben, dann würde ich ihn eben zusammen mit Rienne zurückholen.

Das Wohnmobil ruckelte über die unebenen Straßen in den Bayous. Das nordöstliche Tor befand sich an der Grenze zur wilden Natur und kurz davor würde sich heute Nacht der See der Sterne zu erkennen geben. Dann wäre die Herrschaft die meine.

Hayala summte mit ihrer krächzenden Stimme fremdartige Verse, während ich an Tieno gedrängt dasaß und durch die Frontscheibe blickte. Menti schlief in meinem Schoß, aber mir fiel es zunehmend schwerer, ruhig zu bleiben und nicht mit den Füßen zu wippen. Die Macht in mir kribbelte, wollte herausgelassen werden. Zusätzlich schlich sich die Nervosität an, ein weiteres Mal auf James zu treffen. Ich hatte nicht vergessen, dass er mich das letzte Mal besiegt hatte. Und obwohl ich nun wusste, woher er stammte, war mir dadurch nicht offenbart worden, wie ich ihn überwältigen könnte.

Letztlich war ich nur eine Hexia und er ein vollwertiger Hexer und es kam darauf an, wie stark die Herzen unserer geopferten Hexen gewesen waren. Bis auf mein letztes Opfer hatte ich stets darauf geachtet, besonders mächtige unter ihnen zu pflücken. Vielleicht war der Dunkle hektischer und eher darauf bedacht gewesen, möglichst schnell die Dreizehn voll zu kriegen.

Ich lehnte meinen Kopf zurück und befühlte mit einer Hand die kleine Phiole mit dem Haar der Wila, die ich in meine Rocktasche gesteckt hatte. Damit würde ich meinen eigenen

Wassertod rückgängig machen können, so wie es vermutlich auch James geplant hatte. Mittlerweile war ich zu dem Schluss gekommen, dass er der Hexer sein musste, der Mentis Kopf geschoren und sie dadurch fast zum Tode verurteilt hatte. Ein weiterer Grund, warum er die Herrschaft über die Wicked nicht verdiente.

»Es ist nicht so, als würde ich mich nicht geehrt fühlen«, durchbrach Hayala ihr monotones Summen, »aber warum hast du nicht Seda um Hilfe gebeten?«

Tatsächlich hatte ich Hayala erst kurz vorher kontaktiert und sie hatte sich sofort dazu bereit erklärt, erneut Chauffeurin zu spielen.

»Sie ist beschäftigt«, antwortete ich wahrheitsgemäß. Seda hatte mir eine Nachricht zukommen lassen. Ein paar Stunden nachdem Adnan aus meinem Haus verschwunden war. Sie informierte mich darüber, dass sie Adnan nach Babylon begleiten würde.

Eine Antwort war ich ihr schuldig geblieben.

Ich hatte bereits vor langer Zeit mit Adnan abgeschlossen. Sein Geständnis kam drei Jahre zu spät und änderte nicht das Geringste. Nichtsdestotrotz kochte in mir die Wut über so viele Lügen in meinem Leben. Von mir und von allen anderen.

»Hier ist es«, rief Hayala aufgeregt und weckte damit Menti, die erschrocken ein paar Zentimeter von meinem Schoß hochschoss. Die Meerhexe lenkte das Wohnmobil zwischen zwei bewachsenen Hügeln hindurch in ein merkwürdig karges Tal. Fast konnte ich den glitzernden See sehen.

Die Sonne ging gerade erst unter und um uns herum breitete sich eine bunte Sumpflandschaft aus. Keine Spur von James.

»Wende das Wohnmobil und bleib stehen. Bis hier sollte das Wasser nicht reichen und im Notfall können wir schnell fliehen.« Ich sagte *wir*, doch eigentlich meinte ich *ihr*. Das Gespräch zögerte ich noch hinaus.

Wir stiegen nacheinander aus dem Wagen und stellten uns

in einer Reihe vor dem weiten Feld auf, das schon bald mit Wasser gefüllt sein würde.

»Sobald der Vollmond aufgeht, wird sich uns der See zeigen«, betonte ich noch einmal. Die Aufregung kribbelte wie Ameisen unter meiner Haut.

»Meinst du, der Dunkle wird auftauchen?«, fragte Menti mit einem Zittern in der Stimme. Auch sie ahnte, dass er ihr Schänder war.

»Sehr wahrscheinlich.«

»Was werden wir tun?« Sie ließ sich auf meiner Hand nieder, die ich vor mein Gesicht hielt, damit wir uns ansehen konnten.

»*Wir* werden gar nichts tun.« Nun kam es, das *Gespräch*. »Hayala, ich verlasse mich auf dich. Sobald er mich angreift, wirst du Tieno und Menti in Sicherheit bringen.«

»Nicht erlauben?«, mischte sich Tieno ein und baute sich vor mir auf.

»Ich liebe dich, Tieno, und gerade deshalb erlaube ich nicht, dass dir etwas zustößt.« Ich reckte das Kinn. »Außerdem kann ich mich nicht auf den Kampf konzentrieren, wenn ich mir um euch Sorgen machen muss. Ihr kommt zurück, sobald der Vollmond untergegangen ist, in Ordnung?«

»Sicher?«, drängte Tieno ein letztes Mal und ich schloss ihn mit Menti in einer Hand fest in die Arme, sodass ich die Geborgenheit spüren konnte, die er mir in den letzten Jahren stets geschenkt hatte. Wenn es jemanden gab, für den ich mich selbst opfern würde, dann wäre es Tieno, der Waldtroll. Mein bester Freund.

Die Sonne verschwand hinter dem Horizont und der Himmel wurde erst in sanftes Dunkelblau, dann in Tintenschwärze getaucht, ehe sich die ersten Sterne und schließlich der Mond zeigten. Von einem Moment auf den anderen veränderte sich das triste Feld und wandelte sich in einen dunklen See, in dem Sterne glitzerten. Die sanften Wellen, die ans Ufer brandeten, die weißen Leuchtpunkte, dem Himmel entrissen, und letztlich das beruhigende Rauschen.

Das Einzige, was diese Idylle zerstörte, war das Auftauchen des Dunklen.

Ich sah ihn direkt am Ufer stehen, auf mich wartend. Ohne mich von meinen Freunden, meiner Familie zu verabschieden, schritt ich den Hügel hinab auf James zu, bis wir nur noch wenige Meter voneinander entfernt standen.

Dieses Mal zeigte er sich mir in seiner richtigen Gestalt und nicht mit Vals Gesicht. Noch immer konnte ich kaum begreifen, wie tief er sich in schwarze Magie begeben hatte, um solch einen Zauber für so lange Zeit aufrechtzuerhalten. Jetzt sah er jedoch wie der Teenager aus, den ich in Babets Erinnerungen gesehen hatte. Sein Blick huschte zu meinen Händen, die ich vor meinem Körper gefaltet hielt, um nichts Unbedachtes zu tun.

»Du hast die zweite Phase also rechtzeitig abschließen können.« Eine Feststellung aufgrund meiner goldenen Tätowierungen. Ich fragte mich, ob auch er sich körperlich verändert hatte, aber vor allem wollte ich wissen, wie er hatte überleben können. Dies war allerdings weder der richtige Ort noch die richtige Zeit dafür.

»Hast du daran gezweifelt?« Ich ließ mich zu einem arroganten Lächeln hinreißen. Es war besser, wenn er nicht erkannte, wie nervös ich war. Das hier war meine einzige Chance und ich durfte sie nicht vermasseln. Wenn James vor mir das Ritual abschloss, war die Herrschaft über die Wicked vergeben. Da waren sich die Texte einig gewesen. Es konnte nur eine Herrscherin oder einen Herrscher geben.

»Nicht im Geringsten.« Er schmunzelte und verschränkte die Arme vor seinem Oberkörper. Er war in Schwarz gekleidet, sodass er im Licht des Mondes immer noch leicht mit den Schatten verschmelzen konnte. Irgendwie glaubte ich jedoch nicht, dass es sein Stil war, sich vor mir zu verstecken. Nein, dafür fühlte er sich zu selbstsicher. »Es ändert allerdings nichts.«

»Ich weiß, wer du bist, James. Evette ist deine Mutter und

Babet hat dich wie eine aufgezogen – bis du sie verraten hast.«
Es schadete nicht, ihn zu reizen.

»Ich habe sie nicht verraten!«, ereiferte er sich und ballte eine Hand zur Faust.

»Du hast sie verzaubert und ihr damit alles genommen, was sie ausmacht«, preschte ich weiter voran, untermalt vom stetigen Schwappen des Sees im Hintergrund. »Sie hätte ihr Leben für dich gegeben und du hast darauf herumgetrampelt! Was für ein verwöhnter, undankbarer Junge du bist!«

»Du verstehst das nicht.« Er schüttelte voller Verzweiflung den Kopf, als würde es ihm tatsächlich nahegehen. »Ich wollte sie schützen. Vor mir. Vor dem Wissen, was aus mir geworden war.«

»So wie deine Mutter, die *dich* schützen wollte? Wie hat das funktioniert, hm?« Wärme breitete sich in meinem Inneren aus, als ich von der Reue kostete, die er wie sein persönliches Aroma verströmte. Ich näherte mich ihm. Dann änderte sich seine Haltung innerhalb eines Wimpernschlags. Aus dem verzweifelten kleinen Jungen wurde jäh ein arroganter, mächtiger Kerl, der mich mit Vergnügen in den dunklen Augen ansah.

»Ist es das, was du hören wolltest?« Er lachte laut auf. »Babet hätte mich in Ruhe lassen sollen, ganz einfach. Meine Mutter war eine Alkoholikerin, die nicht mal meinen Vater rächen konnte. Also muss ich die Drecksarbeit erledigen.«

Für einen Moment war ich so von seinem Rollenwechsel überrascht, dass ich meine Stimme nicht wiederfand. »Das hast du vor? Deinen Vater zu rächen?«

»So ungefähr. Erst erledige ich jedes einzelne korrupte Königshaus, dann zerstöre ich die Schattenstädte, die nur Leid und Diskriminierung hervorrufen. Warum distanzieren wir uns von der Menschenwelt? Hier können wir uns genauso gut ausbreiten und zudem in einer Einheit fungieren. Eine Einheit, die zusammen über die Menschen herrscht.« Er hob eine Schulter, als würde er gerade nicht den größten Schwachsinn aller Zeiten von sich geben. »Wäre das nicht eine schöne Zukunft?«

»Ich stelle mir etwas anderes darunter vor«, erwiderte ich, entschlossen, mich nicht von ihm einlullen zu lassen. Mein Körper war von Kopf bis Fuß angespannt und ich war jederzeit dazu bereit, mich zu verteidigen. Oder selbst anzugreifen, wenn die Situation akuter wurde.

»Weißt du, es war schön, mit dir zu plaudern«, wechselte er abrupt das Thema und schritt näher ans Wasser. Er blieb stehen, kurz bevor die Wellen seine Schuhspitzen berührten. »Ich bedaure noch immer zutiefst, dass uns kein Moment des Friedens gegönnt war.«

»Moment des Friedens?« Ich schüttelte den Kopf. »Hast du vergessen, dass du mir bereits von deinen Plänen berichtet hast, mich zu täuschen, um mich auszunutzen? Es gibt nichts, das du sagen könntest, um das Unvermeidliche hinauszuzögern.«

Er wandte sich mir zu, ernst und verschlossen. »So sei es.«

»Ich werde dich töten, James. Wenn nicht heute, dann eben morgen oder übermorgen.«

»Ach, Darcia, du wirst diejenige sein, die heute Nacht stirbt.«

XXXX

DARCIA

Er kämpfte teuflisch und ich ebenso. Jede noch so kleine Schwachstelle, die er präsentierte, nutzte ich aus. Ich schwang meine Magie, als wäre sie schon ein Leben lang ein Teil von mir. Sie fühlte sich nicht wie ein Fremdkörper an, sondern ergänzte mich auf allen Ebenen, verstärkte meine Schläge. Gleichzeitig ließ sie sich mit einem Gedanken zu tosenden grünen Flammen formen, die wie aus dem Rachen eines Drachen auf den Dunklen zuströmten.

James nutzte Wasser zu seiner Verteidigung. Er konnte Formen kreieren, die Bewunderung in mir ausgelöst hätten, wenn mir dazu die Zeit geblieben wäre.

Als er eine Reihe von messerscharfen Eiszapfen in meine Richtung schoss, rollte ich mich über den Boden und suchte Schutz hinter einem Felsen. Ein paar Kratzer fanden sich auf meiner Wange und ein Schnitt auf meinem Unterarm, der heftig blutete. Durch das Adrenalin und die Magie, die durch meine Adern pulsierte, spürte ich jedoch keinen Schmerz. Ich fühlte mich so wach wie schon lange nicht mehr.

Mit lautem Gebrüll sprang ich aus meiner Deckung hervor und attackierte James mit einer Feuersalve. Sie traf ihn an der Seite, bevor er seinen Schutzschild aus Wasser errichten konnte. Sein Stöhnen war wie Balsam auf meiner Seele. Ich verstärkte die Magie in meinem Feuer. Doch anstatt sich weiter zurückzuziehen, riss James den Arm hoch. Er hielt seinen Schild aufrecht und griff mich mit dem Wasser des Sees an.

Ich zögerte nur einen Moment, was ausreichte, um von der kalten Welle getroffen und nach hinten geschleudert zu werden. Sekunden später landete ich heftig auf dem steinigen Untergrund. Zuerst schlug ich mit der Schulter, dann mit dem Kopf auf. Instinktiv ließ ich mich von einer Feuerwand umhüllen und konnte mich somit haarscharf vor einer weiteren Attacke bewahren.

James schloss zu mir auf und ließ abwechselnd Wasser und Eis auf mich niederprasseln. Die Zähne zusammenbeißend, rappelte ich mich unter seiner Attacke auf und verstärkte die Temperatur meines Feuers. Das Eis schmolz, noch bevor es mit der Wand in Kontakt kam.

Wasser vermischte sich mit Feuer und als wir zeitgleich einen Impuls aus Macht aussandten, explodierte die Mischung. Dabei kreierte sie einen grün-blauen Strudel, der leuchtend in den dunklen Nachthimmel stieß, bevor uns die Kraftwelle von den Füßen riss.

Dieses Mal sah ich Sterne und ich brauchte länger, um zu mir zu kommen. Blut rann meine Stirn hinab und tropfte von meinen Wimpern.

James zog sich stöhnend auf alle viere. Ich rief die Magie zu mir, um sie in einem endgültigen Schlag gegen den Dunklen zu schmettern.

In dem einen Moment sah ich seine schreckensgeweiteten Augen, im nächsten wurde er von meinen Flammen umhüllt.

Ich näherte mich ihm, presste die Zähne zusammen, während ich ihn weiter attackierte. Er wurde zurückgeschleudert, weg von dem glitzernden Wasser, von seinem Element.

Keuchend lag er auf dem Rücken, als ich ihn erreichte. Seine Haut war rußgeschwärzt, mehrere Platzwunden bluteten und tiefe Kratzer bedeckten seine Hände und Knie.

»Du hättest mich nicht herausfordern sollen, James«, sagte ich und formte mit meinen Händen einen Feuerball, während er sich aufrichtete. Seine Kleidung qualmte und hing in Fetzen von seinen Schultern.

»Warum nicht?« Er hustete und spuckte Blut. Anschließend wischte er sich mit dem Handrücken über den Mund. Er grinste mich an, als würden wir uns nicht in einem erbarmungslosen Kampf befinden.

»Weil ich für Liebe kämpfe und du für Hass.« Ich ließ ihn nicht eine Sekunde aus den Augen. »Hat dir deine Mutter denn nie erzählt, dass das Gute immer gewinnt?«

Er lachte auf. Ein kaltes Geräusch, das mir trotz der Hitze meines Feuers einen Schauder über den Rücken jagte.

»Wenn es Liebe ist, für die du kämpfst, warum willst du dann die Königin töten?« Ich erstarrte. Der Feuerball entglitt beinahe meiner Kontrolle. »O ja, ich weiß darüber Bescheid.«

»Wie?«, wisperte ich noch immer schockiert.

»Ich folge dir bereits seit sehr langer Zeit, Darcia Bonnet, und nachdem ich mit einer verbannten babylonischen Wache gesprochen habe, wusste ich ganz genau, wer du bist. Es war nicht mehr schwer, eins und eins zusammenzuzählen und herauszufinden, was du mit der Macht der Wicked anstellen willst.« Das Lächeln verschwand und wurde von Ernst und Entschlossenheit ersetzt. Er ballte die Hände zu Fäusten, doch er bediente sich keiner Magie, bohrte seinen Blick lediglich in meinen. »Lass es mich einfach tun. Du musst dich nicht selbst dazu herablassen.«

Wäre es wirklich so einfach? Könnte ich ihn meine Rache fortführen lassen? Mich umdrehen und gehen, um stattdessen zu versuchen, Val zu finden und ihn zu retten?

»Es ist nicht das Einzige, was ich will«, sagte ich leise, aber mit fester Stimme.

»Was gibt es noch?« Irritiert breitete er die Arme aus.

»Liebe.«

Ohne Vorwarnung schleuderte ich den Feuerball auf ihn und traf ihn mitten in die Brust. James blieb standhaft, als hätte er meine Entscheidung bereits geahnt. Mit voller Wucht schlug er zurück.

Eine Wasserfontäne nach der anderen traf mit unfassbarer

Stärke auf meine Arme, Beine und meinen Oberkörper. Ich geriet in Panik, als ich keine Luft mehr bekam, und verlor den Halt meiner Magie.

Von dort aus wuchs der Kampf in eine immer grausamere Richtung. Wir schenkten uns nichts und schon bald wechselte sich Magie mit unseren Fäusten und Füßen ab.

Ich musste ihn hier und jetzt besiegen, die Zeit lief mir davon. Schon bald würde meine Kraft nachlassen und der Mond untergehen.

Mir fiel nur ein Weg zum Sieg ein.

Bei seiner nächsten Attacke mit dem Wasser wich ich absichtlich zu spät aus, wurde an der Schulter getroffen und wirbelte herum. Seinem Faustschlag konnte ich ganz knapp entkommen, strauchelte bei meinem Rückzug und ließ die Schultern hängen. Ich vermittelte James das Gefühl, mir würden die Kräfte versagen, gab ihm die Sicherheit, die er brauchte, um sich mir zu nähern.

Der nächste Angriff traf mich so überraschend, dass ich nicht einmal etwas vorzuspielen brauchte, als ich nach hinten geschleudert wurde und gegen einen Felsen prallte.

Die Welt wankte. James schloss zu mir auf. Er beugte sich herab und zog mich mit einer Hand an meinem Hals hoch. Mit falschem Mitleid sah er mich an, während er plante, mich zu töten, wie er es zuvor hätte tun sollen.

»Ich habe dir eine Chance gegeben«, sagte er und formte mit seiner freien Hand einen Eiszapfen. »Hättest du doch damals den Ghul getötet und nicht dein Freund. Ich hätte dich retten und auf meine Seite ziehen können. Du wärst mir zu ewigem Dank verpflichtet gewesen.«

So viele Szenarien hatte er sich ausgemalt; so großer Hoffnung hingegeben, in mir eine Verbündete gefunden zu haben.

Das Tragische für ihn war, ich konnte nicht mal mit Sicherheit behaupten, dass ich einer Zusammenarbeit mit ihm nicht zugestimmt hätte, wenn er mir von Anfang an auf Augenhöhe begegnet wäre, anstatt mich zu manipulieren.

»Dein Fehler«, entgegnete ich und sandte Magie in meine Fingerspitzen.

Ohne Vorwarnung grub ich meine Hand in seine Brust, bis ich sein Herz spüren konnte. Pulsierend und voller Leben.

Ganz so wie bei den dreizehn Hexen zuvor.

James riss die Augen auf. Das Eis fiel herab.

Ungläubig lockerte er den Griff um meinen Hals.

Ich war bereit, sein Leben zu nehmen.

Doch als ich in das dunkle Grün seiner Augen blickte, sah ich seine Vergangenheit ein weiteres Mal. Der kleine Junge, der das Licht in seinem Zimmer brennen lässt, weil er hofft, dass seine Mutter in dieser Nacht endlich zurückkehrt. Kleine, dünne Ärmchen, die sich um Babets Mitte schlossen, weil er Trost suchte. Das sorglose Lachen eines unschuldigen Kindes.

Es fühlte sich an, als würde Babet neben mir stehen und mir eine gute Erinnerung nach der anderen einflößen, damit ich Gnade walten ließe.

Obwohl ich mich dagegen zu wehren versuchte, regte sich Mitleid in mir und verdrängte meine Entschlossenheit.

Ich schloss die Lider, drückte zu und wartete.

Wartete, bis seine Atmung sich verlangsamte.

Wartete, bis er den Griff um meinen Hals vollständig lockerte.

Wartete, bis er ohnmächtig wurde.

Dann ließ ich ihn los und sah zu, wie er leblos zu Boden fiel.

Ich hatte gewonnen, doch der Sieg fühlte sich bitter an.

Ich gestattete mir ein paar Sekunden, dann fesselte ich den Dunklen mit seinem eigenen Gürtel. Anschließend ritzte ich ein paar Runen ins Leder, damit er sich nicht so schnell befreien konnte.

Tief durchatmend blickte ich mich um, konnte aber weder Hayala noch Tieno ausmachen, die sich hoffentlich längst in Sicherheit gebracht hatten. Trotz der Schmerzen in meinen Gliedern bewegte ich mich auf das Gewässer zu und holte währenddessen das Haar der Wila hervor, das ich mit meiner Magie entfachte. Es sprühte goldene Funken, die ich einatmete und die sich in meinem Körper befreiten, sich schützend in jede meiner Zellen legten.

Das Wasser schwappte mittlerweile bis zu meinen Knien und meine Sohlen sanken in den weichen Boden ein, wodurch jeder Schritt schwieriger war als der vorherige.

Sobald ich bis zum Kinn in den See gewatet war, bedeckte ich mit meiner Hand die Rune des Gleichgewichts auf meinem rechten Unterarm. Ein A, dessen senkrechter Strich in zwei verlängerten Kurven endete und einen Punkt einrahmte.

»*Stratera*«, flüsterte ich den Namen der Rune, um sie zu stärken, und ging den letzten Schritt. »*Stratera*«, murmelte ich erneut, bevor das Wasser über mich schwappte.

Eine fremde Kraft zog an meinen Schultern, die es mir unmöglich machte, erneut an die Oberfläche zu steigen. Ich wusste, dass ich nicht ertrinken würde, wenn ich mein Gleichgewicht nicht umgekehrt hätte. Mein Überlebensinstinkt würde einsetzen und ich würde mich an die Oberfläche kämpfen. Hiermit hatte ich mir diese Möglichkeit genommen. Gegen die Magie, die mich unten hielt, käme ich nicht an, wenn ich meine Stimme nicht mehr nutzen konnte.

Nichtsdestotrotz wehrte ich mich gegen die Macht. Ich strampelte und schlug um mich, hielt den Mund so lange wie möglich geschlossen. Was, wenn ich einen Fehler begangen hatte? Wenn ich nun sterben würde, wie ich auf dem Scheiterhaufen hätte sterben sollen?

Ich riss die Augen weiter auf. Konnte nichts als Dunkelheit erkennen. Schließlich siegte mein Körper über meinen Willen und ich öffnete den Mund.

Anstatt mit Sauerstoff füllten sich meine Lungenflügel mit Wasser und so, wie sie zuvor gebrannt hatten, so ertranken sie jetzt. Ertrank ich.

Ich fühlte alles.

Anders als bei der zweiten Phase verlor ich nicht das Bewusstsein. Ich sah mich selbst sterben, spürte, wie das Leben in gewaltsamen Wellen aus meinem Körper gepresst wurde. Dieser zuckte und würgte und krampfte, aber die Rune des Gleichgewichts hielt mich unten, presste mich nieder, bis ich ... starb.

Es war schwer zu beschreiben. Schwerelosigkeit ergriff mich. Ich existierte in meinem Körper und doch war ich kein Teil mehr von ihm. Meine Seele strahlte und berührte eine Welt, die der meinen so fremd war.

Nebel umwaberte mich, glitzernd und sanft wollte er mich davontragen.

Ich vernahm Riennes Stimme, ohne ihr Rufen zu verstehen. Vorsichtig streckte ich meine Hand aus, um nach meiner Schwester zu greifen, als ein letzter Ruck durch meinen Körper ging.

Das Haar der Wila tat seine Wirkung und holte mich zurück.

Ich wurde wiedergeboren und mit mir nahm ich die Macht der verdorbensten Hexenseelen, die es je gegeben hatte.

Ich, Darcia Bonnet, war die neue Herrin der Wicked.

Danksagung

»Lady of the Wicked« hat eine ungewöhnlich lange Reise mit vielen Höhen und Tiefen hinter sich. Doch diese Reise hat die Dilogie letztlich zu dem gemacht, was sie heute ist, und ich würde es nicht anders haben wollen.

Wie immer geht mein erster Dank an Julia Schmuck. Auch wenn das Leben manchmal dazwischenkommt, ich weiß, dass ich mich immer auf dich verlassen kann. Ohne deine Unterstützung wäre das Leben als Autorin viel zu hart.

Ein großer Dank geht auch an meinen Agenten Klaus Gröner, der mir mit seinem Vertrauen den großen Traum erfüllt hat, eines Tages von einer tollen Literaturagentur vertreten zu werden. Ich hoffe, ich überrolle dich nicht immer mit meiner Schnelligkeit. Haha.

Vielen Dank an meine Lektorin Karin Pauluth und das gesamte Team von Piper, bei dem ich mich super aufgehoben fühle. Es fällt mir schwer, meine Dankbarkeit ausreichend mit Worten zu beschreiben. Ich kann mein Glück, mit euch zusammenzuarbeiten, noch immer kaum fassen.

Vielen, vielen Dank an Wiebke Bach, mit der ich das erste Mal zusammenarbeiten durfte. Mit deiner Unterstützung konnten wir auch noch das letzte bisschen aus dem Buch rauskitzeln.

Auch fernab von den Menschen, die aktiv an dem Buch und der Veröffentlichung beteiligt waren, gibt es einige, denen ich zu Dank verpflichtet bin. Insbesondere in der heutigen Zeit, die durch Corona nicht leicht ist, konnte ich mich auf sie verlassen.

Anja, du bist eine tolle Freundin und es gibt niemanden, mit dem ich lieber fremde Orte erkunde. Ich hoffe, dass wir schon bald wieder reisen können, damit ich neue Inspiration sammeln kann.

Elena, die Gespräche mit dir heitern mich stets auf und die Wärme, die du ausstrahlst, gibt mir immer Kraft. Ich danke dir sehr!

Rebecca, obwohl wir uns im vergangenen Jahr kaum gesehen haben, sind wir nicht auseinandergewachsen. Ganz im Gegenteil. Danke, dass du die Person bist, die mir jeden Tag einen guten Morgen wünscht.

Sanny, danke, dass du so ein cooler Mensch bist. Ich bin froh, den schweren Autorinnenweg gleichzeitig mit jemandem wie dir beschreiten zu dürfen. Ich wünsche dir den größten Erfolg!

Nina Rüddenklau, meine externe Festplatte und treue Patronin! Ich bin so, so dankbar für deine Unterstützung und denke gerne an unser spontanes Kaffeetrinken zurück!

Danke auch an die restlichen Beta-Leserinnen, die mir mit ihrem vielfältigen Input sehr geholfen haben: Susanne Krajan, Yvonne Walker, Amelie Carow, Cornelia Pramendorfer, Rojda Han, Susann Ackermann, Birgit Beugel, Maria Kremtz und Kerstin Schlapp.

Vielen Dank an meine Freunde und Familie. Ganz besonders an meinen Neffen Oscar. Du bist unser aller Licht und ich liebe dich über alles.

Und zum Schluss ... Ich danke dir, liebe Leserin, lieber Leser. Wenn dies dein erstes Buch von mir ist, danke ich dir dafür, dass du es ausgesucht und gelesen hast.

Wenn du allerdings extra auf dieses Buch von mir gewartet hast, dann danke ich dir für deine Geduld.

Die Zeit zwischen meinen Veröffentlichungen kam mir so furchtbar lang vor. Dabei sind es nur anderthalb Jahre gewesen.

Trotzdem ... Ich bin von tiefster Demut erfüllt, nicht von dir vergessen worden zu sein. In meinem Leben gibt es nichts, was ich lieber mache, als Geschichten zu kreieren, um dich damit zu berühren. Für mich ist es das größte Ziel, dich zum Lachen und zum Weinen zu bringen. Wenn mir das gelingt, fühle ich mich erfüllt. Danke, dass du mir die Chance gibst, meine Träume zu verwirklichen.

Eure Laura

**Es geht spannend weiter in »Die Seele des Biests«,
dem zweiten Band von »Lady of the Wicked«.**

I

DARCIA

Das Biest zerfleischte meine Seele.

Ich wehrte mich.

Tiefste Schwärze zog wie ein Sturm auf, drückte mich nieder und zog gleichermaßen an meinen Gliedmaßen. Schmerzen, wie ich sie nie gekannt hatte, erfüllten mein Sein. Ich drehte mich um die eigene Achse, wollte mich befreien. Schwerelos und gleichzeitig unfassbar schwer.

Ein Zischen ertönte, wiederholte sich zu einem endlosen Echo.

Jäh riss ich die Augen auf. Nach und nach wurde die Dunkelheit vertrieben, ersetzt durch schwarze Punkte, die sich durch die babylonische Landschaft zogen. Weite Felder außerhalb der Stadtmauern, ein Sonnenaufgang in blassen Farben. Die aufragende Stadt und der riesige Turm zu Babel. Das Königshaus.

Das Zischen wurde lauter, während ich über die Stadt schwebte.

Ich blickte über meine Schulter. Eine riesige Himmelsschlange in glitzernden Regenbogenfarben verfolgte mich. Sie riss ihr Maul weit auf, spitze Zähne blitzten in den ersten Sonnenstrahlen des Tages.

Mein Herz setzte aus.

Panisch kämpfte ich mich nach vorne. Nach unten. In die Arme meiner Familie. Mein Zuhause. Wo war es?

Ich erkannte seine Silhouette, doch es war nicht Babylon,

das ich betrat, sondern New Orleans. Ich stand vor meinem Haus in der Dauphine Street und blickte in meinen Vorgarten. Wüst und überwuchert. Verschiedene Stühle unter dem Dach aus Weintraubenranken und wartende Patienten mit Flüchen aller Art. Einer von ihnen erhob sich aus der Masse, die augenblicklich in den Hintergrund rückte.

Val.

Valens Hill.

Nein. Valens Mariquise. Der Bruder der Königin, die ich mir geschworen hatte zu vernichten. Aus Rache für den Tod meiner Schwester und den unzähliger anderer. Aus Vergeltung für meine Verbannung aus Babylon, meiner Heimat, weil ich mich getraut hatte, die Wahrheit zu sagen und sie öffentlich zu beschuldigen.

Ich näherte mich ihm langsam. Er öffnete seine Arme für mich, der Schirm der Baseballcap warf einen Schatten auf sein braunes Gesicht und mir wurde der Blick in seine blauen Augen verwehrt.

Mein Herz klopfte schneller. Ich streckte ihm meine Arme entgegen, als er mich an den Schultern packte und herumwirbelte.

Er hielt mich fest – der weißen Schlange entgegen, die auf mich niederstürzte. Ein riesiges Monster.

Vals Atem kitzelte an meiner Wange. Er beugte sich herunter.

»Du hast mich zuerst verraten«, hauchte er an mein Ohr und schubste mich auf das geöffnete Maul der Schlange zu.

Schreiend hielt ich die Hände vors Gesicht. Die Magie vergessend. Meine Runen nicht nutzend. Das Zischen wurde lauter.

Ich erwartete den Tod.

Stattdessen erwachte ich aus diesem furchtbaren Albtraum.

Wie in Zeitlupe drehte ich mich auf den Rücken, spuckte Wasser vermischt mit Sand. Der Vollmond glitzerte hell am Firmament und tauchte den See der Sterne in weißes Licht. Ich hatte mich unbewusst an Land gekämpft, atemlos und als … neue Herrin der Wicked.

Meine Tattoos leuchteten weiterhin golden. Die Runen an meinen Händen, Armen und fast an meinem gesamten Körper, eine Erinnerung an alte Zeiten. Meine Vergangenheit, in der ich bloß eine Hexia gewesen war. Kaum dazu in der Lage, einen ordentlichen Zauber zu wirken, ohne meine Runen als Stütze zu verwenden.

Vorsichtig setzte ich mich auf. Die Kleider klebten nass und sandig an meiner Haut. Das schwarze Haar hing mir strähnig ins Gesicht. Ein paar Perlen hatte ich verloren, doch einige Fäden blieben hineingeflochten.

Ich machte Anstalten, mich hinzustellen, als dort, wo nur wenigen Sekunden zuvor meine Hand im Sand gelegen hatte, ein greller Blitz einschlug.

Aufschreiend rollte ich mich zur Seite. Ich sah mich suchend um. Im Schein des Vollmonds eilte ein halbes Dutzend Hexenkommissare über den Hügel auf mich zu und ich hörte das Gebrüll eines Berserkers. Dieser kam aus der entgegengesetzten Richtung. Nur wenige Schritte hinter ihm ein Hexeninspektor, den ich an seiner weißblauen Uniform erkannte. Ich wusste aus meiner Erinnerung, dass an der linken Brust eine silberne Sichel steckte, auch wenn ich sie aus der Entfernung nicht ausmachen konnte.

Der Hexeninspektor war es, der das beängstigende Schattengeschöpf kontrollierte.

Der Berserker rannte mit seinen hundertfünfzig Kilogramm Masse über den Sand auf mich zu. Sein Brüllen erschütterte die friedvolle Stille dieses magischen Ortes. Die grünliche Haut schimmerte und wies dunkle Flecken auf, als hätte jemand versucht, ihn mit Flüchen zu verwunden, und lediglich Blutergüsse hinterlassen. Ähnlich wie Trolle waren sie, wenn sie sich im Rausch befanden, immun gegen jegliche Zauber.

Seine Fäuste massig und riesengroß, in einer von ihnen schwang er eine mit Nägeln behaftete Keule in meine Richtung. Ich duckte mich unter dem Schlag hindurch.

Angstvoll.

Was war geschehen? Warum wurde Jagd auf mich gemacht?

Ich wirbelte herum und hob die Arme. Instinktiv rief ich nach meiner Runenmagie, die ich als Hexia gegen meine Angreifer einsetzen konnte. Doch sie gehorchte mir nicht.

Natürlich! Ich war die Herrin der Wicked. Deshalb sollte ich mich auch *ihrer* Macht bedienen.

Die Hexenkommissare, die sich mit ihrer dunkelblauen Uniform kaum von den Schatten abhoben, hatten mich fast erreicht. Die eine Hälfte umstellte mich, um vermutlich einen Bannkreis zu ziehen. Die andere kreierte Speere aus mehreren geballten Blitzen, mit denen sie mich bewarf. Gleichzeitig versuchte ich, den Schlägen des Berserkers auszuweichen. Der Hexeninspektor trug ein süffisantes Lächeln zur Schau. Als würde er wissen, dass meine Gefangennahme oder mein Tod nur noch eine Frage der Zeit wäre.

Der Berserker stieß ein weiteres Grollen aus und eine Salve grünen Speichels flog auf mich zu. Ich unterdrückte ein Schaudern.

»Wicked?«, zischte ich, als ich in mir selbst weder das Leuchten noch das Echo ihrer Macht vorfand. Nur eine unüberwindbare Barriere.

Angst verknotete meinen Magen.

Ich saß in der Falle.

Vom Berserker zum See gedrängt, flog ein Blitz auf mich zu, verbrannte meinen Unterarm, ehe ich mich zurückfallen lassen konnte.

Ich kam hart auf dem Boden auf, teilweise im Wasser, das um mich herum aufspritzte.

»Vorsicht! Wir wollen sie nicht töten«, mahnte der Inspektor. »Noch nicht«, fügte er mit einem selbstzufriedenen Grinsen hinzu, als er meinen Blick auffing.

Der Berserker holte erneut mit seiner Keule aus. Dieses Mal traf er mich an der Schulter und ich rollte über den Sand direkt zu Füßen eines Kommissars. Er hielt die Spitze seines blitzenden Schwerts an meine Kehle. Meine Nackenhaare stellten sich auf. Das Knistern war unendlich laut. Erfüllte all mein Sein.

Ich roch verbranntes Fleisch.

Jemand anderes zog mich an der verwundeten Schulter hoch. Ein Sack wurde über meinen Kopf gestülpt, gleichzeitig riss man meine Arme zurück und fesselte meine Hände. Zwei Finger berührten meine Haut. Ein magischer Impuls und ... ich verlor mein Bewusstsein.

Sank erneut in diese tiefe, willkommene und gleichzeitig unwillkommene Dunkelheit.

Doch dieses Mal erwartete mich nicht Val in meinem Traum, sondern ein hohes, breites Tor, das von der anderen Seite angeleuchtet wurde. Gusseiserne schwarze Stangen und goldene Spitzen. Gedämpfte Farben und graue Pinselstriche auf einem Gemälde einer anderen Welt.

Ein Flüstern erhob sich, ohne dass ich einzelne Wörter herausfiltern konnte. Hohn. Spott.

Ich streckte eine Hand nach dem Friedhofstor aus. Ich wusste, wer dahinter auf mich wartete.

Sobald meine Finger das kalte Eisen berührten, verlor ich mich selbst. Meine Gedanken rissen entzwei.

Ich erwachte mit klirrenden Ketten an Händen und Füßen. Der Sack war mir vom Kopf gerissen worden, doch er hatte seine Aufgabe erledigt. Ich konnte nicht sagen, wohin ich gebracht worden war.

Lange, feuchte Flure.

Meine nackten Sohlen berührten den kalten Stein. Links und rechts von mir je ein Kommissar, die mich an meinen Schulter hielten und hinter sich herzerrten.

Ich fühlte mich halt- und machtlos.

Erst zweimal zuvor war dies vorgekommen. Das erste Mal, als sich meine Schwester Rienne für mich geopfert hatte und von einem Chupacabra getötet worden war.

Das zweite Mal, als ich von einem Kunden fast zu Tode

geprügelt worden war. Damals hatte ich noch für die Meerjungfrau Seda in ihrem Bordell gearbeitet. Wenn mein bester Freund Tieno nicht rechtzeitig gekommen wäre und meinen Peiniger getötet hätte, wäre ich selbst gestorben.

Nicht eine Sekunde hatte ich gezögert und die Schuld auf mich genommen. Als Schattengeschöpf hätte es für Tieno nämlich die unmittelbare Hinrichtung bedeutet.

Das hätte ich unter keinen Umständen zulassen können.

Stattdessen war ich bestraft worden. Der Bruder meines Kunden forderte mich dem *Grauen Buch der Hexen* zufolge zu einem Blutracheduell heraus. Dieses sollte jedoch erst drei Jahre und drei Monate nach der Tat stattfinden.

Zum ersten Mal kam mir der Gedanke, dass ich vielleicht deshalb angegriffen worden war.

Oder hatte mich jemand dabei beobachtet, wie ich eine der dreizehn Hexen getötet hatte, um ihre Herzen für mein Ritual zu nutzen?

Das wäre mein Todesurteil. Mehr noch als das Duell, das ich nur mit der Macht der Wicked gewinnen könnte.

Doch obwohl ich das Ritual vollzogen hatte, spürte ich mich weiter entfernt von den Seelen der Wicked als währenddessen. Nach der ersten Phase hatte ich bereits unglaubliche Magie anwenden können. Es war nichts davon übrig geblieben.

Hatte ich mich geirrt, nachdem ich im See der Sterne ertrunken und wiederauferstanden war? Waren es nicht die machtvollen Seelen der verdorbensten Hexen gewesen, die ich gespürt hatte?

Enttäuschung breitete sich in mir aus.

»Wo bringt ihr mich hin?«, fragte ich, mich vorübergehend meinem Schicksal ergebend.

Es gab keine Fenster. Keine Kunst an den Wänden oder andere Hexen, die mir einen Hinweis auf meinen Aufenthaltsort geben könnten.

Oder das war bereits ein Hinweis an sich.

Keine Fenster? Im Untergrund.

Keine anderen Leute? Entweder ein geheimer Ort oder ... weggesperrt.

Ich wollte den Gedanken nicht weiterspinnen, als wir um die nächste Ecke bogen und uns vor einer riesigen Flügeltür mit goldenen und roten Verzierungen wiederfanden. Meine beiden Begleiter hielten an. Ihre Griffe um meine Oberarme verstärkten sich. Schmerzten so sehr, dass ich die Zähne zusammenbeißen musste, um nicht laut zu keuchen.

Keine Schwäche zeigen.

»Könntet ihr mir wenigstens sagen, warum ich hier bin?«, fragte ich, obwohl ich nicht mit einer Antwort rechnete.

Das Schweigen zerrte an meinen Nerven. Ich verabscheute nichts mehr, als nicht die Kontrolle über meine eigene Lage zu haben. Das war ein weiterer Grund dafür, warum ich das schwarzmagische Ritual vollzogen hatte.

Ich wollte endlich stark genug sein, mein eigenes Schicksal zu bestimmen.

Der zweite Grund war, Königin Ciahra zu töten.

Und der dritte, der am schwersten wog und mir die nötige Kraft gegeben hatte, war, meine Schwester Rienne aus der Anderwelt zurückzuholen. Sie wiederauferstehen zu lassen.

Das hatte ich ihr versprochen.

Plötzlich wurden die Flügeltüren nach innen geöffnet, ohne dass jemand einen Finger rührte. Dahinter mussten sich Hexen befinden.

Ich wurde nach vorne gerissen und betrat einen ovalen Gerichtssaal, den ich schon einmal zuvor gesehen hatte – als Camin mich zum Blutracheduell herausgefordert hatte.

In der Mitte des Saals mit dem schwarz-weißen Marmorboden drückten mich die Hexenkommissare mit den Händen auf meinen Schultern nach unten. Widerwillig ging ich in die Knie, ließ mir jedoch nicht die Freiheit rauben, mich umzusehen.

Neben den in dunkelblauen Roben gekleidete Richterhexen und -hexer waren auch Rojas Hexe und Camin anwesend. Letzterer bestätigte meine erste Vermutung, warum man mich aufgegriffen und hergebracht hatte.

Rojas Hexe warf ein Fragezeichen auf. Roja, eine Zirkeloberste, war von dem Dunklen als letztes Opfer benutzt worden. Ihre Zirkelhexe hatte mich angefleht, ihr bei der Aufklärung des Mordes zu helfen, doch ich hatte abgelehnt. Nicht sonderlich freundlich. Warum war sie hier? Und was hatte ihr süffisantes Lächeln zu bedeuten?

Ich ließ meinen Blick weiter über die Reihen gleiten. Einige bekannte Gesichter, Kunden aus meiner Zeit im *Seaheart* und aus meinem Geschäft als Fluchbrecherin. Neugier stand auf ihren Gesichtern geschrieben. Ein Ghul saß nur wenige Meter von mir entfernt vor seinem Stenografen. Er war nicht hinter einem Schleier versteckt, zeigte seine spitzen Zähne und scharfen Krallen, mit denen er die Maschine zum Dokumentieren des Prozesses hervorragend betätigen konnte.

Ich spürte Camins gierigen Blick wie stechende Nadeln in meinem Nacken. Alles in mir sträubte sich dagegen, ihn anzusehen. Stattdessen wollte ich mir lieber vorstellen, wie ich meine Hände um seinen massigen Hals legte und zudrückte, ihn würgte, bis seine Augäpfel platzten und er nur noch um Gnade wimmern könnte.

»Sind Sie die Hexia Darcia Bonnet?«, fragte mich Richterhexer Gordon. Er war kein Kunde von früher, doch ich hatte ihn zusammen mit Val belauscht, als er von Ghulen bestochen worden war, einen Durchsuchungsbefehl für das *Devil's Jaw* zu genehmigen. Sein grauschwarzer Spitzbart und die kleinen Augen in dem aufgedunsenen Gesicht ließen ihn argwöhnisch aussehen. In ständigem Misstrauen gegenüber seinen Mithexen.

Ich reckte das Kinn und blickte zu ihm auf. Es gab keinen anderen Ausweg. Ich konnte einzig der Situation mit erhobenem Haupt begegnen.

Die Handschellen unterdrückten meine normale Magie und die Macht der Wicked konnte ich aus mir unbekannten Gründen nicht nutzen. Es war unabdinglich, dass ich mich nicht von meiner Panik beherrschen ließ. Ich hatte immer noch einen klugen Kopf auf den Schultern.

»Die bin ich.«

Richterhexer Gordon schlug betont langsam eine dünne Akte zu und erwiderte ein paar Blicke seiner Amtskollegen. Ich bemerkte Verwirrung und Empörung.

»Es ist kurios, dass sie nicht in unserer Datenbank für registrierte Hexia und Waiżen auftauchen. Finden Sie nicht auch?«

»Ganz und gar nicht«, entgegnete ich. »Schließlich habe ich mich nie registrieren lassen.«

»So?« Richterhexer Gordon legte seine Fingerspitzen aneinander und betrachtete mich einen Moment eingehend. »Und wie kommt es, dass dieser Fehler nicht vor drei Jahren revidiert wurde, als Sie das letzte Mal vorgeladen waren?«

Ich zuckte mit den Schultern, um es sogleich zu bereuen. Niemand hatte sich bisher um meine Wunden gekümmert. Bis zu diesem Zeitpunkt war es mir gelungen, den Schmerz zu ignorieren, doch jetzt kehrte er mit aller Macht zurück.

»Warum fragen Sie mich über die Schludrigkeit Ihrer Leute aus?« Ich würde ihm ganz sicher nicht verraten, dass ich damals einen Mitarbeiter in der Registrierung bestochen hatte. Auf seiner Mutter hatte ein außerordentlich starker Fluch für diesweltliche Verhältnisse gelegen und ich hatte diesen kostenlos gebrochen.

Gordon errötete leicht. Vielleicht lag das auch an den dämmrigen Lichtverhältnissen. Glücklich wirkte er allerdings nicht.

»Nun, wie auch immer, das werden interne Untersuchungen aufklären.«

»Schön, kann ich jetzt gehen?« Ich fand einen Teil meiner Unverfrorenheit zurück, da ich mir mittlerweile ziemlich sicher war, wegen Camin und nicht wegen der Morde hier zu sein. Andernfalls wäre er wohl kaum anwesend gewesen.

»Hexia Bonnet«, sagte Gordon, meine Frage übergehend,

»Sie werden beschuldigt, versucht zu haben, vor dem bevorstehenden Blutracheduell zu fliehen. Was haben Sie zu Ihrer Verteidigung zu sagen?«

Ich öffnete den Mund und schloss ihn wieder. »Ich ... wollte fliehen?«

»Ist das ein Geständnis?«

»Was? Nein!« Der Vorwurf kam so unerwartet, dass ich einen Augenblick brauchte, um mich zu sammeln. »Ich hatte nicht vor, mich vor dem Duell zu drücken.« Im Gegenteil. Ich hatte vorgehabt, Camin mit der Macht der Wicked zu erdrücken.

»Der Inspektor und die Kommissare fanden Sie außerhalb der Stadtgrenzen.«

»Sie *ergriffen* mich dort, ja«, stimmte ich zu. Machte ohnehin keinen Sinn, die Tatsache zu bestreiten. »Aber seit wann ist es verboten, einen Ausflug zu unternehmen?«

»Im Normalfall nicht, doch bei einem bevorstehenden Blutracheduell muss jede Reise vorher beim zuständigen Amt angemeldet und genehmigt werden, um Missverständnissen vorzubeugen.«

»Missverständnisse wie dieses hier«, versuchte ich den Richterhexer auf ein Urteil festzunageln.

Natürlich war er klüger und schüttelte den Kopf.

»Cassie Halmstrom sagte aus, dass Sie ihr mitgeteilt hatten, was Sie vorhatten. Eine Flucht vor dem Duell.«

Ich hob beide Augenbrauen und blickte Rojas Hexe an. »Hat sie das?«

Cassie, Rojas Zirkelhexe, lächelte grimmig. Das war ihre Rache dafür, dass ich ihr meine Hilfe verweigert hatte. Es ging nicht darum, dass sie so sehr auf mich angewiesen wäre, sondern dass ich es gewagt hatte, die Bitte einer Hexe abzuschlagen. Wie unverschämt von mir!

»Sie haben immer noch nichts zu Ihrer Verteidigung gesagt, Hexia Bonnet«, erinnerte mich eine Richterhexe mit gelockten grauen Haaren und eisblauen Augen.

Augen, die mich an Val erinnerten.

Denk nicht an ihn und seine Lügen.

»Was für Beweise wollen Sie sehen? Ich hatte nicht vor zu fliehen, aber ich habe die Stadtgrenze verlassen.« Ich machte mir nicht die Mühe zu betteln. Sie hatten sich ihre Meinung ohnehin schon gebildet.

Camin grinste breit.

Er wusste das genauso gut wie ich.

Die Richterhexen und -hexer flüsterten miteinander, ehe Gordon einmal kräftig nickte und sich aufrichtete.

»Die Urteilsverkündung wird vertagt. Wenn Sie einen rechtlichen Beistand wünschen, stellen Sie zeitnah einen Antrag und das Verhör wird neu aufgerollt. Ist dies bis zum Dienstschluss des Tages nicht geschehen, wird unser Urteil auf Ihrer heutigen Aussage und denen der Zeugen beruhen. Bis dahin befinden Sie sich in Untersuchungshaft.«

Ein Gong ertönte. Allesamt erhoben sie sich und verließen den Saal durch drei verschiedene Türen im oberen Bereich. Camin zwinkerte mir zu.

Dann waren nur noch ich und die zwei Hexenkommissare anwesend, die mich erneut an den Oberarmen packten und auf die Beine zogen.

Untersuchungshaft? Ich?

Verfluchte Voodoohexenpisse!

Ich hatte so viel vor! Meine Schwester aus dem Reich der Toten zu holen zum Beispiel. Außerdem – obwohl ich wütend auf Val war – wollte ich sichergehen, dass er noch lebte. Adnan und Seda hatten sich zwar nach Babylon begeben, um nach dem Rechten zu sehen, doch ich vertraute meinen Fähigkeiten mehr als denen anderer.

Zumindest war dies bisher der Fall gewesen. Aber jetzt besaß ich weder meine Runenmagie noch die der Wicked.

Was hatte ich bloß getan?

Auf dem Weg durch die düsteren Gänge vernahm ich leises, mehrstimmiges Gelächter, das zunehmend lauter wurde. Gehässiger. Bösartiger.

Das Lachen der Wicked über mein Versagen.
Ich ballte die Hände zu Fäusten.
Noch hatte ich nicht aufgegeben.

Zwei Diebinnen, die jedes Herz im Sturm erobern!

Kester Grant
Der Hof der Wunder
Roman

Aus dem Englischen von
Andreas Decker
Piper Taschenbuch, 416 Seiten
€ 10,00 [D], € 10,30 [A]*
ISBN 978-3-492-28227-7

In den dunklen Tagen nach der gescheiterten Französischen Revolution regieren Gewalt und Tod in Paris. Neun verbrecherische Gilden haben die Stadt unter sich aufgeteilt. Die junge Nina gehört zur Diebesgilde und genießt dadurch Schutz vor den Gefahren der Unterwelt. Bis zu dem Tag, an dem sie ihre Schwester vor Kaplan, dem finstersten aller Gildenführer, retten will. Plötzlich findet sich Nina in einem rätselhaften Spiel wieder, das nicht nur ihr Leben, sondern bald auch ganz Paris bedroht …

Leseproben, E-Books und mehr unter www.piper.de